Cuatro novias

books4pocket

Christina Dodd
Stephanie Laurens
Julia Quinn
Karen Ranneyl

Cuatro novias

URANO
Argentina - Chile - Colombia - España
Estados Unidos - México - Perú - Uruguay - Venezuela

Título original: *Scottish Brides*
Editor original: Avon, An Imprint of HarperCollinsPublishers, New York

Traducción: Margarita Cavándoli Menéndez

Under the Kilt Copyright © 1999 by Christina Dodd;
Rose in Bloom Copyright © 1999 by Savdek Management Propietory Ltd.;
Gretna Greene Copyright © 1999 by Julie Cotler Pottinger;
The Glenlyon Bride Copyright © 1999 by Karen Ranney

Under the Kilt Copyright © 1999 by Christina Dodd;
Rose in Bloom Copyright © 1999 by Savdek Management Propietory Ltd.;
Gretna Greene Copyright © 1999 by Julie Cotler Pottinger;
The Glenlyon Bride Copyright © 1999 by Karen Ranney

1ª edición en **books4pocket** febrero 2016

Impreso por Novoprint, S.A.
Energía 53
Sant Andreu de la Barca (Barcelona)

Fotocomposición: Ediciones Urano, S.A.U.

ISBN: 978-84-15870-84-5
E-ISBN: 978-84-9944-178-8
Depósito legal: B-33-2016

Código Bic: FRH
Código Bisac: FIC027050

Impreso en España – *Printed in Spain*

Índice

Bajo la manta escocesa

Christina Dodd

1

Escocia, 1805

Andra no te habló de la manta escocesa nupcial? —Lady Valéry bebió el whisky intensamente fuerte y agradeció el calor que recorrió sus ancianas venas—. ¡Cielos! ¿Los has ofendido? Los MacNachtan siempre hacen alarde de esa manta escocesa nupcial y la exhiben, da igual que uno tenga o no ganas de verla.

El fuego de la chimenea caldeó el estudio, las velas iluminaron los rincones más oscuros, el reloj de la repisa de la chimenea hizo tictac y Hadden permaneció sentado, con las largas piernas estiradas, imagen misma del poderío y la gracia masculinos.

Era la imagen misma de la virilidad agraviada.

Lady Valéry disimuló la sonrisa acercando los labios a la copa. Al muchacho..., bueno, en realidad tenía treinta y un años, pero la dama lo consideraba un muchacho; al joven no le sentaban bien los rechazos.

—Andra MacNachtan es una insensata. —Hadden contempló su copa con el ceño fruncido—. A esa mujer de ideas confusas y pelo negro como el azabache nada le importa, salvo ella misma.

Lady Valéry aguardó en silencio. El hombre bebió un generoso trago de whisky, el cuarto desde la comida y tres más de los que solía tomar ese bebedor habitualmente moderado.

—Sí, claro —musitó lady Valéry y siguió adelante con sus planes—. La manta escocesa nupcial se adecúa perfectamente a la clase de tradición que te interesa. Se trata de una raída tela de cuadros que supuestamente da buena suerte a los recién casados si cubre sus hombros... —La mujer hizo una pausa para causar impresión—. Ay, un momento, tengo que pensar..., si besan el bolso.... No, creo que eso tiene que ver con la obediencia de la mujer casada. Si recordase la historia, te la contaría y podrías incorporarla a tu tratado. Lamentablemente soy una anciana dama y mi memoria ya no es la de antes...

Hadden levantó la cabeza y la observó con los ojos azules encendidos de furia.

Lady Valéry llegó a la conclusión de que había cargado demasiado las tintas. Cambió rápidamente de rumbo y añadió con tono serio y tajante:

—Nunca me interesaron esas bobadas chapadas a la antigua. Recuerdo perfectamente los «buenos y viejos tiempos»: fuegos humeantes, los trallazos al galopar y los barrios bajos plagados de borrachos. Pues no, prefiero las comodidades modernas. Los jóvenes pueden fisgonear aquí y allá y considerar que aquella época era romántica y digna de mención, pero yo no.

—Su excelencia, por mucho que le apetezca creerlo, no es sólo su juventud la que estoy registrando.

«Arisco y sarcástico», pensó la anciana, su estado habitual desde que había vuelto del castillo MacNachtan, hacía casi dos meses.

—Se trata de todo un estilo de vida —prosiguió Hadden—. Desde la batalla de Culloden, Escocia ha cambiado. Las costumbres que han existido desde los tiempos de William Wallace y Roberto I Bruce desaparecen sin dejar rastro. —Cuadró los hombros y se inclinó a causa de la concentración—. Me gustaría registrar esos frágiles fragmentos de la cultura antes de que se pierdan para siempre. Si no los consigno, nadie lo hará.

Lady Valéry lo contempló con gran satisfacción. Se había mostrado tan rotundo y entusiasta casi desde el momento de su llegada a su hacienda escocesa, cuando sólo era un niño de nueve años, flaco y atemorizado. Hadden se había encariñado con los espacios abiertos y las nieblas grises de las Tierras Altas. Se había hecho alto y vigoroso al recorrer los valles y las laderas y tanto en los clanes como en los antiguos estilos de vida había descubierto una continuidad de la que su propia existencia carecía.

Lo cierto es que la hermana de Hadden había creado un hogar para él, pero nada podía sustituir a sus padres y un lugar al que considerar propio.

Cuando lo envió al castillo MacNachtan, lady Valéry albergó la esperanza de que allí encontrase su sitio.

Sin embargo, el muchacho había regresado taciturno, refunfuñón y ensimismado de una forma que no tenía nada que ver con su talante de naturaleza agradable.

En cuanto diagnosticó el mal que lo atormentaba, lady Valéry decidió arreglar las cosas y, como de costumbre, su plan discurría sobre ruedas.

—Ahora te entiendo. Con toda elegancia me estás diciendo que la manta escocesa nupcial de los MacNachtan no te interesa porque carece de importancia. —Dejó la copa sobre la mesa con un golpecito—. No te lo reprocho. Se trata de una leyenda oscura y bastante absurda y los MacNachtan forman un clan agonizante. Por lo que tengo entendido, la muchacha, Andra, es la última de su estirpe. Sí, claro, tienes razón. —La anciana continuó como si Hadden hubiese respondido—. No pasará nada si no registras su historia antes de que el clan se extinga.

Hadden, que estaba a punto de beber un trago de whisky, detuvo el movimiento, apretó con los dedos la copa de cristal tallado y masculló:

—El castillo MacNachtan está a dos días de cabalgada por terreno escabroso.

—Así es —reconoció lady Valéry, cuyo mensajero había necesitado un par de jornadas para llegar, otro para dar con el ama de llaves de Andra y obtener respuesta a su carta y dos más para volver.

—Los caminos están enfangados, los arrendatarios son pobres y el castillo se cae a pedazos, entre otras cosas porque nunca estuvo en buenas condiciones. A pesar de los pesares, Andra MacNachtan es una desamparada endiabladamente altiva y tan orgullosa de sus honrosos antepasados escoceses que es incapaz de ver lo que tiene ante sus narices.

Sabedora de que había tendido el anzuelo a la perfección, lady Valéry sonrió a Hadden.

—Por consiguiente, mi querido muchacho, una mujer de ideas confusas como Andra MacNachtan no tiene la menor importancia, ¿verdad?

El gigante rubio, guapo e irresistible medía más de metro ochenta y se sintió tan crispado con lady Valéry que estuvo en un tris de olvidar sus disputas con Andra.

—Francamente, no debería tenerla.

—¿Cuándo partirás?

—Mañana a primera hora. —Hadden se puso de pie, echó el whisky que le quedaba al fuego y vio cómo avivaba las llamas—. Su excelencia, será mejor que la historia de la manta escocesa nupcial sea veraz porque, si hago ese camino tan largo solamente para quedar en ridículo, embarcaré rumbo a India, amasaré otra fortuna y no volveré a verme durante mucho tiempo.

—¿Serás capaz ce romperle el corazón a una anciana dama?

—No si se trata de una anciana dama veraz. Su excelencia, si me disculpa, iré a preparar el equipaje.

Lady Valéry lo vio alejarse; era tan dinámico, imponente y viril que a la anciana le hubiera gustado tener cincuenta años menos.

«Desde luego que soy sincera» —dijo para sus adentros—. «Al menos en lo que se refiere a la manta escocesa nupcial.»

—Se partió en dos y no sé cómo repararlo sin más tubos. —El mayordomo de Andra empleó un tono de cierto regocijo al anunciar la catástrofe—. No podía ser de otra manera. Lo instaló el tatarabuelo de mi tatarabuelo y es un milagro que no haya reventado antes.

Andra tenía la mirada fija en el extremo de la tubería, todavía goteante, que transportaba agua del pozo a la cocina. El milagro consistía en que no se hubiese averiado antes y recordó que hacía casi dos meses que se habían terminado los milagros.

—Ha provocado una inundación terrible —acotó Douglas innecesariamente.

Andra apartó el pie de los diez centímetros de agua que cubrían el suelo de la mazmorra subterránea a la que eufemísticamente llamaba bodega.

—Me he dado cuenta.

Se había dado cuenta de más cosas. Al romperse, el agua que salió por la tubería salpicó los toneles de carne salada y empapó los depósitos de cebada y de centeno. Un barril casi vacío, que contenía el poco vino que les quedaba, cabeceó lentamente de un lado al otro.

El clan MacNachtan había llegado a la peor de las decadencias y Andra no sabía cómo sacarlo de ese pozo de pobreza y desesperación; mejor dicho, no sabía cómo sacarse a sí misma, ya que era la única que quedaba de la familia. Le habría gustado abandonar la lucha y ya lo habría hecho de no ser por Douglas, que tenía sesenta años y, en cuanto terminaba de quejarse, era muy hábil a la hora de resolver desperfectos; por Sima, el ama de llaves, la única madre que había tenido desde la muerte de la que la trajo al mundo cuando tenía once años; por la cocinera y por Kenzie, el mozo de cuadra un poco tonto; por los arrendatarios y por cuantos dependían de ella para permanecer a salvo de los locos y de los ingleses.

Cuando había adoptado precisamente esa actitud y se había negado a acceder a las despreciables exigencias de un inglés chiflado, las personas a su cargo se habían mostrado desilusionadas, preocupadas o irritadas. Como si ella, la última MacNachtan, debiera casarse con un habitante de las Tierras Bajas; ya estaba bastante mal que hubiese…

—Señorita, ¿cómo sacaremos el agua de aquí?

Andra respiró estremecida y no pudo responder. No tenía ni la más remota idea de cómo la extraerían.

—¿También pretende que repare la tubería? ¿Cómo?

La última del clan tampoco lo sabía. Lo único que sabía era que la vida, siempre solitaria y dura, últimamente se había vuelto tan difícil que ya no sabía cómo cada mañana levantaba la cabeza de la almohada.

Se quitó de la cabeza el sudado pañuelo y lo usó para secarse el cuello. Había ayudado a hervir la ropa blanca en la cocina cuando de repente se interrumpió el flujo de agua. Parecía la arrendataria más humilde y pobre de cuantos moraban en las antiguas tierras de los MacNachtan y le dolían todos los huesos del cuerpo. Le desagradaría sobremanera que alguien la viese así y, todavía más, que…

—Ese buen joven, el señor Fairchild, sabría lo que hay que hacer —declaró Douglas—. En mi opinión, entiende de fontanería.

Andra se volvió tan rápidamente hacia Douglas que provocó olas.

—¿Qué has querido decir?

El mayordomo se mostró sorprendido y exagerada y sospechosamente inocente.

—Vamos, no he dicho nada raro, simplemente que parece entender de todo lo que se cuece bajo el sol, tuberías incluidas.

Andra cerró los ojos para dejar de ver el regodeo del viejo arrugado. No tendría que haber saltado al oír el apellido de Hadden, pero Douglas no había hecho más que importunarla desde que…

—Pero no está aquí, ¿eh? Por lo tanto, tendremos que prescindir de él. —Andra se expresó con tono sereno y suave, algo que en las últimas semanas le había costado mucho.

Douglas movió afirmativamente la cabeza con actitud aprobadora.

—¡Vaya, vaya! Para variar no chilla como un marrano.

Andra notó que su irritación iba en aumento. Dio la espalda al mayordomo, en apariencia para estudiar la tubería, pero concentró su atención en el verdadero alcance del desastre. Había reventado un sector completo del tubo, un tramo de cobre antiguo y desgastado por el agua que durante siglo y medio había fluido por la tubería.

Había reventado, se había roto, estaba desgastada…, como el resto del castillo MacNachtan. Tanto Andra como cuantos estaban a su cargo vivían en una antigualla que se caía a pedazos y la situación empeoraba con el paso de los días. Todos apelaban a ella en busca de la salvación, pero ¿qué podía hacer una solterona de veintiséis años para reparar las piedras o hacer crecer los cultivos?

Oyó a sus espaldas el golpeteo de los pasos de Sima escaleras abajo y el siseo de las zancadas de Douglas en el agua. Percibió el susurro de sus voces y tragó saliva con todas sus fuerzas para deshacer el nudo que tenía en la garganta. Se dijo que últimamente ese nudo se formaba con demasiada frecuencia.

—¡Señorita! —la llamó Sima y su voz sonó más suave y amable que en los últimos tiempos—. Ha llegado la hora de la cena. El día ha sido duro. Suba a sus aposentos, ya he preparado el baño caliente.

—¿Un baño? —Andra se avergonzó porque le falló la voz. Se cogió el cuello con la mano y se serenó antes de volver a hablar—. Pero si ni siquiera es la hora de la cena.

—Lo será cuando haya terminado de bañarse. Hemos preparado un plato apetitoso. Mary hará bollos de patata y queso, que servirá calentitos, y hemos sacrificado una gallina pequeña. Hasta es posible que yo prepare su receta favorita.

Posteriormente, Andra se dio cuenta de que el ave tendría que haberle servido de pista. Por regla general, Sima sólo permitía que matasen una gallina si alguien se ponía enfermo o si la gallina lo estaba.

En ese momento, lo único que Andra ansiaba era el agua caliente y la ilusión del bienestar.

—¿Sopa de puerro y gallina? —Andra se volvió y miró a la mujer enjuta y de rostro severo que había sido su niñera.

—Eso es, ni más ni menos —confirmó Sima.

Andra se dejó conducir a su recámara del primer piso y bañar con la única y atesorada pastilla de jabón francés con perfume de rosas. Sima le pasó el único par de medias de seda blanca que tenía, así como las ligas con la flor de encaje junto al lazo, y se las puso. Las enaguas blancas y almidonadas hicieron frufrú cuando Sima las anudó alrededor de su cintura y levantó los brazos para que el ama de llaves le pasara por la cabeza su mejor vestido de cotonía rosa. Sima recogió en su coronilla, con el moño más elegante que sabía hacer, la melena negra y lisa y, como remate, cubrió los hombros de Andra con un chal de encaje belga.

Andra lo aceptó sin protestar e imaginó que la mimaban como a una niña.

A decir verdad, la estaban preparando como a un chivo expiatorio.

Se dio cuenta al entrar en el comedor iluminado por el fuego de la chimenea, con la mesa con el mantel de hilo y dispuesta para dos comensales, y lo vio.

Hadden Fairchild, erudito, inglés…, y su primer y único amante.

2

Aunque no siseó al ver los anchos hombros de Hadden apoyados en la repisa de la chimenea, Andra dejó escapar un ligero bufido de exasperación mezclado con cierta actitud defensiva. El inglés estaba allí, sin dar muestras del agotador viaje realizado e impecablemente vestido con chaqueta, pantalón, corbata y chaleco con el sello del refinamiento londinense. Corpulento, apuesto y brioso, Hadden parecía atraer la luz del fuego y acrecentarla con el brillo de su pelo rubio, la calidez de su piel dorada y la intensidad de la mirada de sus ojos, del tono de las flores del brezo.

¡Maldito sea! ¿Por qué la desafiaba con su postura, su energía y su capacidad harto evidente de sentirse a sus anchas en el castillo MacNachtan?

Sima apoyó la mano en la espalda de Andra y la empujó, por lo que la mujer entró dando tumbos y estuvo a punto de caer de rodillas.

—Por favor, no es necesario que se arrodille. Basta con una simple reverencia —dijo Hadden con tono de horrorosa superioridad y acento marcadamente inglés.

De forma automática y con la esperanza de fastidiarlo, Andra adoptó la entonación habitual de las Tierras Altas.

—Es usted insufrible.

—Bueno… —Habló incluso con más acento escocés que ella—. Lo mismo que un mozo con tanto sentido común como el mágico Puck.

Aunque parecía más decorativo que útil, Hadden era capaz de hacerlo todo mejor que ella: cambiar una rueda, traer un niño al mundo, cavar un pozo, calmar los miedos de un crío, escribir una carta, amar a una mujer sin el menor reparo…, seguramente también sabía reparar tuberías. Y ella, Andra MacNachtan, de los MacNachtan de las Tierras Altas, no estaba obligada a aguantar que le restregaran por las narices la suficiencia inacabable y exasperante de ese inglés.

Con ademán grandilocuente, Andra se echó el chal alrededor del cuello y se dio la vuelta, decidida a regresar a su recámara o dirigirse a la bodega o a cualquier otro sitio en el que Hadden Fairchild no estuviera.

Se encontró cara a cara con Sima. El ama de llaves, que le había inculcado cuanto hay que saber sobre la hospitalidad y los buenos modales, agitó un dedo con tanta severidad que Andra se amilanó. Acató de mala gana ese mandato callado pero poderoso y se giró hacia el invitado dispuesta a ver que Hadden sonreía a Sima y, sin pronunciar palabra, le daba las gracias por obligar a Andra a cumplir con las obligaciones de la cortesía. Lo cierto es que ni sonreía ni miraba a Sima. Estaba pendiente de ella, como el lobo que olfatea a su hembra.

El hecho de que el cuerpo de Andra lo reconociera y le diese la bienvenida a un nivel primitivo no significaba que ella fuese suya. Esa suavidad, ese temblor, ese deseo de echar a correr hacia sus brazos y refugiarse entre ellos no era más que una ligera debilidad por ver al hombre que le había permitido conocer la pasión. Daba igual que Hadden le diera órdenes sin abrir la boca, Andra MacNachtan era muy lista y no las acataría.

La mujer se sobrepuso a la desgana y habló con total falta de sinceridad.

—Señor Fairchild, no sabe cuánto le agradezco que vuelva

a visitarnos. ¿Qué lo trae a mi rincón de las Tierras Altas y tan poco después de su última visita?

El inglés se irguió, apartó los hombros de la repisa de la chimenea y dio un paso hacia ella:

—Me ha mentido.

Esa contundente acusación la sorprendió. Por supuesto que le había mentido, había sido una cuestión de mera supervivencia. ¿Cómo lo había descubierto?

—¿De qué habla?

—Hablo de la manta escocesa nupcial.

Andra cerró y volvió a abrir las manos entre los pliegues de la manta.

—Ah, de la manta escocesa nupcial. ¿Se refiere a la manta de los MacNachtan?

—¿Conoce alguna otra?

—No —reconoció de mala gana.

—¿De modo que sólo hay una?

—Así es —confirmó, todavía más a su pesar.

—¿Sería tan amable de decirme a qué se debe que no me hablase de la manta escocesa nupcial pese a que sabía perfectamente que vine a petición de lady Valéry para recoger las tradiciones escocesas y registrarlas? —Se acercó a ella sin hacer ruido, la cubrió con su sombra y el humo de la chimenea lo persiguió como si quisiese acariciarlo—. Me habló de la piedra en la colina, se supone que colocada por los gigantes, y del pozo de los deseos, del que los fantasmas salen la víspera del día de Todos los Santos, cosas tan corrientes en Escocia que no merece la pena apuntarlas. Pero no dijo nada, absolutamente nada, sobre la manta escocesa nupcial.

Desde luego que Andra no había dicho nada. Los cuatro días que habían compartido fueron un tiempo al margen de la realidad y las responsabilidades. Durante esos días mágicos y fugaces apenas se había ocupado de afrontar sus obligaciones como tendría que haber hecho una verdadera castellana. Sólo se había interesado por Hadden y por lo que el inglés le hizo sentir.

No había sido amor, Andra conocía muy bien el amor. Era lo que había sentido por su tío antes de que lo declarasen en rebeldía, por su padre y por su hermano antes de que huyeran a América y por su madre antes de que muriese de pena.

Se había tratado de una emoción distinta: despreocupada, llena de risas y de pasión inesperada. No le había importado lo más mínimo que él acabara por marcharse; sólo le había preocupado aferrar el momento perfecto antes de que fuese demasiado tarde y muriera cual una vieja doncella agotada por sus obligaciones.

—¿Y la manta escocesa nupcial?

Andra levantó la barbilla y lo miró. Hadden se encontraba demasiado cerca. Vio cada mechón de su cabello recortado, peinado y húmedo; percibió el aroma a brezo, a cuero y a jabón; notó el peligro del deseo de poseerla que bullía en el interior de él. Y aunque se le pusieron los pelos de punta, no se movió un centímetro ni se atrevió a desviar la mirada. No recordaba que fuese tan alto y jamás imaginó que le tendría miedo.

Pero se lo tuvo.

—No me acordé.

Era mentira y Hadden la reconoció como tal.

—No se acordó —repitió—. No se acordó del orgullo de los MacNachtan.

—No me acordé. —Siguió mintiendo, pero concluyó que era mejor decir una mentira que aceptar su caprichosa decisión de no pensar en el matrimonio, no mencionarlo ni, sobre todo, soñar con casarse y lo que supondría compartir su vida con un hombre que estaría eternamente a su lado o, como mínimo, hasta que otra llamase su atención—. ¿Para qué iba a acordarme de ese trapo viejo? Está metido en algún baúl y nunca pienso en esa manta.

—Según lady Valéry, los MacNachtan la exhiben ante todos sus invitados.

—Pues yo, no.

Habría sido mejor que Andra le mantuviera la mirada, pero la llama azul de los ojos de Hadden la quemó y le fallaron los nervios, de modo que desvió la vista hacia un lado.

—Cobarde —musitó el inglés en un tono apenas audible.

De todas maneras, Andra lo oyó. Oía todo lo que Hadden decía, pero no sabía qué pensaba. Al fin y al cabo, no estaban tan armonizados, no se lo permitía.

El silencio fue en aumento cuando lo vio acercar lentamente la mano a su cuerpo. La dirigió hacia su rostro, para acariciarle la mejilla tal como le había encantado hacer. Esos dedos extendidos temblaron como si Hadden luchase contra la necesidad de tocarla. Luchó tanto como ella combatió la necesidad de ser acariciada.

El sonido de pisadas al otro lado de la puerta los llevaron a tomar distancia y Sima entró en el comedor, seguida de dos criadas que sonreían de oreja a oreja. Una llevaba la sopera humeante y la otra, el cestillo con los prometidos bollos de patata. Dejaron los alimentos en el centro de la pequeña mesa redonda mientras Sima abarcaba la escena con la mirada. Andra creyó percibir un ligero bufido de exasperación antes de que el ama de llaves tomase la palabra:

—Espero que se sienten y coman mi deliciosa sopa de gallina y puerro hasta que no quede una sola gota. Faltan muchas horas para que llegue la mañana y escalar hasta lo alto de la torre supone un gran esfuerzo.

Sorprendida, Andra inquirió:

—¿La torre? ¿Para qué hay que ir a la torre?

—Bueno, allí está la manta escocesa nupcial.

—¿Has vuelto a escuchar detrás de la puerta? —quiso saber Andra.

—Claro que no —replicó Sima con altivo desdén—. El señor Hadden ha hablado conmigo y me ha contado los motivos de su visita. Quedé pasmada, totalmente pasmada al saber que no le había mostrado la manta escocesa nupcial.

Pasmada…, hacía años que nada pasmaba a Sima, pero, durante la primera visita, el ama de llaves había dejado clara su lealtad a Hadden. Tal vez la consiguió porque el inglés se propuso fascinar deliberadamente tanto a Sima como al resto de las mujeres que moraban en el castillo.

«Me gustan las mujeres, sobre todo las mujeres fuertes y capaces, —había dicho—. Mi hermana es así. Lady Valéry también. Y usted, lady Andra…, usted es igual.»

«Yo soy recia», había reconocido la castellana con todo el entusiasmo que era capaz de transmitir.

«¿Ha dicho recia? En absoluto.» Hadden la había repasado de la cabeza a los pies con actitud de experto. «En mi opinión, es frágil.»

Sima había intervenido con toda la arrogancia que era capaz de manifestar: «Trabaja demasiado y necesita un hombre».

«¡Sima!» Andra apenas pudo disimular su horrorizada sorpresa.

Hadden se había limitado a sonreír. «Necesita un hombre que se ocupe de ella y realice el trabajo pesado. Estoy totalmente de acuerdo.»

A partir de esas palabras, a Sima le había importado un bledo que ese hombre fuese extranjero. Tanto el ama de llaves como el resto de las insensatas criadas habían expresado claramente su adoración.

Por lo tanto, cuando Andra lo mandó a paseo, Sima también manifestó sin ambages la opinión de que el sentido común de su ama brillaba por su ausencia y de que tenía el corazón como una piedra; también se atrevió a dar a entender que empleaba su indiferencia para encubrir cierta debilidad.

Obviamente, era una bobada. Ella era fuerte, se bastaba a sí misma y no necesitaba a nadie, absolutamente a nadie.

—A propósito, también le dije que no tiene críos. Se mostró bastante preocupado por esa cuestión. —Sima sonrió ufana al ver que Andra se ponía de todos los colores—. De todas maneras, a esta anciana le resulta imposible entender que el señor se sorprenda de que no está casada.

De modo que le resultaba incomprensible… Sima entendía la naturaleza y las necesidades humanas de una forma muy fantasiosa y Andra sospechó que con uno de sus dedos ganchudos la vieja preparaba brebajes de hechicera. Andra no supo qué se proponía el ama de llaves. Pensó en la destartalada escalera de caracol que rodeaba la torre, en la puerta trampilla, en la habitación grande, polvorienta y con los cristales de las ventanas tan sucios que apenas entraba luz y preguntó con gran recelo:

—¿Por qué hay que subir a la torre?

—Me preocupa que la humedad estropee las cosas viejas —respondió Sima y apartó de la mesa la silla acolchada, con respaldo alto y reposabrazos. Andra dio un paso hacia el asiento, pero Sima acotó—: Señor Hadden, póngase aquí.

Andra se quedó petrificada y, rígida de resentimiento, contempló la escena. Hasta entonces, el inglés siempre había insistido en que ella ocupase la silla principal. La había apartado de la mesa y la había ayudado a tomar asiento con gentileza y cortesía, pero en ese momento aceptó el homenaje de Sima con toda la arrogancia de una divinidad noble y extinguida y se aposentó con una seca palabra de agradecimiento a la vieja manipuladora.

Sima sonrió radiante cuando cogió la otra silla, menos formal y sin reposabrazos.

—Querida, siéntese aquí y apoye sus cansados pies. Señor Hadden, desde su partida esta mujer ha trabajado demasiado. Si no tuviera en cuenta otras cuestiones, diría que lo ha echado de menos. —El ama de llaves prosiguió sin inmutarse—: Señora, debo reconocer que en la torre no hay humedad, que desde allí arriba se ve en varios kilómetros a la redonda y que con las ventanas abiertas se produce una buena corriente de aire.

Sin saber a qué carta quedarse entre la exasperación y la gratitud, Andra tomó asiento y preguntó:

—¿Crees que la manta escocesa nupcial se dedica a contemplar la panorámica?

Sima le palmeó el brazo y aprovechó para quitar el chal que cubría los hombros de Andra.

—Ay, vaya ocurrencia, ¿no le parece, señor Hadden?

—Siempre he admirado…, siempre he admirado su ingenio —contestó el inglés y paseó la mirada por el pecho de Andra, que el escote dejaba prácticamente al descubierto.

Andra se inclinó a punto de soltar una réplica contundente. De repente los dedos de Sima apretaron el brazo de su ama. La obligó a apoyar la espalda en el respaldo y tomó la palabra:

—Últimamente las criadas y yo hemos hecho una limpieza a fondo. La primavera es buena época para limpiar. Hemos aireado la ropa blanca, quitado el polvo a los recuerdos y reacomodado el contenido de los baúles, en uno de los cuales hemos guardado la manta nupcial. —Hizo señas a una de las criadas, que llenó los cuencos de sopa y dejó uno delante de Hadden y el otro ante Andra—. Será mejor que llenen el estómago antes de iniciar la aventura.

Andra se llevó la mano a la frente. Ya no recordaba cuánto tiempo hacía que Sima se mostraba tan locuaz. Seguramente se trataba de la influencia de Hadden, otra desgracia que podía achacarle.

—Está más delgada. —Aunque era indudable que se refería a Andra, Hadden se dirigió a Sima, pero traspasó con la mirada a la castellana, que tuvo la sensación de que la mesa se encogía en medio de esa asfixiante proximidad.

—Tiene razón. Si se la mira con un ojo cerrado, parece un alfiler —añadió Sima y manifestó su traicionera disposición a hablar de Andra como si no estuviese presente—. Últimamente no come lo que debería.

—¿A qué se lo achaca? —inquirió Hadden.

—He estado muy ocupada —terció Andra.

—Suspira de deseo —contestó Sima al mismo tiempo.

Hasta la coronilla de Sima y de su ridícula idea de que la mujer necesita un hombre para estar completa, Andra le espetó:

—¡Déjanos cenar en paz!

—Por supuesto, señora.

Sima hizo una reverencia, las criadas también y se retiraron tan rápido que Andra tuvo la clara sensación de que había perdido esa partida. Se preguntó con actitud taciturna cómo podía ganar si en el castillo todos pensaban que su señora estaba chiflada.

—Tómate la sopa —ordenó Hadden y se mostró tan a sus anchas haciendo de autoritario señor como lo había estado en su papel de invitado seductor.

A Andra le habría gustado replicar que no le apetecía comer, pero, por primera vez en dos meses, estaba voraz y realmente famélica, como si su cuerpo exigiera sustento tras una hambruna. Cogió la cuchara y aprovechó para dirigir una mirada de solayo a Hadden. Su regreso le había permitido recuperar un apetito…, y que Dios la ayudase si liberaba algún otro.

Con gran sensatez, el inglés clavó la mirada en su cuenco y se abstuvo de hacer comentarios sobre la ávida ingestión de la sabrosa sopa por parte de Andra. De todas maneras, estuvo pendiente de ella, pues le pasó la fuente con los bollos de patata hasta que ya no pudo más. Entonces dejó la cuchara sobre la mesa y dijo:

—Ahora me llevarás a la torre.

Andra apoyó la espalda en la silla.

—¿Qué te hace suponer que puedes darme órdenes con ese tono?

—La comida te ha dado nuevos bríos, aunque lo cierto es que no los necesitas. Tienes razón, te ordeno que me lleves a la torre. Andra, es lo mínimo que me debes.

—¡No te debo nada!

Hadden cubrió la mano de Andra con la suya y, cuando la mujer intentó apartarla, se lo impidió y la apretó aún más.

—Claro que me debes algo. ¿Recuerdas lo que dijiste cuando me echaste? ¿Recuerdas que aseguraste que te olvidaría en cuanto dejase de verte? Pues no ha sido así. Pienso en ti, sueño contigo, tengo sed de ti..., y si lo único que consigo es un capítulo para mi tratado, lo aceptaré y subsistiré sólo con eso hasta el día de mi muerte.

La áspera palma de su mano rozaba el dorso de la de Andra y estaba ardiente..., como el resto de su persona. Entonces evocó su calor cuando se movía bajo ella y se estremecía sobre su cuerpo y el recuerdo la llevó a capitular.

Estaba dispuesta a hacer lo que fuera para que la soltase. Intentó incorporarse, pero la mano de Hadden se lo impidió hasta que dijo:

—De acuerdo, vamos. Te llevaré a la torre.

3

Hadden apenas pudo contener la cólera mientras seguía a Andra por la oscura escalera de caracol que conducía a la torre. Hacía dos malditos meses que esa mujer lo tenía perturbado y ahora mostraba el descaro suficiente como para subir delante de él por esas escaleras estrechas y desvencijadas y atormentarlo con el meneo de sus caderas. ¿Hasta cuándo podría soportar esa provocación irreflexiva?

Ojalá no fuese irreflexiva…, ojalá se tratase de una provocación intencionada que Andra ponía en práctica para atraerlo a sus brazos. Pues no era así. Andra quería que se fuera.

Mejor dicho, lo había enviado a paseo.

La primera vez que la había visto, la castellana estaba en el río, con las faldas arremangadas, y se reía de las cabriolas de las ovejas que intentaban librarse del remojón anual. Le había parecido hermosa, despreocupada y el símbolo de la primavera en Escocia y de cuanto deseaba en la vida.

Hadden acababa de llegar de Londres, donde las mujeres lo habían perseguido por su fortuna, su origen noble y su rubia guapura, y donde había aprendido a desdeñar a esas almas cínicas y capaces de hacer cualquier cosa, por muy ignominiosa que fuera, con tal de obtener lo que pretendían. A pesar de la turgencia de su virilidad y del deseo que recorrió sus venas, prefirió no seducir a una doncella campesina escocesa que quizá no se atrevería a rechazar a un acaudalado noble inglés. Ésa habría sido la actitud de un bellaco.

Cuando supo que se trataba de la mujer que lady Valéry le había dicho que tenía que conocer, sus principios dejaron de ser válidos.

Por otro lado, él nunca había visto a nadie que trabajase con tanto tesón y sin descanso, como si la perpetuación de los suyos dependiera exclusivamente de ella.

Por lo visto, así era. Estuvo pendiente del baño de las ovejas, consultó a los pastores, dio ánimo a las mujeres que prepararon los fardos de lana, habló con los hombres que los transportarían al mercado y consultó con los tejedores las cantidades de lana que necesitarían. Se encargó de todo eso al tiempo que cuidaba de su casa y sus criados y los trataba con donaire y franqueza.

El inglés se dio cuenta de que caía simpático a la mujer. Cuando un Fairchild se esforzaba por resultar atractivo, eran contadas las mujeres que se le resistían. Hadden había contado con la ventaja añadida de ayudar a Andra a sobrellevar sus cargas debido a que, a diferencia de la mayoría de los Fairchild, era competente y no le temía al trabajo duro. De todos modos, ¿de qué servían el encanto, la guapura y las aptitudes si la dama deseada no tenía tiempo para dejarse seducir?

En consecuencia, durante su tercer día de estancia en el castillo MacNachtan, se puso de acuerdo con el servicio para apartar a lady Andra del arduo trabajo que ocupaba su existencia. La mujer se encontraba en las caballerizas y, con la ayuda de algunos hombres fornidos de la finca, él la acomodó delante suyo en la silla de montar y la raptó durante un día, mientras ella reía y aseguraba que tenía demasiadas tareas pendientes.

Lo cierto es que Andra no protestó mucho. En cuanto se encontró lejos de las obligaciones que la retenían, lo ayudó a disfrutar de los alimentos que Sima había preparado. Lo cogió de la mano mientras recorrían las colinas y recolectaban flores.

Lo escuchó encantada cuando entonó antiguas canciones escocesas. Permaneció callada y prestó atención al viento que silbó entre los peñascos.

Al caer la tarde emprendieron el regreso, momento en el que Andra se volvió en la silla de montar y lo besó. Mejor dicho, le aplastó los labios hasta que él detuvo su montura y le enseñó cómo se hacía. Le enseñó a tomárselo con calma, los placeres del sabor, a abrir la boca y a deslizar la lengua junto a la suya.

Hadden hizo un alto en la escalera, a espaldas de Andra, y apoyó la mano en la pared en un intento de recuperar el equilibrio. El recuerdo de aquel beso le hizo bullir la sangre. El caballo se había agitado inquieto, Andra se había tumbado en su regazo, se había apretado contra sus muslos, y a él lo había devorado el deseo de hacerla suya de inmediato. Todo su ser clamaba por poseerla.

Tuvo la certeza de que, incluso en ese momento y en la incómoda y peligrosa escalera de la torre, bastaría el más mínimo estímulo por parte de Andra para que le arremangase las faldas y se hundiera en ella. La castellana no se dio por enterada. Ni siquiera se percató de que él se había detenido. Siguió escaleras arriba y el inglés no dejó de mirarla con intención devoradora mientras recordaba aquella tarde y el ardor vibrante del primer beso.

Hadden no había aprovechado esa oportunidad para hacerla suya. Muy a sus pesar, la ayudó a sentarse en la montura y emprendieron el regreso al castillo MacNachtan. El recuerdo de su moderación lo enfureció aunque más tarde, cuando ella se coló en su lecho y lo sedujo tímida y primorosamente, como sólo puede hacerlo una virgen. Hadden pensó que lo había conseguido. Se había sentido vencedor, ridículamente enamorado, seguro de que acababa de emprender la campaña con más éxito de su vida por conquistar el corazón de una mujer, ya que se trataba de la única contienda importante que había librado por un corazón femenino.

Pero al final Andra lo había rechazado.

«Nunca pretendí…, no puedes…, no puedo casarme contigo.» Andra había cogido una punta de la manta de lana, se había tapado y se había arrastrado por el colchón, alejándose como si él la hubiese amenazado con hacerle daño. «¿Por qué crees que te pediría algo semejante?»

El inglés quedó tan azorado como si la mujer hubiese sacado un hacha e intentado hundírsela en la cabeza. «Te he cortejado y has respondido a mis requiebros. Anoche acudiste a mí.» Hadden señaló la antigua cama con dosel que había sido testigo de la cópula más tierna, delicada y trémula que había experimentado. «¡Dios mío, eras virgen! ¡Por supuesto que quiero casarme contigo!»

Andra dejó de alejarse y, convertida en una visión de pelo revuelto y labios inflamados, se inclinó hacia él. «Quieres casarte conmigo porque era virgen. Pues bien, te diré una cosa…»

«¡No, no quiero casarme contigo por ese motivo! ¡Quiero casarme contigo al margen de tu castidad! ¡Cuando una mujer llega a tu edad y no se ha metido con nadie en la cama, el hombre con el que por fin lo hace supone que está enamorada de él!»

Una curiosa expresión demudó el rostro de Andra.

Hadden supo en el acto que se había expresado muy mal. Tuvo la sensación de que oía a lady Valéry repitiendo sus palabras: «¿Una mujer de tu edad…?» Por eso se apresuró a añadir: «Te quiero. ¡Desde ayer, desde anteayer e incluso desde la primera vez que te vi he deseado casarme contigo!»

«Puro encaprichamiento» —decretó Andra tajantemente—. «Eres un hombre simpático que ha caído en las garras del encaprichamiento.»

Entonces Hadden perdió los estribos y le espetó: «No soy un hombre simpático».

Fue como si no hubiera pronunciado palabra alguna, pues Andra apostilló: «Y ahora…, bueno, ahora tienes que irte».

El inglés había reflexionado sobre esa frase según la cual era un hombre simpático. Todavía no había terminado de asimilarla. Al parecer, la castellana pensaba que trataba a todas las mujeres tal como se había comportado con ella y que se enamoraba y se desenamoraba con irritante regularidad. Al pensarlo, comprendió que Andra tenía una opinión indudablemente peculiar de los hombres y seguía sin entender a qué se debía.

Pero lo averiguaría, desde luego que lo averiguaría.

Entonces ella asomó la cabeza por una de las curvas de la escalera y le preguntó:

—¿Te has quedado sin aliento? Viejecito, ¿necesitas que te ayude y que te sujete por la cintura?

La mujer ni siquiera se dio cuenta del peligro que corría. Hadden sonrió y confió en que las sombras encubrieran su amenazadora determinación.

—Sí, baja a ayudarme.

Algo en el tono de su voz, en el brillo de sus dientes o tal vez en lo que había aprendido sobre él en el encuentro de sus cuerpos debió de advertirla, ya que lo miró unos segundos.

—Pues no bajaré —se apresuró a añadir y desapareció de su vista.

Hadden oyó el roce de los zapatos de la mujer escaleras arriba y su sonrisa se convirtió en una mueca desaforada. «Huye, pequeña; ya te alcanzaré.»

Su propia valentía le resultó útil como arma, ya que por ningún motivo a Andra se le ocurriría reconocer que estaba alarmada. Incluso en ese momento, a medida que sus pasos se hacían más pausados, Hadden se dio cuenta de que la mujer se decía a sí misma que cejase de ser tan tiquismiquis, pues era un hombre civilizado en cuya caballerosidad podía confiar.

Andra no se percató de que el barniz de la cultura saltaba cuando un hombre se veía privado de su compañera.

El inglés notó que, a medida que ascendía, hacía más calor. La alcanzó en el sitio donde los peldaños se inclinaban bruscamente hacia arriba y se estrechaban. Andra se había detenido, con la cabeza en el espacio reducido que formaban los escalones, la pared y el techo y los dedos introducidos en la manecilla de la puerta trampilla. El candelabro de la pared apenas despedía luz.

—¿Puedes abrir la trampilla o tendré que hacerlo yo? —preguntó la castellana.

Su osada valentía debió de impedirle reaccionar siguiendo el instinto de las primitivas. Aunque tendría que haber huido de Hadden, se dedicó a provocarlo e intentó averiguar, sin preguntar directamente, si sus buenas costumbres habían desaparecido cuando lo expulsó de su lecho. En ese aspecto tenía razón, pero Hadden no consideró necesario decírselo en ese momento. Todavía no estaban totalmente aislados de la zona habitada del castillo y de las limitaciones impuestas por la presencia de otras personas más civilizadas.

Hadden puso buen cuidado en no rozarle más que el codo, la acercó a la pared y la apartó hasta la base de la torre. Pasó a su lado, abrió los cerrojos metálicos y levantó el panel de madera maciza. La madera y el metal chirriaron cuando levantó la trampilla y la arrastró por el suelo de la habitación que servía de desván.

De la torre descendió una claridad repentina y una bocanada de aire fresco alivió el ambiente cerrado de la caja de la escalera.

—Las criadas debieron de dejar las ventanas abiertas. En cuanto bajemos hablaré con Sima. —Con el tono, Andra puso de manifiesto que deseaba descender cuanto antes.

El muelle de la cólera de Hadden se tensó un poco más.

—No hay duda de que tendrías que hablar con ellas. Tus criadas cargan con demasiadas tareas.

Transmitió su irritación a la mujer y lo notó en el color que asomó a sus mejillas y en la llamarada de sus ojos oscuros. Andra se tragó el resentimiento y él se alegró. Ella no quería ceder a su pasión, a ninguna pasión, lo que demostraba que temía las consecuencias.

Hadden sabía que Andra lo había amado y estaba decidido a descubrir qué bicho la había picado y la había llevado a apartarse. Era su misión de esa noche…, más que pillarla a solas, algo que deseaba intensamente, e incluso ver la manta escocesa nupcial de los MacNachtan, objeto que en ese momento sirvió de pretexto.

—¿Hay ratones? —quiso saber Hadden.

—Es probable.

—Los ratones no me gustan.

—¡Vaya cobarde!

Andra lo ridiculizó y el inglés se limitó a inclinar la cabeza. Si era tan ilusa como para considerarlo un cobarde, se merecía lo que tenía e incluso más.

La castellana avanzó, por lo que Hadden bajó un peldaño y le hizo señas de que subiera. Detectó el gesto de recelo que la mujer esbozó al darse cuenta de que el visitante la había conducido donde quería, pero sólo titubeó unos segundos antes de pasar a su lado.

Andra lo consideraba un caballero o, como mínimo, estaba convencida de que podía manejarlo como hacía con el resto de su estéril vida. No se percató de que ese hombre había abandonado parte de sus buenas maneras durante la cabalgada hasta el castillo, la cena interminable y el largo ascenso escaleras arriba. La contempló mientras trepaba por la escala, contempló sus delgados tobillos cuando los tuvo a la altura de los ojos y volvió a contemplarla cuando lo miró desde arriba. Como no podía retroceder, Andra le espetó:

—Deja de mirarme las piernas con actitud lasciva y sígueme.

—¿Acaso te he mirado con actitud lasciva? —Hadden escaló los peldaños de dos en dos y se situó directamente tras ella—. Me figuro que lo he hecho como cualquier hombre que aprecia los atributos de su mujer.

La castellana apoyó las manos en el suelo del desván y se dispuso a subir.

—No soy tu...

Hadden la cogió del trasero, la levantó y le dio la vuelta. Luego la soltó y le dobló las rodillas. Las tablas del suelo crujieron cuando Andra acabó sentada en el acceso al desván. Luego él trepó a gran velocidad y se situó a su lado. La rodeó con los brazos extendidos, sostuvo el peso del cuerpo sobre las manos y apostilló:

—Claro que eres mi mujer. Te recordaré hasta qué punto lo eres...

—Señor Fairchild... —Aunque lo observó con cautela, acercó peligrosamente las manos al torso del inglés, pero mantuvo un tono enérgico e impersonal—. Lo que en el pasado ocurrió entre nosotros ya no tiene la menor importancia.

—No hace mucho hubo un momento en el que te consideré una mujer perspicaz. —Centímetro tras acalorado centímetro, Hadden inclinó el cuerpo hacia ella—. Pero he cambiado de idea.

4

Hadden mantuvo las piernas entre las de Andra, le apretó las faldas con las rodillas y la obligó a permanecer inmóvil. El olor a jabón se mezcló con el aroma del inglés, que dejó escapar un suspiro a través de los labios entreabiertos. Andra movió los dedos tan cerca del pecho de él que notó su calor, aunque retrocedió ante la acometida de aquel hombre. Hubo algo en todo aquello que lo llevó a no tocarlo; no debía tocarlo si aspiraba a mantener su decisión de continuar sola y sin correr el riesgo de…

A través de la negrura de las pupilas de Hadden, la castellana percibió la determinación que lo impulsaba. Su aliento le acarició la mejilla cuando musitó:

—Andra…

Ella experimentó una determinación parecida, pero no se dejó intimidar. Le dio un empujón.

—¡Zoquete, apártate de mí! ¿Quién te crees que eres, un invasor inglés?

Hadden se apartó, cayó boca arriba y se tapó los ojos con un brazo. La mujer experimentó cierto grado de satisfacción…, y un alivio inconmensurable. Tuvo claro que no se había equivocado al interpretar la reacción que había tenido. Ese hombre no patearía un perro, abofetearía a un criado ni besaría a una muchacha contra su voluntad. Se trataba de un individuo simpático y doblegable.

Con el tiempo haría lo que ella había previsto hacía meses: la olvidaría.

Andra se irguió y contempló la figura tumbada del visitante. Había supuesto que Hadden la olvidaría antes de que perdiera de vista el castillo MacNachtan. Jamás se figuró que se enfurecería tanto. Se apartó con cautela de él y se adentró en el desván, al tiempo que se preguntaba si también había evaluado incorrectamente otras facetas de su personalidad.

—¿Es por eso? —Hadden se mostró deliberadamente insulso, como un jugador que no quiere revelar sus cartas, y continuó con el rostro oculto bajo el brazo.

—¿A qué te refieres? —inquirió Andra con gran cautela.

—¿Es por ese motivo que rechazaste mi propuesta de matrimonio? ¿Me descartaste porque soy inglés?

—No, claro que no.

—Entonces tiene que ver con mi familia.

—¿Con tu familia?

—Es posible que la infamia de los Fairchild se haya difundido incluso por las Tierras Altas. Has oído los comentarios y no te apetece injertar semejante arbusto en tu ilustre árbol genealógico.

La castellana se sorprendió y lo evaluó: era apuesto, honorable, amable y le costaba creer en sus manifestaciones… Además, de ninguna de las maneras le explicaría el verdadero motivo.

—Jamás he oído hablar de tu familia.

—Entonces te preocupa que me criase mi hermana y que tal vez no lo hiciera tan bien como si me hubieran educado mis padres. Te aseguro que me quiso mucho y me educó muy bien. Tengo los modales y la moral de un hombre instruido por el más severo de los padres.

—Lo sé, ya que en las Tierras Altas no juzgamos a nadie por sus orígenes, sino por su carácter —replicó con actitud distante.

Hadden se quitó el brazo de la cara y clavó la mirada en el techo.

—¿Hablas en serio? ¿Cómo evalúas mi carácter?

Andra tragó saliva.

—Aunque dijiste que querías casarte conmigo, me di cuenta de que no es así…, lisa y llanamente, estabas encaprichado.

El inglés volvió la cabeza y la miró atentamente.

—Lo dudo mucho.

Andra tomó distancia y pensó que le gustaría correr escaleras abajo, franquear la puerta, poner pies en polvorosa y librarse de esa mirada enigmática y sagaz. No le gustó la mezcla de contención y temeridad que él estaba mostrando. Se sintió insegura…, insegura de sí misma y del control que ese hombre ejercía sobre ella. No estaba acostumbrada: se sentía nerviosa, como un caballo a punto de ser domado para montarlo a voluntad. Al fin y al cabo, era la señora de la casa y siempre lo controlaba todo.

En ese caso, ¿por qué le latía tan rápido el corazón? ¿Por qué le faltaba el aliento y un ligerísimo rocío cubría su frente? ¿Se debía a que temía que Hadden la obligase a decir la verdad, una verdad que hasta ella misma fingía que no existía?

De forma deliberada, tal como había hecho tantas veces a lo largo de los últimos meses, se concentró en sus tareas y obligaciones. Como en ese momento no estaba en condiciones de pensar, paseó la mirada por el desván. Después de todo, la señora de la casa debe supervisar la labor de las personas a su servicio.

El estado del desván le demostró que, fuera cual fuese la tarea, podía confiar en los suyos. No quedaba ni una mota de polvo. A pesar de estar viejas y astilladas, habían fregado a fondo las tablas del suelo. Los cristales de las ventanas brillaban y dos estaban entreabiertas para que entrase aire fresco. Las telarañas ya no colgaban de los rincones. Había varios muebles deteriorados o que no necesitaban: una silla sin asiento, un banco, una mesa alta y desgastada.

Habían recogido los baúles del castillo y los habían trasladado escaleras arriba. Andra hizo una mueca al pensar en cómo debieron de quejarse los hombres. Por otro lado, conocía mejor que nadie la inutilidad de discutir con el ama de llaves cuando se proponía algo y el desván era muy amplio y luminoso. Tal vez Sima tenía razón, quizá convenía guardar allí las cosas de valor de la familia.

Aunque no lo miraba, Andra reparó en que Hadden se había incorporado. Pese a estar al otro lado de la puerta trampilla le pareció que ese hombre era demasiado alto, demasiado musculoso y demasiado intenso como para sentirse a sus anchas.

No es que supiera mucho sobre los hombres y sus deseos, pero sospechó que esa mirada primitiva significaba que más le valía darse prisa con la manta escocesa nupcial porque, de lo contrario, tendría que quitárselo de encima.

No era lo que había sucedido con anterioridad. Claro que no; la última vez que el inglés había estado en el castillo, Andra se había encargado de la seducción y había realizado un buen trabajo porque, antes de que amaneciera, Hadden le había propuesto matrimonio.

Cuando despertó, ella lo descubrió contemplándola con un brillo maravilloso en los ojos, como si no tuviera las huellas de la almohada en la mejilla, como si su boca no supiera como el fondo del pozo y su melena no semejase la maraña negra de una bruja.

«Andra…» Hadden le apartó el pelo de la cara con un tierno roce de los dedos. «Estoy enamorado de ti. Te lo ruego, cásate conmigo.»

Maldito fuera ese hombre que había incorporado la realidad a su fantasía. Y maldita ella por tener ganas de chillar como una cría asustada cuando le propuso matrimonio.

La castellana tragó saliva varias veces e intentó contrarrestar prácticamente la misma reacción.

—Sima dijo que la manta escocesa está en el baúl. Tenemos que encontrarla antes de que oscurezca.

—¿En qué baúl? —repitió Hadden y miró los cinco baúles, algunos tan viejos que las costuras comenzaban a romperse, aunque los demás todavía se encontraban en buen estado—. ¿En qué baúl está?

Andra se preguntó si el inglés era siempre tan difícil y lamentó que Sima no hubiese sido más concreta.

—Si te apetece, búscala.

—Cuando la vea, ¿reconoceré la manta escocesa nupcial de los MacNachtan?

Aunque el interrogante no le gustó nada, Hadden tenía razón. También se dio cuenta de que tenía que ayudarlo a encontrar la manta escocesa nupcial de los MacNachtan para tener la conciencia tranquila cuando le pidiera que se fuese.

—Te ayudaré a conseguir tu propósito.

Hadden emitió un sonido ronco que no fue una risa ni una protesta sino, más bien, un gruñido.

—Nadie más puede ayudarme.

Cuando se puso de pie, Andra se dio cuenta de que le temblaban las rodillas, pero le dio fuerzas la idea de mostrarle la condenada manta escocesa y de librarse de esa intimidad inoportuna.

—En realidad, tonto grandullón, no tienes que hacer nada. Soy yo la que la buscaré. —Dio unos pasos hacia el baúl situado en el extremo izquierdo y Hadden la siguió—. No. —Levantó la mano para detenerlo y la bajó enseguida por temor a que el inglés reparase en lo mucho que le temblaba—. Será mejor que no me mires todo el rato por encima del hombro.

Hadden se detuvo y comentó:

—Lady Andra, siempre tan gentil.

¿Gentil? La gentileza le importaba un bledo. Sólo le preocupaba hacerlo rápido. Se detuvo delante del primer baúl y miró por la ventana. Corría julio, pleno verano en Escocia. Quedaban dos horas de sol hasta las nueve de la noche.

Los baúles eran hondos y anchos y había cinco, repletos con recuerdos de la historia de los MacNachtan. Al arrodillarse ante el primero, la mujer se dio cuenta de que el deseo que albergaba, es decir, encontrar la manta escocesa, era disparatado.

De todas maneras, contuvo el aliento cuando levantó la tapa y quitó la primera capa, formada por papel colocado sobre el contenido para protegerlo del polvo. Debajo había tartanes, montones de tartanes, y durante unos segundos Andra se solazó con el olor de los paños antiguos y los viejos recuerdos.

Mientras Hadden deambulaba de un lado al otro, ella extrajo las telas de cuadros primorosamente dobladas: el tartán de los MacAllister, los MacNeill, los Ross; los tartanes de las familias que, en un momento u otro, habían emparentado con los MacNachtan por vía matrimonial.

Sin embargo, el de los MacNachtan no apareció y tampoco encontró la manta escocesa nupcial.

Andra meneó la cabeza al notar que Hadden se cernía sobre ella y éste tomó distancia.

Con gran cuidado, la castellana volvió a guardar todo en su sitio y lo tapó con el papel.

Desde lejos le llegó el sonido hueco y sobrecogedor de…, ¿de voces? Se volvió y preguntó:

—¿Qué ha sido eso?

—Los ratones —replicó Hadden que, con el ceño fruncido, miraba la mesa alta, como si su emplazamiento le disgustase.

A pesar que hizo un esfuerzo por detectar más sonidos, Andra no oyó nada más. Un soplo de aire agitó sus cabellos y se relajó. De pronto se percató de que los criados hablaban abajo, en el patio.

Se acercó al segundo baúl mientras, a sus espaldas, Hadden arrastraba un objeto y se entretenía reacomodando los muebles a su manera. No le importó, siempre y cuando no revolotease a su lado.

El ruido cesó y a la mujer se le erizaron los pelos de la nuca. Se dio la vuelta, vio que el visitante estaba demasiado cerca y lo miró furibunda.

El inglés le respondió de la misma manera y se apartó; cuando abrió la tapa del segundo baúl, Andra oyó que el invitado arrastraba algo tras ella.

¡Hombres! ¡Sabía perfectamente que necesitaban tener algo entre manos para no meterse en líos!

En el interior del baúl halló una piel de oveja curtida y puesta boca abajo, a fin de que el vellón amortiguase los golpes que pudiera sufrir el contenido. La retiró, la tendió en el suelo y contempló los objetos de formas curiosas y envueltos en papel que había en el baúl. Cogió una pieza y la sopesó. Pesaba poco y era alargada y nudosa. La desenvolvió, pegó un brinco, la soltó… y rio entre dientes.

5

La risa de Andra aminoró la ira de Hadden y lo condujo irresistiblemente a su lado. Se acercó deseoso de apartar los mechones de pelo de la delicada piel de su nuca y besarla. Ansiaba cogerla en brazos y amarla hasta dejarla sin energías para negarse. Deseaba…, ¡maldita sea, deseaba hablar con ella! Simplemente deseaba charlar, explorar los senderos de su mente y llegar a conocerla, que era aquello que más parecía asustarla. Con el mismo tono suave que empleaba para serenar a un caballo díscolo, preguntó:

—¿Qué te resulta tan divertido?

—Mi tío abuelo.

Hadden ni siquiera sabía que tenía un tío abuelo.

—¿Qué pasa con tu tío abuelo?

—Era un trotamundos. Abandonó Escocia muy joven…, después de la batalla de Culloden. Había participado activamente en las luchas contra los ingleses y le pareció lo más sensato. Se dedicó a recorrer el ancho mundo. Regresó varios años después y trajo consigo algunos recuerdos exóticos.

Andra habló libremente, algo que no había hecho desde que Hadden pronunció las fatídicas palabras «cásate conmigo», por lo que el inglés se aproximó y preguntó:

—¿Qué es eso?

La mujer levantó una máscara de madera oscura, con dibujos muy llamativos y las cuencas oculares vaciadas y se la mostró.

—Procede de África. Según el tío Clarence, las aborígenes las colgaban en sus chozas para protegerse de los espíritus malignos.

La castellana sonrió y le entregó la grotesca pieza.

—Yo me asustaría —reconoció Hadden y la contempló desde todas las perspectivas posibles.

—También trajo esto. —Desenvolvió un reloj pintado, en el que habían tallado rebuscadas espirales, y dotado de varias puertas disimuladas—. Es alemán.

Hadden se acuclilló, depositó la máscara en el suelo y cogió el reloj.

—Arcaico y curioso.

—Yo diría horrible —lo corrigió Andra.

—Pues…, bueno, sí.

El inglés se quedó sin aliento cuando la mujer compartió una sonrisa con él.

—Cuando le das cuerda, funciona con exactitud y a las horas sale un pajarito que canta.

Con sumo cuidado, Hadden intentó incorporar un elemento de humor:

—Me cuesta creer que no lo tengas abajo, en el salón principal.

—Lo tuvimos hasta que mi tío…, hasta que mi tío se fue. —Su sonrisa se esfumó y se mordió el labio inferior—. Luego lo guardamos porque hacía llorar a mi madre.

Hadden se dio cuenta de que era una de las piezas del rompecabezas: Andra echaba de menos a su tío y sufría por el padecimiento de su madre.

—¿Por qué se marchó?

—En las Tierras Altas la memoria es larga. Algunos ingleses tomaron las fincas abandonadas por los escoceses proscritos y alguien se acordó del tío Clarence y amenazó con denunciarlo por rebelde. Mi tío sabía que la familia no podía permitírselo. —La castellana se encogió de hombros, como si careciera de importancia, pese a que evidentemente se trataba de algo decisivo—. Por eso se fue.

Hadden se movió despacio, se sentó sobre la mullida badana, estiró sus largas piernas y se masajeó los muslos como si le dolieran.

—¡Sin duda era un hombre mayor! ¿Qué temía el inglés?

Andra lo miró por el rabillo del ojo. Vio que deslizaba las manos por los músculos de los muslos y, sin darse cuenta, lo imitó y se frotó las piernas con movimientos largos e irreflexivos.

—Temía que fuera capaz de seducir a su antigua amada, apartarla del desgraciado inglés de su marido y llevársela consigo.

Aunque se expresó con tono risueño, en realidad la cuestión no le hizo la menor gracia. La pena acechaba tras la valerosa sonrisa y las cejas enarcadas.

—En ese caso, era la oveja negra —opinó Hadden.

—De la familia MacNachtan, no. Todos los hombres de la familia MacNachtan son ovejas negras. —Andra se inclinó y se metió en el baúl como si pudiera ocultarse entre los objetos que contenía.

De todas maneras, no podía esconderse de Hadden y menos ahora que él obtenía las respuestas que tanto había buscado.

—¿A quién más te refieres?

—¿Cómo dices? —La mujer le dirigió una mirada cargada de ingenuidad.

Hadden no creyó ni un instante en su inocencia.

—Nunca había oído hablar de este tema. ¿Quién más es oveja negra?

—Veamos… Para empezar, mi padre. —El papel hizo fru-frú cuando Andra desenvolvió una pieza con protuberancias, una estatua de piedra de unos trece centímetros, que representaba a una mujer desnuda con los pechos bulbosos. Volvió a reír, pero en esta ocasión el sonido sonó forzado—. Mira, es griega. Según mi tío, se trata de una diosa de la fertilidad.

—¿De verdad? —El inglés apenas echó un vistazo a la fea figurilla—. ¿Qué hizo tu padre?

—Cuando mi tío se exilió, papá decidió apoyar la libertad de Escocia y, en un exceso de patriotismo y de whisky, cabalgó hasta Edimburgo para volar el edificio del Parlamento.

Hadden había visto la noble pila de piedras la última vez que había estado en Edimburgo y acotó mordazmente:

—Pero no lo consiguió.

—Claro que no. Durante el trayecto, mi padre y mi hermano bebieron en cada una de las tabernas de la ciudad y contaron su plan a todo el mundo.

El asombro de Hadden fue en aumento.

—¿Tu hermano también?

—Según mi madre lo hicieron a propósito. Me refiero a que contaron su plan a todo el mundo porque eran demasiado buenos como para pensar en hacer daño a alguien…, inglés o no.

Andra abrió otro paquete y le mostró una estatuilla prácticamente del mismo tamaño que la anterior, en este caso de bronce.

Cuando se la acercó, la mujer en miniatura y vestida con una falda de cuerda saludó a Hadden con la mirada encendida.

—Es escandinava —explicó Andra—. Mi tío dijo que también es una diosa de la fertilidad. Las nativas le daban mucho valor.

Hadden cogió la representación de la deidad.

—¿Están encarcelados en Edimburgo?

—¿De quién hablas? Ah, de mi padre y de mi hermano. —El inglés no se dejó engañar por la rebuscada despreocupación de la castellana—. No. Los declararon en rebeldía, los proscribieron, hecho que para ellos supone un gran orgullo, y huyeron a América. Mi padre murió allí y mi hermano escribe de vez en cuando. Se ha casado con una americana muy cariñosa y le va bien.

—¿Qué edad tenías cuando sucedieron esos hechos?

—Once años.

—Ya veo.

Hadden vio más de lo que Andra estaba dispuesta a mostrarle. Los hombres de su familia, los que tendrían que haberla protegido de toda clase de penurias, la habían abandonado a cambio de una gloria inútil. Estaba a punto de ser mujer y dedicarse a bailar, a coquetear y a dejarse cortejar por los señores locales, pero se había visto obligada a convertirse en el único pilar de estabilidad del clan de los MacNachtan.

—Tu madre tuvo que pasarlo muy mal —añadió el inglés a modo de prueba.

Los dedos de la señora de la casa volvieron a temblar ligeramente cuando desenvolvió otra pieza.

—Pues sí. Verás, mamá siempre fue frágil y, cuando llegaron, los soldados la trastocaron, por lo que se recluyó en la cama…, ¡mira! —Andra acarició la delicada estatua de arcilla de una mujer con falda larga, desnuda de cintura para arriba y con una serpiente en cada mano—. Es de Creta. Suponemos que… —Su voz se tornó inaudible. Miró con el ceño fruncido la estatua con el pecho descubierto y con las yemas de los dedos frotó lentamente las curvas femeninas. Miró a Hadden y añadió—: Supongo que esto no te interesa.

—¿Te refieres a las diosas de la fertilidad con su desnuda gloria? —inquirió y añadió con evidente astucia—: ¿O acaso estás hablando de tu familia?

Hadden comprendió mucho más cuando Andra tragó saliva y dio un brinco.

—No seas tonto, me refiero a las diosas.

La mujer intentó guardar la estatuilla en el baúl, pero Hadden la rescató y la depositó en el suelo, junto a las demás. Andra correteó hacia el siguiente baúl, en el caso de que sea posible corretear de rodillas.

Hadden le apoyó la mano en el brazo y apostilló:

—Andra, dime la verdad.

La mujer abrió la tapa del baúl con tanta energía que la madera añeja crujió.

—Seguro que está aquí —afirmó presa de un gran nerviosismo—. Estoy segura de que la encontraré.

—¿Qué buscas?

—La manta escocesa nupcial. —El papel hizo ruido cuando Andra lo retiró—. A eso has venido, ¿no?

No era a eso a lo que había ido y ambos lo sabían. La muchacha vibró a causa de las emociones desinhibidas y se asustó, tanto por lo que ella misma sabía como por lo que él había deducido. Fue incapaz de mirarlo, no pudo afrontar la verdad y Hadden llegó a la conclusión de que la entendía.

La situación no le gustó y volvió a experimentar cólera.

Se preguntó por qué Andra lo comparaba con esos hombres, con los miembros incompetentes e inmaduros de su familia.

Además, ¿por qué se comparaba con su madre, una mujer frágil y abrumada por la pérdida del marido y el hijo? Andra no era frágil, sino fuerte y afrontaba la vida y sus desafíos sin acobardarse. Él ya había sacado sus conclusiones y, en el supuesto de que estuviese en lo cierto, la mujer le temía a lo que la vida podía depararle.

—¿Quieres conocer la historia? —inquirió la castellana.

De regreso a la conversación, Hadden preguntó:

—¿La historia de qué?

Andra bufó como una máquina de vapor.

—¡Del tartán matrimonial!

Se quedó quieta cuando él se acercó y cogió la badana.

—Cuéntamela.

Hadden reunió las estatuillas de las divinidades y las repartió estratégicamente por el desván. Regresó junto al baúl y sacó más tesoros envueltos. Sonrió al ver esas deidades exuberantes y también las distribuyó por la estancia.

Se dijo que era importante ser realmente minucioso.

—La manta escocesa nupcial es la que llevó el primer MacNachtan cuando contrajo matrimonio. —Andra apiló tartanes a su lado y los buscó con más energía que elegancia—. Era un hombre mayor, un guerrero feroz, y no le apetecía tomar por esposa a una mujer, pues creía que la exposición a tanta ternura lo debilitaría.

—De modo que era sensato. —No esperó a que la castellana reaccionase a su provocación y se alejó para extender la piel de oveja curtida sobre un viejo banco de roble macizo.

—Tanto como puede serlo un hombre —replicó Andra agriamente—. Sin embargo, un día se vio obligado a visitar a los MacDougall debido a que le robaban ganado y al llegar a la fortaleza de ese clan conoció a una muchacha.

—Imagino su caída.

El sol vespertino había alcanzado el punto del horizonte en el que los rayos iluminaban directamente el desván y lo teñían con su luz gloriosa.

—La muchacha era muy bella y en el acto quedó prendado, pero se trataba de una joven altiva que no quiso saber nada de mi antepasado, ni siquiera cuando se lavó, se cortó el pelo, se recortó la barba y se dedicó a cortejarla como un joven embobado por su primer amor. —Hadden reparó en que el típico acento escocés de Andra se suavizaba a medida que se dejaba llevar por el ritmo del relato—. Como la joven no quiso saber nada, mi antepasado hizo lo que habría hecho cualquier Mac-Nachtan de pura cepa.

—¿La raptó? —se atrevió a preguntar el inglés, ya que en ese momento le pareció la forma más adecuada e inteligente de hacer las cosas.

La respuesta de Andra le encantó.

—Ni más ni menos, la raptó mientras correteaba por las colinas. De todas maneras, no se trataba de una flor delicada. La muchacha forcejeó tanto que mi antepasado se quitó la manta escocesa, le tapó la cabeza para que no pudiese ver, la envolvió en el tartán a fin de que dejara de golpearlo y de esa guisa se la llevó.

Andra continuó sentada, con un tartán doblado y andrajoso en las manos, y sonrió.

Hadden se situó tras ella y preguntó:

—¿Cómo acabó la historia?

—Fueron muy felices y compartieron la vida. —La castellana estiró el cuello para mirarlo—. Y aquí está la manta escocesa nupcial de los MacNachtan. En nuestra familia, la tradición reza que el novio la echa sobre la cabeza de la novia y se la lleva. Decimos que cada unión santificada con esta ceremonia es una unión feliz.

El inglés se inclinó, cogió la manta escocesa y la desplegó. Era vieja, tanto que los cuadros negros, rojos y azules se confundían de forma casi indistinguible. Las costuras habían cedido y el dobladillo estaba deshilachado. En la zona central, la lana seguía bien urdida.

Hadden sonrió al tartán y luego a Andra.

La castellana detectó las intenciones en su postura, en su

expresión divertida y en el hecho de que lo conocía mejor que cualquier otro ser vivo. Se puso de pie y se apartó.

—Ya te he raptado una vez. Aquel día único todavía perdura en mi memoria…, aunque, por lo visto, no sigue en la tuya. Ahora entiendo las razones. Fui demasiado amable y delicado. —Hadden levantó la manta escocesa—. No cumplí con la tradición ni te tapé con la manta nupcial.

Andra salió disparada hacia la puerta trampilla, que estaba cerrada.

—Es inútil, señora mía —aseguró el visitante—. Me perteneces.

6

Andra aferró la manecilla de la puerta trampilla y tiró. No se movió. Tironeó con más empeño.

La trampilla continuó en su sitio. La mujer volvió la vista atrás y vio que Hadden avanzaba y la acechaba sin piedad. Desesperada, dio un último tirón..., y la manecilla se salió. Trastabilló hacia atrás y la manta escocesa nupcial flotó sobre su cabeza.

Hadden la envolvió con el tartán, la estrechó entre sus brazos y susurró con voz grave:

—Ríndete, cariño, tus leales criadas nos han encerrado con llave.

La tela vieja y con olor a humedad dejaba pasar la luz como un colador y Andra podría haberla cogido y apartado de su cabeza, pero el respeto al pasado de los MacNachtan se lo impidió. Hadden no mostró remordimientos a la hora de aprovecharse de la situación. La cogió por detrás y la mujer corcoveó como una potranca salvaje, se retorció e intentó librarse de un abrazo que le resultó demasiado intenso.

Hadden la sentó sobre una superficie dura, plana y lo bastante alta como para que los pies le colgaran por encima del suelo. Retiró la manta escocesa y sus rostros quedaron a la misma altura. Andra estaba aposentada en el estrecho cuadrado de la mesa alta, con la espalda contra la pared y Hadden entre sus piernas.

—Te he raptado, probablemente como hizo el primer Mac-Nachtan con su novia. He cumplido las condiciones. Soy tu prometido. —Al hablar, los ojos azules de Hadden parecieron echar chispas.

De haber podido, Andra le habría lanzado llamas por los ojos.

—No eres mi prometido. No estoy dispuesta a que mi vida se rija por una condenada y vieja superstición…

—¿Qué tiene de malo? Dejas que tu vida se rija por condenados y viejos miedos.

A Andra se le cerró la garganta. ¿Acaso Hadden lo sabía o lo había adivinado? ¿Alguien se había ido de la lengua? La idea de semejante traición rechinó en lo más profundo de su fuero interno, ese rincón que ni siquiera ella se atrevía a afrontar, por lo que exclamó con tono acusador:

—¡Has planeado todo esto!

Hadden le rozó la nariz con la suya y añadió en un tono bajo e intenso:

—Señora, yo no he sido. Si hubiera querido llevarte a un sitio del que no pudieras escapar, me habría decantado por lugares solitarios del páramo, que se adaptan mejor a nuestra clase de amor. Tus fieles criadas son las culpables de esta situación.

El alivio y la indignación se mezclaron en Andra al darse cuenta de que el visitante no sabía nada. Sin embargo…

—¿Qué significa «nuestra clase de amor»?

Atrevido como el que más, Hadden apoyó la palma de la mano en la zona cálida existente entre las piernas de Andra.

—El que no incluye afecto, amabilidad ni cariño.

La castellana intentó cogerle la mano.

—Jamás he sido así.

—Pues me has utilizado.

Como se trataba de una acusación justa, le habría gustado dar una respuesta inteligente, pero ¿cómo podía pensar mientras Hadden no hacía caso de sus intentos de apartarle la mano y se dedicaba a presionar ligera y rítmicamente con los dedos? Esas caricias provocaron ansias en su bajo vientre y anularon sus convicciones.

—Esto no resolverá nada —afirmó sin tenerlas todas consigo.

—Lo resolverá todo.

—Es típico de los hombres ser tan simples.

—Y es típico de las mujeres complicar las situaciones sencillas.

Raudo como el rayo, Hadden deslizó la otra mano por debajo de las faldas de Andra.

—Por favor, ten la amabilidad de…

—La tengo y la tendré —prometió el inglés y se acercó un poco más.

Andra le soltó una mano e intentó pillarle la otra, que subió tranquilamente por su pierna cubierta por los calzones y las medias. La mano suelta trazó un círculo alrededor de uno de sus pechos. Ella intentó impedírselo. Hadden le mordisqueó los labios y luego los recorrió con la lengua. Andra lo cogió de la oreja con las puntas de los dedos y le apartó la cabeza. La mano que estaba bajo la falda recorrió la piel sensible del final de sus muslos.

El inglés se pegó a ella y agudizó sus sentidos con suaves mordiscos y besos tranquilizadores. Cada vez que ella atacó un frente, Hadden pasó a otro, por lo que en todo momento fue un paso por detrás de él. Nunca se había topado con unas tácticas tan imaginativas y puso reparos con absurdos chillidos de consternación:

—¡Estate quieto! ¡Maldito seas! ¡No, ahí no! Ni se te…

Hadden separó la abertura de los calzones, rozó con delicadeza su sensible botón y bruscamente, sin la menor delicadeza, la penetró con los dedos.

Andra abrió desmesuradamente los ojos y aplastó la columna vertebral contra la pared. La lujuria, ya que no podía tratarse de otra cosa, la arrastró y la llevó a dar volteretas como un guijarro en plena riada de primavera.

Durante tanto tiempo había estado sumida en una furia de desilusión y ofuscación que no había pensado conscientemente en su cuerpo, en el de Hadden, ni siquiera en la forma en que se habían fundido una noche de hacía dos meses. A menudo había tenido sueños eróticos que la conducían al clímax solitario y que sin duda habían mantenido su cuerpo en forma, ya que los dedos de Hadden la encontraron húmeda.

Lisa y llanamente, estaba húmeda porque el simple hecho de verlo la había excitado y el aroma de ese hombre había dado rienda suelta a sus percepciones. Por mucho que su cuerpo fuera débil, no ocurría lo mismo con su mente.

—No puedo responder. Entre nosotros se interponen demasiados recuerdos perturbadores.

En cuanto habló, la castellana se dio cuenta de que el inglés podría haberse reído porque, al fin y al cabo, era evidente que había reaccionado al margen de lo que su mente ordenase.

Hadden no rio. Se limitó a acariciarla lentamente y la enardeció todavía más.

—Entre nosotros existe toda clase de recuerdos: los días que trabajamos juntos, las veladas que dedicamos a jugar al ajedrez y a divertirnos, la noche en la que... Amor mío, ¿recuerdas aquella noche?

La voz del inglés sonó suave, cálida, sincera y concentrada única y exclusivamente en ella. Era capaz de seducirla sólo con la voz, por lo que Andra apretó los muslos para frenarlo.

No sirvió de nada, pues la presión resultante intensificó su respuesta.

Hadden se dio cuenta y sonrió, esbozó esa sonrisa masculina, ardiente y audaz que desató las iras de la mujer y derritió sus huesos.

—Pese a ser una mujer que hasta hace poco era novata, respondes muy bien.

El visitante habló como si acariciara una gata y obtuviera placer de sus estiramientos sensuales.

—No lo hago a propósito. —Andra le apretó el brazo izquierdo, que Hadden tenía entre sus piernas, pero el inglés la rodeó con el otro y, con la nariz, la acarició detrás de la oreja. Ella pegó un brinco cuando su aliento le erizó el vello y volvió a saltar cuando la lengua de Hadden humedeció esa zona sensible—. Es injusto.

Hadden no se retiró, simplemente hizo una pausa.

—¿Por qué lo consideras injusto?

—Porque sabes lo que me gusta y lo utilizas en mi contra.

El inglés rio entre dientes y las bocanadas de aliento fresco rozaron la piel ardiente de Andra.

—No lo utilizo en tu contra. —Con un movimiento de delicada fricción, Hadden deslizó los dedos entre las piernas de la castellana—. Lo utilizo a tu favor y también para el mío. Me darás lo que quiero.

—¿Y qué es lo que quieres? —le espetó la mujer—. ¿Satisfacción?

—Exactamente, tu satisfacción.

Hadden la rozó con el pulgar hasta que el calor se transmitió por los caminos de los nervios que ya chisporroteaban de furia.

Andra habría querido dar una réplica demoledora, pero no quiso abrir la boca por temor a gemir. Ese hombre la hacía sentir bien. Mejor dicho, la llevaba a sentir más…, más que la última vez, más que nunca, más y más. Era fabuloso.

Le pareció escandaloso estar tan enfadada y, a la vez, tan excitada.

Hadden no estaba escandalizado, pero también se había excitado. Andra lo notó en el balanceo de sus movimientos. La mesa se balanceó, los dedos del inglés se balancearon, el propio Hadden se balanceó y algo dentro de ella respondió al ritmo tanto interior como exterior que la embargó. Sus músculos interiores ondularon por decisión propia y Hadden le acarició la oreja con la lengua.

Andra se estremeció de la cabeza a los pies.

No se entregó a ese placer que le quemó el alma, sino que lo combatió, pero ni Hadden ni su propio cuerpo ofrecieron resistencia. Aferrada al borde de la mesa, tembló en silencio. Esperaba que los dedos implacables de ese hombre dejaran de moverse, pero cuando se detuvieron y la apretaron con intensidad, volvió a estremecerse.

—Maravilloso —susurró el inglés—. Es exactamente lo que quería.

Andra respiró con jadeos entrecortados.

—¿Has dicho que es exactamente…, exactamente lo que querías?

Hadden no la había besado en los labios, no le había tocado los pechos ni acariciado su piel. No se había tomado su tiempo ni hecho nada semejante a lo que realizó la primera vez que ella se coló en su lecho. Simplemente le había introducido la mano entre las piernas; ese patán tosco y grandullón había introducido su mano y en cuestión de minutos la había llevado al éxtasis.

Ni siquiera la luz del sol poniente suavizó la posición altiva del mentón del inglés ni el descaro de su mirada. Esa actitud tendría que haberla inquietado y le habría gustado decir algo, rechazarlo de forma irrefutable.

Sin embargo, ese ataque descarado la había despojado de su ingenio y el simple hecho de tenerlo delante la irritó de forma insoportable. La incitó más de lo que estaba dispuesta a reconocer y cerró los ojos para no verlo.

Hadden retiró lentamente los dedos y deslizó la mano hasta la cintura de Andra, mientras deslizaba la otra por su espalda.

La castellana abrió los ojos y lo sujetó de las muñecas.

—¿Qué haces?

—Te desabrocho el vestido.

—¿Para qué?

—Para hacer esto —respondió y le bajó el corpiño.

—¡Ni se te ocurra! —Andra se llevó la mano al escote, pero el inglés había empezado a abrirle la camisa, por lo que ella soltó el vestido e intentó defender el poco recato que le quedaba.

Ya era demasiado tarde. Hadden le había abierto la camisa, le cogió los pechos con las manos, los levantó para juntarlos y apoyó la cabeza en el canalillo. Movió la lengua de aquí para allá, humedeció un seno y luego el otro, le puso la piel de gallina y logró que sus pezones adquirieran una textura dura y muy sensible, como si tuviese conciencia de que aún no les había dedicado la atención que merecían.

Hasta sus pezones se revelaron ante el control al que intentó someterlos; apretó los puños e intentó apartar a Hadden antes de reconocer cuánto la excitaba.

No dio resultado. El vestido acabó en su regazo. El inglés cogió el taburete con el pie, lo acercó a rastras y se arrodilló ante ella cual un mortal ante una diosa para consagrar a su vientre la atención que Andra no permitió que le dedicase a sus pezones erizados. La barba del día rascó su delicada piel.

Con anterioridad no la había tocado con afecto; se había limitado a introducirle los dedos y a reclamar una respuesta.

Ahora ni siquiera rozó su rincón más recóndito, pero Andra tocó el cielo con las manos.

Los labios de Hadden atraparon un pezón y lo chuparon hasta conducirla irremediablemente al orgasmo. Andra aferró un mechón de pelo rubio, lo sostuvo, cerró los ojos y ahogó ligeros gemidos en el dorso de la mano, dejándose llevar por la pasión como si hubiera nacido para ello…, o como si el inglés hubiese nacido para enseñársela.

Los temblores cesaron paulatinamente. Hadden apoyó la cabeza en el pecho de Andra y murmuró:

—Muchacha, eres soberbia. —La contempló como si se regocijara al ver su rostro encendido y sus labios temblorosos—. Deseo estar dentro de ti. Quiero verte así cada día.

Aunque no estaba segura prácticamente de nada, la castellana optó por negarse.

—No.

—Puedo hacer que te sientas así siempre que quieras, todo el tiempo.

¿Había dicho «todo el tiempo»? ¿Acaso pensaba que podría soportarlo?

—No —repitió la mujer con un poco más de firmeza.

Los labios suaves, llenos y generosos de Hadden esbozaron una sonrisa que permitió comprender a Andra que ese hombre había adivinado lo que estaba pensando.

—Muchacha, en ese estado podríamos morir, pero ¡vaya manera de dejar este mundo! —Se puso de pie y la besó en la frente—. Amor mío, la próxima vez que te apoyes en una mesa te acordarás de mí. ¿Voy muy errado?

7

Hadden cogió a Andra de la cintura y la ayudó a bajar de la mesa. La sostuvo con una mano mientras la mujer intentaba retener el vestido, mantener el equilibrio y enviar fuerzas a sus piernas temblorosas.

Los calzones y las enaguas cayeron hasta sus tobillos. Las miró sin entender nada, ya que no sabía cómo había ocurrido.

—Tal como está, totalmente desabrochado, el vestido no te servirá de nada. —Se lo quitó de los dedos y lo soltó. La cogió de las manos y extendió sus brazos a la altura de los hombros—. Pareces la mártir de un cuadro antiguo. Querida, ¿estás dispuesta a convertirte en mártir? —Clavó la mirada en su figura, apenas oculta por la camisa recogida en la cintura, las medias de seda y las ligas adornadas con florecillas—. ¿Estás dispuesta a convertirte en mártir para mí?

Hadden estaba totalmente vestido y ella casi desnuda. En dos ocasiones la había conducido al éxtasis, pero aún mantenía el dominio de sí mismo. La miró; el color tiñó sus mejillas y luego se apagó. La contempló con tanta intensidad que Andra prácticamente notó el calor de su mirada en el pezón que asomaba a través de la camisa, en la franja de muslo desnudo que se vislumbraba por encima de las medias. Sin lugar a dudas, mantenía el control, pero bastaría la más ligera provocación y una mirada de estímulo para que se abalanzase sobre ella.

Estuvo a punto de intentarlo, pero incitarlo a que la hiciese suya significaba más que la cópula y lo supo con el pequeño rincón de su mente que todavía funcionaba. Andra podía hacer lo que su cuerpo le pedía y lo que ese hombre evidentemente deseaba y copular para celebrar la lujuria que la dejaba indefensa cada vez que Hadden estaba cerca. Sin embargo, si lo provocaba desataría algo más que lujuria. Diría que sí a todas sus peticiones: al matrimonio, los hijos y a una vida dedicada a estar juntos hasta que, de alguna forma, el dolor los apartase.

No, de eso sí que no era capaz. La castellana experimentó un escalofrío.

Hadden percibió la negativa a ceder a lo que había entre ambos, ya que apretó la mandíbula y sus ojos adquirieron un airado tono azul. Quería más de lo que ella podía darle y durante unos segundos Andra pensó que le volvería la espalda.

Al cabo de unos instantes el inglés parpadeó y su animosidad desapareció. Sonrió y, a pesar de su nerviosismo, ella lo imitó. Hadden asintió y ella también. Según la interpretación de la castellana, habían llegado a un acuerdo tácito por el cual se dedicarían a disfrutar, pero sin compromiso. Afortunadamente, ese hombre había elegido la sensatez.

Cuando la tensión desapareció, Andra se tambaleó y él lo interpretó mal deliberadamente.

—¡Pobrecilla, no puedes caminar!

La cogió en brazos, la apartó del montón de ropa que había a sus pies y la transportó por el desván. El sol los iluminó con la luz amarillenta del atardecer y las sombras los envolvieron mientras Hadden seguía andando. No tardaría en caer la noche ni en llegar la oscuridad con todas sus penas y privaciones.

Pues sí, esa noche, únicamente esa noche, Andra lo necesitaba.

La almidonada pechera de la camisa y el chaleco le rascaron la piel, pero, de todas maneras, le rodeó el cuello con los brazos con la esperanza de que no lo interpretase como sumisión, sino como una muestra de buena disposición.

—¿Has visto qué buenos servicios te presto? —preguntó el inglés—. Soy tu ayuda de cámara, tu caballo y tu carruaje. Eres mi dama, así que haré cuanto me pidas.

Ese excéntrico homenaje satisfizo una necesidad profunda de Andra, necesidad que no estaba dispuesta a reconocer.

La mujer se ruborizó y, cuando se detuvieron junto al banco cubierto con la badana, se preguntó a qué se debía que Hadden no le hubiese quitado las zapatillas de cuero, las medias de seda y las ligas con florecillas. No quiso preguntarlo porque parecería que ansiaba estar desnuda. Pero si ya estaba desnuda, a excepción de…

—Siéntate aquí.

Andra entornó los ojos cuando Hadden la depositó en el banco. Se preguntó si lo que ocurría era algo planeado. Es verdad que sus criadas, dirigidas por la perversa Sima, los habían encerrado, pero también se planteó si su visitante estaba conchabado con esos demonios del servicio.

El tacto cálido y suave del vellón entró en contacto con sus nalgas y olvidó sus recelos. Llena de curiosidad, se hundió en ese trozo de piel de oveja, que cedió bajo su peso para volver a erizarse y acariciarla. Cuando se movió, la badana le hizo cosquillas y la lanolina de la lana se extendió sobre su cuerpo como una loción.

—Parece que te gusta —comentó Hadden.

El tono de voz del inglés la llevó a tomarse las cosas con calma. La había depositado sobre la badana con el propósito de excitarla con esas cosquillas. Si reconocía que lo había conseguido, demostraría que su resistencia era cada vez menor.

Hadden se inclinó, le desató totalmente la camisa y se la quitó, por lo que Andra se quedó en medias. El inglés le apoyó la mano en el hombro y la echó hacia atrás hasta tumbarla para que la piel acariciase su cuello, su espalda y su trasero. La castellana aún tenía los pies en el suelo, como una dama que monta a la inglesa.

Sin más explicaciones, Andra supo lo que Hadden querría a continuación: que pusiera una pierna a cada lado del banco para mirarla.

Supo que a él le gustaría. Ya le había gustado. Resplandecía de satisfacción por haber conseguido que ella accediese a sus propuestas. Resplandecía con el ardor del deseo. Resplandecía debido a que era hombre y a que intuía la victoria, si bien en la mesa alta había demostrado que sólo lo consideraba un triunfo en el caso de que ella también ganara, como él.

—Continúas vestido.

El inglés parecía llevar una armadura y ella estaba casi desnuda. Si se quitaba la ropa, se sentiría tan cohibido como ella.

Mejor dicho, eso era lo que Andra esperaba hasta que Hadden se detuvo a su lado y dijo:

—Desabróchame y sácala. Acaríciame. Hazme sentir lo que sientes.

—¿Zozobra? —preguntó secamente la escocesa.

Una sonrisa torció las comisuras de los labios del inglés.

—¿Es lo único que sientes?

Evidentemente, no era lo único. Se sintió presa de emociones contrapuestas. Deseaba y temía tenerlo desnudo a su lado. Ansiaba ceder, pero se resistió con gran insensatez.

De pronto se preguntó por qué se resistía, ya que, al fin y al cabo, sólo era lujuria.

—Andra, si quieres algo tienes que ir a buscarlo. Si me deseas, como mínimo tienes que dar un paso hacia mí, únicamente un paso.

La mujer le desabrochó los pantalones poco a poco. Expectante y vigilante, Hadden permaneció en pie. No llevaba calzoncillos, por lo cual ella se escandalizó y se preguntó si nunca se los ponía o si había estado tan seguro de cuál sería su reacción que ni se tomó la molestia de ponérselos.

Tal vez no se trataba de que estaba seguro de ella ni de sí mismo. Quizá podía entregarse de esa forma porque en su alma no había rincones sombríos, desagradables cicatrices que temía mostrar ni motivos para que los fantasmas lo acosasen tanto como a ella la atormentaban los hombres perdidos de su familia.

Andra tuvo que hacer acopio de valor para bajarle los pantalones y se percató de que…, ¡vaya, Hadden no ocultaba nada! Estaba muy orgulloso de sí mismo, de toda su persona, y tenía la certeza de que, en cuanto la convenciese de abandonar la timidez, ella también se sentiría orgullosa.

Bueno, tal vez lo estaría…, de su propio cuerpo. Su alma seguiría siendo intocable y él se daría por satisfecho con poseerla físicamente. De momento le entregaría su cuerpo.

Una vez tomada esa decisión, Andra deslizó los dedos a todo lo largo de su cuerpo. Aunque no supo si lo llevó a sentir lo mismo que había experimentado, los ojos entornados del inglés y su respiración entrecortada la llenaron de optimismo. Mientras el hombre se dejaba llevar por lo que le hacía, Andra apoyó un pie sobre el banco, mantuvo la rodilla doblada e intentó adoptar una pose natural.

Hadden se dio cuenta.

—Me encantan esas florecillas. —Se arrodilló junto a ella y acarició la rosita que adornaba la liga—. Hacen alusión a lo que hay más arriba. —Tocó con gran delicadeza el centro del capullo de rosa, caricia que vibró hasta en lo más íntimo de Andra. Casi sin querer movió las caderas a modo de respuesta—. Vuelve a moverte —la apremió—. Tus meneos me ponen…

En un súbito ataque de actividad, Hadden se desnudó de cintura para abajo.

Desde esa distancia y esa perspectiva, todo en él era osado y musculoso. Sus muslos con poco vello daban testimonio de años de montar a caballo, su vientre firme demostraba que era un hombre de acción y… Andra siguió el camino del músculo largo que iba de la entrepierna a la rodilla.

—¿No piensas quitarte la casaca?

—¿Cómo dices?

Daba la impresión de que la actitud de Andra lo había distraído.

La mujer sonrió para sus adentros e hizo un comentario evocador a fin de guardarlo en su memoria:

—Si te la quitases, te haría de ayuda de cámara.

Al oír ese comentario, Hadden dejó de prestar atención a su gratificación y se centró en ella:

—¿Un paso más?

«Un gran paso», se dijo Andra al tiempo que se irguió con cautela. Había dado el primer paso sin presiones ni persuasión. Hadden parecía arrobado y no le quitó ojo de encima cuando la castellana alzó los brazos y tironeó de la casaca para apartarla de sus hombros. Lo libró de la chaqueta y luego se ocupó de la corbata, el chaleco y la camisa. Mientras lidiaba con la corbata comentó:

—Lo que estoy haciendo merece una gran propina.

—La recibirás —prometió el inglés cuando terminó de desnudarlo. Hadden no hablaba de dinero. Cuando Andra lanzó la ropa al otro extremo del desván y ambos quedaron como habían venido al mundo, él añadió—: Me gustaría que probaras algo distinto.

—¿Has dicho distinto?

Andra pensó que todo lo que estaba viviendo era distinto.

—Cuando te tumbes, hazlo boca abajo y notarás que el vellón acaricia tus pechos y tu vientre.

—¿Boca abajo? No servirá de nada.

Hadden contuvo la sonrisa y la castellana se dio cuenta de que había dicho una tontería.

—Existen más formas de hacer el amor que noches para experimentarlas. Te garantizo que haremos cuanto esté científicamente en nuestras manos para probarlas en su totalidad.

—Vaya… —Mientras se lo pensaba, Andra deslizó la mano por el pecho de Hadden y volvió a acariciarlo más abajo. El inglés estaba listo, totalmente a punto, y en la posición adecuada…—. Bueno, puede ser.

La castellana pensó que también podría ser gozoso y con rebuscada indiferencia se tumbó boca abajo en el banco.

—Muévete. —Hadden la cogió de las nalgas, le abrió las piernas y, cuando los pies de ella se apoyaron en el suelo, insistió—: Muévete. Te resultará agradable.

Andra parecía un bebé expuesto a la mirada de ese hombre, pero no se sintió como tal, sobre todo cuando le hizo caso y se movió. Su vientre disfrutó con la caricia del vellón, a la vez que sus pezones se erizaban a causa del estímulo. Cerró los ojos para concentrarse en lo que sentía y oyó tras ella la suave risa de él.

—Eso es. —La exploró con los dedos, peinó el vello corto y rizado que rodeaba sus labios inferiores y los separó lánguidamente mientras Andra aguardaba, presa de una gran excitación. Cuando gimió, el inglés la sujetó de las caderas, se aproximó y la inmovilizó. Se inclinó, la penetró con un deslizamiento lento pero firme e implacable y cuando llegó hasta el fondo, musitó—: Eres mía.

—No.

La castellana se preguntó si Hadden la había oído. Le costó articular palabra. Tenía la sensibilidad a flor de piel y se sentía sobrecargada de abundancia, de ser más de lo que hasta entonces había sido, de tenerlo dentro y proporcionarle placer.

—¿Me sientes? —quiso saber Hadden.

—Sí.

—¿Me sientes realmente? No estoy echado sobre ti, tú no estás sobre mí y sólo una parte de nuestros cuerpos se toca. —Se movió dentro de ella—. Me refiero a esa parte. Sólo es esta presión la que despierta la pasión en ti. —Dentro y fuera, dentro y fuera; con ese movimiento creó fricción en sus carnes y rozó su mente con las palabras—. ¿Te gusta más cuando te acaricio?

Hadden apoyó el vientre en el trasero de Andra y la levantó ligeramente. Introdujo los dedos en su maraña de vello y en su hendidura. Encontró el botón que buscaba y lo presionó.

Sensibilizada por el deseo vehemente, el ardor y los dos orgasmos ya conquistados, Andra corcoveó y estuvo en un tris de separarse de él.

—Andra, ¿te resulta muy intenso? —Aligeró la presión, que se volvió poco menos que una caricia, aunque más estentórea que un tambor—. ¿Así está mejor?

—No te necesito... —Fue incapaz de pronunciar una frase completa, por lo que volvió a intentarlo—: No hace falta que...

Hadden le cogió la mano, la condujo hacia abajo y la sustituyó por la suya.

—Hazlo tú —propuso—. Enséñame cómo te gusta.

El contacto con Hadden la llenó de vida y la entusiasta aprobación de sus deseos la llevó a abrirse como una flor recién regada.

—No necesito más —logró mascullar la castellana. Aferró mechones de vellón, se estremeció y se dejó llevar por la sensualidad satisfecha.

—Pues yo siento..., lo noto todo. Tus músculos interiores... —Hadden tuvo que hacer un alto para tomar aliento—, tus músculos interiores me aferran y me retienen. —Deslizó los dedos por las nalgas de Andra, les enseñó el camino y llegó donde ella no alcanzaba—. Vuelve a hacerlo.

Su voz ronca fue harto explícita: intentaba proporcionarle satisfacción al tiempo que se contenía.

Ese hombre la sacaba de quicio. ¿Cómo se atrevía a mantener el dominio de su persona cuando la disciplina de la que ella siempre había hecho gala se había esfumado nada más verlo?

Despechada, lo tocó en lugar de acariciarse a sí misma. Rodeó con los dedos la base del pene y apretó.

Hadden rugió como un semental en celo y la arrastró consigo cuando se incorporó para alcanzar el clímax.

El cambio de posición la puso en contacto ocular con la estatuilla de un semental en pleno estado de desorbitada excitación. Durante unos segundos contempló horrorizada el evidente símbolo de fertilidad.

A continuación experimentó otro orgasmo extraordinario. Bajó la cabeza, hundió la cara en la badana y acalló sus gemidos en el vellón.

8

Hadden era un hombre corriente, con necesidades corrientes y temperamento corriente; es decir, se trataba de un individuo amable, comprensivo, trabajador, de buen carácter y lógico, sobre todo, lógico.

En cuanto Andra y él cayeron sobre la piel de oveja, supo con toda claridad que, en lo que a la castellana se refería, la lógica no le servía. Su tenaz insistencia en la independencia provocaba en él una mezcla de frustración, cólera y locura sexual. Mejor dicho, provocaba todo tipo de locura, lo cual no era de extrañar porque, pese a ser generosa, concienzuda y tierna, Andra era simultáneamente la persona más insensata, emotiva e inmadura que pisaba la faz de la Tierra.

Se tumbaron sobre el banco, la badana les dio calor y Andra respiró hondo varias veces a medida que la tensión del orgasmo se relajaba. Hadden pasó la mano por la curva de su columna vertebral.

—Cariño, ¿estás bien?

La castellana se frotó la mejilla en el vellón.

—Hummm…

El inglés sonrió. La mujer estaba tan agotada que casi la compadeció y se arrepintió de haberla sometido a semejante descarga de estimulación carnal.

Maldita sea, ¿de qué manera podía convencerla de que le prestase la atención suficiente y lo escuchara, salvo tentándola y haciéndola disfrutar hasta dejarla demasiado relajada como para huir? Ponía al cielo por testigo de que durante la primera visita lo había intentado todo. La había besado. La había lisonjeado. Le había prometido el oro y el moro. Le había suplicado. Había procurado que entrase en razón, a pesar de que a lo largo de la historia de la civilización dicha táctica jamás había surtido efecto con una mujer. Nada dio resultado. Andra huyó del compromiso como el conejo del halcón.

Por añadidura, ¿qué mujer en su sano juicio huiría del compromiso con él? Tenía que estar tan chiflada como loco lo ponía.

Lentamente y muy a su pesar, el inglés separó sus cuerpos. Si de él dependiera, permanecería para siempre dentro de ella y provocaría una y otra vez la liberación explosiva de la pasión. Sin embargo, la tarde había caído y la luz disminuía a gran velocidad. Echó un vistazo a la puerta trampilla cerrada. Desconocía el plan de Sima; mejor dicho, ni siquiera sabía que el ama de llaves tenía un plan, pero dedujo que esa noche no les permitiría salir. ¿Qué había comentado cuando insistió en que comiesen hasta llenarse el estómago? «Faltan muchas horas para que llegue la mañana y escalar hasta lo alto de la torre supone un gran esfuerzo.»

En aquel momento estaba demasiado enfadado como para darse cuenta de que Sima tenía un plan…, aunque, de haberlo sabido, de buena gana habría participado. Por mucho que Andra lo rechazase, estaba empeñado en averiguar qué había hecho o dicho para asustarla.

Dobló los dedos que había posado sobre la curva de una de sus nalgas. ¡Vaya si lo había averiguado! Había asumido una cantidad insignificante de las responsabilidades que la castellana cargaba sobre sus hombros. Había sido tan tonto como para tratar de volverse indispensable.

La temperatura descendió y Andra tiritó. Hadden se dio cuenta de que, por mucho que deseaba resolver la cuestión de su unión antes de que ella recuperase la compostura, tenía que cuidarla mientras aún había luz suficiente como para llevar a cabo lo que tenía que hacer.

—Descansa, amor, yo cuidaré de ti.

La castellana apartó la cabeza del banco con actitud de instintivo rechazo.

El hombre tomó la decisión de volver a asumir responsabilidades. Bueno, Andra tendría que acostumbrarse a que era así. El inglés le apoyó la mano en la mejilla y repitió:

—Descansa.

La mujer suspiró y se relajó…, quizá porque había comenzado a aceptarlo como consorte, aunque lo más probable es que se debiera a que estaba demasiado cansada como para plantarle cara.

Hadden pasó una pierna por encima del banco, se puso en pie, se acercó a la puerta trampilla y tironeó. Tal como esperaba y deseaba, no cedió. Tendrían que dormir en el desván. Dispondría de toda la noche para convencerla de que era suya.

Puso manos a la obra y recogió los paños que Andra había dejado junto al baúl. En un rincón preparó un lecho de tartanes y un cojín en el que apoyar las cabezas. Depositó dos paños a los pies de la cama improvisada para usarlos como mantas. Comprobó si el lecho era lo bastante mullido y se dijo que, en cuanto colocase a Andra entre la pared y él, no podría marcharse hasta poner punto final a ese asunto…; en este caso, hasta conseguir su propia satisfacción.

Regresó junto a Andra y la encontró sentada, con los dedos entrelazados y cubierta con la badana.

—Así me gusta. —Deslizó un brazo por debajo de sus rodillas, le rodeó la espalda con el otro y la alzó. Depositó a la castellana en medio de la cama improvisada, extendió la piel de oveja curtida y se acomodó junto a ella—. La colocaremos bajo nuestros cuerpos.

Tuvo la sensación de que Andra intentaba recomponerse para hacer algo; no tenía ni la más remota idea de lo que se proponía, pero con ella siempre pasaba lo mismo. Hacía lo más imprevisible… Como en ese momento no podía permitir que las riendas cambiasen de manos, extendió las mantas y comentó:

—Ha sido exactamente como suponías.

—¿A qué te refieres?

Hadden deslizó el brazo por debajo del cuello de Andra y apoyó la cabeza en su pecho.

—La manta escocesa nupcial no fue más que un pretexto para reunirme contigo. —Oyó que ella jadeaba sorprendida, pero siguió hablando—: Tengo que agradecérselo a lady Valéry, aunque supongo que me envió simplemente porque estaba harta de verme deambular por su casa. Verás, el registro de las tradiciones escocesas es lo único que me apasiona. —Le presionó la espalda con la mano para acercarla un poco más—. Mejor dicho, tengo que decir que es lo único que en el pasado me apasionaba.

Andra carraspeó antes de tomar la palabra con tono trémulo e inseguro:

—No te lo había dicho, pero en mi opinión lo que haces es muy noble.

El inglés no se sorprendió de que Andra se abstuviese de mencionar el ardor que sentía por ella y se alegró de que se acercase sin que tuviera que forcejear. Aunque su mente no había aceptado el cambio de circunstancias, su cuerpo lo había asimilado perfectamente.

—No sé si amarte es noble, ya que no tengo otra opción, pero te aseguro que es todo un desafío.

La mano de la castellana revoloteó sobre su pecho y rozó varios puntos antes de posarse sobre su corazón.

—No me refería a que…

—Lo importante es que no entendí las razones por las que me rechazaste de forma tan insensible, pero, como te has explicado, comprendo el problema.

—¿Que yo me he explicado? —Andra aferró el vello del pecho del inglés.

Hadden apartó suavemente sus dedos.

—Vayamos al grano. Hablo de las referencias, estoy dispuesto a ofrecerte referencias.

—¿Referencias de qué? —El tono de la castellana se volvió agudo.

—De que soy un hombre sensato que no es propenso al vuelo de la imaginación ni a los encaprichamientos. —La oscuridad de la noche escocesa en medio de las Tierras Altas era la más intensa con la que Hadden se había topado y para entonces envolvía la torre. Sólo distinguía el cuadrado de firmamento salpicado de estrellas a través de la ventana, pero no tuvo dificultades para captar la confusión y el temor de Andra—. Lady Valéry me conoce desde los nueve años, cuando visité su casa por primera vez, y dará referencias de mí.

—Lady Valéry…

La repetición como un loro de Andra lo llevó a sonreír. Fue consciente de que la había trastornado. Ahora la sacudía y, con un poco de suerte, cuando recuperase el equilibrio, vería el futuro desde su misma perspectiva. Evitó el menor atisbo de diversión en su voz y prosiguió:

—Por lo que tengo entendido, conociste a lady Valéry en una de sus excursiones por las Tierras Altas y convendrás conmigo en que es una mujer de honor.

Andra se retorció.

—Por supuesto, aunque no entiendo por qué supones que esas referencias son importantes para mí.

Hadden no le hizo caso. La escocesa sabía perfectamente a qué se refería y, si prefería hacerse la tonta, se limitaría a seguirle la corriente.

—También puedo pedir recomendaciones a Sebastian Durant, vizconde de Whitfield. Es posible que no lo conozcas, pero te garantizo que…

—Me lo presentaron en el bautizo del hijo de los MacLeod.

—¡Vaya! —El inglés pensó que, por lo tanto, Andra conocía a Ian y a Alanna, otro vínculo que los unía—. Ian MacLeod es mi primo.

—Es encantador.

Hadden detectó la simpatía que ella sentía por su pariente y no le gustó, no le gustó nada.

—Siempre y cuando te atraigan los hombres morenos, apuestos y con gran capacidad de seducción.

La mujer estiró una pierna y acomodó la pantorrilla entre las de Hadden.

—Pues a mí no me pareció demasiado seductor.

—En cierta ocasión tuve que propinar una paliza a Ian porque intentó aprovecharse de mi hermana. —Hadden la cogió del muslo y la estrechó contra su cuerpo—. Volvería a hacerlo.

—De modo que eres propenso a la violencia.

El inglés se percató de que Andra aún llevaba puestas las ligas y desató una.

—Defiendo a los míos.

Andra lanzó un divertido gorjeo y él se dio cuenta de que se estaba riendo.

—Hadden, Ian está casado y es incapaz de dejar de mirar a su mujer. Si lo zurras, probablemente se preguntará a qué se debe.

—Uf… —Se dio cuenta de que estaba en lo cierto porque a Ian nada le importaba, salvo Alanna, sus hijos y Fionnaway Manor, pero, maldición…

—¿Qué decías del vizconde de Whitfield?

El inglés se dijo que no podía darse el lujo de dejarse llevar por un absurdo ataque de celos, sobre todo ahora que estaba tan cerca de su objetivo.

—Ah, Sebastian. —Se frotó el mentón en la coronilla de Andra e hizo un gran esfuerzo por concentrarse—. Basta con ver una vez a Sebastian para saber que es un hombre severo y que tolera muy mal la injusticia.

—A mí me asustó —reconoció Andra—. Es tan intenso y observa a su esposa…

—A mi hermana.

Andra levantó la cabeza tan rápido que las mandíbulas de Hadden castañetearon.

—¿Su esposa es tu hermana? —La mujer se frotó la cabeza—. Ah, claro.

—Pues sí, es evidente.

Hadden se masajeó el mentón. Por fin Andra se comunicaba, hablaba de su familia y de sus amigos y ya no lo rechazaba con gran ímpetu. Después de todo, la mandíbula dolorida no era un precio excesivo para lo que había logrado.

—¡No podía ser de otra manera! —La castellana parecía entusiasmada—. ¡Te pareces a ella! El pelo, los ojos, la…, ambos sois guapos.

—¿Tal vez bien formados?

—Mucho —replicó—. Claro que, a diferencia de ti, tu hermana no es una engreída.

—Vaya —repitió el inglés, pero no se ofendió. Andra bromeaba y lo trataba tal como había hecho hasta que se le ocurrió pronunciar las fatídicas palabras «cásate conmigo». Fue otro colapso de sus defensas y Hadden empezó a soñar con que tal vez, quizá su plan tendría éxito—. Como ya sabes, Sebastian es mi cuñado y es posible que pienses que está predispuesto a serme favorable. Te aseguro que detesta a los Fairchild; recordarás que ya te he dicho que la familia está formada por los canallas más disolutos que es posible encontrar a este lado del infierno y, en el caso de que yo fuera como ellos, Sebastian no se compadecería de mí. Te diría claramente que soy indigno y me maldeciría por atreverme a cortejar a una dama íntegra. Sin embargo, me ayudó con los estudios universitarios y desde entonces he trabajado con y para él, por lo que puedes contar con que te dirá la verdad.

Hizo una pausa y aguardó a que Andra reconociese que hablaba en serio:

—Estoy segura de que el vizconde de Whitfield no dirá más que la verdad.

—Ni más ni menos. Por último, puedo ofrecerte las referencias de mi hermana. Es la única persona viva que me ha conocido durante toda mi existencia, por lo que tengo que apelar a ella.

—¿Con qué motivo?

—Mary declarará de buena gana que jamás he propuesto matrimonio a otra mujer, ni siquiera cuando tenía cinco años y me consideraba un seductor.

—Ah.

Fue un sonido casi imperceptible y a Hadden le resultó indescriptiblemente satisfactorio.

—Puedo pedir a Ian y a Alanna que escriban una carta de recomendación. También puedo solicitarla a los hombres y a las mujeres a los que conocí y con quienes trabajé en India, si bien esas misivas tardarán tiempo en llegar. Te aseguro que todas dirán prácticamente lo mismo.

—¿Que no eres voluble en los asuntos amorosos y que se puede confiar en ti?

—Así me gusta. —La estrechó entre sus brazos con tanta

fuerza como pudo con la esperanza de que, si sus palabras no la conmovían, al menos se dejase convencer por su proximidad—. Por mucho que intentes ahuyentarme, jamás te dejaré. No soy tu padre, tu hermano ni tu tío, sino Hadden Fairchild. Andra, te garantizo que nunca he amado ni amaré a otra mujer.

La castellana guardó silencio. No contestó a su declaración de amor ni comentó que leería sus cartas de recomendación o que estaba segura de que siempre permanecería a su lado.

Tampoco desmintió que el abandono de los hombres de su familia hubiese creado en ella terror a los vínculos del afecto.

Hadden no se dio por satisfecho, pues lo que pretendía era la rendición total. No podía imponerla y fue consciente de que había plantado una idea novedosa en la cabeza de Andra: era un hombre en el que podía confiar.

Andra oyó que la respiración de Hadden se volvió más profunda al dormirse. También reparó en que no dejó de abrazarla y recordó la noche que en el pasado habían compartido. Incluso sumido en el descanso, ese hombre aferraba lo que apreciaba. ¿Podía creer que haría lo mismo a plena luz del día, cuando tuviese que afrontar las penurias de la vida? Era un caballero inglés educado, muy viajado y acostumbrado a las comodidades. Por mucho que invirtiese su fortuna en el castillo MacNachtan, pasarían años antes de que las condiciones fueran algo más que soportables. ¿Podía creer que Hadden permanecería a su lado sin tener en cuenta las difíciles condiciones de vida? Y, lo que era más importante si cabe, ¿cargaría sin gandulear con las responsabilidades de convertirse en su esposo? Cuando se peleasen, como le ocurre a todos los matrimonios, ¿acudiría junto a su lecho y le daría un beso de buenas noches en lugar de huir a Londres?

No conocía las respuestas a esas preguntas. En realidad, no podía saberlo, ni aunque aceptase las referencias que Hadden insistía en presentarle o hiciera un análisis del hombre propiamente dicho y de lo que sabía de él. Tomara la decisión que tomase, podía equivocarse.

¿Lo soportaría? ¿Superaría la posibilidad de volver a ver la espalda de un ser al que amaba mientras se alejaba camino abajo?

Sólo tuvo una certeza: si rechazaba su proposición, lo vería partir.

Suspiró, se apartó de su abrazo y pasó por encima.

El inglés despertó en el acto y la sujetó.

—¿Qué haces?

Andra se dio cuenta de que tal vez no sería tan fácil rechazarlo. Se mordió el labio inferior para no reír y pensó que Hadden había tomado una medida extrema y desplegado las diosas de la fertilidad por todo el desván. En el caso de que surtieran efecto...

—Andra —le espetó el inglés—, ¿adónde vas?

—Tengo frío. Voy a buscar otra manta.

No la soltó hasta que, probablemente, llegó a la conclusión de que no se escaparía. Apartó los dedos y, a regañadientes, la dejó marchar.

—No tardes.

—Ja, ja —masculló la castellana mientras cruzaba el desván.

A su regreso, con el tartán en la mano, no se sorprendió de que Hadden la esperase con los brazos abiertos.

El sol matinal y el parloteo arrancaron a Hadden del sueño, aunque permaneció tumbado, con los ojos cerrados y las orejas tapadas. No estaba dispuesto a semejante ataque tras una noche pasada en una cama improvisada en el suelo e intentando conciliar el sueño con un ojo abierto por si Andra intentaba huir.

Andra no había escapado. Después de levantarse en busca de una manta adicional, la castellana se había hecho un ovillo a su lado y dormía el sueño de los justos.

¡Condenada mujer…! Después de despertarse un montón de veces, a Hadden le habría venido bien un buen combate.

En ese momento tenía hambre y ganas de quejarse. Puesto que Andra continuaba a su lado, ¿quién diablos corría escaleras arriba y abajo y hablaba a gritos?

Hadden abrió los ojos… y aferró los tartanes.

—Mary, ¿qué haces aquí?

—Yo podría preguntar lo mismo —replicó su afectuosa hermana.

La mirada crítica de los ojos azules de Mary lo llevó a reparar en que su pecho desnudo estaba al descubierto y contempló furibundo a su hermana al tiempo que se cubría con las mantas. Paseó la mirada para incluir a Sebastian y a Ian. Estiró prudentemente los tartanes sobre Andra, que ya estaba tapada, y la cubrió hasta la barbilla.

—¿De dónde habéis salido? —La mente de Hadden pasó de una sospecha a otra—. ¿Todo esto es obra de lady Valéry?

—Una mujer de su edad no puede subir esta escalera. —Alanna había cogido del brazo a Ian y se acarició el abultado vientre—. Te envía recuerdos y espera que le presentes las quejas que tengas.

—Si fuera el hermano de lady Andra, me vería obligado a darte una paliza por pervertir a una doncella tan exquisita.

Sebastian se llevó la mano al mentón como si recordase una paliza pasada.

—Yo colaboraría —intervino Ian y con la palma de una mano se frotó la otra, encantado ante esa posibilidad.

Ambos le debían una tunda, pero Andra le dio varios golpecillos en el hombro, por lo que Hadden decidió que no tenía tiempo para desafíos masculinos y ridículos.

—Hadden, ¿qué hacen aquí estas personas? —murmuró Andra.

El inglés estuvo en un tris de gemir. ¿Cómo podía explicárselo si ni él mismo lo sabía? En el desván de la torre apenas cabía semejante multitud: sus parientes, varios dignatarios escoceses a los que apenas reconoció, Sima, Douglas y los criados del castillo.

—No se qué responder.

Andra paseó la mirada por los presentes y afirmó:

—Necesitamos un poco de intimidad. —Con gran decisión, sacó las manos, cogió el borde de uno de los tartanes y lo usó para cubrir las cabezas de ambos.

La tela era tan fina que la luz se colaba y Hadden vislumbró a su lado a una Andra con la melena revuelta, mirada soñolienta y sonrisa pícara.

—Ya está —afirmó el inglés sin dar demasiada importancia a sus palabras.

La castellana parecía desconcertada.

—¿A qué te refieres?

—A tu sonrisa. De pronto temí que la hubieras perdido.

A Andra le temblaron los labios, su sonrisa fue en aumento y sus ojos brillaron con una luz que permitió que Hadden albergase una chispa de esperanza.

—¿Han venido para la boda?

¡Dios mío! Hadden se preguntó si la mujer hablaba de lo que él suponía que estaba hablando.

—Me refiero a nuestra boda —precisó la castellana—. Por

regla general, una boda es la única razón por la cual mi primo Malcolm se acerca al castillo MacNachtan. Tiene miedo de que le pida dinero. Además, en las bodas se come y se bebe gratis.

—Hadden estaba demasiado atónito para hablar, así que Andra apostilló—: He visto a toda su familia fuera. Como ya sabes, es muy ahorrador.

Hadden la cogió de la mano y afirmó:

—Andra, te prometo que no lo he planeado yo.

—Estoy convencida de que no tienes nada que ver.

—Aproveché la oportunidad que se me presentó y reconozco que no me arrepiento para decirte que...

La mujer le tapó la boca con los dedos.

—Y me lo dijiste con toda claridad, de varias formas. Hadden Fairlchild, has hablado con gran sensatez y, a pesar de que sigo asustada, te quiero lo suficiente como para correr riesgos.

Paralizado y encogido durante demasiado tiempo, el corazón del inglés pareció estallar de alegría. La sujetó de las muñecas y la acercó a su cuerpo.

—Andra...

—Si te fijas, verás que ya he aceptado tu proposición.

Hadden miró a su alrededor, pero no vio nada. Rio y siguió sin ver nada, salvo lo que tenía sobre la cabeza: la manta escocesa nupcial negra, roja y azul de los MacNachtan.

Una rosa en flor

Stephanie Laurens

1

Qué demonios haces aquí?

Duncan Roderick Macintyre, tercer conde de Strathyre, contempló alelado el cuerpo espigado que se había inclinado sobre el taburete del piano del salón. La sorpresa mayúscula, generosamente salpicada de incredulidad, lo inmovilizó en el umbral. Un hombre inferior habría mirado con los ojos desorbitados.

Rose Millicent Mackenzie-Craddock, flagelo de su vida y la espina más pertinaz e insistente que tenía clavada en sus carnes, levantó la cabeza, lo miró y esbozó la misma sonrisa ligeramente ladeada con la que durante décadas se había burlado de él. Los ojazos pardos de la mujer chispearon.

—Buenos días, Duncan. Me he enterado de tu llegada.

El tono suave y cadencioso de Rose lo envolvió como una cálida caricia por debajo de la piel. Duncan clavó la mirada en los senos cremosos de la mujer y se tensó…, de la cabeza a los pies. Su reacción también fue de sorpresa al encontrar a Rose en el salón, pues le pareció una visita de lo más inoportuna. Apretó la mandíbula. Sujetó con fuerza el pomo de la puerta, titubeó, frunció el ceño, entró en el salón y cerró la puerta.

Avanzó hacia su castigadora con paso de cazador.

A medida que el conde se acercaba, Rose levantó las partituras que había ordenado y se preguntó por qué demonios le costaba respirar; por qué experimentó la sensación de que no se atrevía a apartar la mirada del rostro de Duncan ni dejar de contemplarlo a los ojos. Fue como si jugaran al pillapilla y tuviese que deducir sus intenciones del frío azul de sus ojos, tan gélido como las aguas del lago que se agitaban más allá de las ventanas del salón.

Aunque ya no eran niños, Rose tuvo la clara sensación de que todavía seguían jugando.

La excitación recorrió sus nervios y la expectación los tensó. La estancia era grande y larga y, pese a mantener la mirada fija en el rostro de Duncan, tuvo tiempo más que suficiente para evaluar los cambios causados durante los últimos doce años. En primer lugar, era grande, mucho más grande. Tenía los hombros más anchos y había crecido, como mínimo, cinco centímetros. También estaba más firme, desde el rostro hasta los músculos largos de las piernas. Parecía peligroso, muy peligroso. Lo rodeaba un halo de agresividad masculina, perceptible en su modo de andar y en la tensión que dominaba su cuerpo.

Aunque el mechón de pelo negro elegantemente caído sobre la frente, los marcados ángulos de sus facciones, el mentón tenazmente cuadrado y la arrogancia masculina de sus ojos azules eran los de siempre, se habían vuelto más profundos y estaban más definidos, como si el paso de los años hubiese arrancado la blandura superficial y dejado al descubierto el núcleo de granito.

Duncan se detuvo a poco más de medio metro y frunció las cejas negras con expresión contrariada.

Obligada a mirar hacia arriba, Rose inclinó la cabeza… y sus labios volvieron a curvarse.

La actitud de Duncan se volvió amenazadora y le espetó:

—Repito, ¿qué demonios haces aquí?

Rose amplió la sonrisa y permitió que la risa se colara en su voz:

—Como de costumbre, he venido a celebrar el solsticio, la noche más corta del año.

Duncan no le quitó el ojo de encima y su ceño se relajó hasta convertirse en una mueca.

—Te ha invitado mamá.

Aunque no era una pregunta, Rose respondió:

—Sí, pero siempre vengo de visita en verano.

—¿De verdad?

—Hummm… —Rose bajó la cabeza, cerró la tapa del taburete del piano, acomodó las partituras y las dejó sobre el instrumento.

—Pues yo no me he dado cuenta.

La mujer levantó la cabeza.

—En los últimos años no has pasado mucho tiempo aquí.

—Los negocios me han tenido muy ocupado.

Rose movió afirmativamente la cabeza y acalló el impulso cobarde de acercarse a las ventanas para poner distancia entre ellos. Con anterioridad Duncan nunca la había asustado y se dijo que no era posible que ahora le diese miedo. Echó la cabeza hacia atrás y lo miró a los ojos.

—Eso me han dicho. Estuviste en Londres, rescatando la fortuna de los Macintyre.

El hombre se encogió de hombros.

—La fortuna de los Macintyre ha resucitado y goza de buena salud. —Su mirada se tornó más perspicaz—. Tampoco he olvidado lo que me hiciste hace doce años.

Hacía doce años que se habían visto por última vez. Duncan era un joven de veintitrés, sumamente elegante, con las puntas del cuello de la camisa más almidonadas y levantadas al norte de la frontera…, e incluso al sur. Rose no había podido contenerse. Media hora antes de que Duncan subiera a cambiarse para el baile que su madre daba después de una cacería, la muchacha se había colado en su habitación y le había humedecido los cuellos de todas las camisas. Duncan se había visto obligado a presentarse menos que perfectamente vestido. Impenitente como siempre, Rose sonrió.

—Si te hubieras visto…

—No me lo recuerdes. —Escrutó el rostro de la mujer y volvió a mirarla a los ojos, al tiempo que entrecerraba los suyos—. Tienes veintisiete años, ¿por qué no te has casado?

Rose lo miró directamente a los ojos y enarcó las cejas con frialdad.

—No digas cosas obvias. Todavía no he conocido a un hombre con el que me apetezca casarme. Tú tienes treinta y cinco y tampoco te has casado…, aunque, por lo que tengo entendido, la situación está a punto de cambiar.

La exasperación encendió las mejillas de Duncan, que apretó los labios.

—Probablemente, pero todavía no he tomado una decisión.

—Pero la has invitado a venir con sus padres, ¿no es así?

—Sí…, no…, fue mamá quien los invitó.

—Siguiendo tus instrucciones.

Como por toda respuesta lo vio fruncir los labios un poco más, Rose se atrevió a esbozar una sonrisa pícara. No supo a ciencia cierta si era muy seguro jugar como siempre, pero los viejos trucos parecieron dar resultado. Aunque el cambio fue infinitesimal, Duncan se tensó como reacción ante su sonrisa.

Conocía a Duncan prácticamente de toda la vida. En tanto que hija única de padres entrados en años y acaudalados, había tenido una infancia consentida y caprichosa, aunque con severas restricciones. En su condición de heredera de su padre, la habían educado y vigilado; sólo en verano, durante las prolongadas y felices semanas que había pasado en Ballynashiels, le habían permitido ser ella misma, dar expresión a su personalidad indómita, despreocupada y bulliciosa. Su madre era amiga íntima y prima de lady Hermione Macintyre, la progenitora de Duncan. En compañía de sus padres, había pasado todos los veranos de la infancia allí, en medio de una libertad maravillosa. A la muerte de su madre, acaecida hacía cinco años, pareció lógico continuar con las visitas, acompañada o no por su padre. Lady Hermione se convirtió en madre sustituta y en un apreciado refugio de sensatez en un mundo que, con demasiada frecuencia para el gusto de Rose, estaba regido por la sensiblería.

Rose no tenía nada de «sensiblera», hecho del que Duncan podía dar fe. Ocho años mayor, había sido el único niño que, salvo ella, pasaba los veranos en la mansión. Como es lógico, Rose se había apegado a él. Dado que era poco juiciosa o, más concretamente, terca, voluntariosa y difícil de amedrentar, había pasado por alto todos sus intentos de quitársela de encima. Lo había seguido a todas partes y estaba convencida de que era quien mejor conocía a Duncan.

Eso significaba que, más que cualquier otra persona, Rose era consciente de la obsesión que lo impulsaba, del deseo de ser el mejor, de alcanzar la excelencia, de conseguir lo máximo en todo, del perfeccionismo que regía su vida. Como ella era irreverente, nunca había podido dejar de aguijonearlo, tomarle el pelo y pincharlo cuando su perfeccionismo superaba los límites de la profunda sensatez de la mujer.

Fastidiar a «Duncan el perfecto» había sido un juego que acabó por convertirse en hábito. Con el paso de los años y guiada por el conocimiento que nadie más tenía de él, Rose afiló sus estrategias; la capacidad de derribar con éxito sus defensas se había convertido en el recuerdo más intenso que cada uno tenía del otro.

Ese recuerdo explicaba el sombrío entrecejo y la cautela vigilante de Duncan. De todas maneras, Rose no encontró justificación de la tensión que lo dominaba, la misma tensión que estiró sus propios nervios, le cortó la respiración y le erizó la piel. Eso era algo totalmente novedoso.

Duncan seguía en pie ante ella y la miraba con cara de pocos amigos. Rose enarcó las cejas con actitud arrogante.

—Deduzco que en los últimos años el éxito te ha sonreído y, por lo que me han dicho, tienes sobrados motivos para estar orgulloso de ti mismo.

El conde descartó ese comentario con un ligero encogimiento de hombros, pese a que Rose sabía que se trataba de la empresa a la que Duncan había dedicado sus energías durante la última década.

—Las piezas del rompecabezas acabaron por encajar. El futuro de Ballynashiels está garantizado. Es lo que quería…, y lo conseguí.

Rose sonrió cálida y sinceramente.

—Pues deberías disfrutar de ese éxito. En las Tierras Altas no hay muchas fincas económicamente tan sólidas.

Al heredar tanto el título como las propiedades, Duncan aceptó, como muy pocos más hicieron, que el terreno peñascoso de Argyll sólo le permitiría subsistir. Como era típico en él e impulsado por la necesidad de conquistar la excelencia, hizo de tripas corazón y puso manos a la obra. Según los expertos, se había vuelto fabulosamente rico, tenía elevados ingresos procedentes del comercio con las Indias e inconmensurables ahorros gracias a sagaces especulaciones. Rose no se sorprendió. Conocía al dedillo la devoción de Duncan por su patrimonio, así como por las responsabilidades concomitantes, y experimentó un sutil orgullo por sus logros. En un momento en el que muchas fincas de las Tierras Altas estaban mal, Ballynashiels se encontraba a salvo, motivo por el cual le estaba sinceramente agradecida.

Sin dejar de mirarlo y sin hacer caso de la voz interior que le decía a gritos que se encontraba ante el peligro, Rose ladeó la cabeza y dejó que su divertida comprensión le iluminase la mirada.

—Puesto que Ballynashiels ya no corre peligro, ¿ha llegado la hora de encontrar esposa?

Duncan apretó la mandíbula y entornó los ojos. Hizo un esfuerzo por concentrarse en las palabras de la mujer y luchó por encontrar un comentario sarcástico para ponerla en su sitio o, mejor aún, hacerla huir de la casa. Hasta entonces no había entendido lo que significaba «quedarse pasmado», pero en ese momento lo supo.

Y era Rose quien lo había conseguido.

No supo si horrorizarse ante semejante descubrimiento o si, dada la historia en común, saber que tendría que haberlo previsto. Duncan se sintió confundido desde el instante en el que, inclinada sobre el taburete del piano, ella lo miró. Quizá no fuera demasiado sorprendente, sobre todo si se tiene en cuenta la panorámica de la que disfrutaba. Supuso que pocos hombres podrían pensar con claridad ante el paisaje que se extendió ante sus ojos.

Rose, su espinita, había crecido y florecido de forma espectacular.

Desde que había soltado el pomo de la puerta, el conde no había podido apartar los ojos de la mujer y la panorámica no lo ayudó. Fue intensamente consciente de las suaves curvas de sus senos, montículos cálidos, ebúrneos y provocadoramente resaltados por el escote de su vestido. De suave muselina de color verde pálido y salpicado de diminutas hojas doradas, el vestido se adhería a sus caderas bien formadas y a sus piernas largas y esbeltas. Duncan tuvo que hacer un gran esfuerzo para no bajar la mirada y comprobar la longitud de las piernas, aunque su mente antojadiza no cesó de recordarle que Rose siempre había sido alta.

También había sido desgarbada, así como torpe, un patito flaco y huesudo, con inmensos ojos de color castaño claro, demasiado grandes para su cara; labios demasiado llenos, cabellera alborotada que casi siempre parecía un nido de pájaros, cejas rectas y castañas excesivamente serias en el rostro de una mujer y nariz demasiado respingona y graciosa como para resultar bella. Por no hablar de una lengua viperina que con mucha frecuencia lo había picado.

Sin cambiar de expresión, maldijo para sus adentros. ¿Quién podía imaginar que, con el paso de los años, esas facciones dispares se convertirían en lo que estaba viendo? Aunque los ojos de Rose eran los de siempre, ahora se adaptaban a su rostro y se habían convertido en el vehículo ideal de su mirada siempre directa. Todavía tenía las cejas rectas e inflexibles, pero quedaban suavizadas por su melena, un poco encrespada, aunque tan abundante y de un color tan intenso que cualquier hombre con sangre en las venas desearía hundir los dedos en ella. Se había hecho una trenza floja y la había enroscado. Duncan se preguntó hasta dónde le llegaba la cabellera.

Pese a los reclamos de su sensatez, que le aconsejaba retroceder y poner más distancia para dejar de percibir el perfume que desprendía, una combinación sutil de violetas y rosas, sabía que si se alejaba le resultaría imposible combatir el deseo de pasear la mirada por su figura, que ya no era larguirucha. Cada curva de su cuerpo parecía llena, madura y atormentadora. Y las piernas..., su imaginación se desmandó y, por si eso fuera poco, tuvo la recóndita sospecha de que la realidad podría ser incluso más interesante y excitante.

Era precisamente lo que no necesitaba, pues, tal como estaban las cosas, ya estaba afectado.

Permanecer tan cerca de ella y al alcance de su mano no resolvió nada. Pese a la sonrisa pícara y torcida, sus labios eran el símbolo de la tentación. En lugar de excesivamente llenos, se habían vuelto generosos y no sólo eran femeninos, sino de mujer hecha y derecha; esa boca prometía toda clase de deleites sensuales. En lo que a la chispa burlona y provocadora de su mirada..., un anhelo ardiente lo dominó y generó la necesidad de levantar las manos, enmarcar su rostro, besarla, saborearla...

Se dio cuenta de que por ese camino se llegaba a la locura. Estaba ante Rose, la espina clavada en sus carnes.

Por fin las palabras de la mujer penetraron en la bruma de lujuria que nublaba su mente. Duncan se lamentó para sus adentros y se dijo que nada había cambiado.

Se sintió profundamente incómodo, malestar que fue en aumento a cada segundo que pasaba..., lo que significaba que tenía un problema, un problema grave.

Había regresado a Ballynashiels con su pretendienta a cuestas y al llegar había descubierto que...

—¡Maldición...! ¿Por qué no te has casado? —preguntó el conde y pensó que de esa forma Rose estaría a salvo, fuera de su alcance, y dejaría de ser su problema para convertirse en el de otro—. ¿Dónde diablos has estado estos años, en un convento?

Como era previsible, Rose esbozó una sonrisa ufana, un ligero torcimiento de los labios capaz de hacer arrodillar al más pintado, y pasó delicadamente a su lado.

—Verás, en lo que a ese tema se refiere he estado muy ocupada, pero nada de lo que he visto me ha inspirado.

Duncan soltó un bufido y se imaginó la situación. Rose era heredera y, por consiguiente, debía de contar con una legión de pretendientes. Se volvió para mirarla cuando la mujer se detuvo ante las ventanas…, ay, sí, sus piernas eran largas…, largas, larguísimas… El conde tragó saliva y frunció el entrecejo.

—Tu padre es demasiado indulgente, hace años que tendría que haberte casado.

La mujer se encogió ligeramente de hombros.

—He pasado las últimas nueve temporadas sociales en Edimburgo y en Glasgow. No tengo la culpa de que los caballeros no hayan dado la talla.

Rose giró a medias la cabeza y le dirigió una astuta mirada, que comenzó por sus botas y se desplazó despacio, muy despacio, hacia arriba… Cuando llegó a la cara, Duncan tenía ganas de acogotarla…, después de disfrutar de ella.

El conde se volvió bruscamente y deseó con todas sus fuerzas que Rose no hubiese reparado en su reacción, por desgracia visible debido a que llevaba pantalones muy ceñidos. Estaba a punto para recibir a su pretendienta.

—Iré a ver a mamá —acotó Duncan, volvió la vista atrás y reparó en que Rose enarcaba las cejas—. ¿Cuánto tiempo piensas quedarte?

La mujer lo observó y el conde maldijo su suerte. Finalmente, Rose se encogió de hombros.

—Todavía no lo hemos decidido, aunque como mínimo permaneceremos en Ballynashiels hasta el solsticio.

Duncan frunció el ceño.

—¿Tu padre está aquí? —Rose titubeó y asintió. Duncan esbozó una leve inclinación de cabeza a modo de despedida y se dirigió a la puerta—. Nos vemos luego.

Habría preferido no volver a verla, pero sabía que se trataba de algo muy improbable.

En lo que a Rose se refería, el destino nunca le había sido favorable.

—¡Por favor, mamá! ¿Por qué has invitado a Rose?

Duncan cerró con demasiada fuerza la puerta del vestidor de su madre.

Lady Hermione Macintyre, que estaba sentada ante el tocador y se maquillaba las mejillas, lo miró a través del espejo y parpadeó.

—¡Querido, ya está bien! Vaya pregunta que me haces. Deberías saber que los Mackenzie-Craddock nos visitan cada verano. —Volvió a ocuparse de sus mejillas y le dio igual que su único hijo deambulase a sus espaldas como un leopardo enjaulado. Al cabo de unos segundos apostilló—: Además, supuse que querías que en casa hubiera muchos familiares y amigos para que la llegada de la señorita Edmonton y sus padres no llamase tanto la atención.

—Sé perfectamente que te concedí carta blanca, pero no esperaba encontrar a Rose en el salón.

Duncan no añadió que la había encontrado inclinada sobre el taburete del piano.

Lady Hermione suspiró con ternura.

—Esa querida muchacha se ofreció a ordenarme las partituras…, que estaban hechas un lío.

—Pues lo ha hecho —le espetó Duncan y pensó que Rose también había echado a perder la satisfacción de sí mismo que sentía y fastidiado sus planes.

—Francamente, no entiendo por qué la presencia de Rose te afecta tanto —prosiguió lady Hermione y se acercó el pincel a los labios. Duncan agradeció en silencio que las cosas no fueran peores y no reparó en la astuta mirada que su madre le dirigió—. Además, dadas las circunstancias, quería conocer al señor Penecuik.

—¿Penecuik? —repitió Duncan con tono titubeante y frunció el ceño—. ¿Quién es?

Lady Hermione abrió desmesuradamente los ojos.

—¿No lo sabes? Es el caballero con el que Rose se plantea casarse. ¿No te ha dicho nada?

Duncan se puso pálido y permaneció impávido, como si sus emociones se hubieran congelado. Entonces recordó las palabras de Rose sobre el matrimonio y miró bruscamente a su madre.

—¿También se ha planteado aceptarlo?

—Desde luego. —Lady Hermione asintió—. Si no lo hiciera sería tonta…, y Rose nunca lo ha sido.

—¡Ya lo creo! —Duncan volvió a deambular de aquí para allá y tras unos segundos inquirió—: ¿Quién es el mentado Penecuik?

—Me refiero al señor Jeremy Penecuik, hijo de Joshua Penecuik, primo hermano del duque de Perth. El señor Penecuik padre es el único heredero del duque, lo que significa que, con el tiempo, Jeremy heredará el ducado. Por lo tanto, Rose ha de tomar una decisión muy seria. No todos los días le ofrecen un ducado con la fortuna y las propiedades intactas. Por lo que tengo entendido, a Perth le va muy bien.

—Hummm… —Duncan clavó la mirada en la alfombra y siguió andando.

Lady Hermione dejó el pincel sobre el tocador y contempló su cara en el espejo.

—No temas, nadie te pedirá opinión sobre el señor Penecuik. Rose es sobradamente capaz de tomar sus propias decisiones.

—Puesto que tiene veintisiete años y sigue soltera, me sorprende que no hayas pensado en darle un empujoncito —añadió Duncan y miró a su madre.

Lady Hermione se volvió y, con gran serenidad, hizo frente a la mirada de su hijo.

—Querido, no digas tonterías. Por mucho que tenga veintisiete años, Rose no se convertirá en una solterona. Además, si he interpretado bien las señales, no tardará mucho en dejar de estar soltera.

Duncan tuvo la sensación de que le estrujaban el corazón y se dijo que era por la esperanza..., por la esperanza de que Rose no tardara en convertirse en la espina clavada en las carnes de otro.

—Ya hemos hablado bastante de Rose. —Lady Hermione dio el tema por zanjado y sonrió—. La dama que te propones convertir en condesa llegará de un momento a otro. Es en ella en quien tendrías que concentrarte.

Era precisamente en eso en lo que pensaba: en la llegada de la señorita Clarissa Edmonton y en los desastres que podrían desencadenarse. Mejor dicho, que probablemente se desencadenarían debido a que Rose estaba en Ballynashiels y a que era como era. Al final lograría volverle loco, algo que siempre había parecido la meta principal de su existencia.

El conde apretó los dientes, se acercó a la ventana y descorrió la cortina de encaje. Vio un fogonazo de luz refleja y, al cabo de unos segundos, un pesado carruaje que doblaba el extremo del lago.

—Ya están aquí.

Pronunció esas palabras como si profetizara su perdición y su madre volvió a mirarse tranquilamente en el espejo.

Duncan contempló el carruaje que se aproximaba y descartó los planes disparatados que se había planteado para deshacerse de Rose y de su perturbadora presencia. El destino no le había dado tiempo ni espacio para maniobrar. Se disponía a recibir a su pretendienta y decidir si era o no la dama con la que quería casarse... en presencia de Rose Millicent Mackenzie-Craddock, que ahora lo distraía diez veces más que en el pasado. Además, no tenía dudas de que Rose se regodearía.

No tenía ni la más remota idea de los motivos por los cuales se merecía esa suerte.

Duncan ya estaba en el porche delantero cuando el carruaje se detuvo ante la escalinata. Bajó los escalones de mármol y recibió al señor Edmonton cuando se apeó del vehículo.

Caballero bajo y rechoncho, Charles Edmonton le estrechó la mano y relajó perceptiblemente su expresión al recorrer con la mirada la grandiosidad de Ballynashiels. Duncan disimuló su cinismo, lo saludó educadamente y ofreció el brazo a la señora Edmonton para ayudarla a descender del carruaje.

Mujer con aspecto de matrona y vestida a la última moda, la señora Edmonton paseó la mirada a su alrededor antes de posar un pie en el mármol y su expresión fue incluso más transparente que la de su marido. Tras una veloz contemplación de la gran fachada, sonrió a Duncan de oreja a oreja y comentó:

—Afirmo, su señoría, que su hogar es la casa más imponente que he visto en mi vida.

—Agradezco sus palabras.

Duncan la acompañó hasta donde se encontraba el marido y desanduvo lo recorrido para ofrecer el brazo a la visión que asomó por la puerta del carruaje.

Princesa vestida de azul claro, la señorita Clarissa Edmonton era la quintaesencia de la perfección femenina. Se trataba de una joven delgada, esbelta y con la melena rubia clara perfectamente recogida en un moño a la última. De estatura media, poseía una belleza clásica y rasgos regulares y perfectamente simétricos adornaban el óvalo de su rostro. Su cutis semejaba alabastro inmaculado y sus ojos eran del mismo tono azul aciano que su vestido.

Miró a Duncan a los ojos y sonrió dulce y recatadamente. Apoyó la mano en la del conde y permitió que la ayudase a descender del carruaje. Entonces recorrió la mansión con la mirada. Su escrutinio fue mucho más largo que el de sus padres y Duncan se preguntó si estaba contando las ventanas.

Clarissa sonrió a su pretendiente.

—Vaya…, es enorme, no me imaginaba que… —Un gracioso mohín sirvió para concluir la frase.

Duncan le devolvió la sonrisa y le ofreció el brazo.

—Mi madre espera en el salón.

Lady Hermione estaba acompañada, como mínimo, por la mitad de las personas a las que había invitado para celebrar el solsticio de verano.

—Agradezco mucho que se reúnan con nosotros —comunicó lady Hermione a los Edmonton y sonrió afablemente a Clarissa—. Después de lo que Strathyre me ha dicho, deseaba conocerlos. Espero que disfruten de su estancia en esta casa. La víspera del solsticio daremos un baile…, por estos parajes se trata de una celebración importante.

Duncan escuchó los comentarios de su madre y se alegró de que se abstuviese de describir los detalles de la juerga local durante la noche más corta del año. El baile de la víspera, alrededor de la hoguera, era una actividad tradicional que los jóvenes compartían y, cuando el fuego se apagaba, algunos se perdían entre las sombras y…, bueno, la vida es así. Cabía esperar que en agosto y septiembre se produjera una riada de bodas imprevistas y…, bueno, la vida también es así, la vida en las Tierras Altas, una existencia impetuosa, atractiva y sencilla.

El solsticio de verano era la época del emparejamiento, el tiempo en el que los matrimonios se concertaban de acuerdo con los criterios más sencillos.

De todas maneras, los esponsales de Duncan no se organizarían según esos términos; el hecho de que se tratara de la noche más corta del año no era más que una coincidencia.

Su madre presentó a los Edmonton una sucesión de parientes y amigos de la familia. Duncan la escuchó casi sin prestar atención…, hasta que le llegó el turno a Rose. De sopetón se centró y vio que, segura y confiada, Rose sonreía a Clarissa.

—Señorita Edmonton, es todo un placer. —La sonrisa de Rose fue en aumento después de estrechar los dedos de Clarissa—. Espero que me permita llamarla Clarissa y que me llame Rose, dado que somos las únicas damas solteras.

Desvió la mirada hacia el rostro de Duncan y éste sólo percibió la chispa pícara y risueña de los ojos de Rose. Dejó de observarla, contempló a los presentes y oyó que Clarissa, de pie a su lado, respondía:

—Desde luego, ya lo creo. Agradeceré mucho su compañía, señorita…, perdón, quiero decir Rose.

Sorprendido por la revelación de que su madre, que sin duda sabía hacer las cosas bien, se había olvidado de invitar a familiares más jóvenes a fin de que los acompañasen, Duncan desvió la vista y notó que Clarisa sonreía tiernamente a Rose.

—Supongo que conoce la casa al dedillo… Si me lo permite, recabaré su ayuda a la hora de encontrar mi camino.

Rose esbozó una sonrisa.

—Por supuesto…

—Clarisa… —la interrumpió Duncan.

—Hola, Rose.

Esas palabras lograron que todos se volviesen al tiempo que un delgado caballero de unos treinta años se reunía con ellos. Se trataba de un hombre serenamente elegante, de pelo castaño ondulado, boca suave y casi femenina y expresión bonachona.

Rose se giró y le sonrió.

—Hola, Jeremy. —La mujer permitió que le cogiese la mano y la apoyase sobre su brazo—. Te presentaré a Strathyre. —Levantó la cabeza y miró a Duncan a los ojos—. El señor Jeremy Penecuik.

Obligado a inclinar educadamente la cabeza y a estrechar la mano de Jeremy Penecuik, Duncan se sintió tentado de no hacerle el menor caso. Ya tenía que hacer frente a suficientes distracciones como para añadir que Jeremy Penecuik se acercase a ella como si sus pretensiones hubiesen sido aceptadas.

Consciente de que, dados los presentes, no podía mirar con el ceño fruncido a Rose ni a Penecuik, el conde no tuvo más remedio que permanecer en silencio mientras Clarissa y Rose conversaban. Penecuik intervino de vez en cuando y Duncan guardó un silencio total. Mientras a una parte de su mente le habría encantado llevar la voz cantante y apartar a Clarissa de la órbita de Rose, otra faceta, la parte dominante de su mente, estaba concentrada en otro descubrimiento.

Le resultaba imposible evaluar a Clarissa en presencia de Rose porque, cuando la mujer a la que conocía desde la niñez se encontraba a medio metro, concentraba en ella toda su atención.

Pese a ser una princesa perfecta de diecinueve años, Clarissa no tenía nada que hacer ante el atractivo que Rose transmitía y la sensualidad mundana de su madurez que, en este caso, se complicaba debido a la infinidad de recuerdos de infancia compartidos…, y a la profunda evocación del timbre de su voz.

Siempre había poseído un tono grave y sutil, como las caricias de los amantes. La edad había perfeccionado el canto de la sirena y los años habían agudizado la sensibilidad de Duncan.

El conde permaneció en silencio y atento a la voz de Rose, a ese acento cadencioso que, como comprendió de repente, representaba el sonido de su tierra.

Falthorpe, el mayordomo, lo rescató de la mayor de las confusiones, cuando se presentó y anunció que el almuerzo estaba servido.

Con Rose y Penecuik situados en la otra punta de la mesa, la comida permitió que Duncan volviera a ocuparse del tema más inmediato: Clarissa Edmonton. Puesto que tanto la joven como sus padres estaban prendados con la casa, aprovechó la oportunidad para proponer que la recorrieran e iniciaron la visita en cuanto terminaron de comer.

El conde se las apañó para alargar el recorrido. Habían emprendido el regreso por el ala este cuando la señora Edmonton comentó:

—Es tan, pero tan grande que en invierno debe de resultar difícil caldearla.

Duncan se encogió ligeramente de hombros.

—Todas las habitaciones tienen chimenea.

—Además, mamá, no creo que Duncan tenga intención de pasar la mayor parte del invierno aquí. —Clarissa sonrió a su madre—. Después de todo, en Londres se celebra la temporada social y también tiene que ocuparse de sus negocios.

Miró a Duncan con expresión vivaz y entusiasta, a lo que el conde respondió con una sonrisa serena y evasiva.

Duncan se planteó si debía explicar que, pese a las expectativas de Clarissa y una vez garantizado el futuro de Ballynashiels, pensaba pasar la totalidad de los días allí, no sólo el invierno, rodeado por los brazos del estrecho valle en el que se alzaba su hogar.

Pasaron junto a un ventanal; Duncan miró hacia afuera y avistó el lago, las aguas azules agitadas por el viento bajo el ancho cielo y los altos despeñaderos que rodeaban la planicie fértil atravesada por la estrecha cinta del río que alimentaba y drenaba el lago, en cuyo centro había una isla en la que perduraban las ruinas de un castillo con torreones, primera morada de los Macintyre en la zona, rodeado por el verdor de abedules y avellanos.

Varias generaciones de antepasados habían habitado ese valle y él también moraría allí…, con su esposa y con la familia que formaría.

Siguieron andando y la panorámica quedó a sus espaldas. Duncan observó a Clarissa que, con los ojos desmesuradamente abiertos, estudió los tapices antiguos, los cortinajes de terciopelo y los retratos de los Macintyre desaparecidos hacía años. Había elegido a esa joven porque era perfecta: perfecta por su rostro, por su figura, por su comportamiento, por sus conexiones, por su educación, por su capacidad de convertirse en la esposa perfecta. La había escogido en Londres, donde le pareció perfecta.

¿También lo era en Ballynashiels?

Miró al frente y se dijo que no había dicho nada, no había hecho promesas ni asumido compromisos. Matrimonios como los Edmonton, que estaban bien relacionados pero no eran acaudalados, sabían cómo se hacían las cosas: si al final de la visita él no proponía nada, se encogerían de hombros y pasarían al siguiente candidato.

No sería un drama; Duncan sabía sin lugar a dudas que por su parte ni por la de Clarissa había sentimientos en juego. Cuando la escogió, esa fue una de las cosas a favor de la joven: sus sentimientos nunca superarían el afecto, por lo que no se inmiscuiría demasiado en su vida.

Siguió su camino y suspiró interiormente. Tras años de comercio con ultramar, había aprendido a asumir los errores con decisión, reconocerlos enseguida, aceptarlos y avanzar. Llegaron al final de la escalera y, con expresión impasible, comenzó a bajar al tiempo que explicaba:

—Con excepción del salón de baile, las salas de recibo se encuentran en la planta baja.

Les mostró el comedor y luego los llevó a la bien aprovisionada biblioteca. Salieron por una de las puertas de servicio y los condujo por un pasillo secundario. Entonces oyó risas procedentes del otro lado de la puerta situada al final.

Reconoció en el acto la risa cálida y contagiosa de Rose, inmediatamente seguida por el fragor de una voz masculina.

Duncan torció a la izquierda y llevó a los confiados Edmonton al invernadero.

—¡Vaya, vaya! —Clarissa aplaudió al ver los helechos, las palmeras y las flores exóticas hábilmente repartidas por la estancia—. Me parece precioso. ¡Qué bonito!

Duncan no sonrió mientras analizaba mentalmente las posibilidades de lo que Rose estaba haciendo en el salón de billar.

—No puedo atribuirme el mérito… Este lugar es el reino de mi madre.

—Tengo que acordarme de felicitar a su señoría —comentó la señora Edmonton mientras recorría la larga estancia y admiraba la disposición de las plantas.

Clarissa recorrió el invernadero con paso más lento.

Duncan se volvió hacia el señor Edmonton y declaró:

—Si no les molesta, aquí los dejo. Tengo que ocuparme de algunos asuntos.

El señor Edmonton sonrió.

—Por supuesto, su señoría. Ha sido muy amable al concedernos su compañía.

—En absoluto. —Duncan inclinó la cabeza a modo de saludo—. La cena se sirve a las siete.

Los «asuntos» lo condujeron directamente al salón de billar. Abrió la puerta…, y se topó con un espectáculo parecido al que horas antes lo había dejado patidifuso. En esta ocasión, Rose estaba inclinada sobre la mesa de billar, sus ojos mostraban una mirada risueña y sus pechos ebúrneos prácticamente escapaban por el escote del vestido. Jeremy Penecuik se encontraba a su lado y sujetaba con las manos el taco de billar que ella sostenía en ángulo.

Era lo que Duncan esperaba. Lo que no había previsto es que Rose le enseñara a Penecuik y no a la inversa.

Como era previsible, al verlo la sonrisa de Rose se hizo más ancha y el conde se sintió aliviado cuando la mujer se irguió.

—Duncan…, ¡perfecto! ¡Eres precisamente el hombre que necesitamos!

Con actitud autoritaria, Rose le indicó que entrase. Duncan obedeció porque reaccionó tardíamente. Si Penecuik no hubiera estado allí, se habría planteado la salida, pues había aprendido a desconfiar del brillo que en ese momento iluminaba los ojos de Rose.

—Jeremy no sabe jugar y me resulta imposible mostrarle cómo se hace…, ya que es zurdo. —Mientras hablaba, Rose se acercó a la taquera y cogió otro taco. Se volvió, ladeó la cabeza y miró a Duncan—. Si tú y yo jugamos una partida de exhibición, Jeremy verá cómo se hace. —En ese instante sus ojos se encendieron de verdad—. ¿Te atreves?

Duncan apretó las mandíbulas y atravesó el salón en dirección a Rose sin darse tiempo a pensar. Pensó después, pero dio igual, pues para entonces era incapaz de rechazar el desafío.

Se detuvo junto a ella, la miró, le quitó el taco de las manos y preguntó:

—¿Qué variante prefieres?

Rose sonrió y sus hoyuelos se marcaron un poco más.

—La de siempre.

Iniciaron la partida. Duncan sabía que Rose jugaba bien…, ya que le había enseñado personalmente, hacía muchos años, cuando esa mujer aún no lo distraía. En ese momento…, la miró desde el otro lado de la mesa mientras se inclinaba sobre el taco para afinar la puntería e intentó acordarse de respirar.

Rose metió dos bolas y rodeó la mesa. Duncan tragó una bocanada de aire, continuó donde estaba y se apoyó en el taco. Quedó hipnotizado por otra visión igualmente tentadora: la de los estupendos hemisferios del delicioso trasero de Rose, que se perfilaron bajo el delgado vestido cuando se inclinó sobre la mesa. A Duncan se le secó la boca de golpe.

Rose falló y lanzó una maldición; Duncan se obligó a mirar las bolas, se acercó a la mesa y se dispuso a tirar. Rose se apoyó en la mesa, a su lado. Duncan se agachó, apretó los dientes, se concentró en la bola…, e intentó bloquear el perfume de la mujer y ese aroma más sutil que era exclusivamente suyo. Respiró y el aroma de Rose se deslizó por su cerebro.

Notó un nudo en la boca del estómago y le tembló la mano. Erró.

Rose enarcó las cejas.

—Hummm… —Miró a Duncan con actitud provocadora—. Es evidente que en Londres no has practicado.

Rodeó la mesa, escogió una bola y, al agacharse sobre el taco, por el rabillo del ojo notó que Duncan se tensaba. Frunció el entrecejo para sus adentros, apuntó hacia aquí y hacia allá y se preguntó a qué se debía la reacción del conde. ¿Por qué se ponía nervioso si no se había burlado de él?

Lo averiguó después de introducir tres bolas, pero le pareció que carecía de sentido. Duncan tenía treinta y cinco años y ella estaba convencida de que ya había visto unos cuantos pechos femeninos, todos más descubiertos que los suyos. Podía considerarse una monja mucho más que él un monje, pero la conclusión era inevitable.

Le llamó la atención que, pese a mirar con gran interés, Jeremy no diese muestras de la misma sensibilidad.

Cuando falló, le tocó el turno a Duncan, que se puso tenso en cuanto Rose se detuvo a su lado.

Fue un descubrimiento curioso…, y francamente fascinante.

Rose le dio una soberana paliza.

A menudo le habían dicho que la curiosidad era su pecado dominante. Esa observación jamás la había frenado y ahora tampoco la detendría. Sin embargo, la cantidad de invitados y la consecuente longitud de la mesa del comedor la obligaron a refrenarse hasta que los caballeros se reunieron con las damas en el salón después de cumplir el ritual de la copa de oporto.

Se llevó una sorpresa al comprobar que su cruel decisión de sondear la súbita y repentina sensibilidad de Duncan contó con la ayuda y la instigación de Clarissa Edmonton. La niña, ya que parecía tan joven que a Rose le costaba considerarla otra cosa, la cogió del brazo en cuanto se presentaron los caballeros y la condujo directamente hacia Duncan, que tuvo a bien entrar junto a Jeremy.

Clarissa sonrió con ternura cuando se aproximaron a él; la sonrisa de Rose anunció otro tipo de promesa.

—Me parece que deberíamos organizar lo que haremos mañana —propuso Clarissa inocentemente.

Duncan la miró con expresión insondable y luego dirigió la vista a las ventanas con las cortinas descorridas, a través de las cuales se vislumbraba el lago, con las cumbres peñascosas como telón de fondo.

—La niebla está a punto de envolvernos. Es probable que mañana sea un día húmedo y lloviznará o lloverá, al menos por la mañana. No será la jornada más idónea para dar un paseo a caballo.

—¡Vaya! —se lamentó Clarissa—. No me refería a… —La joven se volvió y sonrió al conde—. Tengo que reconocer que, como amazona, dejo mucho que desear, de modo que no es necesario que organices una partida para mí. Además, el paisaje es un tanto lúgubre y las montañas parecen rodear nuestras cabezas. Imaginé que jugaríamos a las adivinanzas o dedicaríamos la mañana a cantar.

Con expresión tierna y dulce, Clarissa dirigió la mirada al rostro de Duncan. Rose se mordió la lengua y ahogó una carcajada; con la misma actitud clavó la mirada en Duncan…, y, conteniendo el aliento, aguardó su reacción.

El conde apretó los labios y su cara se tensó, aunque se expresó con tono cortés y amable:

—Lamentablemente he llegado anoche y por la mañana tengo asuntos urgentes que resolver. Tendrás que disculparme…, pero estoy seguro de que los demás se sumarán encantados a tus propuestas —concluyó y miró a Rose y a Jeremy.

Rose no quiso saber nada. Llamó la atención de Duncan, sonrió sagazmente y terció con voz acariciadora:

—Tengo la sensación de que lady Hermione quiere llevarnos inmediatamente al reino de la música.

Ese comentario resultó profético. Los cuatro giraron la cabeza hacia lady Hermione, que los vio y les hizo señas apremiantes. La señora Edmonton estaba en el canapé, a su lado.

—Clarissa, querida, su madre me ha dicho que toca el piano a las mil maravillas. Me encanta la música bien interpretada. Le ruego que toque para nosotros…, aunque sólo sean unas pocas piezas para animar la velada.

—Bueno, aunque… —Clarissa se ruborizó y, con gran recato, puso reparos.

Acicateado por la mirada de su madre, Duncan se sumó educadamente a esas súplicas:

—Los presentes nos sentiríamos muy honrados de oírte. —Le ofreció el brazo—. Levantaré la tapa del piano.

La joven le dedicó una empalagosa sonrisa y Duncan, con expresión ilegible, la acompañó hasta el piano, situado entre los dos ventanales que daban a la terraza. La condujo hasta el taburete. Jeremy destapó el teclado y Rose entregó las partituras a Clarissa. El resto de los presentes se acercaron al instrumento y movieron sillas y canapés para ver mejor. Clarissa hojeó las partituras y escogió dos piezas. Rose apiló las demás sobre el piano y se reunió con Jeremy y con Duncan a un lado de la estancia.

La jovencita hizo un mohín, acomodó el taburete, cambió de posición las partituras y volvió a mover el taburete. Por último, posó los dedos sobre las teclas.

Comenzó a tocar…, como era de prever, a la perfección.

Al cabo de tres minutos, dos tías de Duncan reanudaron su charla, aunque conversaron con voz baja. Junto a Rose, una o dos veces Jeremy pasó el peso del cuerpo de una pierna a la otra, se irguió, se disculpó con un murmullo y se alejó para contemplar una vitrina que albergaba miniaturas de Dresde.

Tan entusiasta de la buena música como lady Hermione, Rose se obligó a concentrarse, pero le resultó imposible. La ejecución fue técnicamente impecable y emocionalmente vacía. Tocó cada nota con corrección, pero sin emoción, sentimiento o entusiasmo que diese vida a los acordes.

Rose reconoció que no había nada que hacer y dejó que las notas fluyesen sin percibirlas; miró a los presentes, en su mayor parte aburridos, y finalmente a Duncan, que se encontraba a su lado.

Lo pescó intentando disimular un bostezo. Rose se puso seria, se inclinó e inquirió:

—¿Piensas realmente casarte con ella?

Duncan la contempló y replicó a través de los dientes apretados:

—Ocúpate de tus asuntos.

La sonrisa afloró a los labios de Rose, al tiempo que la expresión del conde se tornaba más rígida. Ella paseó la mirada por los presentes y se percató de que la pieza que Clarissa interpretaba se aproximaba al penúltimo *crescendo*. Deliberadamente, Rose apenas se apoyó en Duncan y dio lugar a que sus cuerpos se rozasen cuando pasó a su lado de camino al canapé en el que lady Hermione estaba sentada.

La mujer percibió el siseo de la respiración contenida del conde y el agarrotamiento súbito e intensamente poderoso de sus músculos. Esbozó una ligera sonrisa y se dirigió a la seguridad de la proximidad de lady Hermione; cuando llegó al canapé, inclinó la cabeza ante la dama, se dio la vuelta y miró con inocencia a su alrededor, aunque evitó por todos los medios fijarse en Duncan, que permanecía tieso junto a la pared.

Por el rabillo del ojo notó que el conde apretaba los puños y que la había seguido con la mirada, que continuaba clavada en ella. Supuso que Duncan soñaba con estrangularla, rodearle el cuello con sus dedos fuertes y largos y retorcérselo…, la reacción que habitualmente manifestaba ante sus burlas.

Rose se llevó una sorpresa mayúscula cuando Duncan se irguió, extendió los dedos y avanzó hacia ella.

Rose ocultó su inquietud; cuando se burlaba de él, Duncan solía evitarla…, se alejaba y ella lo perseguía. Siempre había sido así…, hasta esa noche.

Clarissa terminó de tocar la primera pieza; Duncan se acercó a Rose y se situó tras ella, ligeramente a un lado. La retuvo entre el respaldo del canapé y su cuerpo. Aunque sus pasos parecieron despreocupados, Rose percibió la tensión que embargó al conde, la fuerza controlada e inflexible que cada uno de sus movimientos irradió.

Clarissa sostuvo las notas finales y apartó las manos del teclado. Todos aplaudieron educadamente. Rose no las tenía todas consigo. Duncan aplaudió lenta, suave, deliberada y directamente detrás de su hombro derecho y tuvo la sensación de que no celebraba la interpretación de Clarissa, sino la suya.

Tras dedicar a los presentes una sonrisa modosita, Clarissa miró a su madre, a lady Hermione y finalmente a Rose y a Duncan. Rose también sonrió para darle ánimos y, sin fijarse, supo que Duncan observaba a Clarissa prácticamente por encima de su cabeza. La joven dejó de sonreír, se volvió hacia el piano y comenzó a interpretar la segunda pieza.

Rose hizo esfuerzos para respirar e intentó ignorar el torno que, una vez más, pareció atenazar sus pulmones. Sus emociones se desbordaron en un estado peligrosamente semejante al pánico y, en lugar de prestar atención a la música, su mente se centró en Duncan, que estaba tan cerca, quieto y callado a su lado.

La primera vaharada de calor a lo largo del cuello y del hombro que el vestido no tapaba la pilló desprevenida. Frunció el ceño y relajó la expresión en cuanto la sensación se interrumpió.

Segundos más tarde se repitió, en este caso más ardiente e intensa, y la recorrió desde el hombro hasta los pechos, desnudos por encima del escote.

Aspiró aire bruscamente y lo retuvo al percatarse de que lo que sentía era la mirada de Duncan. El conde estaba...

Rose maldijo para sus adentros y apretó los dientes para defenderse de la infinidad de sensaciones que la embargaron, la traspasaron, le abrasaron las entrañas...

Desesperada, buscó una tabla de salvación. Lady Hermione estaba sentada delante de ella, por lo que no había visto nada, y el resto de los invitados de más edad charlaba animadamente. Hasta Jeremy la había abandonado, pues se había enfrascado en una conversación con el señor Edmonton.

Duncan se movió..., y acortó las distancias.

A Rose le temblaron las rodillas y se aferró al respaldo del canapé, pues notó una especie de desvanecimiento.

Clarissa concluyó la pieza corta. Alejó los dedos de las teclas, levantó la cabeza..., y Rose sintió que estaba a salvo. Mientras los demás aplaudían, ella volvió a respirar y quedó liberada de la mirada de Duncan.

A medida que Clarissa se acercaba, escoltada desde el piano por Jeremy, el conde se apartó un poco de su amiga de la infancia. Sin dar tiempo a que Rose recobrase la compostura y se situara al otro lado del canapé, Duncan se dio la vuelta, sonrió con languidez a todos, a su madre y a Rose y comentó:

—Tal vez a Rose le apetezca tocar el piano.

Lady Hermione se giró en el acto y sonrió a Rose de oreja a oreja.

—Desde luego, querida Rose, hace siglos que no te oigo tocar..., danos ese gusto.

La mujer comprendió que le habían tendido una trampa, pero, debido a que otros invitados le prestaron atención e insistieron en que tocase, no tuvo más remedio que aceptar con gran elegancia. Miró a Jeremy y preguntó:

—¿Pasarás las hojas de la partitura?

Jeremy sonrió con mucha ternura y le ofreció el brazo. Rose lo cogió y reprimió una punzada de culpa, pues sólo se lo había pedido para que Duncan no estuviese cerca cuando tocara el piano. Estaba segura de que, si lo tenía al lado, se le enredarían los dedos. En el supuesto de que ése fuera su plan, Rose se lo había fastidiado.

Con orgullo apenas disimulado, Jeremy la acompañó hasta el taburete del piano. Clarissa se colgó del brazo de Duncan, por lo que el conde se acercó más despacio. Rose escogió una pieza, una de las sonatas preferidas de lady Hermione. Colocó la partitura en el atril y Jeremy se situó a su lado.

Entonces respiró hondo, posó los dedos sobre las teclas y permitió que se deslizaran libremente. Pese a tocar de memoria, no apartó la vista de la partitura, hecho del que no se arrepintió.

Duncan condujo a Clarissa hasta la cola del piano, de modo que se situaron frente a ella y la observaron mientras tocaba.

Para inmenso alivio de Rose, la música la protegió y le sirvió de coraza dentro de la cual perderse. Esa sonata delicada, embrujadora y que tanto evocaba el paisaje agreste que los rodeaba, la envolvió y la sumió en su hechizo. Cerró los ojos y se entregó a las notas, a la magia de lo silvestre, a la belleza irresistible del sonido.

En el salón no se percibió murmullo alguno; ni una tos ni unos pasos perturbaron la fascinación del instante. Rose los había embelesado y, sin esfuerzo, desplegó toda la emoción que, pese a su perfección técnica, Clarissa fue incapaz de transmitir.

Duncan no apartó la mirada de Rose y le resultó imposible abstenerse de compararlas. De manera espontánea y sin dar rodeos, Rose se entregó en cuerpo y alma; tocó el piano con una libertad emocional que, como el conde reconoció para sus adentros, formaba parte de la esencia misma de su ser, de la persona que conocía literalmente desde la niñez. Esa comprensión lo afectó sobremanera.

Apretó la mandíbula; mejor dicho, endureció todo el cuerpo cuando lo dominó la lujuria posesiva. La deseó y la anheló con la certeza de que Rose amaría de la misma forma que tocaba el piano: con el cuerpo y con el alma, con total y absoluta entrega.

Aspiró una gran bocanada de aire, pero no bastó para acallar los martillazos de su corazón. Apretó nuevamente las mandíbulas, intentó dejar de contemplarla…, y fracasó. Sin hacer caso de su voluntad, la devoró con la mirada: la tupida abundancia de sus cabellos trenzados y enroscados, el tono crema de su tez, las curvas sugestivas que el vestido de seda amarilla tapaba tentadoramente.

Hipnotizado, demoró la mirada en el cuerpo de Rose y vio que, bajo la tela fina, tenía los pezones en punta. Elevó la cabeza y notó que a Rose le temblaron las pestañas. El deseo volvió a invadirlo; maldijo mentalmente e hizo un esfuerzo sobrehumano por desviar la mirada. Al fin y al cabo, estaban en el salón de la casa de su madre y en compañía de más de treinta parientes, por no hablar de la que había dejado de ser su pretendienta, sus padres, el futuro marido de Rose y su progenitor.

Esa mujer lo enloquecía, aunque tuvo que reconocer que, por primera vez en sus vidas compartidas, no era la única culpable de lo que ocurría.

Duncan apretó los dientes y resistió.

La sonata llegó a su fin. Rose interpretó amorosamente los últimos acordes y un suspiro recorrió el salón. Cuando apartó las manos del teclado, los presentes cobraron vida.

Rose también revivió y se alegró de no haberse ruborizado. Sonrió y miró a su alrededor, sin fijarse en Duncan. Incluso cruzó una mirada con Clarissa sin reparar en el conde.

—¡Mi queridísima Rose…! —Lady Hermione sonrió cuando ésta se giró en el taburete—. Querida, si eres tan amable, toca *The Raven's Song*. Aquí hay cuatro jóvenes que pueden cantarla.

Rose parpadeó e inclinó la cabeza.

—Sí, por supuesto. —Volvió a ponerse ante el teclado y miró a Jeremy—. ¿La conoces? —Con la mirada incluyó a Clarissa en la pregunta.

Ambos asintieron. Ni se molestó en consultar a Duncan, ya que la canción preferida de su madre estaba tan grabada en el cerebro del conde como en la suya. En los límites de su campo visual, que era donde lo mantenía, notó que Duncan se movía, rodeaba el piano y se detenía a su izquierda. Clarissa se desplazó hacia la derecha y se situó junto a Jeremy.

Acercó los dedos a las teclas. Si Duncan osaba mirarle nuevamente los pechos, le daría un bofetón. Un segundo después comenzó a sonar la música. Los cuatro cantaron coordinados y entonaron la primera estrofa, atentos y deseosos de calibrar sus respectivas voces. Jeremy poseía voz de tenor, contenida y ligera; la de soprano de Clarissa era fina y aflautada y tembló ligeramente al entonar las notas agudas y sostenidas.

La voz de Duncan sonó tal como Rose la recordaba: de barítono, rica, poderosa y capaz de transmitir una cadencia ondulante que evocaba el mar. Al oírlo, no pudo impedir que su cálido tono de contralto se fusionara, se entrelazase, se encumbrara y descendiese para incorporarse a las resonancias de la voz del conde.

A lo largo de los años, muchísimas veces habían entonado esa canción en el mismo salón en el que se encontraban. La última interpretación se sumó a lo recordado y Rose percibió las diferencias: la gravedad y la potencia acrecentadas de la voz de Duncan, así como los tonos más suaves, redondeados y sensuales de la suya se combinaron y crearon un matiz auditivo más sutil, exuberante y convincente que nunca.

Rose se concentró en las notas y experimentó la sensación de que Duncan la seguía. Cuando abordaron la última estrofa, sus voces se tornaron dominantes, más intensas, seguras y perdurables.

Sostuvieron la última nota y, mediante un perfecto acuerdo tácito, terminaron la canción.

Resonaron aplausos atronadores.

Rose rio, esbozó una sonrisa, levantó la cabeza y se topó con la mirada de Duncan. Aunque tenía los labios curvados hacia arriba, su mirada no era risueña, ya que sus ojos estaban clavados en ella. Un escalofrío la recorrió y se sintió débil…, pero se convenció de que respondía a la euforia y a la falta de aliento.

La mujer se volvió hacia Jeremy, giró el taburete, se puso de pie, se mareó…, y se tambaleó.

Duncan se acercó en un santiamén, la sostuvo y evitó que los reunidos la viesen en ese estado. La cogió del codo…, y Rose tuvo la sensación de que un hierro candente la rozaba. Contuvo el aliento y miró hacia arriba. Quedó atrapada por los ojos de Duncan, por ese azul frío en el que en ese momento ardían un millón de llamas diminutas.

Rose se preguntó si lo que había visto eran llamas… Parpadeó y giró la cabeza. Hasta entonces, jamás había detectado fuego en la mirada de Duncan. Respiró con decisión, recobró las fuerzas y volvió a mirarlo.

El conde respondió con una expresión de inocencia cristalina.

Rose no detectó el más mínimo ardor y rechazó el impulso de contemplarlo con los ojos entornados. Mantuvo a raya su curiosidad, apartó el brazo y se alejó con un aire de ligera despreocupación totalmente fingida.

Se esforzó por no hacer caso de lo rápido que latía su corazón.

2

La predicción de Duncan fue acertada, pues la mañana amaneció gris y lluviosa. Las nubes de bruma rodearon las montañas y acrecentaron la sensación de aislamiento, de estar separados del mundo.

Rose miró por las ventanas del saloncito y aspiró la panorámica, la atmósfera y la profunda sensación de paz. Tras ella, en la cómoda estancia, las señoras se reunieron para pasar la mañana en afable compañía; algunas dieron una que otra puntada a sus bordados y las más ociosas ni siquiera se molestaron en salvar las apariencias. Las conversaciones de tono bajo se oyeron de un lado a otro del saloncito y se convirtieron en el reflejo de las nubes que corretearon por el cielo.

Para ella supuso una reunión reconfortante porque la totalidad de los presentes, salvo Jeremy y los Edmonton, la conocían hacía muchos años, casi desde su nacimiento. Esa misma mañana había hablado con cada una de las seis tías de Duncan, que la habían puesto al día sobre las proezas de los primos del conde. En ese momento las señoras mayores intercambiaban cotilleos, sobre todo de la sociedad edimburguesa, a los que añadieron algunos comentarios pertinentes sobre Londres. Esos asuntos no llamaban su atención; a decir verdad, las noticias de sociedad la traían sin cuidado.

A su izquierda, a cierta distancia de la casa, avistó un grupo de caballeros que se disponía a dar un paseo alrededor del lago. Su padre estaba allí, lo mismo que Jeremy, al que no era difícil distinguir, pues era el único que llevaba una gorra nueva de cazador y capa. Pese a sus conexiones con el ducado de Perth, había vivido toda la vida en la ciudad de Edimburgo.

Rose reparó en que los hombres se internaban entre los árboles. La contemplación de Jeremy mezclado con los demás le recordó con gran claridad los motivos por los que había ido a Ballynashiels en esas fechas y en compañía de su pretendiente. Jeremy deseaba casarse con ella. A los veintisiete años y tras haber rechazado a tantos jóvenes, el hecho de que un aspirante del calibre de Jeremy bebiera los vientos por ella no era algo que pudiese rechazar a la ligera. Jeremy merecía respeto. Aparte de otras consideraciones, ese hombre le caía bien, aunque de forma moderada. Supuso que sería capaz de imaginar que formarían una familia. No le cabía la menor duda de que sería un marido amable y atento, pero...

La respuesta que había dado a Duncan era sincera: no se había casado pues aún tenía que encontrar al hombre con el que desease contraer matrimonio. Tenía una idea muy clara de lo que sentiría cuando apareciese el candidato adecuado: se sentiría arrastrada por una fuerza superior a su voluntad. Durante años había optado por convencerse de que no había ocurrido porque era muy terca y decidida. Con Jeremy todavía no había pasado ni sucedería, pero, puesto que ya tenía veintisiete años, debía evaluar sus opciones, motivo por el cual se había desplazado a la mansión.

La invitación de lady Hermione había sido un regalo caído del cielo, pues le había dado motivos para llevar a Jeremy a Ballynashiels, el único lugar de la Tierra en el que se sentía más viva, auténtica, clara y firmemente segura de sí misma. Había llegado a la conclusión de que, en el caso de que existiese alguna posibilidad de que Jeremy y ella contrajesen matrimonio, lo sabría en Ballynashiels.

Resignada, Rose sonrió con ironía. Había prometido a Jeremy que le daría una respuesta el día del solsticio, pero lo cierto es que ya había tomado una decisión: en Ballynashiels, Jeremy la impresionaba menos que en los salones de baile de Edimburgo. No fue él quien despertó su interés y llamó su atención.

Continuó junto a la ventana y durante cinco minutos miró hacia afuera sin ver, hasta que se percató de qué derrotero habían tomado sus pensamientos; mejor dicho, comprendió que sólo pensaba en Duncan el perfecto.

El conde siempre había llamado fácilmente su atención y todavía era así. Rose siempre había mostrado interés por sus hazañas, sus pensamientos y sus logros, y ahora, al cabo de doce años de ausencia en su vida, Duncan la desconcertaba.

Tras lo ocurrido la víspera, el desconcierto quedó salpicado de cautela. Duncan la había afectado profundamente y, mientras se metía en la cama, se dijo que intentaría evitarlo durante el resto de su estancia en Ballynashiels. Duncan había cambiado. Ya no era el niño con el que había bromeado ni el joven al que había ridiculizado…, con absoluta impunidad. El niño y el joven jamás le habían devuelto sus ataques, pero el Duncan actual sí lo había hecho…, con un arma que ella no llegó a entender y de la cual, por lo visto, no supo defenderse. Lisa y llanamente, no era justo.

Es lo que había sentido la víspera, pero por la mañana se aburría. Burlarse de Duncan siempre había animado su existencia y la presencia del conde siempre la alegraba. El día anterior también la había entusiasmado. Rose contempló los peñascos cubiertos de niebla. Tal vez necesitaba adquirir un poco de experiencia para acostumbrarse a la clase de entusiasmo que el Duncan adulto despertaba en ella.

Su respuesta habitual cuando tenía que hacer frente a un nuevo desafío consistía en plantarle cara y superarlo. Sin lugar a dudas, relacionarse con Duncan a sus treinta y cinco años representaba un nuevo desafío, aunque también era muy probable que la forma de superar su absurda susceptibilidad y conquistar esa sensación inquietante que la víspera la había asaltado consistiera en confrontarlo y afrontarlo.

Le haría bromas como cuando eran niños.

La diferencia radicaba en que ya no lo eran.

Rose cambió de posición, paseó la mirada por el saloncito y vio que, sentada en un sillón, Clarissa bordaba diligentemente. Era la única mujer presente enfrascada en su tarea y la imagen misma de una damisela dedicada a sus labores.

Esbozó una mueca de contrariedad para sus adentros. Aunque no era la clase de persona que se entrometía en la vida de los demás, le pareció evidente que Clarissa no sería una esposa adecuada para Duncan. Si todavía no lo sabía, el conde debería averiguarlo y entonces se podría burlar de él sin remordimientos de conciencia. Mientras que para la sociedad en general sus bromas podrían parecer otra cosa, los invitados en Ballynashiels sabrían que sólo se trataba de un entretenimiento; lisa y llanamente, de la forma en la que Duncan y ella siempre se habían comunicado.

Los intensos recuerdos de la excitación que había experimentado la víspera y de la tensión aguda y cosquilleante que asedió sus nervios se colaron en su mente e invadieron sus pensamientos. Se alejó de la ventana y se acercó al canapé en el que estaba lady Hermione. Su señoría levantó la cabeza con expresión inquisitiva.

—Necesito distraerme. —Rose sonrió con ingenuidad—. Creo que iré a buscar un libro.

La sonrisa de lady Hermione fue serena.

—Por supuesto, querida, es una idea excelente.

Cuando la puerta de la biblioteca se abrió, Duncan estaba concentrado en un libro mayor. Supuso que se trataba de un invitado que entraba a buscar algo para leer y no se movió. Pero al percatarse de quién era, levantó rápidamente la cabeza.

Durante un segundo, tiempo suficiente como para darse cuenta del peligro que corría, su corazón dejó de latir. Rose percibió su mirada, por lo que giró la cabeza y le dedicó una sonrisa socarrona. Con mucha gracia, la mujer deambuló junto a la pared cubierta de estanterías y rozó ligeramente con los dedos los lomos de los volúmenes.

Duncan apretó los dientes, se acomodó en el asiento…, y procuró no pensar en lo que sentiría si esos dedos se deslizaran por su pecho desnudo. Rose lucía un vestido de muselina y la tela se pegó a sus caderas y a sus muslos cuando caminó lentamente de una punta a la otra de la biblioteca. Durante varios minutos, Duncan la miró mientras buscaba un libro y se planteó seriamente si a su amiga le apetecía leer o si sólo pretendía atormentarlo. No estuvo seguro de que fueran opciones excluyentes.

Lo cierto es que le resultó imposible dejar de mirarla. Parte de esa obsesión procedía del pasado compartido, del instinto de conservación profundamente arraigado. Sabía por experiencia que Rose podía ser sorprendentemente ingeniosa y siempre había sido aconsejable vigilarla cuando se acercaba.

Tal vez ahora vigilarla no fuera tan sensato, pero le resultó imposible contenerse y desviar la mirada. Aún no había asimilado su transformación. En el pasado, no quitarle el ojo de encima había sido imprescindible y ahora le costaba dejar de comtemplarla. La única dificultad existente consistía en no tocarla…, y hasta ese momento apenas había podido controlarse. Los dioses tendrían que ayudarlo si perdía esa batalla.

Sólo Dios sabía lo que Rose sería capaz de hacerle en ese caso.

Esa reflexión paralizó su mente y liberó su imaginación. Estaba absorto en fantasías lascivas cuando el sonido del papel a su derecha lo devolvió al presente. Miró fugazmente a Henderson, su administrador y viejo amigo. Sentado a un lado del escritorio, éste repasaba otro libro mayor. Llevaban dos horas realizando esa tarea y ya habían acabado con las cuestiones importantes.

Henderson apenas levantó la cabeza cuando Rose entró. Duncan concluyó que, puesto que ella visitaba Ballynashiels cada verano, probablemente los habituales estaban acostumbrados a su presencia, por lo que era el único que se había sentido afectado hasta la médula.

Dirigió la mirada a su incordio convertido en sirena y se reacomodó en el asiento.

Se había pasado la noche pensando en ella y en cómo era ahora. Soñaba con aquello en lo que Rose se había convertido. También reflexionó sobre la posición en la que se encontraba. Al margen de otras consideraciones, Rose seguía siendo Rose: la persona que había convertido su vida en un infierno desde el instante en el que irrumpió en su existencia.

Era y siempre había sido la espinita clavada en sus carnes. Si daba rienda suelta a la obsesión que lo dominaba cada vez que aparecía en su campo de visión, ¿conseguiría exorcizarla y arrancarla definitivamente de su vida o sólo lograría introducirla un poco más?

Duncan la vio hojear las primeras páginas de una novela y soltó un taco para sus adentros. Lo estaba pasando fatal y más le valía descubrir qué le deparaba el destino, pues el dolor no podía ser más intenso.

Echó la silla hacia atrás y miró a Henderson.

—Terminaremos mañana. —Se puso en pie y recapacitó—. Pensándolo mejor, lo dejaremos para después del solsticio.

Prefirió postergarlo hasta que su mente quedase liberada de las actuales distracciones.

Henderson accedió de buena gana y recogió los libros de contabilidad. Duncan esperó a que el administrador estuviese cerca de la puerta antes de rodear el escritorio e ir tras su justo castigo.

De acuerdo con criterios racionales, tendría que haber dedicado al menos una parte de las últimas doce horas a evaluar a Clarissa, organizar sus pensamientos y tomar una decisión definitiva. Al parecer, la decisión ya había sido tomada por un fragmento de su mente que no pudo pasar por alto: no se casaría con Clarissa.

Con quién se casaría era una pregunta muy distinta sobre la cual todavía no tenía respuesta. Con Rose cerca, que lo distraía y lo atraía, le resultaba imposible pensar con objetividad y, menos aún, concentrarse en la cuestión.

Henderson salió y cerró suavemente la puerta. Un segundo más tarde, cuando Duncan todavía se encontraban a diez pasos, Rose dejó de leer. Duncan reprimió una sonrisa salvaje. La mujer se volvió para mirarlo y él se detuvo frente a ella. El conde se inclinó ligeramente y leyó el título de libro que esgrimía como un escudo.

—Ya lo has leído.

Rose parpadeó.

—Fue hace muchos años. —Hizo una pausa y, sin quitarle el ojo de encima, añadió—: Se me ocurrió volver a visitar viejos terrenos de juego.

Duncan le sostuvo la mirada.

—¿De veras? —Apoyó un hombro en las estanterías y la contempló—. Será mejor que tengas cuidado con los viejos terrenos de juego.

—¿Cómo dices?

El tono de Rose fue lo suficientemente burlón como para despertar al libertino que Duncan llevaba dentro.

—Es posible que las reglas del juego hayan cambiado.

Un ligero rubor tiñó las mejillas de Rose. Duncan esperaba que se pusiera nerviosa, pero se limitó a mirarlo arqueando una ceja.

—Siempre he aprendido rápido. —Su ronroneo gutural se coló bajo la piel del conde, que se enardeció. Llamó la atención de Duncan y el entrecejo socarrón se arqueó un poco más—. No creo que deba tener miedo.

Tras ese comentario se dio la vuelta y Duncan pensó que lo había hecho expresamente, para desafiarlo a cometer un acto de locura, pero Rose sabía que jamás actuaría de esa manera. Su amiga ya no sabía quién era, en qué se había convertido y cómo había cambiado en los últimos doce años. Tampoco sabía cuál era su principal actividad recreativa. Si le explicaba que consistía en montar y cabalgar, Rose probablemente pensaría en caballos.

Duncan la vio devolver el libro a su sitio y se planteó cuál era el mejor modo de darle la noticia.

Rose eligió otro libro y miró a Duncan de soslayo.

—¿Has terminado de trabajar con Henderson? Estoy segura de que Clarissa se mostrará encantada de verte. Está bordando en el saloncito.

—Si está ocupada, no es necesario que la molestemos.

Rose abrió de par en par sus ojos pardos e inquirió:

—¿No deberías pasar más tiempo con ella?

Durante unos segundos cargados de tensión, el conde mantuvo la inocente mirada de la mujer; por el rabillo del ojo contempló el reloj situado sobre la repisa de la chimenea y suspiró teatralmente.

—En ese caso, tenemos tiempo de jugar a las adivinanzas.

Volvió a mirar a Rose, que no pasó por alto el juego de palabras.

—Detestas las adivinanzas.

Duncan sonrió y acotó:

—Tú también.

Rose lo miró de arriba abajo, se encogió ligeramente de hombros, cogió el libro que había elegido y se encaminó hacia uno de los ventanales. Encantado de la situación, Duncan la siguió con la mirada pegada a sus caderas y a su meneo seductor. La mujer se detuvo ante el ventanal. Duncan siguió avanzando, apoyó los hombros en el marco del cristal y se metió las manos en los bolsillos del pantalón para no apoyarlas en las curvas de su amiga.

—Estoy segura de que Clarissa lo hará bien, aunque no entiendo por qué las montañas le resultan opresivas.

Rose sostuvo el libro a la altura de la cintura y contempló el paisaje.

—Hummm…

—El hecho de que tú montes cada día no la obliga a hacerlo.

—Sí, por supuesto.

—En cuanto al tamaño de la mansión y la cantidad de criados, sé que ahora está ligeramente abrumada, pero no me cabe la menor duda de que lo superará.

—No será necesario.

—¿Qué dices? —Rose giró la cabeza a tal velocidad que a Duncan le costó disimular la sonrisa y bajó la mirada—. ¿Piensas vivir en Londres la mayor parte del tiempo?

El conde levantó la cabeza…, y se mordió la lengua justo a tiempo de no dar una respuesta negativa y desdeñosa. Rose tenía los ojos desmesuradamente abiertos y expresión de consternación; esa posibilidad la había dejado pasmada e intranquila. Duncan entornó los ojos.

—¿Has aceptado la proposición de Penecuik?

La mujer parpadeó, se recuperó, le lanzó una mirada altanera y continuó con la contemplación del paisaje.

—Todavía me lo estoy pensando.

El perverso alivio que se apoderó de Duncan fue inquietante, así que frunció el ceño y apartó los hombros del marco del ventanal.

—¿Qué es lo que estás pensando? ¿Sus posibilidades futuras?

—Tal como me ha comunicado tu madre, las posibilidades futuras han de ser atentamente evaluadas en el caso de un aspirante a marido.

El ligero bufido de Duncan sirvió para transmitir lo que opinaba de la sensatez de su madre.

—Lo manejarás a tu antojo durante el resto de su vida… ¿Es la clase de marido que quieres?

Rose reflexionó sin dejar de contemplar las montañas. Duncan aprovechó para estirar el brazo y quitarle el libro. Rose se lo entregó sin saber muy bien qué hacía. El conde leyó el título y, sin darle demasiada importancia, lo dejó sobre la mesa.

Rose oyó el golpe seco y se giró al tiempo que Duncan daba media vuelta hacia ella. Sus miradas se encontraron y el conde enarcó una ceja. La mujer respondió con una mirada de provocación y comentó:

—Sería muy agradable que alguien venerase mi opinión.

Duncan no le quitó el ojo de encima.

—La mayoría de las esposas prefieren que sus maridos veneren algo que no es precisamente su opinión.

Su tono fue incluso más provocador que la mirada de Rose.

—¿De verdad? —Ella sonrió de oreja a oreja—. Tendré que acordarme de hablar de este tema con Jeremy. —Hizo un gesto intrascendente sin apartar la mirada de Duncan—. ¿Crees que le apetecería venerar algo más de mi persona?

La expresión de Duncan se demudó. Durante un fugaz instante, Rose pensó que las llamas habían vuelto a encenderse, pero, antes de comprobarlo, el conde bajó la mirada y tuvo la sensación de que la recorría de la cabeza a los pies como el cálido viento del estío.

Los nervios cominaron a Rose y se le puso la piel de gallina.

—Creo que podría hacer una conjetura atinada —afirmó Duncan con tono grave y subió lentamente la mirada hasta que finalmente sus ojos se encontraron.

El noble se acercó. Rose abrió los ojos de par en par, retrocedió y chocó con el marco de la ventana. El conde siguió avanzando y, presa de la desesperación, ella tomó aire y preguntó haciendo un esfuerzo para no chillar:

—¿Estás seguro?

Duncan clavó la vista en el corpiño de Rose, que se había tensado, pues aún no había soltado el aire aspirado.

—Hummm…

Se detuvo ante ella, a sólo tres centímetros. Rose aplastó la columna vertebral contra el marco de la ventana e hizo esfuerzos para no temblar.

—¿Qué? ¿Cómo?

Duncan levantó lentamente la cabeza…, hasta que sus miradas volvieron a encontrarse. Rose perdió la batalla por respirar y por no temblar…, mejor dicho, perdió la capacidad de pensar. Cual una fuerza palpable, la virilidad de Duncan se extendió hacia ella, la envolvió, la encerró… y quedó a su merced. La mujer fue incapaz de parpadear y no pudo librarse; al igual que una presa hipnotizada y que tiembla hasta la médula, Rose contempló los ojos de Duncan y el brillo interior que había confundido con llamaradas.

Los labios del conde se curvaron con actitud bromista.

—He olvidado la pregunta.

Duncan no hizo caso de las palabras y permaneció pendiente de los labios de su amiga. Rose notó que se le humedecían y se entreabrían.

Duncan bajó lentamente la cabeza y…

Oyeron pisadas al otro lado de la puerta poco antes de que se abriese y Jeremy entrara.

—¡Vaya! —Su rostro se iluminó—. Estás aquí.

Apoyada en el marco de la ventana, Rose combatió la necesidad de llevarse la mano a su agitado pecho.

—Sí… —La mujer recuperó la voz. Asintió, carraspeó y volvió a intentarlo—. Sí, estoy aquí.

Rose ignoró por todos los medios la poderosa presencia que acechaba en el otro lado del ventanal.

—Estábamos analizando las posibilidades de montar —intervino Duncan. Rose lo miró escandalizada, pero el conde se volvió hacia ella y sonrió—. Me temo que hoy no podrá ser…, tal vez mañana.

La respuesta fue tan incisiva que Rose se vio obligada a responder:

—Lo dudo mucho.

—Yo no estaría tan seguro —terció Jeremy—. No hay nada como un buen galope para que la sangre circule.

—Por supuesto —coincidió Duncan.

—¿Me buscabas? —Rose intentó poner fin a los comentarios de los hombres y logró mantener un tono ligero.

Jeremy sonrió con actitud encantadora.

—Como empezó a llover, pusimos fin a la caminata. Me gustaría saber si podemos pasar el rato que queda hasta la hora de comer en la sala de billar.

Rose sonrió.

—Es una idea excelente.

Ella llegó a la conclusión de que sus piernas ya podían sustentarla y se dispuso a abandonar la biblioteca.

—Rose… —El tono de Duncan le provocó un cosquilleo interior. Ella se detuvo y se volvió lentamente—. Olvidas el libro —añadió el conde y se lo ofreció.

Rose miró el volumen sujeto por los dedos largos y firmes del conde, al que luego contempló. Duncan no dio señales de estar dispuesto a acercárselo. Aspiró aire rápidamente y replicó:

—Ya no me interesa.

Pronunciadas esas palabras, se volvió y fue testigo de la sonrisa que Jeremy dirigió a Duncan.

—Strathyre, ¿le apetece sumarse a nuestra partida de billar?

Rose se quedó petrificada y percibió los latidos de su corazón. Después de lo que pareció una eternidad, oyó la respuesta de Duncan, fría, aunque con un trasfondo dirigido a ella:

—Me parece que no. Tengo que mejorar otras habilidades.

Casi mareada de alivio, Rose ladeó la cabeza en dirección al duque y escapó antes de que cambiara de idea.

A la hora de la cena, Rose llegó a la conclusión de que había dado demasiada importancia a ese episodio. Fueran cuales fuesen las circunstancias, la provocación o lo que su cerebro calenturiento pudiera imaginar, Duncan jamás le pondría un dedo encima y, mucho menos, los labios. Por descontado que no la forzaría. Duncan no era así. Ya podía amenazarla con toda clase de castigos, pero, en los años compartidos, nunca se había vengado físicamente de ella.

Salvo una vez, aunque había sido un error.

Mientras aguardaba el regreso de los caballeros al salón y disimulaba su impaciencia tras una máscara de serenidad, Rose repasó cuanto había sucedido con Duncan a partir de la hora de la comida.

Para entonces el cielo había aclarado y el tiempo mejoraba cada vez más. Cuando Jeremy y ella abandonaron la mesa del comedor, Duncan se presentó con Clarissa del brazo y propuso un paseo por los jardines. Rose sonrió y no apartó la mano del brazo de Jeremy. Duncan se mostró encantador…, y nada más. Durante la larga y agradable caminata y mientras duró la prolongada merienda que compartieron en cuanto regresaron, ni siquiera vislumbró fugazmente al depredador acechante con el que se había topado en la biblioteca.

Eso significaba que Duncan se había mofado de ella, la había asustado, había montado un buen espectáculo para intimidarla y lograr que no lo molestase, guardara las distancias y se mordiese la lengua, al menos en lo que a la propuesta matrimonial se refería.

Rose se tragó una exclamación de indignación cuando Clarissa se detuvo a su lado junto a la ventana abierta.

La joven frunció el ceño a causa de la luz crepuscular y se estremeció con gran delicadeza.

—¿No es extraña esa luz? No podemos decir que sea de día ni de noche. —Dedicó una afable sonrisa a Rose—. Por desgracia, soy muy sensible a los cambios atmosféricos. Esta zona me resulta terriblemente fría —añadió y con un ademán abarcó las cumbres que se alzaban por encima del valle.

Rose se mordió la lengua y se abstuvo de recomendar a Clarissa que no debía informar a Duncan de que, en su opinión, su terruño era «terriblemente frío».

—Por suerte, no hay motivos de peso que obliguen a Strathyre a pasar mucho tiempo aquí, ya que la hacienda apenas contribuye a su riqueza. Al menos eso es lo que tengo entendido. —Clarissa se volvió y paseó la mirada por la estancia larga y elegantemente diseñada—. Huelga decir que la casa es magnífica; lo lamentable es que no se encuentre en Kent, en Surrey e incluso en Northamptonshire. De todas maneras... —Clarissa dirigió a Rose una mirada risueña y confiada—, de todas maneras, se trata de una residencia tan magnífica que no resultará difícil encontrar arrendatario.

Rose intentó no atragantarse y se limitó a mascullar:

—Hummm...

Clarissa continuó a su lado y dejó pasar el tiempo hasta que los caballeros se reunieron con ellas. Rose reflexionó mucho, pero, al final, no dijo nada.

No le correspondía pinchar la burbuja de Clarissa y, dada su evidente falta de aprecio por la casa de Duncan, por el hogar de sus antepasados, le costó creer que el conde fuese tan tonto como para ofrecerle matrimonio a esa niña. En los asuntos que requerían lógica, Rose confiaba ciegamente en la sensatez de Duncan. Aunque sólo fuera por eso, su ansia de perfección, más aguda que nunca en lo que a su hogar se refería, lo mantendría a salvo, tanto a él como a Ballynashiels, de la tragedia de casarse con Clarissa. En ese sentido, ella no tenía nada más que decir.

La situación era cada vez más sencilla. Esa noche se proponía a desafiar al leopardo merodeador, pero su decisión no tenía nada que ver con Clarissa.

Por el rabillo del ojo detectó movimientos junto a la puerta. Clarissa y ella se dieron la vuelta cuando aparecieron los caballeros. Duncan fue el último en entrar, en compañía del padre de Rose. La mujer se regodeó interiormente, se hizo a un lado y una sonrisa curvó sus labios cuando Jeremy se acercó.

Rose no miró a Duncan ni le sonrió. Quería pillarlo a solas y se le ocurrió una buena idea para conseguirlo.

Clarissa se alejó y se detuvo junto al canapé que ocupaban sus padres; Duncan se acercó a la jovencita. Rose esperó a que sirvieran el té y a que los invitados de más edad se retiraran antes de proponer a Jeremy:

—Salgamos a la terraza. Aquí hace calor y fuera sopla una suave brisa. —Condujo la mirada de Jeremy hacia las vidrieras, que estaban abiertas y cuyas delgadas cortinas el aire agitaba—. La terraza ocupa todo un costado de la mansión y desde el extremo hay una vista maravillosa del lago.

Rose echó a andar.

—Me parece que… —Jeremy la miró—. Estoy de acuerdo, siempre y cuando no lo consideres indecoroso.

Rose sonrió con gran calidez.

—Tengo el convencimiento de que nadie pensará que se nos ha ocurrido algo indecoroso.

Nadie lo pensaría…, salvo Duncan.

Pasaron junto al conde, que charlaba con la señora Edmonton y con una de sus tías. Clarissa seguía aferrada a su brazo. Sin mirar a Duncan y con toda la atención aparentemente volcada en Jeremy, Rose permitió que su acompañante apartara las cortinas y salieron a la terraza.

El aire era fresco, aunque tan suave como Rose había dicho; el cielo semejaba una acuarela de colores pasteles apagados y en las cumbres se apiñaban delicadas nubes. Mientras paseaban, Rose cerró los ojos, respiró hondo, aspiró el aire perfumado por los pinos y las píceas y se sorprendió de que Clarissa fuera incapaz de apreciar el embrujo de Ballynashiels.

—Este sitio es tan sosegado…

Rose abrió los ojos y sonrió a Jeremy. Se detuvieron junto a la balaustrada y contemplaron el jardín perfectamente cuidado, que incluía un grupo de añosos árboles de sombra. Más allá se extendían arbustos, matorrales y una masa de sombras cada vez más impenetrables.

—Da la sensación de que aquí te sientes como en casa —comentó Jeremy.

Rose esbozó una sonrisa.

—Así es. —Apartó la mano del brazo de Jeremy y se reclinó en la barandilla—. Ballynashiels es como mi hogar.

—¿No vives en Edimburgo con tu padre?

—Claro, aunque… —Rose calló y tanto ella como Jeremy se volvieron al oír pisadas.

Rose hizo frente a la mirada tormentosa de Duncan y sonrió serenamente.

—¿Has salido a tomar el aire? Súmate a nosotros. —Le hizo señas de que se acercase—. Estoy explicando a Jeremy que solía pasar los veranos en Ballynashiels.

Duncan titubeó y finalmente se acercó.

—Ya lo veo.

—No te quepa la menor duda. —Con cara de pura inocencia, Rose dedicó una sonrisa al conde—. Supongo que hasta tú te acuerdas. —Dirigió una mirada risueña a Jeremy—. Me dedicaba a perseguir incesantemente a Duncan. —A renglón seguido describió, con pocas palabras y frases cargadas de humor, la historia abreviada pero verídica de sus visitas a la mansión. Jeremy quedó fascinado, que era lo que Rose pretendía. Duncan escuchó en silencio y sólo ella detectó su mirada de receloso cinismo—. Por eso conozco Ballynashiels como la palma de mi mano.

Jeremy sonrió para dar a entender que lo comprendía, miró a Duncan y comentó:

—Debió de ser difícil de sobrellevar.

Duncan le devolvió la mirada y luego contempló a Rose.

—No tanto como parece.

Rose respondió con expresión ligeramente divertida, volvió la espalda al conde y contempló las montañas. Con un gracioso movimiento del brazo abarcó el paisaje y declaró:

—Es tan salvaje, tan hermoso…, tan indómito…

Jeremy también se dedicó a admirar los montes y manifestó su acuerdo mediante un murmullo.

Con la vista fija en Rose, Duncan no dijo nada.

La mujer se estremeció en el preciso momento en el que Jeremy se volvía y la miraba.

—Vaya, vaya. Evidentemente, tienes frío —opinó Jeremy—. Será mejor que entremos.

—¡Claro que no! —Rose se frotó los brazos desnudos y sonrió con actitud suplicante—. Fuera se está bien.

Jeremy puso cara de contrariedad.

—Pero podrías coger frío.

—Si fueras tan amable… —Rose inclinó la cabeza—, si fueras tan amable y entrases a buscar mi chal.

—Por supuesto. —Jeremy se irguió—. ¿Dónde está?

—Me parece… —Rose frunció el ceño—. Creo que lo dejé en el salón.

Jeremy sonrió.

—No te preocupes, lo encontraré enseguida.

El pretendiente de Rose sonrió vivamente, echó a andar hacia las cristaleras y se internó en el salón.

Duncan lo vio alejarse y centró su mirada en ella.

—¿Qué estás tramando?

—¿Tramando? —Durante unos segundos el rostro de Rose fue la imagen misma de la inocencia perversa y a continuación se quitó la máscara y le dedicó esa sonrisa socarrona y bromista que sólo destinaba a él. Se giró sin dejar de sonreír, deslizó los dedos por la balaustrada y caminó terraza abajo—. ¿Por qué crees que estoy tramando algo?

Duncan la vio alejarse. Se encogió interiormente de hombros y comenzó a caminar tras ella.

—Has dicho salvaje, hermoso e indómito. Es posible que

con tu máscara social engañes a otros, pero recuerda que yo te conozco bien.

—Te has perdido doce años, de modo que no me conoces para nada.

—Podría devolverte la afirmación, que en mi caso sería más exacta, pero hay cosas que nunca cambian.

—¿Estás seguro?

Rose se detuvo al final de la terraza, donde la balaustrada trazaba un semicírculo, y se volvió para mirarlo.

Pasmado al verla enmarcada por las montañas casi a oscuras y las aguas pizarrosas del lago como telón de fondo, Duncan aminoró sus pasos. Cuando se detuvo, una tensión harto conocida se había transmitido a todos sus músculos. Quedó directamente frente a ella, la contempló y estudió sus ojos.

—Eres tan atolondradamente tempestuosa como siempre.

Rose sonrió. Puesto que ahora lo tenía donde quería, se planteó qué haría a continuación y cómo convencería al leopardo de que le mostrase las manchas.

El intento de Duncan de intimidarla en la biblioteca había agudizado la curiosidad de Rose hasta límites insospechados. Jamás se había topado con ese poder peculiar que el conde esgrimía sobre ella y deseaba saber más, como mínimo lo suficiente como para contrarrestarlo o, mejor aún, lo bastante como para ejercerlo. En ese momento sintió que estaba en desventaja, como si Duncan hubiera encontrado un lugar especial en la campiña y aún no se lo hubiese enseñado. Se propuso arrancarle el secreto.

Se volvió para contemplar la panorámica y de reojo le lanzó una mirada de evaluación.

—Debo reconocer que me sorprendió que escogieses a Clarissa. Al parecer, es bastante fría y reservada, no se parece en nada a la clase de dama que me imaginé que escogerías.

Como Duncan guardó silencio, lo miró rápidamente a la cara; los ojos del conde estaban clavados en ella y su expresión le resultó inescrutable. Le molestó que, al parecer, Duncan se sintiera totalmente a sus anchas, no del todo relajado, sino al mando, con la máscara de amo de la mansión perfectamente colocada.

Sin quitarle el ojo de encima, Rose enarcó deliberadamente una ceja y dejó que el tono de burla tiñese sus palabras:

—No sé por qué supuse que las damas a las que pretenderías tendrían un poco más de brío.

—Las damas a las que pretendo suelen tenerlo.

Esa afirmación tajante fue una clara negativa a participar en el juego. Rose cambió repentinamente de táctica, se le acercó, bajó la voz y apostilló:

—De hecho, quiero ponerme a tu merced. —Sonrió de lado y alzó la mirada hacia él—. Me gustaría basarme en tu experiencia.

Duncan frunció el entrecejo.

—¿En mi experiencia?

La sonrisa de Rose fue en aumento.

—En cuestiones de…, en cuestiones de coqueteo. —Bajó los párpados y desvió la mirada—. Quiero que me ilustres.

Duncan frunció un poco más el ceño.

—¿Que te ilustre?

—Sí, que me digas qué aspectos de mi persona podría venerar Jeremy. —Rose se volvió, lo observó y quedaron a menos de un palmo de distancia. Luego sonrió cálida, seductora y provocadoramente—. Quiero conocer tu opinión acerca de lo que un caballero puede encontrar más atractivo en mí.

Cuando sus miradas se encontraron, ella no parpadeó, aunque le brillaron los ojos. Duncan respiró lenta y profundamente y resistió con fuerza el impulso de reaccionar, de revelar la tensión acumulada en su interior, de convertirla en expresión física a través de sus ojos, su cara y su cuerpo. Rose era transparente como el cristal y tramaba algo, pero no supo qué pretendía. Sólo supo que lo tentaba a sabiendas y que lo hacía muy bien. Por suerte, controló la situación. No estaban en la biblioteca, sino en la terraza y a pocos metros se encontraban montones de familiares, el padre y el posible marido de Rose, así como su futura esposa y los padres de ésta. Penecuik no tardaría en regresar con el chal. Rose no tenía ni la más remota idea de las artes de la seducción. Tendría que enseñarle, pero no lo haría en ese sitio ni en ese momento.

—No me atrevo a hacer una suposición acerca de lo que Jeremy puede considerar atractivo.

Rose le lanzó una mirada ardiente.

—Alguna idea tienes…, tú mismo lo has dicho. —Rose se le acercó y su aroma impregnó los sentidos del conde. Levantó la cabeza e hizo frente a la mirada de Duncan—. ¿Dónde está mi atractivo? ¿En mis ojos? ¿En mis labios? ¿En mi cuerpo?

«Todo eso y mucho más», pensó Duncan, se puso rígido y logró impedir que sus demonios escapasen. Recordó con toda claridad la única vez que había tocado intencionadamente a Rose; la muchacha tenía catorce años y le soltó una réplica mordaz que lo afectó. En compañía de dos compañeros de Eton, habían salido a hacer una caminata por el bosque e, implacablemente deslenguada como siempre, Rose le pisaba los talones. Uno de los comentarios resultó muy hiriente, por lo que se volvió y le golpeó la cabeza por encima de una oreja. Aunque no le dio fuerte, Rose cayó al suelo por la sorpresa más que por el golpe. Entonces descubrió horrorizado que su amiga no lloraba como las demás. No frunció la cara ni berreó; sus ojazos se llenaron de lágrimas, que comenzaron a caer en silencio. Permaneció tendida en el suelo, con una mano en la oreja, mientras las lágrimas rodaban por sus mejillas; su expresión le partió el corazón.

Duncan se había arrodillado a su lado, le había pedido disculpas sin dejar de tartamudear y había hecho torpes esfuerzos por consolarla…, en presencia de sus desconcertados compañeros.

En ese momento se juró que nunca más volvería a quedar a su merced ni reaccionaría con golpes ante sus mofas.

Duncan contempló los ojos pardos, cálidos, tentadores y provocadores y se dijo firmemente que era lo bastante fuerte como para soportar todo aquello a lo que Rose lo sometiese.

Ella salvó los últimos centímetros que los separaban. Con los pechos le rozó la chaqueta y presionó ligeramente el torso de su amigo de la infancia; apoyó la cadera, como un peso cálido, en el muslo del conde. El brillo que iluminó sus ojos cuando lo miró y levantó una mano para posarla en el pecho de Duncan trascendió toda burla y fue una tentación pura y sin adulterar.

El calor de la mano de Rose traspasó la camisa y Duncan se estremeció.

—Sí que lo sabes —susurró la mujer con un tono que fue como una suave caricia—. Por favor…, dímelo.

El conde la miró a los ojos, respiró entrecortadamente y olvidó su cautela. Necesitaba poner fin al juego porque esa mujer lo volvía loco. De nuevo le hacía perder los cabales. Abandonó la mueca de impasibilidad y la contempló con los ojos entrecerrados al tiempo que preguntaba:

—¿Qué es lo que realmente buscas?

Ese acento entrecortado surtió efecto. Rose parpadeó y se apartó. Duncan combatió el deseo de acercarla, de volver a tener su figura suave y cálida junto a su cuerpo.

Rose interpretó su mirada y su expresión…, y esbozó una mueca de contrariedad. Su ataque no daba resultado y Duncan se mostraba insensible a sus bromas, a sus pullas…, y a cualquiera de sus movimientos. No es que tuviese experiencia a la hora de incitar a los caballeros, pero de todas maneras, ese fracaso la irritó. Desconcertada, escrutó el cuerpo largo del conde hasta los zapatos y volvió a subir lentamente la mirada. Cuando llegó a su cara, Rose meneó la cabeza.

No detectó un solo indicio de la tensión que pretendía provocar en él. Eso era lo que quería aprender: esa tensión peculiar que Duncan le transmitía, que estiraba sus nervios y que le producía una sensación que sólo podía describir como excitación.

Lo miró a los ojos, duros como el diamante a la luz de la luna, y suspiró contrariada.

—Si tanto te interesa, lo que quiero saber es qué…, qué te dominó en la biblioteca. —Como Duncan no reaccionó en el acto, Rose le hundió un dedo en el pecho—. Me gustaría saber por qué te pusiste tan tenso. —Rodeó con los dedos los músculos acerados de su brazo e intentó ejercer presión—. Me gustaría saber qué fue lo que…, ¡lo que me llevó a sentir que estabas a punto de devorarme!

Duncan apretaba tanto los dientes que logró no gemir y replicó sin separarlos:

—Esa reacción concreta queda perfectamente descrita por una palabra de cinco letras que comienza por la a. —Oyó sus palabras y se apresuró a añadir—: A, ere, de, o, ere.

Rose le clavó la mirada y finalmente le espetó:

—¿Ardor? ¿Has dicho ardor?

—Ni más ni menos. Me refiero al deseo abrumador de tenerte, a ser posible desnuda, en mi lecho. —Estaba a punto de perder esa lucha, pues ya no pudo sujetar las riendas de la situación. Duncan notó que su cuerpo se tensaba y se enardecía. La mirada incrédula de Rose no lo ayudó a serenarse. Le señaló la nariz con el dedo y acotó—: No pongas esa cara de sorpresa…, tú sientes lo mismo.

Rose se puso rígida.

—¡No digas tonterías! —Apartó la mirada del rostro de Duncan, miró a lo lejos, hizo ademanes nerviosos y prosiguió—: Simplemente sentí curiosidad…

—Eso sí que me lo creo.

—No fue más que curiosidad.

—¡Embustera!

Al oír esa burla cariñosa y ronroneante, la mujer volvió a mirarlo.

—No quiero… —Rose respiró hondo y levantó la cabeza—, no quiero compartir ese ardor contigo.

Una vez pronunciadas esas palabras, Rose intentó rodearlo, pero Duncan estiró la mano para impedírselo. Rose no lo vio a tiempo y su seno izquierdo chocó con la palma derecha de la mano de Duncan.

Como un acto reflejo, los dedos del conde sostuvieron ese peso atormentador.

A Rose se le doblaron las rodillas.

El conde la cogió instintivamente, la apoyó en su cuerpo y percibió el profundo estremecimiento de rendición y de pura necesidad que su amiga experimentó. En lugar de apartar la mano, el pulgar recorrió la carne tibia, buscó el pezón erizado y lo acarició.

Oyó que a Rose se le cortaba la respiración y percibió el deseo ardiente que brotó de lo más profundo de ella. Rose permaneció rígida un segundo, se desplomó sobre él y apoyó la cabeza en su hombro.

—¡Quita! —susurró Rose sin la más mínima convicción.

—¿Por qué? —Duncan le acarició el pecho y notó su firmeza—. Te gusta.

La mujer se estremeció, se apretó contra él y su cuerpo transmitió lo que no fue capaz de expresar con palabras. Duncan inclinó la cabeza y le dio un beso en la coronilla. Rose levantó instintivamente la cabeza y Duncan le cubrió la boca con sus labios.

No le dio opción ni posibilidad de pensar; no tuvo la más mínima oportunidad de burlarse de él y enloquecerlo. Los labios de Rose eran tan deliciosos como los había imaginado, muy suaves, dulces y generosos. Los cató de cabo a rabo y enseguida quiso más. Cambió ligeramente de posición, deslizó la mano por la espalda de Rose, la pasó sobre sus caderas, sobre su trasero maravilloso y se llenó la palma con su carne ardiente. La estrechó contra su pecho.

Rose jadeó y abrió los labios. Duncan deslizó la lengua por su boca y se dedicó a saborearla. Tuvo la sensación de que su corazón latía desaforadamente, su deseo se disparó y fue presa de un hambre devoradora. Ladeó la cabeza, ahondó el beso y la fascinó con su vehemencia.

Rose respondió, al principio vacilante y luego con más apremio. Planteó sus propias demandas. Ardiente, salvaje, sin restricciones y entregada, la pasión de la mujer los envolvió; Duncan notó que las manos de Rose subían por su pecho, recorrían sus hombros y finalmente hundía los dedos en su cabellera. Como siempre, Rose lo provocó; aunque fue consciente de que su amiga no sabía lo que hacía, o tal vez precisamente por ello, Duncan no pudo dominar su reacción, la necesidad apremiante, implacable y primitiva de poseerla y reclamarla para sí: la necesidad de hacerla suya.

Rose lo percibió, lo supo y se deleitó con esa certeza. Más allá del pensamiento y de la sensatez, con las sensaciones y las emociones como única guía, Rose se entregó a ese beso, aprovechó el momento, se aprovechó de él y cedió a la delicia, el desafío y la necesidad insaciable de aliviarlo, de calmar su hambre, de satisfacer y aplacar la embravecida tempestad que, de alguna manera, había estallado entre ambos.

Fue un remolino de proporciones legendarias, una fuerza trastornadora que tensó hasta el último músculo del cuerpo de Duncan e hizo que Rose se derritiera a su lado. La vehemencia de ambos fue en aumento y la mujer jadeó cuando estalló. Duncan bebió de ese sonido y se lo arrebató junto con el aliento. Rose le dio un beso profundo, le devolvió el placer experimentado y se estremeció cuando notó que Duncan se quedaba sin respiración.

Estaba ensimismada en el beso, envuelta en los deleites de la situación y era víctima de sensaciones vertiginosas cuando a sus oídos llegó el jadeo sorprendido de una jovencita.

—¡Qué sorpresa! —exclamó Jeremy.

Rose se apartó tambaleante y Duncan liberó sus labios, pero poco a poco. Quitó las manos todavía más despacio y le rodeó la cintura para darle un cálido apretón antes de alejarse. Se irguió y se dio la vuelta. Las manos de Rose se separaron del cuerpo del conde y, aturdida y casi atontada, la mujer abrió y cerró los ojos y miró a Jeremy y a Clarissa.

Ambos la contemplaron boquiabiertos y con los ojos como platos.

—Bueno… —Rose carraspeó y habló apresuradamente—. Duncan y yo somos primos…, sólo fue un beso entre primos…, un beso de agradecimiento. —Miró de soslayo a Duncan, que la contemplaba con expresión insondable. Rose frenó el impulso de retorcer las manos…, o el cuello del conde. Respiró, se irguió y miró a Jeremy y a Clarissa—. Acabo de agradecer a Duncan que me recomendase un libro. Me gusta leer antes de dormir.

—Claro. —Jeremy se tranquilizó, sonrió angelicalmente y le entregó el chal—. Tuve que pedir a tu criada que fuese a buscarlo a la habitación…, seguramente te olvidaste de bajarlo.

Rose agradeció que la poca luz que quedaba no bastase para revelar su rubor. No hizo caso de la actitud cínica con la que Duncan frunció el ceño, sonrió encantador, dio unos pasos y se volvió. Jeremy le puso el chal sobre los hombros. Era evidente que había aceptado su explicación, tan evidente como obvio que Clarissa no la había creído, por lo que seguía lanzándole miradas penetrantes.

Todavía desconcertada, preocupada por si se desmayaba y sin mirar a Duncan, Rose sonrió a Jeremy y propuso:

—Creo que deberíamos entrar.

Regresaron al salón. Duncan y Clarissa los siguieron. Sólo quedaban unos pocos invitados que los miraron, sonrieron y les dieron las buenas noches.

Los cuatro subieron la escalera en grupo. Rose notó que Clarissa le clavaba la mirada en la espalda. En cuanto llegasen a la galería, cada uno seguiría su camino. Rose se despidió tranquilamente de Jeremy y Clarissa y se volvió hacia Duncan.

El conde inclinó la cabeza a modo de saludo y se dirigió a su amiga de la infancia:

—No olvides mi regalo. —Sus miradas se encontraron y la de Duncan fue transparente, para nada amenazadora... y, menos aún, confiable—. Te ruego encarecidamente que reflexiones en cuanto estés entre las sábanas y no te sorprendas si la lectura te mantiene despierta.

Rose sonrió con gran serenidad y también inclinó la cabeza como despedida. Por el rabillo del ojo vio que Clarissa parpadeaba, miraba a Duncan y dejaba de tener sospechas. Entonces apeló a la sabiduría de Salomón y no quiso seguir tentando al destino ni a Duncan.

—Buenas noches, su señoría. —Rose y el conde dejaron de mirarse a los ojos—. Que descanses.

Duncan la contempló mientras se alejaba cimbreando suavemente las caderas. Sólo la presencia de Jeremy Penecuik y de treinta y tantos invitados a los que mentalmente deseó que ardiesen en el infierno le impidió seguirla…, y evitó que fuese tras ella.

3

Rose inició la mañana siguiente decidida a guardar las distancias con respecto a Duncan, al menos hasta que entendiera lo que estaba pasando. El ardor que había compartido con él era algo para lo que no estaba preparada. Había pasado casi toda la noche sumida en la confusión mental, estado que con anterioridad jamás había experimentado.

Claro que con anterioridad nadie la había besado así.

Entró en el salón del desayuno más cautelosa e insegura que nunca. Se sentó junto a Jeremy, cerca de uno de los extremos de la mesa, no lejos de la presencia reconfortante de lady Hermione..., y a gran distancia de Duncan.

Éste apareció en compañía de Clarissa, que sonreía dulcemente y, para variar, estaba colgada de su brazo. Duncan se limitó a mirarla con expresión desconcertada y fue Clarissa quien tomó la palabra:

—Como el día es bueno, se nos ha ocurrido salir en batea por el lago. —Recatada y sin soltarlo, Clarissa sonrió a Duncan—. Es una de mis actividades preferidas —añadió, y pasó su inocente mirada a Jeremy y a Rose—, pero tenemos que ir en grupo, porque, de lo contrario, no será divertido.

Tanta ingenuidad enmudeció a Rose y Jeremy sonrió entusiasmado.

—Me parece una idea excelente —declaró Jeremy y miró a Rose.

Ella cogió la taza de té y bebió un buen trago. Notó que

todos estaban pendientes de su respuesta, pero lo que más sintió fue la mirada de Duncan. Sólo una reducida zona del lago era adecuada para navegar en batea, ya que el resto resultaba demasiado profundo. Navegar en batea suponía costear la orilla y contemplar los arbustos, los árboles y el lago liso como un espejo en lugar de las altas montañas y las cumbres agrestes. Para apreciar ese paisaje necesitabas un bote de remos y adentrarte en el lago o, mejor aún, trasladarte a la isla.

Navegar en batea era una actividad aburrida y probablemente peligrosa, si bien Rose no supo muy bien por qué. Jeremy no iría sin su compañía y Clarissa no saldría de excursión únicamente con Duncan.

—Estaréis cómodos en la nueva batea.

El comentario bonachón de lady Hermione transmitió un claro mensaje que Rose no pudo pasar por alto. Reprimió un suspiro, levantó la cabeza y sonrió.

—Claro que sí. Saldremos en batea.

Las miradas de Duncan y de Rose se encontraron, pero ella no percibió nada en sus ojos ni en su expresión, salvo cierta arrogancia que le provocó muchas ganas de...

Con gran decisión, se puso en pie y señaló la ventana y el lago, sereno y vidrioso bajo el cielo de color gris pálido.

—¿Nos vamos?

Abandonaron la casa, cruzaron el jardín y se internaron en la extensa pineda. La batea se encontraba en el pequeño embarcadero situado a los pies de la casa. Seguramente Duncan había dado la orden de que la sacaran del cobertizo.

En ese preciso momento se enteraron de que, fuera o no una de sus actividades preferidas, Clarissa tenía miedo de subirse a la batea que se balanceaba ligeramente. Duncan le ofreció la mano, pero la joven retrocedió asustada, casi como un caballo que por primera vez ve un transporte de equinos.

Rose se estremeció al hacer esa comparación despectiva e intentó darle ánimos. Clarissa meneó negativamente la cabeza con los ojos fijos en las aguas del lago más que en la batea y exclamó:

—¡El lago es tan grande!

Jeremy bajó por el embarcadero, desató la amarra de la batea, la recogió y sujetó la estrecha embarcación para que no se moviese.

—Pruebe ahora.

Con gran delicadeza, Duncan indicó a Clarissa que avanzara y, presa de una gran tensión, la joven sonrió. Arrastró los pies hacia delante, se detuvo en el borde del embarcadero, respiró hondo, volvió a tomar aire…, y se dirigió a Rose:

—Tal vez…, si usted embarcara primero…

Rose sonrió con actitud tranquilizadora y extendió la mano. Duncan la cogió y la ayudó a embarcar. Se subió a la batea sin sufrir percance alguno. Sonrió a Clarissa y preguntó:

—¿Lo ha visto? Es lo mismo que en el río.

Pronunciadas esas palabras, Rose se dirigió con cuidado al asiento de la proa de la batea. Se agachó, se acomodó las faldas, se recostó elegantemente sobre los almohadones y, sin dejar de sonreír, alentó a Clarissa.

Duncan intentó ayudarla, pero la joven se negó rotundamente.

—Un momento, me sacaré el sombrero —dijo casi sin aliento. Levantó los brazos, retiró el alfiler y se quitó el elegante sombrero de aldeana…, que se le cayó de las manos—. ¡Ay, ay!

Se volvió para cogerlo, pero sólo consiguió alejarlo. Duncan no pudo ayudarla. El sombrero se deslizó por el embarcadero rumbo al agua. Jeremy soltó la amarra de la batea, se inclinó hacia la derecha y lo cogió.

—¡No! —exclamaron simultáneamente Duncan y Rose.

Desconcertados, tanto Jeremy como Clarissa miraron a Duncan sin saber muy bien qué pasaba. Siguieron la dirección de su mirada y vieron que, impulsada por una poderosa corriente, la batea se alejaba con rapidez. Mientras la contemplaban, la embarcación trazó un giro y se adentró velozmente en el lago.

Y se llevó a Rose. Como no se había puesto sombrero, Duncan vio que el rostro de su amiga adoptaba una expresión de pasmada incredulidad que, supuso, no olvidaría en toda su vida.

—¡Ay, cielos! —A su lado, Clarissa ahogó una risilla nerviosa—. ¡Qué terrible!

Lo cierto es que el tono de Clarissa no fue de excesiva preocupación.

No sucedió lo mismo con Jeremy, que se incorporó con el sombrero de Clarissa en la mano.

—¡Ya lo creo! —La expresión de Jeremy reveló que sabía que era responsable de haber soltado la amarra…, para recuperar el sombrero de Clarissa—. ¿Rose corre peligro?

Duncan no replicó pues tenía los ojos entornados y la mirada fija en la batea y en la figura cada vez más lejana de su amiga.

—No diga disparates. —Clarissa cogió del brazo a Jeremy y lo apretó con intención de tranquilizarlo—. La batea se deslizará aguas abajo y finalmente volverá a la orilla. —Miró a Duncan—. ¿Verdad que tengo razón?

—Si he de ser franco, no. —Duncan dio media vuelta y los miró—. De todas maneras, Rose sabe dónde recalará la batea, por lo que en ese aspecto no hay de qué preocuparse.

Jeremy arrugó el entrecejo.

—¿Dónde recalará?

Duncan miró a lo lejos por encima del lago y respondió:

—En la isla.

—Bueno. —Jeremy estudió el islote arbolado que se encontraba en el centro de la zona más ancha del lago—. En ese caso, tendremos que rescatarla.

—¿Por qué? Al fin y al cabo, la pértiga está en la batea. —Clarissa parecía a punto de poner morritos—. Bastará con que haga un poco de ejercicio y enseguida estará de regreso en la orilla.

—No. —Con la mirada fija en Rose, que estaba muy tiesa y miraba hacia tierra firme, Duncan se preguntó cuánto tiempo tardaría su amiga en darse cuenta de lo que sucedía y deducir lo que ocurriría a continuación—. El sector principal de lago es demasiado profundo y, además, en la batea no hay remos. Tendremos que coger el bote de remos e ir a buscarla.

—Está bien. —Jeremy cuadró virilmente los hombros y oteó la orilla—. ¿Dónde está el cobertizo?

—¡No pienso subir al bote de remos…, ni cruzar hasta la isla! —El tono de voz de Clarissa reveló claramente su pánico. Duncan y Jeremy la contemplaron y la joven los observó con la mirada desaforada—. El lago es demasiado ancho y grande. —Miró las aguas y se estremeció—. ¡No me atrevo!

—De acuerdo, me parece bien —intervino Jeremy con tono sereno—. Strathyre y yo iremos a buscarla mientras usted regresa a la mansión.

Horrorizada, Clarissa paseó la mirada por la ladera.

—¿A través de la arboleda? —A Clarissa le entró la tiritona—. No puedo…, entre las sombras podría ocultarse alguien. Además, a mi madre no le gustaría que caminara sola por el bosque.

Jeremy la miró con expresión contrariada.

Duncan habló con gran firmeza:

—Penecuik, si acompaña a la señorita Edmonton a la mansión, yo iré a buscar el bote y rescataré a Rose.

Jeremy levantó la cabeza.

—Si me muestra dónde está el cobertizo, me encargaré de recoger a Rose. Al fin y al cabo, fui yo el que soltó la amarra.

Duncan negó con la cabeza.

—Ni lo sueñe, las corrientes del lago no son como las de los ríos. —Echó un vistazo a la batea, que estaba cada vez más lejos—. Iré a buscar a Rose.

—Bueno.

Aunque hizo una mueca porque no estaba del todo convencido, Jeremy aceptó su destino. Ofreció el brazo a Clarissa y la joven lo aferró como si estuviera a punto de desplomarse.

La jovencita esbozó una débil sonrisa ante Jeremy y Duncan.

—¡Con tanta agitación, creo que tendré que descansar en cuanto regresemos a la casa!

Duncan se limitó a asentir y Clarissa y Jeremy partieron a través de la arboleda. El conde se volvió y contempló la diminuta figura de Rose, que seguía con la vista fija en la orilla. Apretó los labios y echó a andar hacia el cobertizo de las embarcaciones.

Desde el lago le llegó un gemido angustioso:

—¡Nooooo!

Dirigió la vista hacia la batea, pero Rose se había tumbado sobre los almohadones. Incontenible y victorioso, Duncan sonrió y dio grandes zancadas.

La arena crujió bajo sus pies cuando, cuarenta minutos más tarde, Duncan varó el bote en la isla. Desembarcó en las aguas poco profundas, arrastró el bote por la estrecha playa, que en realidad era una media luna de grava que bordeaba una pequeña ensenada, y lo puso a salvo de las corrientes cambiantes. Sin tripulantes, la batea se balanceaba a poca distancia. Duncan vadeó las aguas, la cogió de la proa y la empujó hasta el bote de remos. En cuanto la amarró a la popa del bote, el conde se dio la vuelta y paseó la mirada por los árboles.

Sólo vio árboles, pues no había señales de Rose.

Duncan evaluó la situación y subió por la playa hasta el sendero que conducía al castillo de sus antepasados. Hacía años que no visitaba la isla y, cuando lo pensó, se dio cuenta que no iba desde los tiempos en los que Rose y él campaban libremente por las tierras de Strathyre. El paso de los años no había modificado la geografía básica, si bien los árboles que recordaba jóvenes ya habían crecido totalmente y los arbustos de avellanos se habían convertido en espesuras hechas y derechas. Pese a estar plagados de piedras, los senderos parecían practicables.

Diez minutos después, Duncan rodeó el viejo torreón y encontró a Rose exactamente donde supuso que estaría. Se había sentado en una enorme losa de piedra gris y desgastada por el paso del tiempo, que en el pasado había formado parte del parapeto superior de la muralla. De pequeños, ese sitio había sido el lugar favorito de ambos. Por aquel entonces y con las faldas arremangadas a la altura de las rodillas, Rose solía subir a la piedra y se sentaba de piernas cruzadas, como un duendecillo atractivo y exasperante, para contemplar sus dominios. El juego que solían practicar consistía en pronunciar el nombre de todas las cumbres, comenzando por el extremo derecho, fijarse en los cambios que las estaciones causaban, recorrer el horizonte con la mirada y llegar al extremo izquierdo.

Duncan tuvo la sensación de que era exactamente lo que Rose estaba haciendo, salvo que ahora tenía las piernas tan largas que podía sentarse y dejarlas sobre la piedra. De hecho, había cruzado las manos en el regazo y, a pesar de que Duncan no produjo sonido alguno, notó su proximidad y se dio la vuelta.

—Acabo de llegar a Mackillaine.

El tono suave, cadencioso, cautivador y envolvente de Rose era algo que el conde jamás había olvidado. Rose sonrió suave, fácilmente, sin mofa ni contención…, y el tiempo pareció detenerse. Cautivo voluntario de la red que ella había tejido espontáneamente a su alrededor, Duncan sonrió, se sentó a su lado y escrutó las montañas lejanas que formaban parte de sus tierras.

—Gilly Macall ha reconstruido su casita en un lugar situado a poca distancia de la anterior.

Ambos pasearon la mirada por la ladera correspondiente.

—¡Ahí está! —aseguró Rose y señaló.

Duncan entrecerró los ojos y asintió. Volvieron a empezar por el extremo derecho y compararon los cambios con lo que uno u otro recordaba.

Mientras contemplaban las montañas, Duncan experimentó el reforzamiento de la conexión con sus tierras y se reprochó no haberlo hecho antes y con más asiduidad. La panorámica desde el antiguo patio delantero del hogar de sus ancestros representaba la esencia misma de su ser y de lo que él era: un Strathyre, cabeza de una de las ramas de los Macintyre, conservador de ese lugar; defensor, protector y dueño de esas tierras.

Sintió el mismo respeto irresistible y la misma mística que solía dominarlo de pequeño. Pese a ser adulto, le resultó imposible describir esa emoción: el sentimiento de pertenencia y de amor profundo y permanente por sus tierras. Fue eso lo que lo llevó a pasar diez años en Londres, con la intención de garantizar la seguridad de Ballynashiels y lo logró, por lo menos hasta la siguiente generación.

Se dio cuenta de que, a pesar de que jamás habían hablado de ello, a su lado se encontraba alguien que comprendía todo eso. Rose amaba esas cumbres tanto como él y comprendía la belleza, el respeto, el sentimiento de pertenencia: el embrujo profundo de Ballynashiels.

Rose se inclinó hacia él y señaló una roca caída en una ladera lejana; Duncan miró rápidamente la piedra y luego se dedicó a contemplarla a ella. Esperó a que terminasen de mencionar los nombres de las cumbres y a que se instaurara un silencio pacífico para preguntar con tono suave, tranquilo y grave:

—¿Aceptarás la propuesta de Penecuik?

Rose lo miró de soslayo, volvió a admirar las cumbres y musitó:

—No.

—¿Ni siquiera a cambio de un ducado…, y de la tiara de duquesa?

Rose esbozó una sonrisa.

—Ni siquiera por la tiara. —Dirigió la vista a las montañas y paulatinamente se puso seria—. Reconozco que es muy agradable, pero Perth es muy movida y el padre de Jeremy lo es incluso más. Si me casara con Jeremy, pasaríamos casi todo el tiempo en Edimburgo.

—¿Y no te gustaría?

—No podría soportarlo. —Rose evaluó lo que acababa de decir y supo que era verdad. Miró a Duncan—. ¿Qué me dices de ti? ¿Piensas declararte a Clarissa?

El conde hizo una mueca de impaciencia.

—¿A una mujer a la que las montañas la asustan y que es incapaz de mirar el lago sin sufrir un ataque de pánico? No, gracias. Quiero una esposa con más fortaleza de ánimo.

Rose tosió y sonrió. Duncan la miró a los ojos y también esbozó una sonrisa. Se contemplaron a los ojos y cada uno estudió al otro, miró en las profundidades, vio más allá de sus respectivas máscaras sociales. El instante se eternizó… De pronto, Rose se dio cuenta de que le costaba respirar. Puso fin al contacto ocular y se acomodó la falda.

—Deberíamos emprender el regreso porque, de lo contrario, Jeremy dará la voz de alarma.

—¿Cuándo pondrás fin a la desdicha de ese pobre hombre?

Rose ladeó la cabeza y observó a Duncan, que se incorporó y se estiró cuan largo era.

—No me resulta fácil responder —replicó y volvió a adoptar su habitual tono arrogante—. Dudo mucho de que sea desdichado. No es ésa la razón por la que quiere casarse conmigo.

—¿Cómo? —Duncan frunció el entrecejo y la miró.

Rose abrió los brazos de par en par.

—Soy la mujer adecuada: rica, de buena cuna y sensata. —Duncan sufrió un aparente ataque de tos y Rose sonrió sardónicamente—. Acordé darle una respuesta el día más largo del año y sigo pensando que es lo mejor. De lo contrario, el resto de su estancia resultará incómodo.

Duncan enarcó un poco más las cejas.

—Por supuesto. —Dirigió una última mirada a las altas cumbres y asintió. Se volvió hacia ella y acotó—: Será mejor que regresemos.

Dichas esas palabras, el conde se agachó y la cogió en brazos.

—¡Duncan! —Rose forcejeó en el acto y no tardó en llegar a la misma conclusión a la que había arribado años atrás: no tenía sentido luchar con Duncan, ya que era más fuerte que ella—. Bájame. —No esperó a que le hiciera caso, pues sabía que no sería así. Duncan avanzó a grandes zancadas y, apoyada en su pecho, Rose se balanceó sobre él—. ¿Qué demonios te propones?

Duncan la miró con cara de absoluta sensatez.

—Cumplo con mis deberes como anfitrión.

—¿Cómo dices?

—Quiero tener garantías de que no tendrás posibilidades de jugar al escondite entre las ruinas ni de obligarme a perseguirte. Es muy peligroso y podrías caerte y hacerte daño.

Rose cerró la boca y luego declaró:

—Ha pasado más de una década desde la última vez que lo hice.

El conde apartó una rama que se interponía en el sendero hacia la cueva e hizo frente a la mirada de ella.

—Pues no has cambiado tanto.

Rose respiró hondo y restó importancia a la presión creciente entre sus senos y el pecho de Duncan.

—No pienso jugar al escondite entre las ruinas.

—Eso dices ahora, pero podrías cambiar de idea.

Rose sabía que no podía prometer nada y que Duncan probablemente tampoco aceptaría su palabra.

—Duncan, has ido demasiado lejos. —Rose comenzó a sentirse atontada—. ¡Déjame ahora mismo en el suelo!

—No me molestes. —La voz del conde adquirió la cadencia local y Rose se estremeció a causa de ese tono afectuoso. Duncan recuperó su voz de siempre—. Llevas zapatos finos y el sendero es pedregoso.

—Pero he llegado hasta la roca, ¿no? —protestó Rose, muy poco agradecida.

—En mi condición de anfitrión, debo hacer cuanto esté en mis manos para facilitar tu estancia.

«Y para desconcertarme hasta lo indecible», pensó Rose, que notó el retumbo de cada palabra en el pecho de Duncan y sus manos, una en el diafragma, justo bajo un seno, y la otra alrededor de un muslo. La sostuvo con firmeza y sin esfuerzo y ella se sintió cada vez más desvalida y vulnerable, lo que la intranquilizó.

El simple hecho de pensar en ello le cortó la respiración.

Rose forcejeó por última vez y Duncan se limitó a aferrarla con más fuerza.

—Deja de moverte, dentro de unos minutos llegaremos a la orilla.

Rose se preguntó si llegaría sana y salva.

Cuando las botas de Duncan crujieron sobre la orilla de grava y la depositó en el bote de remos, Rose no supo si su mente funcionaba como correspondía. Pese a gozar de buena salud, sus sentidos se habían desbordado. Cuando estaba cerca de Duncan y, sobre todo, en contacto con él, el pensamiento racional parecía abandonarla.

Las perspectivas no eran halagüeñas, básicamente porque, al aposentarse en la proa del bote y ver que Duncan cogía los remos, tuvo la clara sospecha de que el conde sabía cuáles eran sus sentimientos. Ni su rostro ni su mirada le permitieron saber qué se proponía Duncan. Así que fingió una serenidad que en modo alguno sentía, se recostó y disfrutó del paisaje: las altas cumbres, los potentes músculos y todo lo demás.

Las cimas de las montañas eran impresionantes…, tanto como el hombre que remaba hacia la orilla. Impulsado por músculos de acero que se tensaron y se relajaron, se tensaron y volvieron a relajarse, el bote discurrió por el lago. El ritmo fue reconfortante y, a otro nivel, evocador.

Fue lo suficientemente evocador como para que recordase la amplitud de la destreza física de Duncan, que era un jinete excelente, un tirador experto, un magnífico escalador y un afamado cazador. Su necesidad de dar lo mejor de sí siempre se había expresado a través de las actividades físicas y Rose apostó la cabeza a que también era un amante extraordinario.

Notó que las mejillas le ardían y dirigió la mirada a las cumbres escarpadas. Pese a la opinión de Clarissa, de amenazadoras no tenían nada.

Duncan remó directamente hasta el cobertizo, introdujo el bote de remos en el atracadero y dejó la batea amarrada a la popa. El lago estaba a la altura habitual del verano, por lo que tuvo que trepar hasta el embarcadero de madera. Subió sin dificultades, amarró el bote de remos y se volvió hacia Rose.

Se giró justo a tiempo de reparar en su mirada indudablemente nerviosa. Esa expresión le dio ganas de esbozar una sonrisa de gozosa expectación, pero reprimió el impulso sin pensárselo dos veces. Rose era capaz de adivinar lo que pensaba y no estaba dispuesto a llevarla a cometer un acto imprevisible o a tratar de escapar en el preciso momento en el que prácticamente la tenía a su alcance.

Mientras remaba desde la isla, había planificado cuidadosamente lo que haría a continuación. No hizo caso de la forma en la que Rose lo observó y reaccionó. Al fin y al cabo, tenía demasiada experiencia como para suponer que un bote de remos en medio del lago era el emplazamiento adecuado para lo que se proponía, entre otras cosas porque los invitados los verían desde la mansión.

Estaba empeñado en tomarse las cosas con calma, en prolongar los momentos, en disfrutar al máximo de cada encuentro. Durante años, Rose se había burlado y mofado de él, pero ahora había llegado su turno.

Duncan le hizo señas de que se pusiera de pie y a continuación, con impaciencia no del todo fingida, le indicó que se acercase. Ella se situó en el centro del bote y se incorporó ante él con expresión pragmática. Levantó los brazos y le tendió las manos.

Duncan esbozó una sonrisa, se agachó y la cogió; la sujetó por las axilas y la izó.

Ella dejó escapar una exclamación de sorpresa y se movió frenética. Duncan la sacó del bote como si fuera una niña y la balanceó hasta el embarcadero, pero no la depositó en el suelo. El embarcadero era un estrecho pasaje que bordeaba la pared del cobertizo, por lo que la mantuvo ante su cuerpo, con las puntas de los pies a poca distancia de las planchas de madera; se volvió, dio un paso y la inmovilizó junto a la pared.

Rose abrió desmesuradamente los ojos y bastó con echarle una ojeada al conde para darse cuenta de que corría peligro.

—¡Dun…!

Fue lo único que logró decir antes de que los labios de Duncan se pegaran a los suyos y los abrasaran.

Él conde se dispuso a enardecerla.

Rose intentó permanecer al margen, resistirse y mantener un mínimo de control…, pero fracasó estrepitosamente. Los labios de él se tornaron exigentes y dominantes. Llamó su atención sin piedad y la retuvo centrada en el beso; la abrumó, la sobrecogió y agudizó sus sentidos hasta extremos insospechados. Se concentró en la ardiente fusión de sus labios, en los recorridos de la lengua de Duncan, en la presión intensa de su pecho y de sus caderas sobre sus carnes más débiles. La tentación hábil y evocadora que le impuso la mantuvo cautiva, incapaz de pensar y de actuar…, sólo le permitió sentir.

A Rose no se le cruzó por la imaginación la posibilidad de resistirse; lo sujetó de los brazos y mentalmente intentó apartarse, recobrar cierto equilibrio, pero comprobó que había perdido la sensatez y que sus sentidos se tambaleaban.

Duncan la devolvió inmediatamente a esa vorágine con besos más evocadores, con ardor e incluso más ardor, hasta que Rose tuvo la sensación de que libraba una batalla perdida contra un incendio incontrolado. Las llamas la lamieron vorazmente, ora aquí, ora allá, y apagó un foco pero enseguida vio cómo estallaba otro.

El conde la estrechó y Rose se incendió, le devolvió los besos con el mismo ardor, la misma pasión y el mismo apremio salvaje y temerario. La presión de sus labios y el enredo de sus lenguas no hizo más que agudizar sus apetencias carnales.

Finalmente la depositó en el suelo. Mejor dicho, la deslizó sobre su cuerpo hasta que las puntas de los pies de Rose tocaron las tablas de madera y le separó los muslos encajando firmemente entre ambos su muslo musculoso. Rose jadeó y el conde devoró ese sonido, ladeó la cabeza, ahondó el beso y le cogió los pechos.

Ella se derritió; no existe otra manera de describir las sensaciones y la oleada de ardiente frenesí que la envolvió, que licuó sus besos, martilló a través de sus venas y se acumuló en lo más íntimo de su ser. Duncan apretó, masajeó y acarició…, a sabiendas de lo que hacía. Rose se arqueó y se entregó a esas manos y a él, más allá del pensamiento y de la razón, totalmente rendida a la pasión que los consumía. Entrelazó los dedos en la cabellera de él, se aplastó contra su cuerpo y le pareció que gemía. Duncan soltó sus pechos y bajó las manos por su vientre y sus caderas; la cogió de las nalgas y la elevó hacia él.

A Rose le pareció increíble la obsesión que la dominó, la necesidad profunda e irrefrenable de levantar sus largas piernas y rodearlo con ellas. Las faldas se lo impidieron, evitaron ese acto demasiado revelador, pero en el fondo supo que era lo que deseaba…, y él también se percató.

Fue eso lo que la salvó. Cuando Duncan se apartó lentamente después del beso, apaciguados y calmados los ardores y apagadas las llamas ardientes, Rose reconoció que era verdad. Toda duda que pudiese haber albergado desapareció en cuanto abrió los párpados…, y se encontró con los ojos brillantes y ardientes del conde. Las comisuras de sus labios perversos se torcieron hacia arriba. Duncan inclinó la cabeza y, con una última caricia, le rozó ligeramente los labios inflamados y doloridos. Finalmente se apartó y la miró.

Con actitud burlona y sardónica, el conde elevó una ceja oscura y comentó:

—Ahora sabemos dónde estamos.

Las palabras retumbaron dentro de Rose, que se vio obligada a hacer un esfuerzo para no quedar boquiabierta. Al fin y al cabo, sabía exactamente dónde estaba en ese momento: sobre el muslo de Duncan.

El conde le dirigió otra mirada pícara, se apartó y la sujetó cuando le temblaron las piernas. Durante unos segundos, Rose se limitó a mirarlo, a intentar absorberlo todo, a esforzarse por restablecer la realidad a pesar de que su mundo estaba patas arriba.

Como un enorme y selvático felino, Duncan se limitó a contemplarla. Rose respiró hondo. Aunque todavía le daba vueltas la cabeza, no se atrevió a apartar la mirada del conde. Había estado a punto de ofrecerle algo que jamás había entregado a nadie. Le costó asimilarlo, no podía creerlo, no comprendía qué fuerza había nublado su sentido común y la había dominado. El hombre que tenía ante sus ojos era Duncan…, pero a la vez no lo era.

Ése no era el joven con el que se había criado y la diferencia le pareció significativa.

Antes de continuar con ese pensamiento hasta su conclusión lógica, a lo lejos sonó el gong que anunciaba la comida.

Convertido en la esencia misma de la malicia masculina, Duncan sonrió y le ofreció la mano.

—Aunque prefiero estar contigo más que tomar una comida fría, me temo que será mejor que volvamos.

Rose tomó aire, se irguió y no aceptó la mano que el conde le tendió.

—Por supuesto.

Le dio la espalda y marchó hacia la puerta. Escaló la pendiente que conducía a la casa, demasiado consciente de que Duncan se deslizaba tras ella.

Ese hombre era peligroso. Lo notó en el aire y la premonición la puso nerviosa. Era peligroso de la forma en la que los hombres como él suelen serlo con respecto a las damas como ella. Lo había sabido después de que la besase en la terraza y acababa de confirmarlo sin el menor atisbo de duda.

Rose fue incapaz de imaginar qué pensaba Duncan de ella en ese momento y cuál sería su próxima jugada. ¿Se limitaba a burlarse de ella, ya que había descubierto que podía hacerlo? ¿Se desquitaba de los años durante los cuales ella había tenido la ventaja y la había aprovechado descaradamente?

En ese aspecto, él era tan descarado como ella, reflexión que la estremeció.

Una idea absurda recorrió su mente perturbada y reprimió un bufido de disgusto. Tenía que estar muy afectada, porque, de lo contrario, jamás se le habría ocurrido. Era imposible que Duncan se interesase por ella como esposa, ya que ni remotamente se aproximaba a lo que él entendía por perfección.

Lo había sabido durante toda su vida y jamás había pensado lo contrario. Duncan contraería matrimonio con la mujer perfecta. Ni Clarissa estaba a la altura de sus exigencias. De todos modos, seguiría buscándola y un día daría con ella. Era, ante todo, un hombre persistente, tenaz e incapaz de aceptar el fracaso, como lo demostraban sus intentos de salvar Ballynashiels.

Encontraría a la esposa perfecta y se casaría con ella, lo cual estaba muy bien. Claro que eso no explicaba ni le daba pistas para comprender lo que pensaba que compartía con ella. Por si eso fuera poco, ya no podía manejarlo, no estaba a su altura ni podía contrarrestar su experiencia en ese campo concreto.

Se dio cuenta de que no tenía idea de lo que su amigo de la infancia pensaba, quería y podía hacerle o hacer con ella a continuación.

La casa apareció ante ellos. Rose alzó la cabeza, cuadró los hombros y ni siquiera miró a Duncan. Volver a las viejas costumbres y al trato de siempre ya no era una opción viable. Tendría que actuar de la única forma que podía y evitarlo, a ser posible definitivamente.

4

Clarissa se retiró inmediatamente después de comer porque, al parecer, aún no se había recuperado de los acontecimientos de la mañana. Rose la vio partir desde el otro extremo de la estancia y se devanó los sesos.

—Tengo que escribir varias cartas —comentó Jeremy en el preciso momento en el que Duncan se acercaba.

—Utilice el escritorio de la biblioteca —aconsejó Duncan, convertido en la quintaesencia del anfitrión bien educado—. Allí encontrará lo que necesita.

Jeremy titubeó.

—¿Está seguro de que no molesto?

—Claro que no. —Duncan esbozó una sonrisa y descartó el comentario—. Ya he terminado con los asuntos referentes a la finca. —Miró a Rose—. Creo que lo que me hace falta es un poco de relajación. —Su timbre de voz se modificó sutilmente y su mirada se tornó más penetrante—. Tenía pensado jugar al croquet.

A Rose no se le movió un pelo.

—¿Has dicho al croquet?

—Hummm… Reconozco que es un poco violento para una dama, pero me figuro que eso no te desanimará.

El conde la pinchó deliberadamente y la desafió, sin duda con la expectativa de que se tragara el anzuelo y se olvidase de que, pese a encontrarse cerca de la casa, el campo de croquet estaba rodeado de un seto protector, lo que lo convertía en un recinto privado para un juego que, a menos que Rose estuviese muy equivocada, poco tendría que ver con aros y mazos. No tendría nada que ver, a menos que se le ocurriese una manera de salir airosa de la situación.

Rose sonrió, abandonó la silla y cojeó al caminar.

—Lamento decepcionarte, pero por lo visto me he torcido el tobillo.

—¡Vaya! —Con gran amabilidad, Jeremy le ofreció el brazo—. ¿Es grave?

—Lo dudo —contestó Rose—. De todos modos, será mejor que no mueva el pie durante el resto de la tarde.

—¿Cómo ocurrió? —quiso saber Jeremy cuando ella aceptó su brazo.

Rose se encogió ligeramente de hombros y miró a Duncan.

—Supongo que me lo torcí en la isla…, había muchas piedras.

—Tal vez sucedió en el embarcadero donde, por lo visto, tuviste algunas dificultades —terció Duncan y su tono reveló cierta complicidad que Jeremy percibió pero no pudo interpretar.

Rose lo observó con toda la serenidad del mundo y volvió a encogerse de hombros.

—Es posible —acotó sin quitarle el ojo de encima—. Me temo que no podré complacerte… —Dejó transcurrir unos segundos y añadió—: Me refiero al croquet.

Pronunciadas esas palabras, le lanzó una mirada serena y se alejó apoyada en el brazo de Jeremy.

Durante el resto de la tarde y por la noche, Rose se ocupó de no pasar un minuto a solas. Lady Hermione la miró con extrañeza cuando se ofreció a tocar el piano y cantar. No se dio por aludida, pues había llegado a la conclusión de que sentarse al piano bajo la atenta mirada de los invitados era como estaría más segura.

Tuvo que soportar el entrecejo fruncido de Duncan y una mirada que se esforzó por ignorar. Sobrevivió a la velada y se retiró sin sufrir nuevos desafíos por parte del conde.

Por fin llegó la víspera del solsticio de verano, pletórica de celebraciones durante la noche y de promesas para el día siguiente. Brillaba el sol y el aire era diáfano como sólo puede serlo en las Tierras Altas.

Duncan se dirigió al salón del desayuno y se sorprendió al ver que Rose y Clarissa ya estaban allí y charlaban. Era imposible imaginar un par más dispar: Clarissa tan inocente y Rose cualquier cosa menos ingenua. Ambas levantaron la cabeza y lo saludaron con una sonrisa, tierna la de Clarissa y oronda la de Rose. En cuanto el conde tomó asiento, Rose explicó a qué se debía su expresión.

—Clarissa siempre ha querido saber cómo se administra una finca tan grande y me he ofrecido a mostrárselo.

—Empezaremos por la despensa —anunció Clarissa con impaciencia.

—Hummm... —La sonrisa de Rose fue la serenidad personificada—. Luego recorreremos el almacén, el cuarto de los lácteos... y, por descontado, los invernaderos.

—Lady Hermione también se ha ofrecido a mostrarle cómo cuida sus plantas favoritas.

Duncan sonrió afablemente y dirigió a Rose una mirada que era, a la vez, una advertencia y una promesa.

Rose reparó en ella, pero, recuperada la seguridad en sí misma, tuvo la certeza de que sería más astuta que él..., al menos hasta el solsticio, momento en el que respondería a Jeremy y decidiría si se quedaba o emprendía la huida.

Todavía no estaba en condiciones de tomar esa decisión;

antes tenía que sobrevivir a la víspera de la noche más corta del año.

Por fortuna, su confianza en sí misma todavía no era una certeza absoluta. Cuando salieron del salón del desayuno, Clarissa apuntó que necesitarían chales para afrontar el frío del almacén y estuvo de acuerdo. La alcoba de Clarissa estaba en otra ala; Rose salió de su habitación minutos después y se dirigió a la galería lateral, el camino más corto a la despensa.

No llegó a saber qué la puso alerta: tal vez una sombra que cambió de posición o una ráfaga de sándalo. Su sexto sentido se agudizó y, temblorosa, se detuvo en la entrada de aquella larga y estrecha galería.

Se percató de que Duncan estaba cerca, muy cerca.

Ahogó un grito, dio media vuelta y echó a correr. Oyó cómo él maldecía a sus espaldas. Avanzó raudamente por el pasillo principal al que daban las puertas de los dormitorios y sus pies ligeros apenas hicieron ruido. Puesto que era más pesado, Duncan no pudo seguirla tan rápido porque, si corría, todos habrían asomado la cabeza para preguntar qué pasaba. Rose llegó al final del pasillo, aflojó el paso y descendió por una estrecha escalera secundaria. Llegó abajo, franqueó una puerta y se dispuso a cruzar una terraza enlosada.

Había recorrido la mitad cuando alzó la mirada y comprobó que Duncan la observaba desde la galería de la planta alta.

Lo saludó con la mano y el conde arrugó el entrecejo.

Entonces sonrió de oreja a oreja y puso rumbo a la despensa, consciente de la excitación que discurría por sus venas y de los latidos de su corazón.

A pesar de que hacía años que habían dejado atrás la infancia, todavía podían jugar.

—Francamente, creo que ha llegado el momento de llevarte a cabalgar.

Duncan pronunció esas palabras con su tono más encantador y no las dirigió a Rose, sino a Clarissa.

—¡Qué bien! —Ésta sonrió con intensidad y se volvió hacia Rose, que estaba a su lado—. ¿No le parece que es lo mejor que podemos hacer esta tarde?

Rose asintió lentamente, con la vista fija en la expresión inocente de Duncan.

—Ya lo creo. —No vio peligro alguno en la salida a cabalgar; a lomos de su montura habitual no podría adelantar a Duncan pero, al menos, sería más hábil que él. Además, Clarissa y Jeremy estarían cerca. Definitivamente, se trataba de una buena propuesta—. La idea de cabalgar es excelente.

Dedicaron la media hora siguiente a cambiarse de ropa y escoger caballos y sillas de montar. Partieron a media tarde. Pronto quedó claro que, mientras que Rose y Duncan eran jinetes extraordinarios, los otros dos no eran tan competentes. Jeremy condujo su castaño con seguridad, aunque con poca habilidad, y Clarissa se sintió incómoda más allá del medio galope.

Duncan cruzó una mirada de resignación con Rose, frenó su montura y cabalgó junto a Clarissa mientras su amiga se ocupaba de Jeremy. La mujer señaló varias cumbres y otros puntos de interés sin dejar de estar atenta a los murmullos que resonaron a sus espaldas. Se dijo para sus adentros que todo iba bien. La actitud de Duncan era la del anfitrión que tiene en cuenta que sus invitados lo pasen bien y Clarissa no hizo más que hablar de la celebración de esa noche, de su vestido y del baile. Él la trató con mimo, como si fuera su tío.

Tras rodear el lago y cruzar el puente de piedra del río, Rose se sintió más generosa con Duncan de lo que lo había estado en los últimos días. Por fin el conde se comportaba exactamente como debía.

Cabalgaron por los prados exuberantes y por las estribaciones de las montañas. Finalmente se detuvieron en un risco que daba al valle. Desde el lecho del valle, la panorámica resultaba engañosa, ya que, a pesar de que desde la casa parecía próximo, en realidad el peñasco se alzaba a varios kilómetros de distancia. Resultó evidente cuando contemplaron la residencia, pequeña y blanca, en la otra orilla del lago.

Clarissa observó la gran extensión interrumpida por unas pocas casitas y bosquecillos con algo parecido a la consternación.

—¡Oh! —La joven parpadeó—. ¡Vaya por Dios…, ya está bien! —Miró a Jeremy.

El pretendiente de Rose contempló cuanto se extendía a su alrededor y afirmó:

—Es realmente espectacular. —Se volvió y estudió la pendiente gradual de las estribaciones que acariciaban los pies de los elevados despeñaderos—. La cantidad de tierra cultivable resulta sorprendente, desde la casa uno no se da cuenta.

Duncan y Jeremy se dedicaron a hablar de las diversas fincas que componían la hacienda.

Clarissa se mordió el labio, bajó la cabeza y, nerviosa, trenzó las crines de su yegua. Rose, que se encontraba al otro lado de Jeremy, suspiró sin hacer ruido y se mordió la lengua.

—¿No sería aconsejable que regresáramos? —preguntó Clarissa repentinamente y enmudeció a los hombres.

Todos la miraron y Duncan inclinó la cabeza y replicó:

—Tienes razón. Seguramente estás deseosa de prepararte para el baile.

La sonrisa que Clarissa le dirigió fue realmente candorosa y Rose tuvo que frenar el deseo de darle en la cabeza. Cogió las riendas y estaba a punto de emprender el regreso a lomos de la yegua cuando vio que Duncan se ponía serio y ladeaba la cabeza.

Rose permaneció inmóvil y aguzó el oído. Oyó lo mismo que él había percibido: un maullido lejano que la ligera brisa transportó.

Tanto Jeremy como Clarissa repararon en su profunda concentración y prestaron atención.

—Es un gato —concluyó Clarissa y tensó las riendas—. Probablemente se dedica a cazar ratones.

Rose, Duncan y Jeremy no contestaron; los tres habían fruncido las cejas y estaban pendientes del sonido. Volvieron a oírlo con más intensidad: un gemido, seguido de un sollozo revelador.

—Es un niño. —Rose escrutó la ladera próxima, abrió desmesuradamente los ojos y bajó la mirada hacia el risco, un montón de piedras que caían en picado hasta el lecho del valle—. ¡Por favor! Duncan, ¿crees que…?

La expresión del conde fue de total seriedad mientras desmontaba.

—Seguramente está en las cuevas.

—Estamos de acuerdo, pero ¿en cuál?

Rose se recogió las faldas del traje de montar, abandonó la silla y se deslizó hasta el suelo.

Duncan le ofreció la mano para ayudarla a mantener el equilibrio.

—Sólo Dios sabe dónde.

Jeremy arrugó el entrecejo mientras el conde y su pretendienta ataban los caballos a los arbustos cercanos e inquirió:

—¿No es posible guiarse por el sonido?

—Lo que oímos son ecos. —Con expresión reconcentrada, Duncan se acercó al borde del risco—. Toda la ladera está salpicada de cuevas unidas entre sí y el sonido producido en una resuena en todo el sistema. Es endiabladamente difícil localizar su procedencia.

—Vaya…

—Pues en ese caso… —Clarissa demudó la expresión mientras observaba a Duncan que, con los brazos en jarras, miraba risco abajo—. ¿No deberíamos emprender el regreso?

—¿El regreso? —repitió Duncan con absoluta perplejidad.

—Sí, volver y enviar a alguien para que busque al niño —explicó Clarissa con muy poca elegancia—. Pediremos a un mozo de cuadra que recorra las fincas de esta zona para dar la voz de alarma de que un niño se ha perdido en las cuevas y así sus padres lo rescatarán.

Rose no le quitó el ojo de encima a Duncan y se dispuso a intervenir en el caso que fuera necesario. Percibió la furia de su amigo y se sintió aliviada cuando la dominó. Con voz carente de modulaciones, el conde explicó:

—Cuando lleguemos y el mozo de cuadra salga, estará anocheciendo. A pesar de las apariencias, la zona no está deshabitada, pues hay casitas y barracas de colonos. Además, es la noche del solsticio y todos estarán ocupados preparándose para las celebraciones.

—Ahí queríamos llegar —precisó Clarissa—. El baile de tu madre es la más importante de las celebraciones…, y no podemos llegar tarde.

Rose sujetó la manga de Duncan, pero el conde no pareció darse cuenta. El caballo de Jeremy se agitó inquieto.

—Ejem —carraspeó Jeremy y llamó la atención de Clarissa—. Me parece que Strathyre intenta decir que retrasar el rescate es potencialmente peligroso.

Clarissa lo traspasó con la mirada.

—Pero si sólo se trata del crío de un pastor. Probablemente se ha torcido el tobillo. Se lo merece, así aprenderá la lección, debería pasar toda la noche fuera de casa y perderse los festejos. —Adoptó una expresión muy altanera y concluyó—: No entiendo que a un caballero se le ocurra pensar que, debido a las trastadas de un niño rústico, yo tenga que llegar tarde al baile.

Esa perorata logró que Jeremy, Rose y Duncan guardasen silencio durante un minuto. Clarissa los observó con expresión beligerante y quedó claro que hablaba en serio.

Duncan miró a Jeremy con expresión torva.

—Penecuik, le estaré enormemente agradecido si acompaña a la señorita Edmonton a la mansión.

Jeremy frunció el ceño.

—¿No debería quedarme? ¿Y si necesita ayuda?

Duncan miró a Rose, que continuaba de pie a su lado.

—Rose conoce las cuevas tanto como yo. —El conde volvió a fijar la vista en Jeremy—. La necesito a mi lado y a la señorita Edmonton le hace falta un acompañante.

La expresión de Jeremy reflejó con claridad meridiana lo que opinaba de las exigencias de Clarissa, pero era demasiado caballeroso como para seguir discutiendo.

—¿Quiere que envíe a alguien?

Duncan dirigió la vista al cielo.

—No. En el caso de que necesitemos ayuda, buscaremos la que esté más cerca.

Jeremy movió afirmativamente la cabeza, giró su caballo e hizo señas a Clarissa de que lo siguiese. La jovencita sorbió aire por la nariz y obedeció Partieron sendero abajo. Rose y Duncan volvieron la espalda al borde del risco. Aguzaron el oído en medio del silencio, aguardaron..., y por fin oyeron nuevamente el llanto lejano.

—Suena tan débil… —Sin titubeos, Rose comenzó a descender por el risco y pasó entre dos rocas—. ¿No te parece que ha sonado abajo del todo?

—Creo que sí —confirmó Duncan y esbozó una mueca de preocupación—. Claro que también podría estar en lo más profundo del sistema de cuevas. Si se trata de un niño pequeño, quizá se haya adentrado más de lo que nosotros solíamos hacer.

—Dios no lo permita —musitó Rose.

El risco formaba una pared rocosa cortada a pico y salpicada de piedras grandes y redondeadas. Descendieron sin hablar. Duncan se apresuró a adelantar a Rose y se puso delante de ella, por debajo. Ésta reparó en su actitud protectora, pero no dijo nada. Paulatinamente, el quejido suave y débil cobró intensidad.

Duncan se detuvo y aguardó a que Rose llegase a su lado. Cuando ella se detuvo, le susurró al oído:

—Llama al niño. Si grito yo, es posible que se asuste y no abra la boca.

Rose movió afirmativamente la cabeza.

—Cariño, ¿dónde estás? —preguntó Rose con tono delicado y reconfortante—. Soy Rose, de la mansión…, estoy segura de que te acuerdas de mí.

Se impuso el silencio y, como si temiera que la naturaleza le jugase una mala pasada, la voz titubeante de un niño preguntó:

—¿Señorita Rose?

—La misma. Un amigo y yo te sacaremos de donde estás. Querido, ¿cómo te llamas?

—Soy Jem, señorita, Jem Swinson.

—Jem, ¿estás bien? ¿Tienes alguna herida?

Volvió a reinar el silencio y finalmente Jem le espetó con voz llorosa:

—Señorita, sólo tengo unos arañazos…, pero mi hermano Petey se ha caído por un agujero y no se mueve.

Jem comenzó a sollozar; Duncan maldijo junto a Rose y aconsejó:

—Ocúpate de que siga hablando.

Rose asintió y así supieron que Jem tenía siete años y Petey, su hermano, cuatro.

—Jem… —Rose no obtuvo respuesta—. Jem, sigue hablando, que así te encontraremos y auxiliaremos a Petey.

Al cabo de unos segundos, Jem carraspeó y preguntó:

—¿Qué quiere que diga?

—¿Puedes asomarte y mostrarnos dónde está la cueva?

—No —lloriqueó Jem e hizo un esfuerzo por recobrar la compostura—. Cuando intenté ayudar a Petey resbalé por el agujero y ahora no puedo salir.

—Pídele que describa la entrada de la cueva —propuso Duncan mientras ayudaba a Rose a salvar una roca enorme.

Rose le hizo caso y Jem describió una abertura que, como mínimo, correspondía a la entrada de cualquiera de las diez cavernas que salpicaban la ladera rocosa.

—Desde donde estás, ¿ves la entrada? —quiso saber Rose.

—No. Doblamos en un recodo y, si me giro, lo único que veo es un poco de luz.

Rose frunció el ceño.

—¿Cuánto espacio recorristeis antes de doblar en el recodo?

—¿Espacio?

—Calcula cuántos pasos disteis…, ¿cuántos pasos disteis antes de doblar en el recodo?

Duncan lanzó a Rose una mirada inquisitiva, que ella ignoró porque estaba pendiente de la respuesta de Jem.

—Supongo que cuatro —respondió el niño—. No está muy lejos.

Rose sonrió con beatitud.

—Creo que están en aquella cueva en la que solía tenderte una trampa. ¿La recuerdas?

La expresión de Duncan demostró que sabía perfectamente a qué se refería. Dirigió la mirada hacia la pared rocosa y preguntó:

—Está por allí, ¿no?

Rose contempló el valle, vio que en Ballynashiels comenzaban a encenderse las primeras luces, estudió la ladera y evaluó los emplazamientos.

—Sí. —Rose asintió con gran seguridad—. Se encuentra un poco más abajo y hacia allá, detrás de esa roca en cuya base crece un arbusto.

Patinaron y se deslizaron en su empeño por llegar lo antes posible; Rose siguió hablando con Jem para transmitirle confianza. El niño respondió y su voz sonó cada vez menos angustiada. La mujer atravesó un tramo de piedras sueltas y tropezó. Duncan soltó un taco, la cogió del trasero, la ayudó a recuperar el equilibrio y la sostuvo mientras descendía. No hubo nada sexual en ese contacto; ni siquiera lo hubo cuando, al llegar al saliente en el que el conde se encontraba, Rose cayó sobre él como un cañonazo. Estaban totalmente decididos a rescatar a Jem y a Petey y en ese momento nada más importaba.

—¡Sí! —se regocijó Rose cuando llegaron a la entrada de la cueva y comprobaron que la voz de Jem procedía de allí—. Jem, estamos aquí. Enseguida te sacaremos.

Se impuso el silencio y el niño dijo con voz trémula:

—No quiero dejar a Petey. Me siguió…, siempre va detrás de mí y tendría que haberlo cuidado mejor.

—Jem, escúchame. Petey se pondrá bien. —Rose rezó para que así fuera—. No sufras, también sacaremos a tu hermano.

La entrada de la cueva era tan baja y estrecha que hasta Rose tendría dificultades para internarse. Ella sabía que ese estrecho pasadizo se ensanchaba una vez superada la entrada y giraba bruscamente a la derecha. Estaba a punto de agacharse y deslizarse hacia el interior, pero Duncan la cogió del hombro y le dio la vuelta.

—Ten.

El conde le puso su chaqueta, pero con la espalda de la prenda hacia delante.

—¿Qué haces?

Rose miró la chaqueta con el ceño fruncido.

Sin discutir, Duncan le introdujo los brazos en las mangas y se la abotonó a la espalda.

—Supongo que los niños han caído en el agujero en el que solías desaparecer. Es probable que yo quepa en el pasadizo, pero me resultará imposible salvar el recodo.

Rose calculó el ancho de los hombros de su amigo y se dio cuenta de que con el paso de los años había crecido mucho.

—Abre el camino —añadió Duncan con voz baja y hablando con rapidez—. Rescataremos a Jem y lo llevaremos al pasadizo. Después tendrás que deslizarte por el agujero y pasarme a Petey.

Rose movió afirmativamente la cabeza.

—¿Por qué me has puesto tu chaqueta?

La mujer examinó la prenda, que no limitó sus movimientos debido a la anchura de los hombros y de la espalda del duque.

—Porque ya no eres una cría desgarbada de quince años —replicó Duncan secamente—. Hoy no podrías deslizar el pecho y el vientre por la piedra y salir del agujero como solías hacer.

Rose puso cara de sorpresa.

—Ah…

—Así es. —Duncan le hizo señas de que entrase cuando Jem volvió a llamarla—. Tendré que tirar de ti hasta sacarte y no me gustaría que en el proceso tu anatomía sufriera algún desperfecto.

A Rose se le escapó la sonrisa, pero recobró la seriedad en el mismo instante en el que atravesó la entrada y descubrió que ni siquiera podía ponerse de pie en el pasadizo.

—Tranquilo, Jem, estamos a punto de llegar.

Había muy poca luz en el interior de la cueva; Rose parpadeó rápidamente y se dirigió al recodo. Duncan se introdujo tras ella, que oyó el sonido de un rasgón porque la camisa no lo acompañó.

Rose dobló en el recodo y le costó atravesar el estrechamiento; escrutó a su alrededor y apenas distinguió el charco de sombras del suelo polvoriento, mejor dicho, un agujero de cierto tamaño. Se agachó, miró hacia el interior y vio el pálido redondel de una cara.

—¡Ay, señorita!

Al percibir el tono lloroso de Jem, Rose introdujo la mano y le revolvió el pelo.

—Venga, ya estoy aquí. Primero nos ocuparemos de ti. —Le tendió las manos—. Coge mis manos y trepa por la pared del agujero. —El orificio era bastante profundo. Cuando las manos de Jem cogieron las suyas, Rose se estiró un poco más y lo sujetó de las muñecas—. Vamos, arriba. —La mujer se preparó para soportar el peso del niño que, por fortuna, no era excesivo. El pequeño lanzó un gruñido, sollozó y acabó en brazos de Rose, que lo abrazó y lo empujó hacia el pasadizo principal—. Sigue adelante y rescataremos a Petey.

Sin saber qué hacer, Jem miró el cuerpo menudo de su hermano, que debido a la oscuridad del fondo del agujero apenas era visible.

—Jem…, ven aquí. —El niño levantó la cabeza y parpadeó mientras Duncan le hacía señas desde el pasadizo de la entrada—. Ven y deja que Rose se ocupe de tu hermano. Lo rescatará y me lo entregará. Luego necesitaremos que tú lo vigiles mientras yo saco a Rose, ¿de acuerdo?

Jem se tranquilizó porque el plan lo incluía. Tragó saliva, asintió y se desplazó hasta el pasadizo principal. Dada la falta de luz, no reconoció a Duncan, que le apretó el hombro con actitud tranquilizadora y lo envió a la entrada de la cueva.

Duncan volvió a mirar al otro lado del recodo… y, como siempre, no vio nada. Rose lo importunaba, se metía en la cueva y desaparecía. El conde había tardado una eternidad en darse cuenta de que allí había un agujero.

En ese preciso instante, Rose asomó la cabeza por encima del borde del orificio y murmuró:

—Tiene algún hueso roto…, como mínimo el brazo y tal vez más. Está inconsciente.

Duncan asintió.

—No hay otra solución que izarlo desde el fondo del pozo. ¿Podrás hacerlo?

Rose volvió a desaparecer y se asomó con un cuerpo pequeño y retorcido en brazos.

—Cógelo.

Fue todo un rescate: Rose se esforzó por sostener a Petey, que era un peso muerto, y se estiró tanto como pudo mientras Duncan, encajado en el estrechamiento del pasadizo, intentaba asirlo con firmeza. Apretó los dientes, cogió al pequeño y lo retiró de manos de Rose. Retroceder le llevó su tiempo y no le resultó tan fácil salir de aquel estrechamiento del pasadizo, en el que se había introducido por la fuerza.

—No salgas —ordenó al ver que Rose apoyaba las palmas de las manos en el borde del orificio—. ¡Maldición, espera un momento! —Llevó a Petey hasta donde estaba Jem, se lo entregó con gran delicadeza y cuando volvió a entrar vio que, sin éxito, Rose intentaba salir del orificio—. Vamos, dame las manos.

Rose le hizo caso. Duncan tardó muy poco en sacarla. Evidentemente, su chaqueta ya no volvería a ser la misma, pero se había fastidiado por una buena causa.

Regresó junto a los niños y apretó el hombro de Jem. Cuando Rose se reunió con ellos, la hizo salir en primer lugar, luego ordenó a Jem que recorriese el pasadizo, les pasó a Petey y los siguió.

Entablillaron como pudieron los huesos de Petey con tiras de tela que arrancaron de las enaguas de Rose. Emprendieron la dura tarea de escalar la pendiente del risco; Rose condujo a Jem, y Duncan transportó a Petey. Ella insistió en que el conde fuera delante; éste intentó discutir, pero Rose no cedió. Llegaron al sitio donde habían atado los caballos en pleno crepúsculo y ya caía la noche cuando la cabalgada larga y necesariamente lenta llegó a su fin en la casita de los Swinson. Rose trasladó a Jem en su yegua y Duncan se ocupó de Petey que, por suerte, seguía inconsciente.

La familia no había bajado al lago para sumarse a las festividades después de buscar frenéticamente a los niños en cada arroyo, cada campo y cada almiar.

—¡Alabado sea el Señor! —exclamó Meg Swinson, la madre de los pequeños, que los vio cuando se acercaron a la verja.

Meg echó a correr con los brazos abiertos y se le cayó el alma a los pies al ver que Petey permanecía inmóvil.

Duncan se apresuró a dar explicaciones. Rose tiró de la brida de su yegua y depositó a Jem en el suelo. Meg se abalanzó sobre su hijo y le dio un abrazo de oso, mientras Doug Swinson, el padre de los críos, cogía delicadamente a Petey de los brazos de Duncan. Rose lo tranquilizó y se sintió muy aliviada al ver que Martha, la abuela de Jem y Petey, los observaba desde la puerta de la casa.

Los Swinson trasladaron a sus ovejas descarriadas hasta la vivienda y Malachi, el hermano de Doug, saludó a Duncan y a Rose con una inclinación de cabeza.

—Su señoría, señorita Rose, desconozco si alguna vez podremos agradecerles lo que han hecho. De todos modos, si les apetece una pinta de cerveza y algunas galletas antes de regresar a la mansión, estaremos encantados de convidarlos.

Duncan y Rose no habían probado bocado desde el almuerzo; el conde miró de soslayo a su amiga, que quitó los pies de los estribos y se apeó.

—Malachi, yo sólo quiero un vasito, pero estoy segura de que a su señoría le apetece un cubo de cerveza.

Se sentaron en el banco que había junto a la puerta de la entrada, apoyaron las espaldas en la pared, bebieron cerveza y contemplaron el valle que se extendía a sus pies, una maraña de sombras oscuras que aún no eran totalmente negras y el lago cual una pizarra brillante a la luz de la luna naciente.

En el interior de la casita, los Swinson se agitaron y se movieron de aquí para allá. Petey no había recuperado la conciencia. Duncan paseó la cerveza por la boca para saborearla, la tragó y preguntó:

—¿Crees que el pequeño se pondrá bien?

Rose apoyó su hombro en el del conde.

—La vieja Martha Swinson sabe lo que hace…, y si dice que Petey se recuperará, puedes estar seguro de que el niño se pondrá bien.

La noche cayó lentamente y se vieron rodeados por un profundo silencio que, más que vacío, quedó enriquecido con el brillo del logro compartido de un desafío bien resuelto, con el brillo de la armonía de los objetivos compartidos y bien resueltos. No se movieron ni necesitaron mirarse para darse cuenta de lo que sentían.

En ese instante intemporal, Duncan comprendió finalmente lo mucho que Rose significaba para él. Era su terror y su deleite, la irritación y la gratificación, la espina clavada en sus carnes, el capullo que había florecido y se había convertido en su Rose, en su rosa predilecta. Siempre había encajado instintiva y naturalmente con él, por lo que no se había dado cuenta. Sin embargo, cuando ella estaba a su lado, su vida se volvía plena y se enriquecía, motivo por el cual decidió que nunca más vería alborear el día sin tenerla cerca.

Cayó la noche y continuaron como estaban; cada uno saboreó esa satisfacción mutua y se negó a romper el hechizo, la magia de la perfecta coincidencia.

Junto al lago, en la orilla más cercana al puente, ardió una antorcha y enseguida cobró vida una hoguera: acababan de comenzar las celebraciones de la noche más corta del año.

De la casita escapó un chillido agudo y Doug Swinson salió al cabo de un minuto.

—Sé que cuesta creerlo, pero el niño parece estar bien. —El hombretón sonrió aliviado—. Mi madre dice que tiene dos huesos rotos, pero son fracturas limpias y, afortunadamente, ya las ha reducido. En cuanto beba unos tragos de su poción para dormir, Petey descansará toda la noche. Gracias a ustedes está a salvo.

Duncan se encogió de hombros y se puso de pie.

—Fue una suerte que estuviéramos en la zona de las cuevas.

El conde terminó su jarra de cerveza.

Rose sonrió y entregó a Doug el vaso vacío.

—Dígale a Meg que, como de costumbre, sus galletas son deliciosas, lo mismo que la cerveza. Espero que tengáis tiempo de sumaros a la celebración.

Mientras montaba su yegua, Rose señaló la hoguera con una inclinación de cabeza. El fuego se había convertido en una llamarada crepitante que ascendía hacia el cielo.

—Ya veremos. —Doug los miró—. Creo que son ustedes los que deberían acercarse a la fogata.

Duncan rio mientras montaba y Rose hizo lo propio, pero su risa no fue demasiado franca.

—Buenas noches, Doug.

La mujer se despidió con un ademán y franqueó la verja a lomos de la yegua, mientras el poderoso castaño de Duncan la seguía.

Notó que el conde la miraba y, al cabo de unos segundos, preguntaba:

—¿Quieres que paremos junto a la hoguera?

Era una propuesta tentadora, muy tentadora, pero...

—Si lo hiciéramos, tu madre te retorcería el cuello y lo mismo haría con el mío.

—La verdad..., yo no estaría tan seguro.

—Puedes darlo por hecho, sobre todo porque la mitad del condado de Argyll está esperando en el salón de baile.

—Hummm... —Duncan esbozó una mueca de contrariedad—. Si no queda más remedio, será mejor que nos demos prisa. Tal como están las cosas, tendremos suerte si llegamos para el último vals.

Rose le lanzó una mirada y propuso:

—¡Te reto a una carrera!

Azuzó su yegua mientras hablaba. Duncan pegó un grito y la siguió. Cabalgaron a toda velocidad por los campos y por senderos que no necesitaron ver porque estaban grabados en sus mentes. Duncan disponía del caballo más poderoso, pero más pesado y estaban perfectamente emparejados en cuanto a distancia y terreno.

Fue una cabalgada salvaje y no se dieron tregua ni cuartel. Galoparon como demonios y rodearon el lago con la rutilante magnificencia del hogar del conde como destino final. El trayecto los llevó a aproximarse a la fogata, de la que se elevaron llamas crepitantes hacia el firmamento. Pese a su veloz avance o tal vez precisamente por eso, muchos los reconocieron. Varias personas los llamaron y los saludaron con la mano. Por acuerdo tácito refrenaron sus monturas cuando se acercaron al puente y respondieron a los saludos.

Varios hombres lanzaron sugerencias un tanto obscenas; con la respiración entrecortada y la sangre agitada por la carrera, Rose se ruborizó y trepó al puente a lomos de la yegua. Hizo un alto en el centro y percibió que Duncan la imitaba; contemplaron el lago en toda su extensión y el reflejo de las luces de Ballynashiels en la superficie.

El corazón de Rose latía violentamente y notó los nervios a flor de piel, sensibilizados a causa del entusiasmo que el aire transmitía y la expectación generada por tradiciones que se perdían en la noche de los tiempos. Sus caprichosos sentidos buscaron a Duncan…, y él tuvo la misma reacción.

El conde la cogió de la cintura, la levantó de la silla de montar y la pegó a su cuerpo; le rodeó la cara con la mano y, cuando ella se volvió jadeante, sus labios se encontraron.

El beso fue tan arrebatador como la cabalgada: indómito, desenfrenado, ardiente y exigente. Duncan buscó su boca y Rose se la entregó, se hundió en sus brazos y devolvió voraz y ávidamente cada caricia, incapaz de disimular el deseo que despertaba en ella, incapaz de refrenarlo. Tenía más posibilidades de detener la luna en su órbita que de controlar la pasión que Duncan le provocaba.

Infinidad de sensaciones la sacudieron y la obsesión la dominó. Tuvo la sospecha de que su prudencia se iba al garete. No supo adónde se dirigían, pero sabía que cabalgaban demasiado rápido.

Cuando la mano de Duncan descendió hasta uno de sus pechos inflamados y ardorosos, Rose separó sus labios de los del conde, gimió, protestó y logró musitar:

—Duncan…, recuerda que tenemos que volver a la mansión.

Si hubiesen hecho un alto en otro lugar, si bajo las patas de los caballos hubiera habido hierba en vez de piedra, Duncan la habría apeado y poseído allí mismo. Rose lo percibió, lo supo con certeza absoluta…, lo notó en su bufido de contrariedad.

El conde respiró hondo, dilató espectacularmente el pecho, apoyó la frente en la de Rose y preguntó:

—¿Estoy eternamente condenado a ver cómo te escapas?

La mujer soltó una risilla, pero no dijo nada.

Duncan emitió un suspiro de frustración y la devolvió a la silla de montar. Habría apostado una suma considerable a que tanto su madre como el padre de Rose se alegrarían en el caso de que pasasen juntos la víspera del solsticio, pero regresar a Ballynashiels suponía varias ventajas, entre otras, disponer de una cama. Cogió las riendas de su montura y dijo:

—En marcha.

Aunque no compitieron, cabalgaron a toda velocidad, pues no había motivos para ir a otro ritmo. Evidentemente, era tarde y debían volar si querían asistir al baile.

Entraron estrepitosamente en las cuadras. Duncan se apeó de la silla de montar y Rose se deslizó de la suya, por lo que estuvo a punto de caer. Pero él la cogió de la mano y la ayudó a incorporarse. Sonrió de oreja a oreja, no hizo caso de los mozos de las caballerizas y corrió por el empedrado arrastrando a Rose, que dejó escapar una risilla.

Se dirigieron a la entrada de los criados. Duncan dio órdenes a diestro y siniestro, avanzó sin pausa hacia la escalera trasera y causó el caos a su paso. En su intento de seguirlo, las criadas y su ayuda de cámara tropezaron; el ama de llaves envió a los sirvientes a buscar ollas con agua caliente y ordenó a los lacayos fornidos que llevasen las bañeras de cobre a las habitaciones.

Pero él no esperó y arrastró a Rose, que reía sin poderlo evitar, por las escaleras que conducían a la planta alta. Hizo un alto en la galería privada…, y la besó hasta hacerle perder el sentido.

Cuando levantó la cabeza, el conde vio que ella se tambaleaba. Contempló su rostro con la mirada encendida por el deseo.

—Date prisa… Aquí te espero.

Una vez pronunciadas esas palabras, la soltó. Una criada subió la escalera a toda velocidad. Duncan dio media vuelta y puso rumbo a su alcoba.

Rose lo vio alejarse, rio, hizo una pirueta…, y echó a correr a su habitación.

La media hora siguiente fue la síntesis de la locura. Un grupo de criadas la ayudó a desnudarse mientras otras llenaban la bañera y un tercer puñado registraba el vestuario según sus instrucciones. Lucy, su criada personal, se detuvo en el centro del dormitorio y lanzó órdenes. Todas sonrieron, pues se dejaron contagiar por un espíritu de enorme entusiasmo. Rose se bañó, se vistió y se hizo peinar en tiempo récord. Lucy correteó tras ella y no había terminado de ajustar el cierre del collar cuando Rose franqueó la puerta.

—¡Señorita, su chal!

Una de las criadas salió a la carrera y rápidamente acomodó la prenda de seda brillante sobre los hombros de su señora.

Ésta dirigió una sonrisa de agradecimiento a la muchacha y también a las que se congregaron en la puerta para verla partir y se dirigió con un suspiro hacia la galería.

Duncan esperaba y Rose lo vio tan alto y apuesto que el corazón le dio un brinco. Para defenderse le lanzó una mirada socarrona, abrasadora y seductora.

El conde la cogió del brazo, inclinó la cabeza y le pasó los labios por el lóbulo de la oreja.

—Ya verás más tarde —susurró.

Rose se estremeció y le dirigió una mirada de advertencia.

Duncan sonrió como un lobo famélico y comenzó a caminar hacia la escalera principal.

Los invitados de más edad charlaban y cotilleaban en la entrada del salón de baile. Todos volvieron la cabeza cuando, orgulloso y seguro de sí mismo, Duncan bajó los peldaños acompañado de una elegante Rose. Los recibieron con sonrisas y asentimientos de cabeza; a fin de cuentas, todos los conocían. Hubo infinidad de comentarios en voz baja y, cuando llegaron al vestíbulo embaldosado y asumieron sin esfuerzo sus obligaciones sociales, Rose oyó que alguien reconocía que formaban una pareja maravillosa y que daba alegría verlos cuando no se peleaban.

Ella sonrió. Hizo una reverencia y rozó las mejillas de dos grandes damas del condado de Argyll. De la sala de baile llegaron las notas evocadoras de un vals. Rose cedió a la presión que los dedos de Duncan ejercieron en su brazo y se disculpó. Éste la condujo hasta la puerta del salón de baile y entraron en el mismo momento en el que sonaban los últimos acordes.

Duncan la miró por el rabillo del ojo y murmuró:

—Demasiado tarde.

Las palabras del conde quedaron ahogadas por su madre, que se acercó con un revuelo de invitados a sus espaldas.

Lady Hermione les dio graciosamente la absolución, se empeñó en que refiriesen lo ocurrido y declaró que por la mañana visitaría a los heridos. Los vecinos comprendieron perfectamente su decisión y asintieron satisfechos, ya que habrían reaccionado exactamente de la misma manera. En tiempos de los caciques, el clan o las personas de las que se hacían responsables siempre habían sido prioritarios.

Relegada a un segundo plano, Clarissa no se mostró impresionada. Miró a Duncan con cara de pocos amigos y reparó en que Jeremy permanecía discretamente a un lado y observaba a Rose con tierna sonrisa. Entornó los ojos y al cabo de unos segundos se acercó a Jeremy.

Un rato después, Rose se apartó de Duncan y se reunió con éste y con Clarissa.

—Por lo visto, ha ido bien —comentó Jeremy y sonrió.

—Gracias a Dios, así es. —Rose le devolvió la sonrisa—. En la cueva había dos niños.

—Ya nos lo habían dicho —terció Clarissa con acritud.

Rose la miró, no hizo comentario alguno y sonrió nuevamente a Jeremy.

—Es muy tarde…, no te obligaré a seguir despierto.

—Ya era hora —afirmó Clarissa—. Estaba a punto de pedir a Jeremy que me acompañase a la planta alta.

Jeremy no apartó la mirada de Rose.

—Hablaremos mañana.

Rose inclinó ligeramente la cabeza y repitió:

—Hablaremos mañana.

—¡Rose! —Todos se giraron y vieron que lady Hermione le hacía señas de que se acercase.

Rose se reunió con Duncan y su madre y los invitados comenzaron a marcharse. El trío permaneció en la escalinata de la entrada y los despidió; Rose se situó a la derecha de Duncan y lady Hermione del otro lado.

Cuando el último carruaje comenzó a rodar, lady Hermione suspiró y dijo:

—Se ha terminado. —Asintió con gran decisión y se recogió las faldas—. Buenas noches, queridos, me voy a dormir.

Saludó como una reina, entró en la casa y subió la escalera. Con Rose del brazo, Duncan siguió lentamente a su madre y su mirada reflexiva se posó en la espalda de su progenitora.

El conde permaneció en el vestíbulo principal mientras Falthorpe echaba los cerrojos. Duncan miró a Rose, ella hizo lo propio y levantó una ceja. El hombre sonrió y admitió:

—Estoy muerto de hambre.

Los hoyuelos de Rose se marcaron un poco más.

—Yo también.

Asaltaron el bufé del comedor y, a fin de que el servicio siguiera recogiendo, trasladaron los platos repletos al salón de baile. Se apoltronaron en un canapé y charlaron mientras comían; intercambiaron comentarios sobre los asistentes, sobre quién había dicho qué, al tiempo que cada uno se servía a voluntad del plato del otro. A su alrededor, el servicio ordenó la estancia, puso los muebles en su sitio y pasó grandes escobas por el suelo encerado. Los sirvientes se subieron a las escaleras para apagar las velas de los candeleros y los candelabros de la pared. Duncan negó con la cabeza cuando le preguntaron si quería que dejasen alguna encendida. Paulatinamente la actividad cesó y por fin se quedaron en paz; la estancia permaneció iluminada por las franjas de luz de luna que se colaron por las ventanas.

Tras devorar hasta la última migaja, Rose se chupó los dedos, paseó la mirada por el suelo del salón de baile y suspiró:

—Es una pena que nos perdiéramos el último vals.

Duncan le lanzó una mirada, extendió los brazos, la liberó del plato vacío, lo dejó a un lado, se puso suavemente de pie y le dedicó una elegante reverencia.

—Creo que esta pieza me corresponde.

Rose rio entre dientes y le tendió la mano. Duncan la ayudó a ponerse en pie, la cogió entre sus brazos y realizó los giros lentos de un vals. Ella tarareó por lo bajito y se dejó llevar; se movieron en perfecto acuerdo, al ritmo que correspondía y sin perder el paso. Rose notó la fuerza del brazo que la rodeaba, el cuerpo delgado y musculoso de Duncan pegado al de ella, la dura columna de su muslo, que separó los suyos mientras bailaban.

El claro de luna los bañó y los tiñó de un brillo plateado y trémulo que era la esencia misma de la magia estival. Quedaron inmersos un intenso silencio, cargado con el latido de sus corazones y de jadeantes expectativas.

Rose habría sido incapaz de decir cuánto rato bailaron. Cuando Duncan se detuvo ante uno de los ventanales, hacía rato que ella se había quedado sin aliento.

Levantó la cabeza y vio el brillo intenso en los ojos de él; alzó una mano y con el dedo siguió el perfil de uno de sus pómulos. Finalmente, se puso de puntillas y acercó sus labios a la boca del conde cuando éste se dispuso a besarla.

Se besaron sencilla y sinceramente, sin barreras, sin limitaciones ni restricciones; cada uno se entregó al otro como si fuesen uno: un sentimiento, un latido, una emoción, un anhelo.

Al final, Rose tuvo que apartarse para respirar. Mantuvo los ojos cerrados y apoyó la frente en el hombro de Duncan.

—Deberíamos irnos a la cama.

—Hummm…, estoy totalmente de acuerdo.

Duncan la giró; siguió rodeándola con el brazo y, con la cabeza de Rose apoyada en su hombro, subieron lentamente la escalera. Cuando llegaron a la galería privada, Rose hizo ademán de dirigirse a su alcoba. Duncan la sujetó un poco más y la condujo, inexorablemente…, hacia su habitación.

De repente Rose se despejó y parpadeó. Su corazón pareció cobrar vida y se disparó. Hecha un lío mental, recordó el último diálogo y el tenor de la respuesta de Duncan.

—Bueno… —Tuvo que carraspear antes de seguir hablando—. Quise decir cada uno a su cama.

—Ya lo sé —admitió Duncan y la miró—. Pues yo me refería a la mía.

Rose lo miró a los ojos y comprendió claramente sus intenciones: esta vez no la soltaría. Notó el acero de su brazo alrededor de la cintura y el poderío del cuerpo que se movió tras ella. Respiró apresuradamente y frenó en seco.

—Duncan, no sé si..

—Yo sí que lo sé… ¿Por qué no haces lo mismo de siempre? —Duncan también se detuvo y la miró. Sus miradas se encontraron y la estrechó—. Sigue mi ejemplo…, déjame enseñarte.

El conde inclinó la cabeza y la besó. En esta ocasión no fue suave, sino que le dio un beso abrasador y cargado de tanta pasión que la condujo a la locura. Ese desafío le llegó al alma y cuando los labios de Duncan descendieron por el fuego que quemaba su cuello, Rose se dio cuenta de lo que ocurría.

—¡Por Dios! —exclamó con tono jadeante—. ¡Intentas seducirme!

El conde rio entre dientes, un sonido perversamente evocador.

—¿Crees que lo estoy consiguiendo?

«¡Sí, oh, sí, ya lo creo!» Rose se mordió la lengua porque no estaba dispuesta a reconocerlo, pero le resultó imposible acallar un gemido cuando los labios de Duncan bajaron hasta el valle profundo entre sus senos y recorrieron las curvas al descubierto mientras con el pulgar acariciaba hábil y atormentadoramente un pezón cubierto por el vestido de seda.

—Rose… —Duncan exhaló el nombre junto a la piel encendida de su amiga de la infancia—. Pasa conmigo la noche más corta del año y disfruta de su hechizo. Nuestra cabalgada será más salvaje que la última. Existe un paisaje que nunca has contemplado, cumbres que jamás has escalado…, déjame que te los enseñe. Ven a cabalgar conmigo.

Rose descubrió que no podía resistirse y que existía una obsesión lo bastante fuerte como para dejar de lado toda cautela y cordura, tan fuerte como para reconocer que no sólo era lo correcto, sino lo que estaba destinado a suceder. A continuación se percató de que, de alguna manera, ya había franqueado el umbral de la alcoba de Duncan y se encontraba junto a la cama con dosel.

—Es una locura —susurró Rose; obedeció las indicaciones de Duncan y bajó los brazos para que él le quitase las mangas del vestido. Sus pechos desnudos quedaron al descubierto—. ¡Por favor! —Se sonrojó intensamente y se tapó el pecho con los brazos—. Me vestí tan rápido que se me olvidó ponerme la camisa.

—Por mí no te disculpes.

Duncan le rodeó las muñecas con los dedos y le bajó los brazos. Rose se habría resistido, pero el conde no le dio opción, ya que bajó los brazos, los extendió, entrelazó sus dedos con los de ella y, totalmente hipnotizado, contempló lo que acababa de dejar al descubierto.

Rose carraspeó.

—Como ya sabes, son bastante grandes.

Duncan tragó saliva y la traspasó con la mirada.

—Mi dulce Rose…, eres tan hermosa…

El conde levantó las manos y, con gran delicadeza y ternura, cubrió esos firmes montículos; acarició con los pulgares las sensibles cumbres y la hizo retroceder hasta que sus piernas rozaron la cama. Entonces se alegró de tener detrás algo que la sustentase porque, si le fallaban las piernas, cosa harto probable, al menos no caería al suelo.

Con la mirada cargada de deseo, Duncan se concentró en esos senos, los acarició y los masajeó suavemente.

—Eres hermosa, generosa…, y me perteneces.

Tras pronunciar esas palabras, el conde inclinó la cabeza e introdujo un pezón erecto en su boca.

Rose se quedó sin aliento y se tambaleó; habría caído de espaldas si él no la hubiese cogido y sostenido sobre su cuerpo. La mujer lo estrechó y elevó los dedos desde los hombros hasta los cabellos del conde para enroscarlos frenéticamente mientras él cubría sus carnes con besos húmedos. La boca de Duncan era tan ardiente que tuvo la seguridad de que se quemaba y, cuando con la lengua le rozó el pezón, experimentó la sensación de que estaba a punto de desfallecer.

Supuso que tal vez habría gritado, pero tuvo la certeza de que lo único que oía era los latidos de su corazón y el rugido del deseo desenfrenado. Duncan se dio un festín, como si estuviese famélico, y ella jadeó, se retorció y se agitó entre sus brazos.

Duncan cambió de posición la mano que le había puesto en la espalda y la estrechó con más firmeza; luego la deslizó posesivamente, la introdujo entre los pliegues del vestido recogidos en la cintura y tocó la piel de su trasero para reconocerla, atormentarla y, por último, acariciarla sabiendo muy bien lo que hacía. Rose se arqueó en sus brazos y apretó las caderas contra las suyas; también notó su candente virilidad, prueba evidente de su excitación, que presionó su vientre.

Por las venas de Rose circulaba el fuego que Duncan había encendido. El conde se apoderó de un pezón anhelante y lo chupó con ímpetu… Ella ardió en llamas.

Finalmente, la tumbó en la gran cama, sobre las sábanas que resultaron frías al contacto con su piel ardiente. Le quitó el vestido pasándolo por las caderas y por las piernas largas; en el camino también le sacó los zapatos. Rose perdió el poco aliento que le quedaba cuando Duncan se sentó a su lado y la contempló, totalmente desnuda a no ser por las medias, recogidas con ligas por encima de las rodillas. El examen del conde se inició en los dedos de los pies, ascendió lentamente, se demoró unos segundos en sus ligas y siguió subiendo. Aunque tendría que haberse sentido abrumada por el recato virginal, Rose se sintió liberada por el ardor de la mirada de Duncan y experimentó lujuria, desenfreno, entrega y una maravillosa excitación. Ardió nuevamente cuando él estudió sus muslos, sus caderas y la mata sedosa y de color cobre de la base de su vientre tembloroso. Acalorada y ardiente, la mirada de Duncan continuó el ascenso por sus pechos, inflamados y con huellas de sus atenciones, hasta posarse en sus labios, que también estaban hinchados y entreabiertos.

La sonrisa que curvó los labios del conde y el brillo de sus ojos le provocaron un escalofrío.

—Quiero algo más.

La voz de Duncan sonó grave y cargada de deseo. Rose supuso que le quitaría las ligas, pero parpadeó sorprendida al ver que se inclinaba sobre su pelo. Introdujo los dedos entre las trenzas enroscadas, deshizo el moño y esparció las horquillas por la cama. Entonces las apartó y se dedicó a deshacer las trenzas. Rose estudió su rostro y el marcado perfil que el deseo había dado a los planos ya de por sí angulosos. La tensión que dominaba el cuerpo de Duncan, que la retenía desnuda, temblorosa, deseosa y expectante, le provocó una excitación hasta entonces desconocida, una excitación que incluso se volvió más importante que respirar.

Cuando por fin le soltó la melena, Duncan la acomodó alrededor de su cabeza y de sus hombros para que enmarcase su rostro. Arrebatada por un apremio que no comprendió, ella bajó una mano hacia las ligas.

—No. —Duncan le cogió la mano y le besó los dedos al tiempo que la miraba a los ojos—. No te las quites. —La expresión de desconcierto de la mujer estuvo a punto de hacerlo gemir—. Confía en mí.

Le soltó la mano, se sentó en el lecho y comenzó a desabrocharse la camisa.

Rose se movió tan rápido que el conde no tuvo tiempo de reaccionar. Duncan oyó el frufrú de las piernas de su amiga sobre las sábanas, que pegó los senos a su espalda y lo rodeó con los brazos para ayudarlo con los botones. Con los labios le hizo cosquillas en la oreja cuando preguntó:

—¿Por qué quieres que me deje las medias?

Duncan cerró los ojos para contenerse.

—Es un secreto.

—¿Un secreto?

Fue como si la hubiera incitado a burlarse de él. Las manos de Rose se abrieron paso por debajo de la camisa y recorrieron su pecho, tan atormentadoramente como él había imaginado, hasta bajar por su vientre liso y seguir descendiendo…

El conde se quitó los gemelos, se puso repentinamente de pie y se sacó la camisa. Giró para quedar frente a ella, le cogió las manos y la tumbó sobre la cama.

—Creo que ha llegado la hora de iniciar tu formación —declaró Duncan y se tumbó sobre ella.

—¿Cómo?

Rose se retorció bajo el cuerpo del conde, por lo que le acarició el pecho con los senos y la sensible erección con los muslos.

Duncan apretó los dientes y apeló a todo su peso para someterla.

—Si me salgo con la mía, la primera lección será muy larga.

Estaba decidido a intentarlo.

La besó largamente hasta que notó que se relajaba bajo su cuerpo. Se ocupó exclusivamente de sus pechos y la llenó de ardor y deseo hasta que se arqueó en sus brazos. Se apartó de los pechos y descendió, llenó de besos húmedos su vientre hasta la cintura, hizo un alto en el ombligo para tantear con la lengua, y finalmente ella gimió y le clavó los dedos en los hombros.

Duncan siguió bajando. Tuvo la sensación de que Rose daría un grito cuando recorrió con la lengua los trocitos de muslo por encima de las ligas. La mujer jadeó y se tensó en el momento en el que le separó los muslos y cubrió de besos sus sensibles caras interiores. Cuando la abrió y besó los suaves pétalos que florecieron para él, Rose pronunció su nombre como un gemido de puro deseo.

Duncan le dio lo que deseaba: experiencia y mucho más. Cada caricia resultó más íntima que la anterior y abrió puertas cuya existencia desconocía, le enseñó deleites que apenas atinó a entender. Además, cató, lamió, tanteó y chupó; Rose sacudió la cabeza desaforadamente, con los dedos aferrados al pelo de él y el cuerpo en plena floración, entregado y pletórico de pasión. Fue toda suya.

El conde respiró hondo, se embriagó con su perfume, se acomodó, se sentó en el borde de la cama y sustituyó los labios y la lengua por los dedos de una mano mientras con la otra se desabrochaba los pantalones.

Liberada de su peso pero cautiva de sus dedos, que acariciaron su flor a ritmo lento y constante, Rose respiró rápida y profundamente y entreabrió los labios. Duncan vio que, tras esas largas pestañas, los ojos de ella brillaban y también notó que se fijaban en lo que estaba haciendo. A continuación se humedeció los labios.

—Y las medias, ¿para qué?

No fue capaz de explicarle que había fantaseado con sus piernas, que había soñado con tenerlas alrededor de la cintura para que se quedase totalmente abierta y pudiera satisfacerla a voluntad.

—Pronto lo verás.

El conde se quitó los pantalones de una patada y se volvió hacia ella, que abrió desmesuradamente los ojos. Entonces comenzó a incorporarse, pero Duncan se arrodilló entre sus muslos, la cogió de las manos y la tumbó. La cubrió y le tapó la boca con los labios antes de explicarle lo que se proponía. Tuvo la certeza de que no necesitaba preguntarlo.

El beso se convirtió en una lucha por la supremacía, lucha que ambos perdieron cuando de la nada brotó el deseo y los atrapó. Rose se retorció bajo su cuerpo, aunque no con la intención de escapar, sino de acercarse más. Duncan se apartó un poco y murmuró con tono entrecortado:

—Rodéame la cintura con las piernas.

La mujer obedeció en el acto y el conde volvió a ocuparse de su boca, deseoso de llenársela mientras la penetraba. Rose lo acogió ardientemente con todo el cuerpo. Duncan flexionó la cintura, entró, la llenó y la dilató. A ella se le cortó la respiración y arqueó el cuerpo. Duncan se retiró unos centímetros y embistió a través de la ligera resistencia. La mujer se tensó sobresaltada y, al cabo de unos segundos, se derritió. Permanecieron inmóviles y saborearon el instante, la gloriosa intimidad y la sensación de que sus corazones latían al unísono.

Estimulada por un impulso desconocido que no comprendió, Rose fue la primera en moverse. Duncan reaccionó en el acto y le ofreció lo que su amiga no sabía que deseaba: esa cabalgada. La embargaron sensaciones sorprendentes, fascinantes y totalmente adictivas, que deseó experimentar una y otra vez. Duncan la deleitó y de pronto ella se percató de qué hablaba él cuando se refería a un nuevo paisaje: se trataba de un territorio cargado de cálidas oleadas de placer y de cumbres acariciantes y de exquisito deleite. Cabalgaron al galope por ese espacio y el ritmo fue en aumento a medida que las olas cobraban altura y las cumbres traspasaban el sol.

Pero no se trataba del sol, sino de la más pura inconsciencia. Duncan la montó en una vorágine de sensaciones y emociones y por último la condujo a un valle de felicidad indescriptible.

Duncan contempló la expresión de Rose cuando coronó las cumbres y vio que la tensión se relajaba y escapaba incluso mientras ella se fundía bajo su cuerpo. Su útero palpitó y se contrajo, de modo que se tensó instintivamente para aferrarlo.

Entonces jadeó, cerró los ojos, la inundó y fue a su encuentro en la dulce inconsciencia.

Rose despertó temprano, antes de que asomase el sol. Por la profunda paz que dominaba la casa supo que ni las criadas se habían levantado. Mantuvo los ojos cerrados, se puso más cómoda y se preguntó por qué su almohada era tan dura. Un pelo le hizo cosquillas en la nariz, entreabrió los párpados, se lo quitó de un manotazo y despertó bruscamente. Su mente se puso alerta y lentamente incorporó el resto de la situación: el cuerpo largo e íntimamente entrelazado con el suyo, los cuerpos desnudos entre las sábanas. Ni siquiera recordaba cómo se había introducido bajo las mantas.

Por otro lado, recordaba perfectamente la inconsciencia que la había embargado…, y lo que la había conducido a ese estado.

Con las mejillas encendidas, intentó pensar dónde estaba, cuál era su posición y qué hacía en la cama del conde. Comprobó que, con el corazón de Duncan latiendo en su oído y atrapada por sus extremidades cubiertas de vello, era incapaz de pensar con coherencia.

Debía hacer cuanto estaba en sus manos para escapar.

Con suma delicadeza se apartó de su pecho; levantó lentamente la mano de Duncan que rodeaba su cintura y se alejó..., pero topó con el otro brazo del conde. Éste respiró hondo; Rose permaneció inmóvil y, al ver que no pasaba nada, deslizó las piernas, ¡con las medias de seda todavía puestas!, hacia el costado de la cama, levantó los hombros del brazo de Duncan y se dispuso a alcanzar la seguridad cuando...

Las manos de Duncan la aferraron de la cintura sin darle tiempo a escapar.

—¡Duncan! ¡Suéltame!

Ella se sentó en la cama e intentó librarse; Duncan rió de forma perversa, la cogió de las caderas y la arrastró inexorablemente hasta el centro de la cama.

Rose no pudo hacer nada. Cedió a los movimientos de Duncan y se tumbó boca abajo con la esperanza de soltarse y escapar. El conde adivinó sus intenciones, montó a horcajadas sobre sus piernas y la atrapó con sus muslos duros como rocas.

—Bueno, bueno..., no podrás huir antes de la segunda lección.

Rose apartó la cabeza de la almohada.

—¿De qué segunda lección hablas?

Notó que el noble se inclinaba y le acariciaba la nuca con los labios mientras introducía una mano bajo su vientre y la otra entre sus muslos. Rose jadeó y Duncan musitó:

—De la segunda lección para que seas mía.

El cuerpo de Rose ardió en cuestión de segundos y se quedó sin aliento.

—¡Dun…, ah, ah, ah…!

El nombre del conde se difuminó en un prolongado suspiro de deleite y de expectación. La acarició hábilmente y luego la echó hacia atrás y la puso de rodillas.

Atrapada por el hechizo, Rose se dejó hacer voluntaria e impacientemente. Duncan acarició sus nalgas prietas y ella experimentó un escalofrío. La cogió de las caderas, le separó las rodillas y la penetró…, lenta y minuciosamente, hasta unas honduras que le paralizaron la mente.

Por segunda vez le enseñó a sentir, le enseñó lo que representaban el goce, el éxtasis y la felicidad terrenal. El deslizamiento constante de la virilidad de Duncan en su interior y el balanceo rítmico no sólo llenaron plena y repetidamente su cuerpo, sino su mente, además de anular todo pensamiento y dejar una huella profunda en su alma.

Fue una cabalgada lenta y prolongada y Rose sollozó antes de que terminase. Sumida en el éxtasis, sollozó su nombre y sollozó de alegría. En esta ocasión, Duncan la llevó a coronar la última cumbre y la siguió instantáneamente. Antes de que la inconsciencia la envolviera, Rose notó la cálida descarga que la inundó y oyó el gemido inerme de él al tiempo que caía sobre ella.

Duncan despertó dos horas después y no se sorprendió de estar solo en la cama. En una situación normal, la mujer que había compartido su lecho durante la noche y la madrugada no podría moverse y, mucho menos, irse, pero Rose se las había apañado para escapar.

Le habría gustado estar despierto para verla.

Esbozó una sonrisa de lobo famélico intensamente satisfecho, se desperezó, cruzó los brazos por detrás de la cabeza y se preguntó qué estaría haciendo su amiga.

Dos minutos más tarde abandonó la cama y se vistió. Los años le habían enseñado que jamás debía subestimar a Rose.

En la planta baja reinaba la tranquilidad. Los habitantes de la casa aún padecían las consecuencias de un baile por todo lo alto. Duncan dudó de que su madre o el resto de las damas se hubiesen levantado, por lo que se concentró más si cabe en buscar a Rose.

Deambuló por el largo pasillo que salía del vestíbulo principal y oyó voces. Se detuvo, aguzó el oído e identificó la de Rose…, y la de Penecuik.

Duncan respiró hondo, retuvo el aire y, a través de la puerta entreabierta del salón del desayuno, avistó a su amiga y a su pretendiente en la terraza. Rose se encontraba de espaldas y hacía ademanes al tiempo que hablaba. Penecuik tenía el ceño fruncido y estaba pendiente de las palabras de ella.

Duncan se dijo que tenían derecho a la intimidad, ya que formalmente Rose aún no era suya. Se repitió que debía darle la oportunidad de que resolviese en sus propios términos la situación con Penecuik. Esas argumentaciones no le sirvieron de nada; en silencio y sin hacer ruido, se desplazó a la sala de estar contigua, abrió la puerta y entró.

—Jeremy, no me escuchas. —Rose miró a los ojos a su hasta entonces pretendiente y, por enésima vez, intentó convencerlo de la situación—. No me casaré contigo. He decidido que no quiero casarme contigo y no se hable más.

Jeremy la contempló terca y tenazmente. A renglón seguido volvió a enumerar los motivos por los cuales, en su opinión, se equivocaba.

Rose intentó no poner los ojos en blanco y escuchar educadamente. Jeremy la había interceptado sin darle tiempo a desayunar y a recobrar las fuerzas que Duncan le había arrebatado. Jeremy adoptó una actitud difícil, reacia y obtusa porque no aceptó el rechazo.

En realidad, daba lo mismo, pues tarde o temprano tendría que asimilarlo. Por fin Rose había descubierto lo que buscaba desde que era adulta, esa fuerza más poderosa que su voluntad y que la arrojaría a los brazos de un hombre, y no estaba dispuesta a rechazarla. Todavía no la comprendía en su totalidad, sobre todo porque la había arrojado a los brazos de Duncan.

Gracias en primer lugar a Duncan y, en segundo, a Jeremy, no había tenido ocasión de analizar ese aspecto…, ni otras cosas. Era el día del solsticio y se había comprometido a dar una respuesta a Jeremy, que tendría que haber aceptado su negativa con elegancia.

Rose contuvo el deseo de decírselo con toda claridad, aguardó a que Jeremy concluyera su previsible enumeración, respiró hondo y declaró:

—Jeremy, mi respuesta no tiene nada que ver con quién eres, qué posees y que represento para ti como esposa. Esta decisión se vincula conmigo y con la persona que soy. —Lo miró directamente a los ojos deseosa de que por fin la entendiese—. No soy tuya.

Se había dado cuenta de que pertenecía a Duncan.

Jeremy suspiró como si discutiera con una niña:

—Rose, sinceramente pienso que no te tomas esta decisión como deberías. Creo que tus sentimientos hacia mí no deberían tener tanta importancia. —Sonrió—. Tú y yo nos llevamos bastante bien y eso es lo único necesario. En cuanto a lo demás…, me refiero al ducado, a las propiedades…

—Y a mi fortuna.

Jeremy movió afirmativamente la cabeza.

—También a tu fortuna. Ésos son los motivos principales de mi proposición matrimonial y creo que deberías analizar las cosas desde la misma perspectiva.

Rose apretó los dientes para no soltar un grito, se cruzó de brazos y lo miró furibunda.

Oyó un hondo suspiro procedente de la sala de estar situada a su izquierda. Tanto Jeremy como ella vieron a Duncan, que atravesó tranquilamente las cristaleras. El conde saludó con una inclinación de cabeza al acompañante de Rose.

—Penecuik, si me disculpa, tengo que hablar de un asunto urgente con la futura condesa.

Jeremy frunció el ceño.

—¿Ha dicho futura condesa?

—Sí, ni más ni menos. Estoy seguro de que, a la larga, Rose se lo habría dicho. —Rodeó con el brazo la cintura de su amiga, la acercó a él y la miró sonriente—. Lo cierto es que Rose ha decidido que prefiere ser condesa en lugar de duquesa en espera.

Anonadada y un poco abochornada, Rose se limitó a mirarlo con la boca abierta. Duncan grabó esa imagen en su memoria y miró a Penecuik.

—Penecuik, si nos disculpa, el asunto urgente…

Sin acabar la frase, Duncan abrazó a Rose y la besó intensa y convincentemente.

Ella ya se había acostumbrado a derretirse en sus brazos y le devolvió el beso. Duncan vio que Jeremy palidecía, se ponía furioso, adoptaba una expresión quisquillosamente desdeñosa y se alejaba terraza abajo.

Rose no lo oyó partir, pues sus procesos mentales se interrumpieron con las palabras «futura condesa». Cuando Duncan se dignó a levantar la cabeza y dejarla respirar, Rose lo miró a la cara, entornó los ojos y murmuró:

—Quiero que sepas que tuve visiones en las que estabas de rodillas.

Duncan sonrió.

—Puesto que yo ya te he puesto de rodillas, me parece innecesario.

Rose experimentó un estremecimiento de deleite y lo miró seriamente. Duncan enarcó una ceja con expresión dubitativa y ella hizo lo mismo.

—Debes saber que no soy perfecta.

El conde le sostuvo la mirada.

—La perfección está en los ojos de quien mira.

Nunca nadie la había considerado perfecta, sino una libertina desmandada con un disfraz socialmente aceptable. Duncan la conocía de los pies a la cabeza, sabía de la libertina desmandada tanto como de la dama. Su mirada cálida e intensa confirmó su sinceridad, su convicción, su firme determinación: la consideraba perfecta para desempeñar el papel de condesa.

Rose sonrió lenta y seductoramente y en sus ojos brilló provocadoramente la luz de la que Duncan siempre había desconfiado. Se estiró, se colgó del cuello del conde y preguntó:

—¿Estás seguro de que me has visto lo suficiente y de que lo has comprobado?

Entonces él frunció el entrecejo, se dijo que ya le convenía refrescar la memoria…, y la llevó directamente a la cama.

Mientras retozaban entre las sábanas, en el otro extremo de los campos resonaron las campanas de la iglesia, que dieron la bienvenida al solsticio de verano.

Cuatro semanas después volvieron a repicar, incluso con más alegría, cuando la espinita de la rosa clavada en las carnes de Duncan Macintyre se convirtió en su flor, en su perfecta Rose.

Gretna Greene

Julia Quinn

Dedicatoria:
Para Jason Weinstein,
cuyas llamadas telefónicas siempre me alegran el día.

Y para Paul, a pesar de que no me cree
cuando aseguro que no podemos criar llamas.

1

Gretna Green, Escocia
1804

Margaret Pennypacker había perseguido a su hermano a través de media nación.

Había cabalgado como el demonio a través de Lancashire y cuando desmontó se percató de que tenía músculos cuya existencia desconocía y de que estaba muy dolorida.

En Cumbria había subido a un carruaje de alquiler lleno a reventar e intentado no respirar cuando notó que, evidentemente, los compañeros de viaje no compartían su apego al baño.

Había soportado los choques y sacudidas de una carreta de madera tirada por mulas mientras recorría los últimos ocho kilómetros de suelo inglés antes de verse apeada sin miramientos en la frontera con Escocia por un granjero que le advirtió que estaba a punto de entrar en territorio del demonio.

Todo ese esfuerzo para acabar allí, en Gretna Green, calada hasta los huesos, cansada y con poco más que la chaqueta a la espalda y dos monedas en el bolsillo debido a que...

En Lancashire, el caballo la había tirado cuando tropezó con una piedra y el condenado animal, tan bien adiestrado por su hermano errante, dio la vuelta y puso rumbo a casa.

En el carruaje en el que había viajado desde Cumbria alguien tuvo la osadía de robarle el bolsito, de modo que sólo le quedaban las monedas que por pura casualidad habían caído en lo más profundo del bolsillo.

En el último tramo del recorrido, mientras se desplazaba en el carro del granjero que le había proporcionado esas espinas que llevaba clavadas, los moratones y, con un poco de suerte, cualquiera de las enfermedades transmitidas por las aves de corral, había empezado a llover.

Como era previsible, Margaret Pennypacker no estaba de buen humor. Pensaba matar a su hermano en cuanto lo encontrase.

Por una especie de cruel paradoja, los salteadores de caminos, las tormentas y los caballos que se daban a la fuga no habían conseguido arrebatarle la hoja de papel que la obligó a viajar a Escocia. La escueta misiva de Edward apenas merecía una segunda lectura, pero Margaret estaba tan enfadada con él que no pudo evitar meterse la mano en el bolsillo por enésima vez y sacar la nota arrugada y garabateada a toda prisa.

La había doblado y vuelto a doblar y probablemente se estaba mojando mientras Margaret se refugiaba bajo el saledizo de un edificio, pero el mensaje no dejaba lugar a dudas: Edward se fugaba.

—¡Maldito idiota! —masculló Margaret—. Me gustaría saber con quién demonios se casa. ¡Me lo podría haber dicho!

En la medida en la que podía hacer especulaciones, Margaret pensó en tres posibles candidatas y se dijo que, de buena gana, no incorporaría a ninguna a la familia Pennypacker. Annabel Fornby era una cursi abominable, Camilla Ferrige carecía de sentido del humor y Penelope Fitch no era más tonta porque no podía. En cierta ocasión, Margaret oyó que decía el abecedario y se olvidaba de la jota y de la cu.

Su única esperanza consistía en no llegar demasiado tarde. Edward Pennypacker no se casaría, no contraería matrimonio si su hermana mayor tenía el más mínimo poder de decisión.

Angus Greene era fuerte, poderoso, célebre por ser guapo a más no poder y poseía una sonrisa infernalmente encantadora que encubría un temperamento en ocasiones feroz. Cuando entraba en una ciudad nueva a lomos de su semental galardonado, solía despertar temor entre los hombres, aceleración del pulso en las mujeres y fascinación boquiabierta entre los niños, que eran los que siempre reparaban en que el hombre y la bestia compartían el pelo negro y los ojos oscuros y penetrantes.

De todas maneras, su llegada a Gretna Green no despertó comentarios, ya que esa noche todos los que tenían un dedo de frente estaban bajo techo, calentitos y abrigados y, lo que es más importante si cabe, a salvo de la lluvia torrencial. Angus opinaba que la única virtud compartida por todos los escoceses era el sentido común.

Aunque él no tenía esa suerte. Gracias a su exasperante hermana menor, de la que empezaba a pensar que quizás era la única habitante de Escocia desde los albores de los tiempos que carecía por completo de sentido común, ahora se encontraba atascado bajo la lluvia, aterido y helado mientras intentaba batir el récord nacional del mayor uso de las palabras «¡maldición!», «¡condenada!» y «¡cabrona!» en una sola noche.

Había abrigado la esperanza de alejarse de la frontera esa misma noche, pero la lluvia lo frenó y, a pesar de los guantes, los dedos se le enfriaron demasiado como para sujetar las riendas como debía. Por añadidura, no era justo para *Orpheus*: se trataba de un buen caballo que no merecía esa clase de abusos. «No es más que otra transgresión de la que Anne tendrá que hacerse responsable», reflexionó Angus severamente. Le daba igual que su hermana sólo tuviese dieciocho años. En cuanto la encontrara la mataría.

Lo reconfortó saber que, si a él la lluvia lo había refrenado, seguramente a Anne la había obligado a detenerse por completo. Viajaba en carruaje, mejor dicho, en su carruaje, que había tenido la osadía de «pedir prestado», y sin duda no podría desplazarse hacia el sur con los caminos tan enfangados y atascados.

Si algo de suerte flotaba en el aire húmedo, era posible que Anne hubiese quedado varada en Gretna Green. Reconoció que se trataba de una posibilidad harto remota, pero, mientras no pudiese cabalgar durante la noche, sería tonto si no buscaba a su hermana pequeña.

Exhaló un suspiro de cansancio y se secó la cara mojada con la manga, pero no sirvió de nada, pues su chaqueta estaba empapada.

Al oír el suspiro de su amo, *Orpheus* se detuvo instintivamente hasta nueva orden. El problema consistía en que Angus no sabía qué hacer. Supuso que podría comenzar a buscarla en las posadas aunque, a decir verdad, no le hizo mucha gracia la idea de registrar cada cuarto de cada posada de la ciudad. Ni siquiera se detuvo a pensar a cuántos posaderos tendría que sobornar.

«Pero vayamos por partes.» Era aconsejable que se instalase antes de emprender la búsqueda. Una rápida mirada calle arriba le demostró que The Canny Man contaba con el mejor alojamiento para su caballo, de modo que espoleó al semental en dirección a la pequeña posada y taberna.

Antes de que *Orpheus* diese tres o cuatro pasos, un grito estentóreo atravesó el aire.

Se trataba de un grito femenino.

Angus tuvo la sensación de que se le paraba el corazón. ¿Se trataría de Anne? En el caso de que alguien se hubiese atrevido a tocarle el dobladillo del vestido…

Salió al galope y giró en la esquina, justo a tiempo de ver que tres hombres intentaban arrastrar a una dama hacia un edificio a oscuras. La mujer luchaba con todas sus fuerzas y, dada la cantidad de barro acumulada en su vestimenta, parecía que la había arrastrado unos cuantos metros.

—¡Suélteme, desgraciado! —chilló y asestó un codazo en el cuello a uno de los atacantes.

Angus llegó a la conclusión de que no era Anne porque su hermana no sabía lo suficiente como para dar un rodillazo en la entrepierna al segundo agresor.

Entonces desmontó de un salto, corrió a auxiliar a la dama y llegó justo a tiempo de sujetar al tercer malvado por el cuello del abrigo, apartarlo de su víctima y lanzarlo de cabeza a la calle.

—¡Fuera, cabrón! —ordenó uno de los atacantes—. Nosotros la vimos primero.

—Lo siento mucho —comentó Angus serenamente y le dio un puñetazo en la cara. Observó a los otros dos, uno de los cuales seguía espatarrado en plena calle. El otro, que desde que la dama le había dado el rodillazo permanecía doblado de dolor y se sujetaba las partes bajas, miró a Angus como si estuviese a punto de decir algo. Antes de que emitiera sonido alguno, él le apoyó la bota en una zona muy sensible y bajó la mirada—. Hay algo que debería saber sobre mí —apostilló con tono falsamente sereno—. No me gusta ver que hacen daño a las mujeres. Cuando sucede e incluso cuando me parece que podría ocurrir, me pongo… —Dejó de hablar unos segundos, ladeó la cabeza y fingió que buscaba las palabras adecuadas—. Me pongo un poquito nervioso.

El hombre tendido en el empedrado se puso de pie a velocidad de vértigo y se perdió en la noche. Daba la sensación de que su compañero estaba deseoso de seguirlo, pero la bota de Angus lo mantuvo clavado al suelo.

Entonces se rascó el mentón y añadió:

—Creo que nos hemos entendido. —El agresor asintió frenéticamente—. De acuerdo. Me parece que no necesito explicarle lo que sucederá si alguna vez nuestros caminos vuelven a cruzarse.

El asaltante volvió a asentir con expresión de dolor.

Angus apartó el pie y el hombre echó a correr sin dejar de chillar.

Desaparecida la amenaza, porque, a fin de cuentas, el tercer malvado seguía inconsciente, Angus se ocupó de la damisela a la que, probablemente, había salvado de un destino peor que la muerte. La mujer seguía sentada en el empedrado y lo miraba como si fuera un fantasma. Tenía el pelo mojado y pegado a la cara y, pese a la poca luz que escapaba de los edificios cercanos, enseguida se dio cuenta de que era castaño. Tenía los ojos claros, desmesuradamente abiertos, y no parpadeaba. Sus labios…, sus labios estaban azules a causa del frío y, por añadidura, le temblaban, de modo que en realidad no tendrían que haber resultado tan atractivos, pero Angus se acercó instintivamente a la desconocida y se le ocurrió la idea peregrina de que si la besaba…

Sacudió la cabeza y se tildó de idiota. Estaba allí para buscar a Anne más que para entretenerse con una jovencita inglesa que se había perdido. Hablando de todo un poco, ¿qué demonios hacía sola en una calle oscura?

Le dirigió su mirada más severa e inquirió:

—¿Qué demonios hace aquí? —Por las dudas, añadió—: ¿Qué demonios hace sola en una calle oscura?

Los ojos de la joven se abrieron más si cabe e intentó alejarse, arrastrando el trasero por el suelo e impulsándose con las palmas de las manos. Angus pensó que la joven se parecía a un mono que había visto en una casa de fieras.

—No me dirá que me tiene miedo —declaró con incredulidad.

Los labios temblorosos de la muchacha formaron algo lejanamente parecido a una sonrisa y Angus tuvo la clara impresión de que intentaba serenarlo.

—Nada de eso —reconoció y su acento confirmó la suposición de Angus de que era inglesa—. Sucede que…, bueno, comprenderá que… —Se incorporó tan bruscamente que el pie se le enredó en el dobladillo del vestido y estuvo en un tris de caer—. Realmente, tengo que ir a un sitio.

La joven le lanzó una cauta mirada y se alejó, caminando de lado para vigilarlo con un ojo mientras con el otro se dirigía adonde suponía que tenía que ir.

—¡Por las barbas de…! —Angus calló antes de blasfemar en presencia de la mozuela, que lo miraba con cara de no saber si se parecía más al diablo o a Atila—. Yo no he hecho nada malo.

Margaret aferró los pliegues de su falda y, presa del nerviosismo, se mordisqueó el carrillo. Cuando los hombres la cogieron se había sentido aterrorizada y aún no había conseguido detener el temblor incontrolable de sus manos. A los veinticuatro años seguía siendo inocente, pero ya había vivido lo suficiente como para reconocer las intenciones de sus atacantes. El hombre que se encontraba ante ella la había salvado, pero ¿con qué propósito? Supuso que no pretendía hacerle daño, ya que su comentario acerca de proteger a las mujeres fue demasiado sentido como para tratarse de una farsa. De todos modos, ¿eso significaba que podía confiar en él?

Como si le leyera el pensamiento, el desconocido bufó y torció ligeramente la cabeza.

—Por el amor de Dios, mujer, que le he salvado su maldita vida.

Margaret hizo una mueca. Era probable que el escocés fornido tuviera razón y Margaret sabía que su difunta madre le habría ordenado que se pusiese de rodillas para agradecérselo, pero lo cierto es que el desconocido parecía un poco desequilibrado. Su mirada era ardiente y temperamental y lo rodeaba un halo extraño e indescriptible que la estremeció.

Margaret se dijo que no era una cobarde y que había pasado suficientes años intentado inculcar buenos modales a sus hermanos más pequeños, por lo que en ese momento no se convertiría en una hipócrita ni se volvería descortés.

—Gracias —dijo apresuradamente y el corazón acelerado la llevó a entrecortar las palabras—. Ha sido…, ah…, ha obrado usted muy bien y me…, me gustaría darle las gracias. Considero que hablo en nombre de mi familia cuando afirmo que también se lo agradece y estoy convencida de que, si alguna vez me caso, mi marido también le estará profundamente agradecido.

Su salvador o su justo castigo, ya que Margaret no supo muy bien qué era, esbozó una lenta sonrisa y añadió:

—Por lo tanto, no está casada.

Margaret retrocedió varios pasos.

—Bueno, verá, no. Lo siento, pero tengo que irme.

Angus entrecerró los ojos.

—No ha venido aquí para fugarse, ¿verdad? Le aseguro que nunca ha sido una buena idea. Tengo un amigo con propiedades en la zona y me ha contado que las posadas están llenas de mujeres que se han comprometido y transigido de camino a Gretna Green y que luego no se casaron.

—Le aseguro que no pienso fugarme —aseguró Margaret tercamente—. ¿De verdad me considera tan tonta?

—No, no lo creo. Olvídese de mi pregunta. En realidad, no me importa. —Angus meneó la cabeza cansinamente—. He cabalgado todo el día, estoy dolorido y todavía no he encontrado a mi hermana. Me alegro de que se encuentre a salvo, pero no tengo tiempo de seguir aquí y...

El semblante de la mujer se demudó.

—¿Ha dicho su hermana? —preguntó y avanzó decidida—. ¿Busca a su hermana? Señor, tenga la amabilidad de decirme qué edad tiene, cuál es su aspecto y si se apellida Fornby, Ferrige o Fitch.

Angus la miró como si de repente le hubieran salido cuernos.

—Mujer, ¿de qué demonios habla? Me llamo Angus Greene.

—¡Maldición! —murmuró Margaret y se sorprendió de haber empleado ese lenguaje—. Esperaba que me resultase útil como aliado.

—Si no ha venido para fugarse, ¿qué hace aquí?

—He venido a por mi hermano —refunfuñó—. El muy tonto cree que quiere casarse, pero sus novias son totalmente inadecuadas.

—¿Ha dicho novias? ¿No sabe que la bigamia sigue siendo ilegal en Inglaterra?

Margaret lo miró con cara de pocos amigos.

—No sé con quién se fugó, no me lo dijo. Lo que le aseguro es que todas son horribles. —Se estremeció y puso una cara como si acabase de tragar hiel—. ¡Son horribles!

La lluvia arreció y, sin pensar en lo que hacía, Angus la cogió del brazo y la condujo hasta el saledizo protector. Margaret no dejó de hablar.

—Cuando pille a Edward, lo mataré. Le aseguro que en Lancashire estaba muy ajetreada. Francamente, no tenía tiempo de dejarlo todo y perseguirlo hasta Escocia. Tengo que ocuparme de una hermana y de planificar una boda. Al fin y al cabo, mi hermana se casa dentro de tres meses. Lo que menos necesitaba era viajar hasta aquí y…

Angus le sujetó el brazo con más fuerza.

—Espere un poco —pidió con un tono que la llevó a guardar silencio inmediatamente—. ¿Me está diciendo que ha viajado sola a Escocia? —Arrugó el entrecejo y adoptó una expresión dolorida—. ¿Es lo que está diciendo?

Margaret detectó el fuego que ardía en los ojos oscuros del hombre y se apartó tanto como pudo.

—Ya decía yo que está loco —declaró y miró de un lado a otro como si buscase a alguien que la rescatara de manos de ese chiflado.

Angus la acercó y utilizó su fuerza y su tamaño para intimidarla:

—¿Emprendió o no un viaje largo sin acompañante?

—Sí… —repuso Margaret y la sílaba sonó con tono interrogativo.

—¡Por Dios, mujer! —estalló Angus—. ¿Ha perdido los cabales? ¿Tiene idea de lo que les pasa a las mujeres que viajan solas? ¿No se le ocurrió pensar en su seguridad? —Margaret estaba boquiabierta. Angus la soltó y se puso a andar de un lado a otro—. Cuando pienso en lo que podría haber sucedido… —Sacudió la cabeza y masculló—: ¡Por Jesús, por el whisky y por Roberto I Bruce! Esta mujer está chalada.

Margaret parpadeó rápidamente, intentó entender la situación y comenzó a decir con cautela:

—Señor, ni siquiera sabe quién soy.

Angus se dio bruscamente la vuelta e inquirió:

—¿Cómo demonios se llama?

—Margaret Pennypacker —respondió antes de pensar que

tal vez ese hombre estaba realmente loco y no le tendría que haber dicho la verdad.

—Bien, ahora sé quién es. La considero una insensata que ha emprendido una misión descabellada.

—¡Tranquilo! —le espetó Margaret, y avanzó unos pasos y agitó la mano ante él—. Sucede que me he involucrado en una misión muy seria. La felicidad de mi hermano podría estar en peligro. ¿Quién es usted para juzgarme?

—El hombre que evitó que la violasen.

—¡Bien…! —exclamó Margaret, sobre todo porque no se le ocurrió nada más que decir.

Angus se pasó la mano por los cabellos.

—¿Qué planes tiene para esta noche?

—¡Mis planes no son asunto suyo!

—Usted se convirtió en asunto mío desde el momento en que vi cómo la arrastraban por… —Angus volvió la cabeza al percatarse de que se había olvidado del hombre al que había derribado. El individuo había recobrado el conocimiento, estaba intentando ponerse lentamente de pie y, como era evidente, intentaba hacer el menor ruido posible—. No se mueva —ordenó a Margaret. Con dos zancadas se puso delante de él, que era corpulento, lo cogió del cuello y lo levantó hasta dejarlo en el aire—. ¿Tiene algo que decir a esta mujer? —El desconocido negó con la cabeza—. Pues yo creo que sí.

—Es evidente que yo no tengo nada que decirle a él —intervino Margaret e intentó facilitarle las cosas.

Angus no le hizo caso.

—¿No le debe una disculpa? Supongo que una buena disculpa y el empleo repetido de la frase «soy un condenado canalla» podría suavizar mi estado de ánimo y salvar su patética vida.

El hombre se puso a temblar.

—Lo siento, lo siento, lo siento.

—Señor Greene, ya está bien —se apresuró a decir Margaret—. Considero que ya está resuelto y me parece que debería dejar que se vaya.

—¿Quiere hacerle daño?

Margaret se sintió tan sorprendida que se atragantó y finalmente logró responder:

—Creo que no lo he entendido.

El tono de Angus sonó severo y monótono cuando repitió la pregunta:

—¿Quiere hacerle daño? Este hombre la habría deshonrado.

Margaret parpadeó sin poderlo evitar al percibir la extraña luz que encendió la mirada de Angus y tuvo la desagradable sensación de que su salvador mataría al individuo si se lo pedía.

—Estoy satisfecha —reconoció—. Creo que ya le he asestado suficientes golpes. Mis escasos deseos de matar están cubiertos.

—No con éste —insistió Angus—. Golpeó a los otros dos.

—De verdad que estoy bien.

—Toda mujer tiene derecho a vengarse.

—Le garantizo que no es necesario.

Margaret paseó rápidamente la mirada a su alrededor e intentó calcular sus probabilidades de escapar. Tendría que intentarlo. Por mucho que le hubiese salvado la vida, Angus Greene estaba como una auténtica regadera.

Angus soltó al hombre y le dio un empujón.

—Lárguese antes de que lo mate.

Margaret avanzó de puntillas en dirección contraria.

—¡Eh, usted, no se mueva! —vociferó.

La mujer permaneció inmóvil. Era posible que el escocés corpulento no le cayera bien, pero Margaret no era tonta y, después de todo, la doblaba en tamaño.

—¿Adónde cree que va?

La joven decidió no responder a esa pregunta.

Angus redujo rápidamente la distancia que los separaba, se cruzó de brazos y la miró furibundo.

—Si no recuerdo mal, creo que estaba a punto de decirme qué planes tiene para esta velada.

—Señor, lamento comunicarle que mis intenciones no iban en esa dirección…

—¡Dígame qué planes tiene!

—Me proponía buscar a mi hermano —replicó.

Margaret llegó a la conclusión de que, después de todo, probablemente era una cobarde. Claro que la cobardía no resultaba tan mala si tenías que hacer frente a un escocés chiflado.

Angus negó con la cabeza.

—Vendrá conmigo.

—Ya está bien, si cree que…

—Señorita Pennypacker —la interrumpió—, será mejor que le comunique que, una vez que tomo una decisión, raramente cambio de parecer.

—Señor Greene —replicó con la misma decisión—, no es responsable de mí.

—Es posible, pero jamás he sido la clase de hombre que deja sola a una mujer para que se defienda por sus propios medios. En consecuencia, vendrá conmigo y por la mañana decidiremos qué hacemos con usted.

—Me pareció que había dicho que buscaba a su hermana —puntualizó Margaret con notoria irritación.

—Hace tan mal tiempo que dudo de que mi hermana se aleje de mí. Estoy seguro de que se ha refugiado en una posada y de que probablemente ni siquiera está en Gretna Green.

—¿No debería recorrer las posadas esta misma noche?

—Anne no suele madrugar. En el supuesto de que esté aquí, como muy temprano reanudará el viaje a las diez. No pasará nada si postergo su búsqueda hasta la mañana. Tengo el convencimiento de que Anne pasará la noche a buen recaudo. En lo que a usted se refiere, tengo mis dudas.

Margaret estuvo a punto de dar pataditas en el suelo.

—No es necesario que...

—Señorita Pennypacker, le recomiendo que acepte su destino. En cuanto piense un poco, se dará cuenta de que no es tan malo. Una cama con mantas y una buena cena..., no ofenden a nadie.

—¿Por qué hace todo esto? —preguntó recelosa—. ¿Qué pretende conseguir?

—Nada —reconoció Angus y sonrió—. ¿Ha estudiado historia de China?

La mujer lo miró con ironía, ya que a las muchachas inglesas sólo se les permitía estudiar bordado y recibir una que otra lección de historia..., británica, por supuesto.

—Hay un refrán... —añadió el inglés y su mirada se tornó evocadora—. No recuerdo exactamente qué dice, pero tiene que ver con que, una vez que salvamos una vida, somos definitivamente responsables de ella.

A Margaret se le cerró la garganta. Se preguntó si ese hombre se proponía vigilarla durante toda la vida.

Angus reparó en su expresión y se partió de risa.

—Vamos, señorita Pennypacker, no se preocupe: no tengo la intención de convertirme en su protector permanente. Me encargaré de usted hasta que se haga de día, me cercioraré de que está instalada y luego podrá seguir su camino.

—De acuerdo —accedió Margaret a regañadientes. Es difícil discutir con alguien que se preocupa por tu bienestar—. Agradezco su interés y supongo que podríamos buscar juntos a nuestros hermanos errantes. Me imagino que así será más sencillo.

Angus le rozó la barbilla y la sorprendió con su delicadeza.

—Así me gusta. ¿Nos vamos?

Margaret asintió y se dijo que tal vez debía hacer su propia ofrenda de paz. Al fin y al cabo, ese hombre la había salvado de un destino horrible y su reacción había consistido en tildarlo de chiflado.

—Tiene un arañazo —afirmó y le tocó la sien derecha. Siempre le había resultado más sencillo manifestar su gratitud con hechos que con palabras—. ¿Por qué no me permite que lo limpie? No es muy profundo, pero habría que desinfectarlo.

El escocés asintió y la cogió del brazo.

—Le estaré muy agradecido.

Margaret contuvo el aliento y se sorprendió al ver que, junto a ella, el hombre parecía incluso más corpulento.

—¿Ya ha reservado habitación?

Angus negó con la cabeza.

—¿Y usted?

—No, pero en The Rose and Thistle he visto un letrero de habitaciones disponibles.

—The Canny Man es mejor. Está más limpio y sirven comida caliente. Pero primero veamos si tienen plazas libres.

—La limpieza es importante —comentó la inglesa, más que dispuesta a pasar por alto su arrogancia si eso significaba sábanas limpias.

—¿Tiene equipaje?

—Ya no —respondió Margaret con pesar.

—¿Se lo robaron?

—Lamentablemente, sí. —Al ver la mirada de furia de Angus, se apresuró a añadir—: De todos modos, no llevaba nada de valor.

El escocés suspiró.

—Bueno, ya no hay nada que hacer. Venga conmigo. Hablaremos de cómo buscar a su hermano y a mi hermana en cuanto cenemos y entremos en calor.

Angus la cogió del brazo con firmeza y la condujo calle abajo.

2

La tregua duró dos minutos. Margaret no supo muy bien qué pasó, pero antes de recorrer la mitad del trayecto hasta The Canny Man empezaron a discutir de nuevo como críos.

Angus fue incapaz de dejar de comentar que había sido más que insensata al partir sola hacia Escocia.

A Margaret no le quedó más remedio que llamarlo patán arrogante cuando éste la empujó hacia los escalones para que entrase en la posada.

Nada de lo sucedido, ni una sola de esas palabras impertinentes, la preparó para lo que oyó cuando apareció el posadero.

—Mi esposa y yo necesitamos habitaciones para esta noche —informó Angus.

Margaret se preguntó si había oído bien y si el escocés había dicho esposa. Tuvo que hacer un esfuerzo sobrehumano para que la sorpresa no le desencajase las mandíbulas. Tal vez fue obra de Dios, pues llegó a la conclusión de que su voluntad no era lo suficientemente fuerte como para evitar que golpeara el brazo de Angus Greene por semejante atrevimiento.

—Sólo tenemos una habitación libre —informó el posadero.

—En ese caso, nos la quedamos —aseguró él.

Tras esa respuesta, Margaret supo que contaba con la intervención divina, pues no existía otra explicación de su moderación a pesar de su profundo deseo de tirarle de las orejas.

El posadero asintió y añadió:

—Síganme y les mostraré la habitación. Si quieren comer algo...

—Claro que queremos —lo interrumpió Angus—. Queremos un plato caliente y que nos llene el estómago.

—Lamentablemente, a estas horas sólo servimos pastel de carne frío.

Angus sacó una moneda del bolsillo de la chaqueta y se la mostró al posadero.

—Mi esposa tiene mucho frío y, dado su delicado estado, me gustaría que tomase una buena comida.

—¿Mi estado? —preguntó Margaret sorprendida.

Angus le sonrió y le guiñó el ojo.

—Vamos, querida, no creerás que puedes ocultarlo.

—¡Felicitaciones! —exclamó el posadero—. ¿Es el primero?

Angus movió afirmativamente la cabeza.

—Por eso soy tan protector. —Rodeó los hombros de Margaret con el brazo—. Es una mujer tan delicada.

La mujer «tan delicada» dobló rápidamente el brazo y clavó el codo en la cintura de Angus.

El posadero no debió de oír la exclamación de dolor del escocés porque cogió la moneda y la deslizó entre los dedos.

—Por supuesto, por supuesto —murmuró—. Tendré que despertar a mi esposa, pero le aseguro que comerán caliente.

—Fantástico.

El posadero dio unos pasos y Angus se dispuso a seguirlo, pero Margaret lo cogió del borde de la chaqueta y pegó un tirón.

—¿Se ha vuelto loco? —preguntó en voz baja.

—Si no me equivoco, ya había puesto en duda mi cordura y llegado a la conclusión de que es aceptable.

—Pues me la he replanteado.

Angus le dio una palmadita en el hombro.

—Procure no alterarse. No es bueno para el niño.

Los brazos de Margaret se convirtieron en postes pegados al cuerpo e hizo un esfuerzo por no darle de puñetazos.

—Deje de hablar del niño —advirtió—. No pienso compartir la habitación con usted.

—No creo que haya más opciones.

—Preferiría…

Angus levantó la mano.

—No creo que prefiera esperar bajo la lluvia. Lisa y llanamente, no le creo.

—Es usted el que puede esperar bajo la lluvia.

Angus caminó hacia una ventana y miró a través del cristal, que las gotas de lluvia golpeaban intensamente.

—Me parece que no.

—Si fuera un caballero…

El escocés rio entre dientes.

—Veamos, no he dicho que sea un caballero.

—En ese caso, ¿de qué hablaba cuando decía que protegía a las mujeres? —quiso saber Margaret.

—He dicho que no me gusta que hagan daño a las mujeres y abusen de ellas. Jamás afirmé que estuviera dispuesto a dormir bajo la lluvia y a enfermar de los pulmones por su culpa.

El posadero, que se había adelantado, se detuvo y se volvió al percatarse de que los huéspedes no lo seguían.

—¿Quieren acompañarme? —preguntó.

—Sí, claro —repuso Angus—. Acabo de sostener un intercambio de pareceres con mi esposa que, por lo visto, tiene antojo de *haggis*.

Margaret se quedó pasmada e intentó hablar varias veces hasta que logró decir:

—El *haggis* no me gusta.

—A mí, sí. —Angus sonrió.

—¡*Och!* —exclamó el posadero y esbozó una gran sonrisa—. A mi esposa le pasó lo mismo. Durante el embarazo comió *haggis* cada día y me ha dado cuatro varones maravillosos.

—¡Estupendo! —declaró Angus y sonrió ufano—. Lo recordaré. Todo hombre necesita un hijo varón.

—Cuatro —repitió el posadero y el orgullo lo llevó a inflarse como un pavo—. Tengo cuatro.

Angus palmeó la espalda de Margaret.

—Recuerde lo que le digo, esta mujer me dará cinco varones.

—¡Hombres! —le espetó Margaret y tropezó debido a la fuerza de la palmada amistosa que le asestó el escocés—. Vaya pandilla de gallitos que dan traspiés.

Los hombres se habían liado en el juego masculino de aventajarse mutuamente y quedó claro que no la oyeron. Margaret tuvo la sospecha de que en cualquier momento se retarían a ver quién era capaz de lanzar más lejos un tronco.

La inglesa permaneció un minuto cruzada de brazos e intentó no hacer caso de lo que decían cuando de repente Angus le dio una palmadita en la espalda y preguntó:

—Amor mío, ¿te parece bien cenar *haggis*?

—Voy a matarlo despacito —musitó. Angus le dio un codazo en las costillas y miró al posadero. Margaret acotó—: Encantada, es mi plato favorito.

El posadero sonrió de oreja a oreja.

—Su esposa comparte mis gustos. Nada nos protege de los espíritus tanto como un buen *haggis*.

—El olor de este plato es capaz de espantar al diablo —reconoció Margaret con tono apenas audible.

Angus sonrió y le apretó la mano.

—Si el *haggis* le gusta, seguramente es escocesa —reconoció el posadero.

—En realidad, soy inglesa —precisó Margaret remilgadamente y apartó la mano.

—¡Qué lástima! —El posadero se volvió hacia Angus y añadió—: Veo que, a pesar de que tuvo que casarse con una inglesa, escogió a una que aprecia el *haggis*.

—Me negué a pedir su mano hasta que lo probó —declaró Angus con gran solemnidad—. Además, no quise celebrar la ceremonia antes de tener la seguridad de que le gustaba.

Margaret le asestó un buen golpe en el hombro.

—¡Tampoco le falta temperamento! —declaró el posadero muerto de risa—. A la larga, la convertiremos en una buena escocesa.

—Eso espero —coincidió Angus y de pronto Margaret notó que su acento se volvía más marcado—. De todos modos, creo que debería aprender a golpear con más precisión.

—No le ha dolido, ¿eh? —apostilló el posadero con sonrisa cómplice.

—En absoluto.

Margaret apretó los dientes y dijo con el tono más suave que fue capaz de adoptar:

—Señor, tenga la amabilidad de mostrarme mi habitación. Estoy muy desaseada y me gustaría arreglarme antes de cenar.

—Por supuesto. El posadero continuó subiendo la escalera con Margaret pegada a sus talones. Angus fue unos pasos por detrás y sin duda se rio a costa de ella—. Hemos llegado.

El posadero abrió la puerta de una habitación pequeña, limpia y dotada de jofaina, orinal y una sola cama.

—Gracias, señor —añadió Margaret e inclinó amablemente la cabeza—. No se imagina cuánto se lo agradezco.

La mujer entró en la estancia y dio un portazo.

Angus se desternilló de risa sin poder evitarlo.

—*Och*, ahora sí que está metido en un buen lío —opinó el posadero.

Angus dejó de reír a mandíbula batiente y preguntó:

—Señor, ¿cuál es su gracia?

—Me llamo McCallum, George McCallum.

—Bueno, George, creo que tiene razón.

—Tener esposa supone un delicado equilibrio —pontificó el posadero.

—Hasta hoy no me había dado cuenta.

—Puede considerarse afortunado —añadió George y dejó escapar una sonrisa taimada—. Todavía tengo la llave.

Angus sonrió, le dio otra moneda y pilló la llave que George le lanzó.

—George McCallum, es usted un buen hombre.

—Ya lo creo. Es lo que siempre le digo a mi esposa —replicó George al tiempo que se alejaba.

Angus rio para sus adentros y se metió la llave en el bolsillo. Abrió la puerta unos centímetros y preguntó:

—¿Está vestida?

Por toda respuesta sonó un golpe fuerte contra la puerta, probablemente un zapatazo.

—Si no me dice lo contrario, entraré.

El escocés asomó la cabeza y la sacó justo a tiempo de evitar el otro zapato, que voló hacia él con certera puntería. Volvió a meter la cabeza, comprobó que la mujer no tenía nada más que tirarle y entró.

—¿Le molestaría explicarme qué demonios tramaba? —quiso saber Margaret con furia apenas contenida.

—¿A qué se refiere? —inquirió Angus con la intención de ganar tiempo.

La inglesa lo fulminó con la mirada. Angus concluyó que resultaba muy atractiva con las mejillas encendidas de ira, pero también concluyó que no era el momento de felicitarla por ello.

—Creo que empiezo a entender —reconoció Angus y movió las comisuras de los labios a causa de la risa—. Me figuraba que era obvio, pero si reclama una explicación…

—Se la exijo.

El escocés se encogió de hombros.

—Si George no pensase que es mi esposa, esta noche no tendría un techo bajo el cual resguardarse.

—No es verdad. ¿Quién es George?

—El posadero. Sí, es absolutamente cierto. No habría alquilado la habitación a una pareja que no está casada.

—Claro que no —aseguró Margaret—. Me la habría alquilado y a usted lo habría puesto de patitas en la calle.

Pensativo, Angus se rascó la cabeza.

—Señorita Pennypacker, yo no estaría tan seguro. Al fin y al cabo, soy el que tiene el dinero.

Margaret lo miró con tanta intensidad y con los ojos tan abiertos que por fin Angus supo de qué color los tenía: verdes, de un hermoso matiz de verde parecido al de la hierba.

Dado el silencio de la joven, el escocés apostilló:

—Ajá, veo que está de acuerdo conmigo.

—Tengo dinero —masculló la inglesa.

—¿Cuánto?

—¡Suficiente!

—¿No ha dicho que la asaltaron?

—Así es —reconoció tan a regañadientes que Angus se sorprendió de que no se atragantara—, pero aún me quedan algunas monedas.

—¿Lo suficiente como para comer caliente, disponer de agua caliente y de un comedor privado?

—Eso no viene al caso. Lo peor es que se comportó como si se divirtiera.

Angus sonrió.

—Y me divertí.

—¿Por qué me hace esto? —inquirió Margaret y agitó las manos ante Angus—. Podríamos haber ido a otra posada...

Un trueno ensordecedor sacudió las paredes de la habitación. Angus llegó a la conclusión de que Dios estaba de su parte.

—¿Con este tiempo? Le ruego que me perdone, pero no estoy dispuesto a salir.

—Aunque hubiéramos aparentado que éramos marido y mujer, ¿era necesario divertirse tanto a mi costa?

La mirada de los ojos oscuros del escocés se dulcificó.

—En ningún momento pretendí insultarla y estoy seguro de que lo sabe.

Margaret se dio cuenta de que su determinación se debilitaba a causa de ese escrutinio cálido y preocupado.

—No hacía falta que le dijera al posadero que estoy embarazada —añadió y se puso roja como un tomate al pronunciar la última palabra.

El escocés dejó escapar un suspiro.

—Le ruego que me disculpe. Lo único que puedo decirle a modo de explicación es que me dejé llevar por el espíritu de la situación. He cabalgado dos jornadas a lo largo de Escocia, tengo frío, estoy calado hasta los huesos, tengo hambre y esta payasada es la primera situación divertida que vivo en varios días. Perdone si me lo he pasado bien.

Margaret se limitó a mirarlo y apretó los puños a los lados del cuerpo. Supo que debía aceptar sus disculpas, pero todavía necesitaba unos minutos para serenarse.

Angus levantó las manos para dar una muestra de conciliación.

—Puede mantener ese silencio terrible todo el tiempo que quiera, pero no le servirá de nada —apostilló el escocés—. Mi estimada señorita Pennypacker, creo que es más bromista de lo que se imagina.

Margaret le lanzó una mirada que, en el mejor de los casos, fue dudosa y, en el peor, sarcástica.

—Me gustaría saber por qué no lo estrangulé en el pasillo.

—Es una opción más, aunque en realidad me refería a su falta de disposición para herir los sentimientos del posadero desacreditando su comida.

—Pero si desacredité su comida.

—Es verdad, pero no de viva voz. —Angus vio que Margaret abría la boca y levantó una mano—. Ya está bien, no quiero oír más protestas. Está empeñada en caerme mal, pero sospecho que no lo conseguirá. No se esfuerce.

—Está loco —murmuró la inglesa.

Angus se quitó la chaqueta empapada.

—Esa afirmación empieza a hartarme.

—Es difícil aceptar la verdad —comentó, levantó la cabeza y vio lo que Angus hacía—. ¡Ni se le ocurra quitarse la chaqueta!

—O me la quito o moriré de una pulmonía —replicó sin inmutarse—. Le aconsejo que se quite el abrigo.

—Sólo si abandona la habitación.

—¿Pretende que permanezca desnudo en el pasillo? No me apetece.

Margaret deambuló de un extremo a otro de la habitación y abrió las puertas del armario y los cajones.

—Por aquí tiene que haber un biombo para cambiarse…, tiene que estar por aquí.

—No es probable que lo encuentre en la cómoda —aseguró Angus con tono solícito.

La inglesa permaneció inmóvil algunos segundos e hizo denodados esfuerzos para no exteriorizar su cólera. Toda la vida se había visto obligada a ser responsable y a dar ejemplo y las rabietas no se consideraban un comportamiento aceptable. Sin embargo, en este caso… Miró por encima de su hombro y vio que el escocés le sonreía. En este caso todo era distinto.

Cerró violentamente el cajón, lo que le habría producido cierta satisfacción de no ser porque se pilló la yema del dedo corazón.

—¡Ayyyyy…! —chilló e inmediatamente se llevó el dedo a la boca.

—¿Se encuentra bien? —inquirió Angus y se acercó inmediatamente.

Margaret movió afirmativamente la cabeza y, con el dedo todavía en la boca, masculló:

—Váyase.

—¿Está segura? Podría haberse roto un hueso.

—No me he roto nada. Váyase.

Angus le cogió la mano y, con gran delicadeza, le quitó el dedo de la boca.

—Tiene buen aspecto —concluyó preocupado—, aunque en realidad no soy experto en estos temas.

—¿Por qué? —se lamentó Margaret—. ¿Por qué?

—¿Por qué no soy experto? —repitió el escocés y parpadeó desconcertado—. En ningún momento se me ocurrió pensar que usted consideraba que había recibido formación como médico y la verdad es que, ante todo, soy granjero. Un caballero granjero, sin lugar a dudas…

—¿Por qué me tortura? —chilló Margaret.

—Vaya, señorita Pennypacker, ¿piensa que me dedico a torturarla?

La inglesa apartó bruscamente la mano.

—Imploro al Dios del cielo que me diga por qué me castiga de esta forma. No sé qué pecado he cometido como para justificar semejante..

—Margaret —la interrumpió con tono severo y el empleo del nombre de pila la llevó a callarse—, tal vez está sacando las cosas de quicio.

Durante un minuto la inglesa permaneció junto a la cómoda y apenas se movió. Su respiración se volvió irregular, tragó saliva sin cesar y parpadeó intermitentemente.

—No, por favor —suplicó Angus y cerró los ojos—. No llore.

Margaret se sorbió los mocos.

—No voy a llorar.

Angus abrió los ojos.

—¡Por Jesús, por el whisky y por Roberto I Bruce! —masculló. Sin lugar a dudas, la mujer parecía a punto de echarse a llorar. Angus carraspeó—. ¿Está segura?

La inglesa asintió una sola vez, pero con gran firmeza.

—Nunca lloro.

El escocés dejó escapar un profundo suspiro de alivio.

—Me alegro, porque no sé nunca lo que tengo que hacer cuando..., ¡vaya, por favor, está llorando!

—No..., estoy..., llorando. —Pronunció cada palabra como si fuera una frase en sí misma y las separó con ruidosas aspiraciones de aire.

—Cálmese —suplicó Angus e, incómodo, pasó el peso del cuerpo de un pie al otro.

Nada lo hacía sentir más incompetente y torpe que las lágrimas femeninas. Y por si eso fuera poco, estuvo casi seguro de que hacía más de una década que esa mujer no lloraba y, por si con eso no bastase, de que él era el causante de su llanto.

—Lo único que pretendía... —Sollozó—. Lo único que pretendía...

—Lo único que pretendía era… —repitió Angus, desesperado por ayudarla y dispuesto a hacer cualquier cosa con tal de que dejase de llorar.

—Era detener a mi hermano. —Margaret soltó un estremecido y profundo suspiro y se dejó caer sobre la cama—. Sé qué es lo que le conviene. Reconozco que mis palabras suenan presuntuosas, pero es así. Lo he cuidado desde que cumplí los diecisiete.

Angus atravesó la estancia y se sentó junto a ella, aunque no tan cerca como para ponerla nerviosa.

—¿De verdad? —preguntó suavemente.

Desde el instante en el que Margaret le había dado un rodillazo en la entrepierna a uno de los atacantes, Angus había sabido que no era un ser corriente y estaba a punto de comprobar que esa mujer tenía algo más que un temperamento pertinaz y un ingenio rápido. Margaret Pennypacker se ocupaba a fondo de los demás, era leal hasta las últimas consecuencias y, sin pensárselo dos veces, daría la vida por sus seres queridos.

Esa comprobación lo llevó a sonreír con ironía y simultáneamente lo aterrorizó, ya que en lo que a lealtad, cuidado y dedicación a la familia se refiere, Margaret Pennypacker parecía la versión femenina de sí mismo. Hasta entonces él no había conocido a una mujer que tuviese su misma escala de valores.

Y ahora que la había conocido…, ¿qué diablos hacía con ella?

Margaret interrumpió sus pensamientos cuando aspiró aire ruidosamente.

—¿Me escucha?

—Sí, su hermano.

La inglesa asintió, respiró hondo, dejó de mirarse el regazo y le clavó los ojos.

—No pienso llorar.

—Claro —aseguró Angus y le palmeó el hombro.

—Si se casa con una de esas jóvenes horribles, arruinará definitivamente su vida.

—¿Está segura? —inquirió Angus con gran delicadeza, ya que las hermanas tenían la mala costumbre de suponer que lo sabían todo.

—¡Una de esas jóvenes ni siquiera conoce todo el abecedario!

El escocés emitió un sonido ininteligible y sacudió la cabeza apesadumbrado.

—Eso sí que es penoso.

Margaret volvió a asentir, en este caso con más energía.

—¿Se da cuenta? ¿Entiende lo que quiero decir?

—¿Qué edad tiene su hermano?

—Sólo tiene dieciocho años.

Angus soltó una bocanada de aire.

—En ese caso, tiene razón. Su hermano no sabe lo que hace; mejor dicho, ningún muchacho de dieciocho años lo sabe. Pensándolo bien, una joven de esa edad tampoco sabe nada.

Margaret asintió para manifestar su acuerdo.

—¿Su hermana también tiene esa edad? ¿Ha dicho que se llama Anne?

—Sí a las dos preguntas.

—¿Por qué la busca? ¿Qué ha hecho?

—Ha huido a Londres.

—¿Sola? —quiso saber Margaret, notoriamente horrorizada.

Angus la miró con expresión divertida e inquirió:

—¿Me permite que le recuerde que usted viajó sola hasta Escocia?

—Bueno, es cierto… —farfulló—, pero lo mío es distinto. Londres es…, Londres.

—En puridad, no está totalmente sola. Robó mi carruaje y a tres de mis mejores criados, uno de los cuales ha sido boxeador, motivo por el cual no estoy completamente espantado.

—¿Qué se propone su hermana?

—Ponerse a merced de mi tía abuela. —El escocés se encogió de hombros—. Anne quiere pasar la temporada en Londres.

—¿Hay motivos que se lo impidan?

La expresión de Angus se tornó severa.

—Le dije que podría hacerlo el año que viene. Estamos rehabilitando nuestro hogar y estoy demasiado ocupado para dejarlo todo y poner rumbo a Londres.

—Ah.

Angus puso los brazos en jarras.

—¿Qué significa ese «ah»?

Margaret movió las manos con un ademán que, a la vez, resultó humilde e infinitamente sabihondo.

—Simplemente, que tengo la sensación de que antepone sus necesidades a las de su hermana.

—¡Yo no hago nada parecido! No tiene motivos para no esperar hasta el año que viene. Está de acuerdo conmigo en que los jóvenes de dieciocho años no saben nada.

—Seguramente tiene razón —coincidió Margaret—, pero no es lo mismo para un hombre que para una mujer.

Angus acercó su cara a la de ella.

—¿Sería tan amable de explicarme lo que acaba de decir?

—Diría que es cierto que las muchachas de dieciocho años no saben nada y estoy segura de que los jóvenes de esa edad saben menos que nada.

La inglesa se sorprendió cuando Angus comenzó a reír, se tumbó boca arriba y sacudió el colchón con sus carcajadas.

—Tal vez debería ofenderme, pero me parece que tiene razón.

—¡Por supuesto que tengo razón! —exclamó y en sus labios se dibujó una sonrisa.

—¡Por favor! —El escocés suspiró—. ¡Vaya noche! ¡Qué noche lamentable, inclemente y maravillosa!

Margaret levantó rápidamente la cabeza al oír esas palabras. ¿De qué hablaba ese hombre?

—Sí, claro —replicó con ciertas dudas, pues no supo muy bien con qué estaba de acuerdo—. Es un lío. ¿Qué haremos?

—Supongo que aunaremos fuerzas y buscaremos juntos a nuestros hermanos errantes. En lo que a esta noche se refiere, dormiré en el suelo.

La tensión que Margaret no se había dado cuenta que cargaba a sus espaldas desapareció en un abrir y cerrar de ojos.

—Se lo agradezco —añadió con profundo sentimiento—. Agradezco su generosidad.

Angus se sentó en la cama.

—Usted, mi querida Margaret, tendrá que dedicarse a ser actriz, al menos durante un día.

La inglesa se preguntó por qué le decía que hiciese de actriz, ya que las actrices iban de aquí para allá medio desnudas y tenían amantes. Por eso contuvo el aliento y notó calor en las mejillas…, y en otras partes del cuerpo.

—¿De qué habla? —preguntó Margaret y se horrorizó al notar que su voz sonó entrecortada.

—Simplemente que si esta noche pretende cenar, y le aseguro que el menú incluirá algo más que *haggis*, de modo que en ese aspecto puede tranquilizarse y respirar mejor…, bueno, si quiere alimentarse tendrá que fingir que es lady Greene. —Margaret frunció el ceño. Angus puso los ojos en blanco y apostilló—: También tendrá que fingir que el título no le resulta tan desagradable. Al fin y al cabo, logramos el embarazo, de modo que no nos caemos tan mal.

Margaret se puso de todos los colores.

—Le prometo que, si no deja de hablar de ese bebé infernal e inexistente, le pillaré los dedos con el cajón.

El escocés cruzó las manos en la nuca y sonrió.

—¡Tiemblo de miedo!

Margaret lo miró con cara de pocos amigos, parpadeó y preguntó:

—¿Ha dicho lady Greene?

—¿Es muy importante? —quiso saber Angus.

—¡Claro que sí!

Angus la contempló unos segundos y tuvo la sensación de haber sufrido un chasco. Pese a que tenía un título de poca importancia, pues sólo era baronet con un terreno pequeño pero maravilloso, las mujeres lo consideraban un premio que valía la pena ganar. Entre las mujeres que conocía, el matrimonio parecía una especie de concurso: ganaría la que cogiese el título y los bienes.

Margaret se apoyó la mano a la altura del corazón y comentó:

—Doy mucha importancia a los buenos modales.

Angus descubrió que su interés renacía.

—¿De veras?

—No tendría que haberlo llamado señor Greene, pues en realidad es lord Greene.

—En realidad, soy sir Greene —puntualizó y sonrió—. Le garantizo que no me he ofendido.

—Sin duda, mi madre se debe estar revolviendo en la tumba. —La inglesa meneó la cabeza y suspiró—. He intentado enseñar a Edward y a mi hermana Alicia lo que mis padres querían y he intentado vivir mi vida de la misma forma, pero a veces creo que no soy lo bastante buena.

—Mujer, no diga eso —la reprendió Angus con gran sentimiento—. Le aseguro que, si usted considera que no es lo bastante buena, yo temo seriamente por mi alma.

Margaret sonrió con inseguridad.

—Angus Greene, tal vez posee la capacidad de enfurecerme tanto que me empecino, pero en su lugar yo no me preocuparía por su alma.

El escocés se echó hacia delante y sus ojos negros bailotearon con humor, picardía y un toque de deseo.

—Señorita Pennypacker, ¿intenta echarme flores?

Margaret se quedó sin aliento y todo su cuerpo entró en calor. Ese hombre estaba tan cerca, sus labios se encontraban a muy pocos centímetros y se le ocurrió la disparatada idea de que, por una vez en su vida, le gustaría ser una fresca. Si se inclinaba y se balanceaba hacia él, ¿tomaría el escocés la iniciativa y la besaría? ¿La estrecharía en sus brazos, le quitaría las horquillas y la haría sentir como la protagonista de un soneto de Shakespeare?

Margaret se inclinó.

Margaret se balanceó.

Margaret se cayó de la cama.

3

Margaret chilló sorprendida cuando se deslizó por el aire. No fue un trayecto largo y estuvo a punto de golpear el suelo con la cadera, que ya tenía dolorida a causa del viaje en la carreta del granjero. Permaneció en el suelo, algo atontada por el súbito cambio de posición, cuando la cara de Angus asomó por encima del borde de la cama.

—¿Se encuentra bien? —quiso saber éste.

—Sí, bueno, he perdido el equilibrio —masculló la inglesa.

—Me hago cargo —añadió con tanta solemnidad que pensó que la mujer no le creería.

—Pierdo el equilibrio a menudo —mintió Margaret e intentó restar importancia al incidente. No todos los días se caía de la cama mientras se inclinaba para besar a un perfecto desconocido—. ¿A usted no le pasa?

—Jamás.

—No es posible.

—Bueno, supongo que lo que acabo de decir no es del todo cierto —acotó el escocés y se rascó el mentón—. Hay momentos en los que…

Margaret clavó la mirada en los dedos de Angus, que se rascó la barba del día. En ese ademán hubo algo que la conmovió. Vio cada pelillo y jadeó espantada al darse cuenta de que su propia mano ya había reducido a la mitad la distancia que los separaba.

¡Dios del cielo, ansiaba tocar a ese hombre!

—Margaret, ¿me oye? —preguntó Angus con expresión divertida.

La inglesa parpadeó.

—Por supuesto, simplemente sucede que… —No se le ocurrió nada que decir—. Creo que es evidente que estoy sentada en el suelo.

—¿Y esa posición afecta su capacidad auditiva?

—¡No! Simplemente… —Apretó los labios presa de una gran irritación—. ¿Qué decía?

—¿Está segura de que no quiere volver a la cama para oírme mejor?

—No, gracias. Se lo agradezco, pero estoy muy cómoda.

Angus se agachó, la cogió del brazo con una de sus manazas y la depositó en la cama.

—Le habría creído si se hubiese limitado a responder «gracias».

Margaret hizo una mueca de contrariedad. Su peor defecto consistía en insistir en exceso, protestar demasiado y discutir a gritos. No sabía contenerse. Hacía años que sus hermanos se lo decían y, en el fondo del alma, sabía que se ponía muy pesada cada vez que se centraba en un único objetivo.

Como no estaba dispuesta a alimentar el orgullo del escocés diciéndole que tenía razón, aspiró aire e inquirió:

—¿Hay algo desagradable en los buenos modales? La mayoría de los seres humanos aprecian que les demos las gracias de vez en cuando.

Angus se echó hacia delante y tanta proximidad la sobresaltó.

—¿Sabe por qué sé que no me escuchaba? —Margaret negó con la cabeza y su ingenio habitualmente activo salió volando por la ventana…, hecho extraordinario si tenemos en cuenta que estaba cerrada—. Me preguntó si alguna vez pierdo el equilibrio —añadió Angus y su voz se convirtió en un murmullo ronco—. Respondí que no, pero… —Levantó los musculosos hombros y los dejó caer con actitud peculiarmente graciosa—. Después recapacité.

—Por…, porque yo le dije que eso es imposible —logró expresar Margaret con dificultad.

—Sí, claro, pero al estar aquí con usted repentinamente recordé algo.

—¿De verdad?

Angus asintió lentamente y al proseguir pronunció cada palabra con hipnótica intensidad:

—No puedo hablar en nombre de todos los hombres…

Margaret quedó atrapada por su mirada ardiente y lo contempló como si en ello le fuese la vida. Se le puso la piel de gallina, entreabrió los labios y tragó saliva convulsivamente, convencida de que en el suelo estaría mejor.

El escocés apoyó un dedo en la comisura de los labios y se acarició la piel mientras proseguía con su pausada explicación:

—Aunque no puedo hablar en nombre de todos los hombres, cuando el deseo me domina y me embriaga…

Margaret salió disparada de la cama como un petardo y musitó con tono extrañamente entrecortado:

—Me parece que deberíamos ocuparnos de la cena.

—De acuerdo. —Angus se puso en pie con tanta energía que la cama se movió—. Necesitamos sustento, ¿no está de acuerdo? —Sonrió.

Azorada por ese cambio de expresión, Margaret se limitó a mirarlo. Tuvo la certeza de que había intentado seducirla y, si no era así, pretendía aturullarla. Ese hombre ya había reconocido que disfrutaba haciéndolo.

Y lo había conseguido. Ella notó mariposas en el estómago,

tuvo la sensación de que tenía tres nudos en la garganta y necesitó aferrarse a los muebles para mantener el equilibrio.

¡Y él seguía tan campante…, y hasta sonriente! La proximidad no lo había afectado o el condenado era un gran actor.

—Margaret…

—Estaría bien cenar —le espetó la mujer.

—Me alegro de que estemos de acuerdo —añadió Angus y se mostró muy divertido por la falta de aplomo de la inglesa—. Antes de alimentarse tiene que quitarse el abrigo mojado.

Margaret negó con la cabeza y se cubrió el pecho con los brazos.

—No tengo nada más.

Entonces él le arrojó una prenda

—Póngase mi muda

—¿Y qué usará usted?

—Me apañaré con la camisa.

Impulsivamente, Margaret se estiró y le tocó el brazo.

—Está aterido. ¿La camisa que se pondrá es de hilo? No lo abrigará lo suficiente. —Como Angus no respondió, apostilló con tono decidido—: No puede darme su abrigo, no lo aceptaré.

Angus echó un vistazo a la mano diminuta posada sobre su brazo y se imaginó que trepaba hasta su hombro, recorría su pecho…

Se le pasó el frío.

—Sir Greene, ¿se encuentra bien? —preguntó ella con gran gentileza.

El escocés apartó la mirada de la mano de la mujer y cometió el error colosal de mirarla a los ojos. Esos redondeles de color verde hierba que, a lo largo de la noche, lo habían contemplado con temor, irritación, turbación y, en los últimos minutos, con inocente deseo, estaban cargados de inquietud y compasión.

Angus quedó desarmado. Se dio cuenta de que estaba dominado por un terror masculino secular, como si su cuerpo supiera lo que su mente se negaba a reconocer: cabía la posibilidad de que ésa fuera la mujer de su vida y de que, por mucho que lo negase, lo atormentase durante toda la vida.

Peor aún, si alguna vez se le ocurría dejar de atormentarlo, tal vez tendría que buscarla hasta encontrarla y encadenarla a su lado para que volviese a fastidiarlo.

¡Por Jesús, por el whisky y por Roberto I Bruce...! Se trataba de un destino horripilante.

Se puso tan furioso por su reacción que se arrancó la camisa. Todo había empezado con la mano de la mujer apoyada en su brazo y a renglón seguido había visto pasar toda su vida.

Angus terminó de cambiarse y caminó hasta la puerta, desde la cual dijo:

—La espero en el pasillo. —Margaret no le quitó el ojo de encima y su cuerpo tembló ligeramente—. Haga el favor de quitarse esa maldita ropa mojada —ordenó.

—No puedo ponerme su abrigo y no llevar nada debajo —protestó la inglesa.

—No sólo puede, sino que lo hará. No me haré responsable si pilla una pulmonía.

Angus notó que Margaret cuadraba los hombros y endurecía la mirada.

—No puede darme órdenes.

El escocés arqueó una ceja.

—O se quita la camisa mojada o se la quito yo. Usted elige.

Margaret masculló algo con tono apenas audible, y él no entendió todo lo que dijo, pero las palabras que captó no fueron precisamente las de una dama. Entonces sonrió y comentó:

—Alguien debería regañarla por el lenguaje que emplea.

—Pues a usted alguien debería regañarlo por su arrogancia.

—Lo ha intentado todo el tiempo —puntualizó.

La mujer emitió un sonido ininteligible y el escocés logró franquear la puerta antes de que le lanzase otro zapatazo.

Margaret asomó la cabeza por la puerta de la habitación y no vio a Angus. Se sorprendió. Pese a que hacía pocas horas que conocía al fornido escocés, estaba bastante segura de que no era la clase de hombre que permitía que una dama educada se arreglase por su cuenta en una posada.

Cerró la puerta sin hacer ruido porque no quería llamar la atención y caminó de puntillas por el pasillo. Probablemente a salvo de atenciones indeseables en The Canny Man; al fin y al cabo, Angus había proclamado de viva voz que era su esposa y sólo un insensato provocaría a un hombre de su corpulencia. De todas maneras, las experiencias de la jornada la habían vuelto cauta.

Pensándolo bien, había cometido una tontería al viajar sola hasta Gretna Green, pero ¿qué otra opción tenía? No podía permitir que Edward contrajese matrimonio con cualquiera de esas muchachas horribles a las que cortejaba.

Se asomó por el hueco de la escalera y miró hacia abajo.

—¿Tiene hambre?

Margaret pegó un brinco y lanzó un grito breve pero extraordinariamente fuerte.

Angus sonrió.

—No pretendía asustarla.

—Sí que lo pretendía.

—De acuerdo —reconoció el escocés—. Me lo propuse, pero no negará que se ha desquitado con ese grito.

—Se lo merece —masculló Margaret—. Se escondió en la escalera.

—En realidad, no tenía intención de hacerlo —puntualizó Angus y le ofreció el brazo—. No habría dejado el pasillo, pero creí oír la voz de mi hermana.

—¿De veras? ¿La ha encontrado? ¿Era su voz?

Angus enarcó una ceja negra y tupida.

—Parece muy entusiasmada con la posibilidad de dar con alguien que ni siquiera conoce.

—Lo conozco a usted —precisó Margaret y esquivó una lámpara cuando entraron en la sala principal de The Canny Man—. A pesar de lo mucho que me importuna, me gustaría que localizase a su hermana.

El escocés sonrió afablemente.

—Vaya, señorita Pennypacker, me parece que acaba de reconocer que yo le importo.

—He dicho que me importuna —aclaró.

—Sí, por supuesto. Lo hago a propósito. —Ese comentario le ganó una mirada furibunda. Angus se inclinó y le dio un toquecito en la barbilla—. Importunarla es lo más divertido que he hecho en mucho tiempo.

—Para mí no tiene gracia —murmuró.

—Claro que la tiene —añadió el escocés alegremente y la condujo hacia el pequeño comedor—. Apuesto lo que quiera a que soy la única persona que se atreve a contradecirla.

—Lo dice como si fuera una arpía.

Angus apartó la silla para que Margaret se sentara.

—¿Estoy en lo cierto?

—Sí, pero no soy una arpía —reconoció muy a su pesar.

—Claro que no es una arpía. —Él se sentó frente a ella—. De todas maneras, está acostumbrada a salirse con la suya.

—Lo mismo que usted —replicó.

—*Touché*.

Margaret se inclinó y sus ojos verdes adquirieron un brillo perspicaz.

—Por ese motivo la desobediencia de su hermana le resulta tan exasperante. No soporta que se haya ido a pesar de que esos no eran sus deseos.

Angus se retorció en la silla. Todo era divertido y marchaba sobre ruedas cuando analizaba la personalidad de Margaret, pero el último comentario le pareció inaceptable.

—Anne no ha hecho caso de mis deseos desde el mismo día de su nacimiento.

—Yo no he dicho que fuera humilde y dulce ni que hiciese cuanto usted dice...

—¡Por Jesús, por el whisky y por Roberto I Bruce...! —masculló—. Ojalá fuera cierto...

Margaret no hizo caso de esa extraña exclamación y prosiguió animadamente, moviendo las manos para recalcar sus palabras:

—Angus, dígame, ¿ya lo había desobedecido tanto? ¿Ya había hecho algo que descompaginase su propia vida? —Durante unos segundos el escocés no se movió y finalmente negó con la cabeza—. ¿Se da cuenta? —Margaret sonrió y se mostró muy ufana—. Por eso está tan nervioso.

La expresión de Angus fue una parodia de la arrogancia.

—Los hombres no nos ponemos nerviosos.

La expresión de Margaret fue una parodia de la picardía.

—Le ruego que me disculpe, pero, por decirlo de alguna manera, estoy ante un hombre nervioso.

Durante varios segundos se miraron desde sendos lados de la mesa hasta que él añadió:

—Si levanta las cejas un poco más, tendré que quitárselas de la línea del nacimiento del pelo.

Margaret intentó responder con otro retruécano, pero el humor pudo con ella y se partió de risa.

Margaret Pennypacker muerta de risa era todo un espectáculo y Angus se dio por satisfecho con acomodarse en la silla y contemplarla. Su boca formó una encantadora sonrisa y sus ojos brillaron de pura hilaridad. Su cuerpo entero se estremeció, cogió aire y por último apoyó la frente en la mano.

—¡Ay, por favor! —exclamó Margaret y apartó un mechón de pelo castaño ligeramente rizado—. ¡Vaya, mi pelo!

Angus sonrió.

—¿El peinado siempre se le alborota cuando ríe? Debo reconocer que se trata de una rareza encantadora.

La inglesa levantó la mano y se acomodó recatadamente el peinado.

—Es por culpa del día que ha hecho. No tuve tiempo de volver a ponerme la horquillas antes de bajar a cenar y…

—No hace falta que dé más explicaciones. Estoy seguro de que en un día cualquiera no tiene un pelo fuera de su sitio.

Margaret frunció el ceño. Siempre se había enorgullecido de su aspecto limpio y ordenado y las palabras de Angus, que sin duda pretendían ser un cumplido, la llevaron a sentirse el desaliño personificado. No pudo seguir pensando en ese tema porque en ese momento llegó George, el posadero.

—¡*Och*, aquí están! —vociferó y dejó sobre la mesa una gran fuente de barro—. ¿Ya se han secado?

—Tanto como es posible —contestó Angus e hizo uno de esos ademanes que los hombres comparten cuando se compadecen de algo.

Margaret puso los ojos en blanco.

—Bueno, no tendrán de qué quejarse —aseguró George—. Mi esposa había preparado *haggis* para mañana. Tuvo que calentarlo, como es lógico, porque no se puede comer frío.

Aunque le pareció que el *haggis* caliente no era un plato demasiado sabroso, Margaret desistió de expresar su opinión en voz alta.

Angus movió las manos para que el aroma o los vahos, como prefirió pensar Margaret, se desplazasen en su dirección y olisqueó ceremonialmente.

—*Och*, McCallum —declaró con más acento escocés del que había tenido en todo el día—, si este plato sabe como huele, su esposa es un genio.

—Por supuesto que lo es —replicó George, cogió dos platos de una mesa auxiliar y los dejó delante de los huéspedes—. A fin de cuentas, se casó conmigo, ¿no? —Angus rio de buena gana y dio un amigable golpecito en la espalda al posadero. Margaret estuvo a punto de soltar una réplica, pero tosió y se la tragó—. Un momento, necesito un buen cuchillo.

Margaret lo vio alejarse, se inclinó sobre la mesa y murmuró:

—¿Qué lleva dentro?

—¿No lo sabe? —preguntó Angus, que evidentemente se divertía con el aprieto en el que la inglesa se encontraba.

—Sólo sé que huele fatal.

—Alto, alto. ¿Hace un rato insultó profundamente la gastronomía de mi pueblo sin saber de qué habla?

—Dígame los ingredientes —insistió Margaret.

—Carne picada de corazón, hígado y pulmones —respondió y pronunció las palabras con sangriento regocijo—. Luego añaden grasa, cebollas y avena…. y utilizan la mezcla para rellenar un estómago de cordero.

—¿Qué he hecho yo para merecer esto? —preguntó Margaret al aire que la rodeaba.

—*Och* —murmuró Angus quitando importancia a la situación—. Le encantará. Los ingleses tienen debilidad por las vísceras.

—No es mi caso. Nunca me han gustado.

El escocés tuvo que reprimir una carcajada.

—Pues parece que se ha metido en un buen lío.

La mirada de Margaret fue de pánico.

—No soy capaz de comer esto.

—¿Quiere insultar a George?

—No, pero…

—¿Verdad que me dijo que daba mucha importancia a los buenos modales?

—Sí, pero…

—¿Están listos? —preguntó George, que había regresado al comedor con gran entusiasmo—. Prepárense, pues les serviré el *haggis* del que disfruta el mismísimo Dios.

Tras esas palabras, el mesonero agitó el cuchillo con tanto ímpetu que Margaret se sintió obligada a retroceder un palmo por temor a ver definitivamente acortada su nariz.

George entonó las notas de un himno bastante pomposo y rimbombante, según Margaret para anunciar la comida, realizó un gesto amplio y grandilocuente con el brazo, cortó el *haggis* y lo abrió para que todo el mundo lo viese.

Y para que todo el mundo lo oliese.

—¡Dios mío! —exclamó Margaret, que nunca antes había utilizado esa expresión con tanto sentimiento.

—¿Alguna vez han visto algo más hermoso? —quiso saber George.

—Ahora mismo quiero la mitad en mi plato —declaró Angus.

Margaret sonrió sin tenerlas todas consigo y se esforzó por no respirar.

—Mi esposa tomará una ración pequeña —añadió Angus en su nombre—. Su apetito no es el habitual.

—*Och*, claro, es por el bebé —contestó George—. Está en los primeros meses, ¿no?

Margaret supuso que «los primeros meses» quería decir el tiempo previo al embarazo, de modo que asintió.

Angus arqueó una ceja a modo de aprobación. Margaret lo miró con cara de pocos amigos, molesta de que se mostrase tan impresionado por que al fin hubiera accedido a participar en esa disparatada comedia.

—Es posible que el olor le provoque náuseas —añadió George—, pero para el bebé no hay nada como un buen *haggis*, de modo que al menos debería tomar una ración de «no, gracias», como solía decir mi tía abuela Millie.

—Me parece muy bien —logró mascullar Margaret.

—Tenga —dijo George y le sirvió una ración generosa.

Margaret miró el montón de comida que tenía en el plato y se esforzó por reprimir las arcadas. Si eso era una ración de «no, gracias», prefería no pensar en lo que suponía la de «sí, gracias».

—Dígame —añadió la inglesa cautelosamente—. ¿Qué aspecto tenía su tía Millie?

—*Och*, era una mujer preciosa, fuerte como un buey e igualmente corpulenta.

Margaret volvió a mirar la cena y murmuró:

—Sí, claro, lo suponía.

—Pruébelo —insistió George—. Si le gusta, mañana pediré a mi esposa que prepare *hugga-muggie*.

—¿*Hugga-muggie*?

—Es como el *haggis* pero, a diferencia de éste, se prepara con estómago de pescado —explicó Angus solícitamente.

—Vaya…, qué interesante.

—*Och*, en ese caso le pediré que lo prepare —aseguró George.

Margaret observó horrorizada al posadero que regresó a la cocina dando saltitos.

—Mañana no comeremos aquí. Me da igual que tengamos que cambiar de posada.

—En todo caso, no coma el *hugga-muggie*. —Angus se llevó a la boca un bocado generoso y masticó.

—¿Cómo pretende que lo evite cuando ha insistido en que es de buena educación alabar los alimentos de la posada?

Como no había terminado de masticar, Angus se libró de responder enseguida. Bebió un generoso trago de la cerveza que uno de los criados de George había dejado en la mesa.

—¿No piensa probarlo? —le preguntó y señaló el *haggis* que seguía intacto en el plato de Margaret. La inglesa negó con la cabeza y sus enormes ojos verdes adoptaron una mirada desesperada—. Pruebe un poquito —insistió y atacó su plato con fruición.

—No puedo. Angus, le aseguro que es muy extraño y que no sé cómo lo sé, pero estoy segura de que moriré si pruebo un bocado de *haggis*.

Angus regó el *haggis* con otro trago de cerveza, la miró con toda la seriedad que fue capaz de mostrar y preguntó:

—¿Está segura? —Margaret movió afirmativamente la cabeza—. Bueno, en ese caso… —El escocés se estiró, cogió el plato de Margaret y vació el contenido en el suyo—. No desperdiciaré un buen *haggis*.

Margaret paseó la mirada a su alrededor.

—Me gustaría saber si el posadero tiene pan.

—¿Tiene hambre?

—Estoy famélica.

—Si puede esperar diez minutos más sin perecer, probablemente nuestro George servirá queso y pudín. —El suspiro de Margaret fue profundamente sentido—. Estoy convencido de que los postres escoceses le gustarán. No llevan vísceras.

Margaret había clavado la mirada en la ventana del otro extremo del comedor.

Angus supuso que lo hacía simplemente por hambre y añadió:

—Si tenemos suerte, nos pondrán *cranachan*. Estoy seguro de que nunca he probado un postre tan delicioso.

La inglesa no respondió, por lo que se encogió de hombros y se llevó el resto de *haggis* a la boca. ¡Por Jesús, por el whisky y por Roberto I Bruce, sabía a maná caído del cielo! Angus no se había dado cuenta de lo hambriento que estaba y no había nada mejor que una buena ración de *haggis*. Se dijo que Margaret no sabía lo que se perdía.

Hablando de Margaret… Volvió a mirarla y descubrió que miraba la ventana con los ojos bizcos. Se preguntó si la mujer necesitaba gafas.

—Mi madre preparaba el *cranachan* más dulce a este lado del lago Lomond —añadió Angus, pues llegó a la conclusión de que alguno de los dos tenía que mantener la conversación—. Se hace con crema, harina de avena, azúcar y ron. De sólo pensarlo se me hace la boca agua…

Margaret dejó escapar una exclamación. Angus soltó el tenedor. Hubo algo en ese sonido que heló la sangre del escocés.

—Edward… —murmuró la mujer. Su expresión pasó de la sorpresa a algo notoriamente más lúgubre y, con una mueca que habría espantado al monstruo del lago Ness, se puso de pie y salió corriendo del comedor.

Angus se acordó de toda la parentela. Desde la cocina llegó el dulce olor del *cranachan*. Se sintió tan frustrado que se habría golpeado la cabeza contra la mesa.

Se preguntó si buscaba a Margaret al tiempo que miraba la puerta por la que acababa de salir. También se planteó si se decantaba por el *cranachan* y miró con ansia la puerta de la cocina.

¿Margaret o el *cranachan*?

—¡Maldición! —farfulló y se puso de pie.

Decidió que se ocuparía de Margaret. Al alejarse del postre, experimentó la fatídica sensación de que esa elección había sellado su destino.

4

Aunque la lluvia había amainado, el aire húmedo de la noche asestó un bofetón a Margaret cuando salió a toda velocidad de The Canny Man. Miró a su alrededor y giró el cuello a izquierda y derecha. Estaba convencida de que había visto a Edward al otro lado de la ventana.

De soslayo divisó a una pareja que bajaba rápidamente por la acera de enfrente. Tenía que ser Edward, el cabello rubio lo delataba.

—¡Edward! —gritó y corrió hacia él—. ¡Edward Pennypacker! —El hombre no dio muestras de oírla, por lo que Margaret se arremangó los faldones, bajó a la calle y volvió a llamarlo—. ¡Edward!

El hombre se volvió.

Margaret se percató de que no lo conocía.

—Lo..., lo siento muchísimo —tartamudeó y retrocedió un paso—. Lo he confundido con mi hermano.

—No se preocupe —dijo el rubio guapo e inclinó graciosamente la cabeza.

—La niebla es espesa —añadió Margaret— y cuando miré por la ventana…

—Le aseguro que no pasa nada. Si nos disculpa, mi esposa y yo tenemos que irnos —agregó al tiempo que rodeaba el hombro de la mujer que estaba a su lado y la abrazaba.

Margaret asintió y los vio torcer en la esquina. Seguro que se trataba de una pareja de recién casados; lo dedujo por la forma en que la voz del joven sonó cuando pronunció la palabra «esposa».

Estaban recién casados y, al igual que casi todos los que se encontraban en Gretna Green, probablemente se habían fugado y sus familias estaban furiosas. Parecían tan felices que, de repente, se sintió agotada, desesperada, vieja y todas esas cosas tristes y solitarias que jamás imaginó que experimentaría.

—¿Tenía que irse justo antes del postre?

La inglesa parpadeó, se volvió y se preguntó cómo hacía un hombre tan grande para moverse tan sigilosamente, ya que Angus estaba a su lado, con los brazos en jarras y mirada furibunda. Margaret no dijo nada porque ya no le quedaban energías.

—Supongo que el joven al que vio no es su hermano. —La inglesa lo confirmó con un asentimiento—. Mujer, por el amor de Dios, ¿podemos terminar la cena?

Una sonrisa involuntaria demudó la expresión de Margaret. No hubo recriminaciones ni frases como «Tonta, ¿a quién se le ocurre salir corriendo en plena noche?», sino que se limitó a proponer que acabasen la cena. ¡Ese hombre era realmente sorprendente!

—Me parece una buena idea —respondió y cogió el brazo de Angus cuando éste se lo ofreció—. Hasta es posible que pruebe el *haggis*. Recuerde, sólo un bocadito. Estoy segura de que no me gustará, pero, como ha dicho, probarlo es de buena educación.

Angus arrugó el entrecejo y hubo algo en su expresión, en sus cejas grandes y tupidas, en sus ojos oscuros y en su nariz ligeramente torcida que produjo un brinco en el corazón de la inglesa.

—*Och* —masculló el escocés y echó a andar hacia la posada—. ¿Los milagros nunca cesan? ¿Es cierto que me estaba escuchando?

—¡Presto atención prácticamente a todo lo que me dice!

—Sólo se ofrece a probar el *haggis* porque sabe que me he comido su ración. —El sonrojo de Margaret fue revelador—. Ajá. —La sonrisa de Angus se volvió provocadora—. Pues precisamente por eso mañana le haré comer *hugga-muggie*.

—¿No puedo probar ese postre del que habló, el que lleva crema y azúcar?

—Se llama *cranachan* y, si se esfuerza por no importunarme hasta llegar a la posada, es posible que pida al señor McCallum que le ponga una ración.

—*Och*, siempre tan amable —añadió con ironía.

Angus se detuvo bruscamente.

—¿Acaba de decir «*och*»?

Margaret parpadeó sorprendida.

—No estoy segura, pero es posible.

—¡Por Jesús, por el whisky y por Roberto I Bruce, empieza a hablar como los escoceses!

—¿Por qué repite siempre lo mismo?

En ese momento fue a Angus a quien le tocó parpadear sobresaltado.

—Estoy bastante seguro de que hasta hace un momento, jamás la había tomado por escocesa.

—No diga tonterías. Me refiero a lo que dice acerca del hijo de Dios, el aguardiente de los paganos y el héroe de los escoceses.

El hombre se encogió de hombros y abrió la puerta de The Canny Man.

—Es mi plegaria particular.

—Dudo mucho de que a su vicario le parezca sacrosanta.

—En mi tierra lo llamamos ministro. ¿Quién demonios cree que me la enseñó?

Margaret estuvo a punto de tropezar con el pie de Angus cuando volvieron a entrar en el pequeño comedor.

—Se burla de mí.

—Si piensa pasar una temporada en Escocia, tendrá que aprender que somos un pueblo más pragmático que los de los climas más cálidos.

—Es la primera vez que oigo que alguien utiliza la frase «climas más cálidos» como insulto —murmuró Margaret—, pero veo que lo ha conseguido.

Angus la ayudó a sentarse, hizo lo propio y prosiguió con su pontificación:

—Todo aquel que vale su peso en oro no tarda en descubrir que, en épocas de gran penuria, ha de apelar a aquello en lo que confía, a las cosas con las que puede contar.

Margaret lo contempló con una mezcla de incredulidad y disgusto.

—¿Le molestaría explicarme de qué está hablando?

—Cuando siento la necesidad de convocar a un poder superior, digo «¡por Jesús, por el whisky y por Roberto I Bruce!». Tiene sentido.

—Está loco de atar.

—Si no fuera tan tranquilo —replicó Angus e hizo señas al posadero para que les sirviera el queso—, sus palabras podrían ofenderme.

—No puedo rezar a Roberto I Bruce —insistió Margaret.

—*Och.* ¿Qué me lo impide? Estoy seguro de que tiene más tiempo que Jesús para cuidarme. Al fin y al cabo, Jesús se ocupa de la totalidad del desgraciado mundo, incluidos los ingleses como usted.

—Está mal —declaró Margaret con firmeza y meneó la cabeza—. Está muy mal.

Angus la miró, se rascó la sien y propuso:

—Tome un poco de queso.

Margaret abrió desmesuradamente los ojos, pero cogió queso y se lo llevó a la boca.

—¡Delicioso!

—Me explayaría sobre la superioridad del queso escocés, pero me temo que empieza a sentirse un poco insegura en lo que se refiere a la gastronomía de su país.

—¿Después del *haggis*?

—Es una de las razones por las que los escoceses somos más corpulentos y fuertes que los ingleses.

Margaret lanzó un bufido propio de una dama.

—Es usted insufrible.

Angus se repantigó, apoyó los codos en la mesa y dejó caer la cabeza sobre las manos. Parecía un hombre satisfecho, seguro de sí mismo, alguien que sabe quién es y qué pretende hacer con su vida.

A Margaret le resultó imposible quitarle el ojo de encima.

—Es posible, pero todos me quieren mucho. —La mujer le tiró un trozo de queso. Angus lo pilló, se lo llevó a la boca y sonrió con expresión lobuna mientras masticaba—. Creo que le gusta arrojar cosas, ¿no?

—Por curioso que parezca, no se me ocurrió hacerlo hasta que lo conocí.

—Y pensar que todos dicen que saco lo mejor de ellos. —Margaret estuvo a punto de replicar, pero se limitó a suspirar—. Y ahora, ¿qué pasa? —inquirió muy divertido.

—Estaba a punto de insultarlo.

—No me sorprendería. ¿Se lo ha pensado mejor?

La inglesa se encogió de hombros.

—Ni siquiera lo conozco y aquí estamos, discutiendo como un matrimonio que lleva muchos años casado. Es realmente incomprensible.

Angus la contempló pensativo. La mujer parecía cansada, desanimada y hasta un poco desconcertada, como si finalmente su cerebro se hubiese calmado lo suficiente como para darse cuenta de que estaba en Escocia y cenaba con un desconocido que, hacía menos de un hora, había estado a punto de besarla.

El sujeto de su evaluación interrumpió sus pensamientos con una insistente pregunta:

—¿No está de acuerdo?

Angus sonrió con franqueza.

—¿Esperaba algún comentario de mi parte? —Con esa frase se ganó una mirada furibunda—. De acuerdo, le diré lo que pienso. Opino que, en circunstancias extremas, las amistades florecen con la mayor rapidez. Dados los acontecimientos de esta noche y el propósito común que nos une, no me sorprende que estemos aquí y compartamos la cena como si nos conociésemos desde hace años.

—Sí, pero…

Angus se planteó lo magnífica que sería la vida si de la lengua inglesa se quitaran las palabras «sí, pero…» y de pronto le espetó:

—Pregúnteme lo que quiera.

La mujer parpadeó varias veces antes de inquirir:

—¿Cómo dice?

—¿Quiere saber algo más de mí? Ésta es su oportunidad. Pregunte, pregunte.

Margaret recapacitó. Dos veces entreabrió los labios y pareció que tenía una pregunta en la punta de la lengua, pero volvió a apretarlos. Por último se inclinó y preguntó:

—¿Por qué es tan protector con las mujeres?

Alrededor de la boca de Angus se formaron delgadas líneas blancas. Fue una reacción casi imperceptible y muy controlada, pero Margaret estaba pendiente de su expresión y tuvo claro que su pregunta lo crispó.

Angus se aferró con fuerza al pichel de cerveza y repuso:

—Cualquier caballero acudiría en auxilio de una dama.

Margaret negó con la cabeza y recordó la actitud salvaje y casi feroz con la que el escocés se deshizo de los hombres que la atacaron.

—Hay algo más y ambos lo sabemos. Tiene que haberle ocurrido algo. —Su tono de voz se suavizó y se tornó conciliador—. Tal vez le ocurrió a uno de sus seres queridos.

Se instauró un silencio dolorosamente largo, que Angus rompió cuando musitó:

—Tuve una prima… —Margaret guardó silencio y quedó desencajada por la frialdad de la voz de Angus—. Era mayor que yo, tenía diecisiete y yo nueve, pero estábamos muy unidos —prosiguió con la vista fija en la cerveza.

—Habla como si hubiera tenido la suerte de contar con ella en su vida.

Angus movió afirmativamente la cabeza.

—Mis padres estaban mucho en Edimburgo y casi nunca me llevaban.

—Lo siento —murmuró Margaret, que sabía muy bien lo que significaba echar de menos a los padres.

—No es necesario. Nunca me sentí solo porque contaba con Catriona. —Bebió un sorbo de cerveza—. Me llevaba a pescar, permitía que la siguiera cuando salía a hacer recados e incluso me enseñó las tablas de multiplicar cuando mis tutores se dieron por vencidos. —Angus levantó repentinamente la cabeza y una sonrisa nostálgica demudó su expresión—. Las convirtió en canciones. Por divertido que parezca, la única forma en la que recordaba que seis por siete es cuarenta y dos era cantando.

A Margaret se le hizo un nudo en la garganta porque comprendió que esa historia no tenía final feliz.

—¿Cómo era? —susurró y no estuvo demasiado segura de querer saberlo.

De los labios de Angus brotó una risilla.

—Tenía los ojos prácticamente del mismo color que los suyos, tal vez un poco más azules, y los cabellos del rojo más intenso que haya visto en su vida. Solía quejarse de que al atardecer se volvían rosados.

El escocés guardó silencio y Margaret no tuvo más remedio que plantear la pregunta que había quedado pendiente.

—¿Qué fue de ella?

—Cierto día no vino a casa. Siempre se presentaba los martes. No sé si también nos visitaba otros días, pero los martes acudía puntualmente para ayudarme con las tablas antes de la llegada de mi tutor. Supuse que estaba enferma y fui a su casa a llevarle flores. —Levantó la cabeza con expresión muy compungida—. Sospecho que estaba medio enamorado de ella. ¿Alguna vez ha oído hablar de un crío de nueve años que lleve flores a su prima?

—Me parece muy tierno.

—Cuando llegué, mi tía estaba desesperada y no me permitió verla. Declaró que yo tenía razón y que Catriona estaba enferma. Rodeé la casa y me colé por la ventana de su habitación. Catriona estaba tumbada en la cama y hecha el ovillo más pequeño que quepa imaginar. Era la primera vez que veía algo tan… —A Angus se le quebró la voz—. Dejé caer las flores. —Carraspeó y bebió un trago de cerveza. Margaret reparó en que le temblaban las manos—. Pronuncié su nombre, pero no reaccionó. Insistí y me estiré para tocarla, pero reculó y se apartó. En ese momento su mirada se despejó y durante unos segundos se pareció a la muchacha que yo conocía. Dijo: «Hazte fuerte, Angus, hazte fuerte por mí». Dos días después estaba muerta. —Irguió la cabeza y su expresión fue terrible—. Se quitó la vida.

—Ay, no… —susurró Margaret.

—Nadie me explicó por qué lo hizo —prosiguió Angus—. Me figuro que pensaron que era demasiado joven para saber la verdad. Evidentemente, me di cuenta de que se había suicidado. Todos lo sabían…y la Iglesia se negó a sepultarla en el campo santo. Años después supe la historia completa. —Margaret se estiró por encima de la mesa, le cogió la mano y le dio un apretón reconfortante. Angus la miró y cuando retomó la palabra su voz sonó más enérgica y…, y más normal—. Desconozco si sabe algo de política escocesa, pero le aseguro que muchos soldados británicos recorren nuestra tierra y nos han dicho que están aquí para mantener la paz.

Margaret notó que algo desagradable le retorcía la boca del estómago.

—¿Acaso uno de los soldados.., su prima fue…?

Angus afirmó secamente con la cabeza.

—Lo único que hizo fue ir andando de su casa al pueblo. Fue su único delito.

—Angus, no sabe cuánto lo siento.

—Toda su vida había recorrido ese sendero, pero aquella vez alguien la vio, decidió que quería tenerla y la forzó.

—Ay, Angus, supongo que sabe que no tuvo la culpa, ¿eh?

El escocés volvió a asentir.

—Tenía nueve años. No podría haber hecho nada. Sólo supe la verdad a los diecisiete años, la misma edad que tenía Catriona cuando murió. —Su mirada se tornó sombría y feroz—. Me prometí a mí mismo…, prometí a Dios que no permitiría que dañasen de otra forma a esa mujer. —Esbozó una sonrisa a medias—. Por eso me he visto inmerso en más peleas de las que recuerdo, he luchado con varios desconocidos a los que preferiría olvidar y a pesar de que no suelen darme las gracias por mi intervención, creo que Catriona… —Elevó la mirada hacia el cielo—. Creo que Catriona me lo agradece.

—Ay, Angus, estoy segura de que así es. Yo también se lo agradezco —afirmó Margaret profundamente conmovida. Se percató de que aún lo tenía cogido de la mano y volvió a apretarla—. Me parece que no he expresado adecuadamente mi gratitud, pero agradezco mucho lo que esta noche ha hecho por mí. Si no hubiera intervenido, no..., no quiero ni pensar en lo que estaría sintiendo ahora mismo.

Angus se encogió de hombros con cierta incomodidad.

—No las merezco. Agradézcaselo a Catriona.

Margaret volvió a darle un apretón antes de retirar la mano.

—Agradezco a Catriona que haya sido tan buena amiga cuando era niño y a usted que hoy me haya rescatado.

El escocés jugueteó con la comida que todavía quedaba en su plato y musitó:

—Lo he hecho encantado.

Margaret rio ante su respuesta un tanto incómoda.

—No está acostumbrado a que le den las gracias, ¿verdad? Ya está bien. Creo que le debo una pregunta.

Angus levantó la mirada.

—¿Cómo dice?

—Me dijo que le preguntara lo que quisiera. Me parece justo devolverle el favor.

Con un ademán, el escocés restó importancia a la cuestión.

—No es necesario que...

—No, lo hago porque quiero. De lo contrario, sería incorrecto por mi parte.

—De acuerdo. —Angus reflexionó unos segundos—. ¿Le molesta que su hermana menor se case antes que usted?

La sorpresa llevó a Margaret a soltar una tosecilla.

—Yo..., ¿cómo sabe que mi hermana va a casarse?

—Porque lo mencionó hace un rato —respondió Angus.

La inglesa volvió a carraspear.

—De modo que se lo conté. Bueno…, verá…, debe saber que quiero mucho a mi hermana.

—La devoción que siente por su familia se pone de manifiesto en todo lo que hace —repuso Angus con voz queda.

Margaret cogió la servilleta y la retorció.

—Estoy muy contenta por Alicia. Le deseo toda la felicidad del mundo.

Angus la observó atentamente porque, aunque no mentía, tampoco decía toda la verdad.

—Sé que está feliz por su hermana y que no va con usted tener otros sentimientos hacia ella. Dígame, ¿qué siente por sí misma?

—Siento…, siento… —Margaret lanzó un suspiro prolongado y cansino—. Nunca nadie me había hecho esta pregunta.

—Tal vez ha llegado el momento de que se la planteen.

Margaret asintió.

—Me siento relegada. He dedicado mucho tiempo a criarla. He dedicado mi vida a ese momento y a ese fin y en el camino me olvidé de mí misma. Ahora es demasiado tarde.

Angus enarcó sus oscuras cejas.

—No podemos decir que sea una vieja desdentada.

—Es verdad, pero los hombres de Lancashire consideran que me he quedado para vestir santos. Si piensan en su futura esposa, ni se acuerdan de mí.

—En ese caso son tontos y no debería tener nada que ver con ellos.

La inglesa sonrió con pesar.

—Angus Greene, por mucho que intente ocultarlo, es usted un encanto. Lo cierto es que la gente sólo ve lo que quiere ver y he dedicado tanto tiempo a cuidar de Alicia que me han asignado un papel que no me corresponde. En los bailes me siento con las madres y temo que es allí donde seguiré. —Suspiró—. ¿Es posible sentirse tan feliz por una persona y, al mismo tiempo, tan triste por una misma?

—Sólo lo logran los más generosos de espíritu. Los demás no sabemos alegrarnos por otro ser humano cuando nuestros sueños se tuercen.

Una sola lágrima rodó por la mejilla de Margaret.

—Gracias —musitó.

—Es una gran mujer, Margaret Pennypacker, y creo que…

—¿He oído Pennypacker? —El posadero se acercó corriendo—. ¿La ha llamado Margaret Pennypacker?

La inglesa tuvo la sensación de que se le cerraba la garganta. Sabía que la cogerían en esa condenada mentira. Nunca había sido buena para soltar patrañas, ni siquiera para actuar en el teatro…

Angus miró tranquilamente a George y replicó:

—Es su nombre de soltera. A veces lo empleo como muestra de cariño.

—En ese caso, supongo que acaban de casarse, porque hay un mensajero que va de posada en posada preguntando por ella.

Margaret se puso muy tiesa.

—¿Sigue aquí? ¿Sabe dónde está?

—Dijo que probaría suerte en The Mad Rabbit. —George inclinó la cabeza hacia la derecha antes de dar media vuelta y alejarse—. Está calle abajo.

Margaret se puso de pie tan rápido que su silla cayó al suelo.

—En marcha —dijo a Angus—. Tenemos que encontrarlo. Si pregunta en todas las posadas y no da conmigo podría abandonar el pueblo. De esa forma no recibiré el mensaje y…

Angus apoyó una mano fuerte y reconfortante en el brazo de la mujer.

—¿Quién sabe que está aquí?

—Únicamente mi familia. Ay, no, ¿y si a alguien le ha pasado algo espantoso? Jamás me lo perdonaré. Angus, usted no lo entiende. Soy responsable de mi familia y no me perdonaría que...

El escocés le apretó el brazo, ademán que la ayudó a calmarse, y propuso:

—¿Por qué no averiguamos qué noticias trae el mensajero antes de dejarnos dominar por el pánico?

Margaret se sorprendió de lo mucho que se tranquilizó cuando el escocés habló en plural y asintió apresuradamente.

—Me parece bien. Salgamos.

Entonces él negó con la cabeza.

—Quiero que se quede aquí.

—No, no podría. Me...

—Margaret, es una mujer que viaja sola y... —Angus vio que habría la boca para protestar, pero continuó con su discurso—: No, no hace falta que me explique que es muy capaz. En mi vida he conocido a una mujer más capacitada, pero eso no significa que los hombres no intenten aprovecharse de usted. ¿Cómo sabemos que el mensajero es realmente un mensajero?

—Si es un mensajero de verdad, no le entregará el mensaje porque está a mi nombre.

Angus se encogió de hombros.

—Entonces lo traeré hasta aquí.

—No, no puedo. No soportaría sentirme inútil. Si me quedo aquí...

—Si se queda aquí me sentiré mejor —la interrumpió el escocés.

Margaret tragó saliva convulsivamente y procuró ignorar la cálida preocupación que denotaba el tono de voz de Angus. Se preguntó por qué era tan endiabladamente amable y a qué se debía que le preocupase que sus actos lo llevaran a «sentirse mejor».

Maldición, lo cierto es que esa cuestión la preocupaba.

—De acuerdo —accedió Margaret lentamente—. Pero si en cinco minutos no está de regreso saldré a buscarlo.

Angus suspiró.

—¡Por Jesús, por el whisky y por Roberto I Bruce! ¿Sería tan amable de concederme diez minutos?

La inglesa esbozó una trémula sonrisa.

—Vale, diez minutos.

—¡La he pillado sonriendo! Es evidente que no está tan enfadada conmigo.

—Consígame ese mensaje y lo querré eternamente.

—*Och*, de acuerdo. —Angus la saludó militarmente, se dispuso a salir y en la puerta se detuvo para añadir—: No permita que George le dé mi *cranachan* a nadie.

Margaret parpadeó y dejó escapar un suspiro. Madre del amor hermoso, ¿acababa de decirle que lo querría eternamente?

Ocho minutos después Angus entró en The Canny Man con el mensaje en la mano. No le costó convencer al mensajero de que le entregase el sobre; le bastó decir, con cierta firmeza, que era el protector de la señorita Pennypacker y que se encargaría de entregárselo.

También contribuyó que Angus se acercase al metro noventa y cinco, por lo que medía cerca de treinta centímetros más que el mensajero.

Margaret seguía sentada donde la había dejado, tamborileaba los dedos en la mesa y no hacía caso de los dos cuencos llenos de *cranachan* que sin duda George les había servido.

—Aquí tiene, milady —dijo alegremente y le pasó la misiva.

La inglesa estaba muy ensimismada, pues pegó un brinco, le prestó atención y meneó la cabeza antes de coger el sobre.

El mensaje era de su familia. Angus le había arrancado esa información al mensajero. No lo preocupaba que se tratase de una emergencia porque, cuando le preguntó con gran firmeza de qué se trataba, el mensajero respondió que se trataba de algo muy importante, si bien la mujer que se lo había entregado no estaba demasiado preocupada.

Observó con atención a Margaret mientras rompía el lacre con dedos temblorosos. Sus ojos verdes escrutaron el mensaje a toda velocidad y, al llegar al final, parpadeó varias veces seguidas. Un sonido ahogado y gutural brotó de su garganta, seguido de una exclamación:

—¡No puedo creer que haya hecho esto!

Angus decidió andarse con cuidado. Dada la reacción de la mujer, no supo si estaba a punto de empezar a gritar o a llorar. Le resultaba fácil prever el comportamiento de hombres y caballos, pero sólo Dios entendía el funcionamiento del pensamiento femenino.

Pronunció su nombre y, a modo de respuesta, Margaret le entregó dos hojas de papel.

—Voy a matarlo —masculló la inglesa—. Puede dar por seguro que, si aún no ha muerto, lo mataré. —Angus miró las hojas y Margaret añadió con amargura—: Lea primero la de abajo.

Angus invirtió los papeles de la carta y comenzó a leer.

Rutherford House
Pendle, Lancashire

Mi queridísima hermana:

Hugo Thrumpton nos entregó esta nota. Añadió que había recibido órdenes estrictas de no entregarla hasta que se cumpliera una jornada completa de tu partida.

Te ruego que no odies a Edward.

Buena suerte.

tu querida hermana,

Alicia Pennypacker

Angus la miró con actitud inquisitiva y preguntó:

—¿Quién es Hugo Thrumpton?

—El mejor amigo de mi hermano.

—Ah, bueno.

El escocés cogió la segunda misiva, escrita con letra indudablemente masculina.

Thrumpton Hall
cerca de Clitheroe, Lancashire

Mi querida Margaret:

Escribo estas palabras con el corazón encogido. Seguro que ya has recibido la nota en la que te informo de mi huida a Gretna Green. Si reaccionas como sé que lo harás, cuando leas esta nota estarás en Escocia.

Yo no estoy en Escocia ni tuve jamás la intención de fugarme. Mañana parto hacia Liverpool para alistarme en la Marina Real. Utilizaré mi parte de la herencia para comprar el puesto.

Sé que nunca quisiste esta vida para mí, pero ahora

soy un hombre y como tal debo escoger mi propio destino. Siempre he sabido que lo mío era la vida militar y he soñado con servir a mi país desde que de niño jugaba con los soldaditos de plomo.

Te ruego que perdones este engaño, pero estoy seguro de que, de haber conocido mis verdaderas intenciones, me habrías seguido hasta Liverpool. Esa despedida me habría causado dolor durante el resto de mi existencia.

Así es mejor.

Tu hermano que te quiere,

Edward Pennypacker

Angus miró a Margaret a los ojos y vio que los tenía muy brillantes.

—¿Se lo imaginaba? —preguntó quedamente.

—Claro que no —replicó la inglesa y le tembló la voz—. ¿Cree que habría emprendido este viaje delirante si hubiera sabido que mi hermano se iría a Liverpool?

—¿Qué hará ahora?

—Supongo que volver a casa. ¿Qué más puedo hacer? Probablemente ya está rumbo a América.

Angus se dio cuenta de que Margaret exageraba, pero pensó que se lo tenía bien merecido. No era mucho lo que podía decir dada la situación, de modo que se inclinó y le acercó el postre.

—Tome un poco de *cranachan*.

Margaret miró el cuenco.

—¿Pretende que coma?

—No se me ocurre nada mejor. Al fin y al cabo, no probó el *haggis*.

La inglesa cogió la cuchara.

—¿Soy una mala hermana? ¿Soy una mala persona?

—Claro que no.

—¿Qué clase de persona soy para que mi hermano sintiera la necesidad de enviarme a Gretna Green y escapar?

—Diría que una hermana muy querida —repuso Angus y se llevó a la boca una cucharada de *cranachan*—. ¡Maldición, qué bueno está! Debería probarlo.

Margaret llenó la cuchara, pero no comió.

—¿Qué ha querido decir?

—Está claro que la quiere tanto que no soportaría una despedida dolorosa. Da la sensación de que, si hubiera conocido sus verdaderas intenciones, se habría opuesto vivamente a su alistamiento en la Marina.

Margaret estuvo a punto de replicar que sin duda se habría opuesto, pero se limitó a suspirar. ¿De qué le serviría defender su posición o explicar sus sentimientos? Lo hecho, hecho estaba y no podía ponerle remedio.

Volvió a suspirar con más ahínco, y levantó la cuchara. Detestaba profundamente las situaciones ante las cuales no podía hacer nada.

—¿Piensa comer el postre o realiza un experimento científico para mantener cucharas en equilibrio?

Margaret salió de su ensimismamiento, pero no tuvo tiempo de contestar porque George McCallum se acercó a la mesa.

—Tenemos que recoger el comedor —explicó—. No pretendo echarlos, pero mi esposa insiste. —El posadero sonrió a Angus—. Ya sabe cómo son estas cosas.

Angus señaló a Margaret.

—Todavía no ha terminado el *cranachan*.

—Suban el cuenco a la habitación. Sería una lástima tirarlo.

Angus asintió y se puso de pie.

—Me parece una buena idea. Cariño mío, ¿nos vamos?

La cuchara escapó de los dedos de Margaret y cayó con un golpe seco en el cuenco de *cranachan*. El escocés acababa de llamarla «cariño mío».

—Yo…, yo…, yo…

—Me quiere tanto que a veces se queda sin habla —comentó Angus con George. Mientras Margaret lo miraba boquiabierta, Angus se encogió de hombros con actitud satisfecha y apostilló—: ¿Qué más puedo decir? La abrumo.

George rio al tiempo que Margaret bufaba.

—Será mejor que se guarde las espaldas —aconsejó el posadero a Angus—. De lo contrario, acabará lavándose el pelo con el *cranachan* que prepara mi esposa.

—Como idea no está nada mal —reconoció Margaret.

Angus rio y le ofreció la mano. De algún modo había sabido que la mejor forma de apartarla de sus penas consistía en crisparla con otra broma acerca de que era su devota esposa. Si además mencionaba al bebé, probablemente la inglesa se olvidaría de su hermano.

Comenzó a abrir la boca, pero reparó en la mirada furibunda de Margaret y se lo pensó mejor. Al fin y al cabo, cada uno ha de pensar en su propia seguridad y la inglesa parecía dispuesta a causarle daños físicos o, como mínimo, a arrojarle el cuenco de *cranachan*.

Angus se dijo que de buena gana aceptaría que le tirase el postre si eso significaba que dejaba de pensar en su hermano, aunque sólo fuera unos segundos.

—Vamos, amor, dejemos que este buen hombre ordene el comedor y se retire hasta mañana —añadió afablemente.

Margaret asintió, se levantó y mantuvo los labios firmemente apretados. Angus tuvo la sospecha de que no confiaba en cómo reaccionaría si abría la boca.

—No te dejes el *cranachan* —agregó y señaló el cuenco que estaba sobre la mesa al tiempo que recogía el suyo.

—Será mejor que también coja el de su esposa. Yo no confiaría en esa mirada —dijo George con tono risueño.

Angus aceptó el consejo y cogió el cuenco de Margaret.

—Buen hombre, es una idea excelente. Mi esposa tendrá que subir sin contar con el beneficio de apoyarse en mi brazo, pero estoy convencido de que se las apañará, ¿no es así?

—*Och*, claro que sí. Esta mujer no necesita un hombre que le diga dónde tiene que ir. —George codeó el brazo de Margaret y sonrió con actitud de conspirador—. De todas maneras, es agradable, ¿no?

Angus se llevó a la inglesa antes de que matase al posadero.

—¿Por qué insiste en tomarme el pelo? —inquirió Margaret disgustada.

Angus giró en el recodo y esperó a que ella comenzara a subir la escalera antes de seguirla.

—Conseguí que dejara de pensar en su hermano, ¿verdad?

—Me… —La inglesa entreabrió los labios con azorado asombro y lo miró como si fuese la primera vez que veía un ser humano—. Sí, es verdad.

El escocés sonrió y le pasó uno de los cuencos mientras buscaba en el bosillo la llave de la habitación.

—¿Está sorprendida?

—¿Pregunta si me sorprende que haya hecho algo así por mí? —Negó con la cabeza—. No, no me sorprende.

Angus se volvió lentamente después de introducir la llave en la cerradura.

—En realidad, le pregunté si estaba sorprendida de haberse olvidado de su hermano, pero creo que su respuesta me gusta más.

Margaret sonrió con pesar y le tocó el brazo.

—Sir Angus Greene, es un buen hombre. En ocasiones insufrible... —Estuvo a punto de soltar una carcajada al ver la falsa mueca de contrariedad del escocés—. Bueno, si afinamos habrá que decir que me parece casi imposible la mayor parte del tiempo, pero hay que reconocer que es un buen hombre.

Angus abrió la puerta y dejó el cuenco de *cranachan* en la mesa de la habitación.

—¿No tendría que haber mencionado a su hermano? ¿Habría sido mejor que la dejase hecha una furia y a punto para rajarme el cuello?

—No.

Margaret soltó un largo y dolorido suspiro y se sentó en la cama mientras otro mechón de su cabellera larga y castaña se soltaba del moño y le caía sobre el hombro. Angus la contempló con el corazón afligido. La vio tan menuda, indefensa y endiabladamente melancólica que no pudo soportarlo. Se sentó a su lado y tomó la palabra:

—Margaret, ha hecho todo lo posible por educar a su hermano durante..., ¿durante cuántos años?

—Siete.

—Pues ha llegado el momento de dejarlo crecer y tomar sus propias decisiones, sean o no acertadas.

—Usted mismo dijo que los jóvenes de dieciocho años no saben lo que quieren.

Angus se tragó una expresión de protesta. No existía nada más desagradable que te devolvieran tus propias palabras.

—No me gustaría verlo casado a tan tierna edad. Por Dios, si tomara una decisión equivocada tendría que ser consecuente..., ¡y permanecer al lado de su esposa...!, durante el resto de su vida.

—Y si se equivocara al tomar la decisión de alistarse en las fuerzas armadas, ¿tendría una larga vida para arrepentirse? —Margaret levantó la cabeza para mirarlo y su mirada resultó insoportablemente triste—. Angus, mi hermano podría morir. Me da igual lo que diga la gente, siempre hay guerra. En alguna parte un estúpido sentirá la necesidad de luchar contra otro estúpido y enviarán a mi hermano a dirimir la cuestión.

—Margaret, cualquiera de nosotros también podría morir mañana. Yo podría salir de esta posada y acabar pisoteado por una vaca enfurecida. Usted podría salir de la posada y que un rayo la partiese. No podemos vivir temiendo la llegada de ese momento.

—Es verdad, pero podemos tratar de minimizar los riesgos.

Angus se llevó la mano a la cabeza y se pasó los dedos por el pelo; era un acto reflejo que solía realizar cuando estaba cansado o exasperado. Su mano se desplazó ligeramente hacia la izquierda y acabó acariciando la melena de Margaret. Tenía el pelo fino, liso y suave como la seda; por lo visto, la cabellera era mucho más tupida de lo que le había parecido. El peinado se le deshizo, cayó sobre su mano y se deslizó entre sus dedos.

El escocés saboreó ese tacto sedoso y ninguno de los dos respiró.

Verdes y negros de lo más oscuros y ardientes, sus ojos se encontraron. Nadie pronunció palabra, pero cuando Angus se inclinó y acortó lentamente las distancias, ambos supieron lo que estaba a punto de ocurrir.

Angus iba a besarla.

Margaret no iba a impedírselo.

5

Los labios de Angus rozaron suavemente los de Margaret y le hicieron la más leve de las caricias. Si hubiera aplastado o hundido su boca en la de ella, probablemente la mujer se habría apartado, pero ese roce ligero como el de una pluma atrapó su alma.

La piel de la inglesa cobró vida y repentinamente se sintió…, se sintió distinta, como si el cuerpo que la acompañaba desde hacía veinticuatro años hubiera dejado de pertenecerle. Su piel se volvió demasiado tensa, su corazón estaba hambriento y sus manos, ay, sus manos ansiaban el roce de la piel de Angus.

Sabía que si lo tocaba notaría calor y que encontraría un cuerpo bien formado. No poseía los músculos de un hombre sedentario. Angus podía aplastarla de un puñetazo… y, por alguna razón, esa certeza la emocionó, probablemente porque la había cogido con sumo respeto y delicadeza.

Margaret se apartó unos segundos para mirarlo a los ojos. Angus tenía la mirada enardecida por una necesidad que le resultó desconocida, al tiempo que supo exactamente qué era lo que ese hombre quería.

—Angus… —musitó y levantó la mano para acariciar la piel áspera de su mejilla.

La barba comenzaba a asomar, una barba oscura, gruesa, áspera y totalmente distinta a los pelillos que le había visto a su hermano en las contadas ocasiones en las que no se afeitó.

El escocés cubrió la mano de Margaret con la suya, giró la cara sobre la palma y la besó. Ella contempló sus ojos por encima de las yemas de los dedos. En ningún momento la mirada de Angus se apartó de la suya y con los ojos pareció hacer una pregunta implícita y aguardar la respuesta.

—¿Cómo ha ocurrido? —murmuró Margaret—. Jamás…, nunca he deseado…

—Pues ahora, sí, ahora me deseas.

Margaret asintió, sorprendida de reconocerlo y, al mismo tiempo, incapaz de mentirle. Había algo en la forma en la que Angus la observaba, en el modo en el que su mirada la recorrió como si pudiera ver el centro mismo de su corazón. El momento se volvió aterradoramente perfecto y supo que entre ellos no habría mentiras. No las habría en esa habitación ni esa noche.

La inglesa se humedeció los labios.

—No puedo…

Angus le tocó la boca con un dedo.

—¿No puedes?

Ese interrogante provocó una temblorosa sonrisa. El tono risueño acabó con las resistencias de Margaret, que se balanceó hacia él y se apoyó en su cuerpo. Por encima de todo lo demás, ella ansiaba dejar de lado sus principios, los ideales y las enseñanzas morales a los que había sido fiel. Podía olvidar quién era y todo aquello que apreciaba y yacer con ese hombre. Podía dejar de ser Margaret Pennypacker, hermana y tutora de Edward y Alicia Pennypacker e hija de los difuntos Edmund y Katherine Pennypacker. Podía dejar de ser la mujer que llevaba comida a los pobres, que cada domingo acudía a la iglesia y que cada primavera organizaba el huerto en filas ordenadas y rectas.

Podía dejar de ser todo eso y convertirse finalmente en mujer.

Era tan tentador…

Angus pasó un dedo calloso por el ceño fruncido de la inglesa.

—Estás muy seria —susurró y se inclinó para rozarle la frente con los labios.

—Me gustaría borrar a besos esas arrugas y esas preocupaciones.

—Angus —se apresuró a decir antes de perder la capacidad de razonar—, hay cosas que no puedo hacer. Cosas que me gustaría hacer o que creo que me gustaría hacer, pero no estoy segura, ya que nunca las he hecho, pero no puedo... ¿Por qué sonríes?

—¿Estoy sonriendo? —El muy villano sabía que era cierto. Se encogió de hombros sin poder evitarlo—. Margaret Pennypacker, sucede que nunca he visto a nadie tan recatadamente confundida como tú. —La mujer abrió la boca para protestar, pues no estaba segura de que ese comentario fuera un cumplido, pero Angus volvió a ponerle un dedo sobre los labios—. Ya, ya, ya. Por favor, calla y escúchame. Voy a besarte, eso es todo.

En un instante el corazón de Margaret emprendió el vuelo y se desplomó.

—¿Sólo un beso?

—Entre nosotros nunca será sólo un beso.

Las palabras de Angus le provocaron un escalofrío. Levantó la cabeza y le ofreció los labios.

El escocés respiró entrecortadamente y miró esa boca como si contuviera todas las tentaciones del infierno y los deleites del paraíso. Volvió a besarla, pero en esta ocasión no se refrenó. Sus labios se apoderaron de los de Margaret en una danza voraz y posesiva de deseo y necesidad.

Sabía que debía ir despacio y, pese a las urgencias de su cuerpo, también sabía que acabaría la noche insatisfecho, pero no se negó el placer de sentir el cuerpo menudo de Margaret bajo el suyo, por lo que la tendió en la cama sin apartar la boca de sus labios.

Si sólo iba a besarla, si era lo único que podría hacer, ya podían condenarlo porque el beso duraría toda la noche.

—Ay, Margaret —gimió y deslizó las manos por los lados de su torso, más allá de su cintura y por encima de sus caderas hasta llegar a las curvas redondeadas de sus nalgas—. Mi dulce Mar… —Se interrumpió, apartó la cabeza y le dirigió una sonrisa pueril—. ¿Me dejas llamarte Meggie? Margaret es muy largo. —La inglesa le clavó la mirada e, incapaz de hablar, respiró entrecortadamente—. Margaret —prosiguió Angus—, es la clase de mujer que un hombre quiere a su lado, mientras que Meggie es…, bueno, es la clase de mujer que un hombre quiere tener debajo.

Ella tardó una fracción de segundo en responder:

—Puedes llamarme Meggie.

Los labios de Angus buscaron la oreja de la inglesa al tiempo que la abrazaba.

—Meggie, bienvenida a mis brazos.

Margaret suspiró, movimiento que la llevó a hundirse un poco más en el colchón. Se entregó a ese instante, a la luz parpadeante de la vela, al dulce aroma del *cranachan* y al hombre fuerte y pujante que la cubrió con su cuerpo.

Los labios de Angus se deslizaron por el cuello de ella y llegaron al ángulo del hombro. Besó esa piel tan clara en comparación con la lana negra de su abrigo. No supo si volvería a ponerse esa prenda que había pasado la velada rozando la piel desnuda de Margaret. Durante días olería a ella y, una vez que el aroma se desvaneciese, el recuerdo de ese instante bastaría para incendiar su cuerpo.

Con dedos ágiles, el escocés desabrochó suficientes botones como para dejar al descubierto un indicio de canalillo. En realidad, no fue más que una sombra, un ligero oscurecimiento que hizo alusión a las maravillas situadas más abajo, pero bastó para quemarle las venas y endurecer un cuerpo que suponía que era imposible que se pusiese más tenso.

Angus desabrochó dos botones más, recorrió con los labios cada centímetro de piel y no dejó de susurrar:

—Sigue siendo un beso. Sólo es un beso.

—Sólo es un beso —repitió Margaret con voz rara y jadeante.

—Es sólo un beso —insistió Angus y pasó otro botón por el ojal para besar a gusto el canal profundo que existía entre los pechos de Margaret—. Sigo besándote.

—Sí, ay, sí —gimió—. Sigue besándome.

Angus abrió la chaqueta que le había prestado y dejó al descubierto sus senos desnudos y ligeramente redondeados. Contuvo el aliento antes de exclamar:

—¡Meggie, por el buen Dios, a mí esta chaqueta nunca me quedó tan bien!

Margaret se tensó ligeramente debido al intenso ardor de la mirada del escocés. La contemplaba como si se tratara de un ser extraño y fantástico, como si poseyese algo que hasta entonces él no había visto. Si ese hombre la tocaba, la acariciaba o la besaba, se derretiría en sus brazos y se dejaría llevar por la pasión. Claro que si la miraba fijamente… Fue muy consciente de que hacía algo que jamás había imaginado que haría.

Hacía pocas horas que había conocido a ese hombre y, sin embargo…

Entonces contuvo el aliento e intentó cubrirse.

—¿Qué he hecho?

Angus se inclinó y le besó la frente.

—Mi dulce Meggie, nada de remordimientos. Sientas lo que sientas, no te arrepientas.

Meggie… Meggie no se ceñía a las imposiciones sociales por el mero hecho de que así la habían criado. Meggie buscaba su propio destino y su placer.

Los labios de Margaret esbozaron una sonrisa cuando apartó las manos. Es posible que no se acostara con un hombre antes de casarse, pero sin duda Meggie se permitiría ese instante de pasión.

—Eres tan bella —susurró Angus y la última sílaba apenas sonó porque rodeó con la boca la cima de su pecho.

Le hizo el amor con los labios y la veneró de todas las formas en las que un hombre es capaz de manifestar su devoción.

Y en el preciso momento en el que Margaret venció sus últimas resistencias, Angus se estremeció, respiró hondo y, muy a su pesar, la tapó con su chaqueta.

Durante unos minutos mantuvo las solapas juntas y respiró con la mirada clavada en un punto de la pared. Parecía demacrado y la inexperta Margaret tuvo la sensación de que estaba dolorido.

—Angus… —musitó ella vacilante. No sabía qué decir, de modo que se decantó por pronunciar su nombre.

—Enseguida. —Aunque su voz sonó un punto áspera, Margaret supo que no estaba enfadado. Así que guardó silencio y esperó a que Angus girara la cabeza hacia ella y añadiese—: Tengo que salir de la habitación.

La mujer entreabrió los labios sorprendida.

—¿Tienes que irte?

El escocés asintió, se separó de ella y con un par de zancadas salvó la distancia que lo separaba de la puerta. Cogió el pomo y Margaret vio que flexionaba los músculos del antebrazo, pero antes de abrir la puerta Angus se volvió a punto de decir algo…, de pronunciar unas palabras que se apagaron en sus labios.

Margaret siguió la mirada del escocés y… ¡Dios del cielo, la chaqueta se había abierto cuando él la soltó! Juntó apresuradamente las solapas y agradeció que la tenue luz de la vela ocultase su avergonzado sonrojo.

—Echa el cerrojo cuando salga —le aconsejó el escocés.

—Sí, por supuesto —añadió la inglesa y se puso de pie—. Cierra tú y llévate la llave. —Anduvo a tientas hacia la mesa con la mano izquierda extendida mientras con la derecha aferraba la chaqueta.

Angus negó con la cabeza.

—Quédatela.

Margaret dio unos pocos pasos hacia él.

—¿Has dicho que me la quede? ¿Te has vuelto loco? ¿Cómo harás para entrar?

—No entraré. Ésa es la razón por la que quiero que te la quedes.

Ella abrió y cerró la boca varias veces seguidas hasta que por fin pudo preguntar:

—¿Dónde dormirás?

Angus se inclinó hacia ella y su cercanía entibió el aire.

—No dormiré, ahí radica el problema.

—Vaya, yo… —No era tan ingenua como para desconocer de qué hablaba Angus, pero le faltaba la experiencia imprescindible para saber cómo reaccionar—. Yo…

—¿Vuelve a llover? —preguntó secamente el escocés.

Margaret parpadeó ante el rápido cambio de tema. Ladeó la cabeza y estuvo atenta al ligero tamborileo de la lluvia en el tejado.

—Me…, sí, me parece que está lloviendo.

—Qué suerte. Es mejor que haga frío.

Tras pronunciar esas palabras, Angus abandonó la habitación a grandes zancadas.

Margaret se quedó paralizada por la sorpresa, pero unos segundos después corrió a la puerta, asomó la cabeza y vio que la alta figura de Angus desaparecía en el recodo. Estuvo diez segundos aferrada al marco de la puerta, mitad dentro y mitad fuera, sin saber muy bien por qué estaba tan pasmada. ¿Se debía a que ese escocés se había marchado repentinamente o a que le había concedido libertades que jamás imaginó que permitiría a un hombre que no fuese su marido?

A fuerza de ser sincera, debía reconocer que jamás imaginó que esas libertades existieran.

Tal vez lo que la sorprendía, pensó descabelladamente, era que se había tumbado en la cama, lo había contemplado cuando entró como una tromba en la habitación y…, bueno, había sido tan delicioso mirarlo que no se dio cuenta de que la chaqueta se había abierto y de que sus pechos asomaban a la vista de todo el mundo.

Mejor dicho, a la vista de Angus. La forma en la que el escocés la había observado…

Margaret se estremeció y cerró la puerta. Aguardó unos segundos y echó el cerrojo. No estaba preocupada por Angus. Por mucho humor de perros que tuviera, jamás se le ocurriría levantar un dedo contra ella y, sobre todo, nunca se aprovecharía de su situación.

No supo cómo lo supo, pero lo supo.

Claro que nadie sabe qué clase de asesinos e idiotas es posible encontrar en una posada rural, especialmente en Gretna Green, ya que supuso que allí veían muchos idiotas debido a la cantidad de gente que se fugaba.

Margaret suspiró y dio golpecitos en el suelo con el pie. Se preguntó incesantemente qué podía hacer. Su estómago produjo un ruido intenso y se acordó del *cranachan* que seguía sobre la mesa.

¿Por qué no? Despedía un olor delicioso.

Se sentó y se lo comió.

Varias horas más tarde, cuando entró dando tumbos en The Canny Man, Angus estaba aterido, mojado y tenía la sensación de estar borracho. La lluvia había vuelto a arreciar, como el viento, y sus dedos parecían carámbanos gruesos y unidos a las bolas de nieve que con anterioridad habían sido sus manos.

Le pareció que sus pies no le pertenecían y realizó varios intentos y se golpeó muchas veces los dedos de los pies antes de llegar a la última planta de la posada. Se apoyó en la puerta de su habitación mientras buscaba la llave, recordó que no la tenía, giró el pomo de la puerta e, irritado, soltó una exclamación porque no cedió.

¡Por Jesús, por el whisky y por Roberto I Bruce! ¿Por qué demonios le había aconsejado que cerrase la puerta? ¿Realmente había dudado tanto de su propio dominio? En esa situación le habría resultado imposible poseerla. Sus partes íntimas estaban tan frías que, por mucho que ella abriese la puerta como había venido al mundo, reaccionar le habría resultado imposible.

Sus músculos hicieron un patético intento de tensarse. Vale, en el caso de que Margaret estuviese totalmente desnuda.

Angus suspiró satisfecho e intentó imaginárselo.

El pomo de la puerta giró cuando el escocés todavía suspiraba.

La puerta se abrió de par en par y cayó cuan largo era.

Angus miró hacia arriba. Margaret parpadeó rápidamente y lo observó antes de preguntar:

—¿Estabas apoyado en la puerta?

—Eso parece.

—Me pediste que echase el cerrojo.

—Margaret Pennypacker, eres una buena mujer, una mujer obediente y leal.

Margaret entrecerró los ojos.

—¿Estás borracho?

Angus negó con la cabeza, movimiento que tuvo una consecuencia desdichada: se golpeó el pómulo contra el suelo.

—Estoy helado.

—¿Has pasado fuera todo este…? —Margaret se agachó y le tocó la mejilla—. ¡Dios del cielo, estás helado!

Angus se encogió de hombros.

—Volvió a llover.

Lo cogió de las axilas e intentó levantarlo.

—¡Arriba! ¡Arriba! Tenemos que quitarte la ropa.

El escocés ladeó la cabeza y le lanzó una mirada encantadora.

—En otros momentos…, y con otra temperatura…, tus palabras me deleitarían.

Margaret volvió a tironear de él y bufó. No consiguió desplazarlo ni un centímetro.

—Angus, por favor, haz un esfuerzo e incorpórate. Pesas el doble que yo.

Angus la recorrió con la mirada de la cabeza a los pies.

—¿Cuánto pesas, cuarenta y cinco kilos?

—Justitos. ¿Te parezco tan etérea? Por favor, apoya los pies en el suelo y te meteré en la cama.

El escocés suspiró.

—Acabas de pronunciar otra de esas frases que me encantaría interpretar erróneamente.

—¡Angus!

Se puso de pie como pudo gracias sobre todo y por supuesto a Margaret.

—¿A qué se debe que me guste tanto que me regañes?

—Probablemente a que disfrutas mucho importunándome.

El hombre se rascó el mentón, muy oscurecido por la barba de todo un día.

—Es posible que tengas razón.

Margaret no le hizo caso e intentó concentrarse en lo que estaba haciendo. Si lo echaba sobre la cama tal como estaba, en cuestión de minutos las sábanas quedarían empapadas.

—Angus, tienes que cambiarte y ponerte ropa seca. Esperaré fuera mientras…

Angus movió negativamente la cabeza.

—Ya no tengo ropa seca.

—¿Qué ha pasado con tu ropa seca?

—Tú la llevas puesta —repuso Angus y le hundió el índice en el hombro. Margaret soltó una epíteto muy poco femenino—. Reconozco que tienes razón —acotó como si acabara de hacer un gran descubrimiento—. Importunarte me divierte.

—¡Angus!

—De acuerdo, está bien, me pondré serio. —Aparentó que le costaba mucho fruncir el ceño—. ¿Qué necesitas?

—Necesito que te desvistas y te metas en la cama.

La cara del escocés se iluminó.

—¿Ahora mismo?

—Claro que no —esperó la inglesa—. Saldré unos minutos de la habitación y cuando vuelva quiero verte en la cama y con las mantas pegadas al mentón.

—¿Dónde dormirás tú?

—No dormiré. Secaré tu ropa.

Angus miró hacia aquí y hacia allá y preguntó:

—¿En qué chimenea?

—Iré abajo.

El escocés se irguió y Margaret ya no tuvo que sostenerlo.

—No bajarás sola en plena noche.

—No creo que pueda secar tu ropa con una vela.

—Te acompañaré.

—Angus, estarás desnudo.

Fuera lo que fuese lo que pretendía decir y, por la indignada posición de su mentón y el hecho de que ya había abierto la boca para contradecirla, Margaret tuvo la certeza de que estaba en un tris de decir algo, pero se decantó por una sucesión de interjecciones estentóreas y sumamente creativas.

Tras pronunciar todas las palabras profanas que la inglesa conocía y unas cuantas que le resultaron novedosas, Angus pidió que lo esperase y abandonó la habitación.

Regresó tres minutos después. Boquiabierta, Margaret lo vio abrir la puerta de una patada y dejar en el suelo alrededor de tres docenas de velas, una de las cuales todavía humeaba.

Ella carraspeó y esperó a que Angus relajase la expresión antes de hablar. Al cabo de unos segundos resultó evidente que la actitud refunfuñona del hombre no cambiaría en el futuro inmediato, por lo que preguntó:

—¿De dónde las has sacado?

—Digamos que mañana The Canny Man estará muy oscura.

Margaret se abstuvo de comentar que, como ya había pasado la medianoche, ya era el día siguiente, pero la conciencia la obligó a replicar:

—En esta época del año por la mañana está oscuro.

—He dejado una o dos en la cocina —masculló Angus y, sin decir esta boca es mía, comenzó a quitarse la camisa.

Margaret lanzó un chillido y salió corriendo al pasillo. Condenado hombre, debería saber que tenía que esperar a que ella se retirara antes de desnudarse. Aguardó un minuto y le concedió treinta segundos más debido al frío que hacía, ya que los dedos helados se llevaban mal con los botones.

Respiró hondo, se dio la vuelta y llamó a la puerta.

—Angus, ¿estás en la cama? —Sin darle tiempo a responder, entrecerró los ojos y añadió—: ¡Y tapado hasta las cejas!

La respuesta del escocés sonó amortiguada, pero fue afirmativa, de modo que Margaret giró el pomo de la puerta y la empujó.

La puerta no se abrió.

El pánico la dominó. Era imposible que la puerta tuviese echado el cerrojo. A Angus no se le ocurriría cerrarla con llave y las puertas no se cerraban solas.

Golpeó ligeramente la madera y exclamó:

—¡Angus! ¡Angus ¡No puedo abrir la puerta!

Sonaron pisadas y cuando oyó nuevamente su voz se dio cuenta de que estaba al otro lado de la puerta.

—¿Qué pasa?

—No puedo abrir la puerta.

—No la he cerrado con llave.

—Ya lo sé. Creo que está atascada.

Margaret lo oyó reír y experimentó el deseo irresistible de dar un golpe con el pie..., a ser posible sobre el de Angus.

—¡Qué interesante! —exclamó el escocés. Margaret se dio cuenta de que su deseo de hacerle daño físico era cada vez más profundo—. ¡Margaret! ¿Sigues ahí?

Ella cerró los ojos unos segundos y soltó aire a través de los dientes apretados.

—Tendrás que ayudarme a abrir la puerta.

—Pero si estoy desnudo.

Margaret se ruborizó. A pesar de que estaba oscuro y de que era imposible que él viese su reacción, lo cierto es que se ruborizó.

—Margaret...

—Es probable que el simple hecho de verte me deje ciega —le espetó—. ¿Piensas ayudarme o tendré que derribar la puerta por mis propios medios?

—Sin duda sería todo un espectáculo. Pagaría lo que fuese con tal de…

—¡Angus!

El escocés volvió a reír entre dientes y dejó escapar un sonido cálido que atravesó la puerta y llegó a la médula de Margaret.

—De acuerdo. Cuando cuente hasta tres, empuja la puerta con todas tus fuerzas.

Margaret asintió, recordó que Angus no podía verla y replicó:

—Lo haré.

—Uno…, dos… —Margaret cerró firmemente los ojos—. ¡Y tres!

Apoyó todo el peso de su cuerpo en la puerta, pero Angus debió de abrirla antes, ya que el hombro de Margaret apenas tocó la madera antes de entrar violentamente en la habitación y caer de bruces.

Por milagroso que parezca, en todo momento mantuvo los ojos cerrados.

Oyó que la puerta se cerraba y percibió que Angus se agachaba a su lado al tiempo que preguntaba:

—¿Estás bien?

Margaret se tapó los ojos con las manos.

—¡Métete en la cama!

—No te preocupes, me he tapado.

—No te creo.

—Lo prometo. Me he envuelto con las sábanas.

Margaret separó unos milímetros los dedos índice y corazón para tener un mínimo de visión. Comprobó que el escocés

parecía envuelto en algo blanco. Se levantó y le dio decididamente la espalda.

—Margaret Pennypacker, eres una mujer severa —declaró
Angus, pero ella oyó las pisadas con las que atravesó la habitación.

—¿Ya te has acostado?

—Sí.

—¿Te has tapado?

—Hasta las cejas.

La inglesa detectó su tono risueño y, pese a estar exaspe-
rada, le resultó contagioso. Le temblaron las comisuras de los
labios y tuvo que hacer un esfuerzo para decir seriamente:

—Ahora me daré la vuelta.

—Por favor, gírate.

—Si me has mentido no te lo perdonaré.

—¡Por Jesús, por el whisky y por Roberto I Bruce! Mujer,
date la vuelta.

Le hizo caso. Se había tapado…, no hasta las cejas, pero sí
lo suficiente.

—¿Cuento con tu aprobación?

Margaret asintió e inquirió:

—¿Dónde está tu ropa mojada?

—Sobre la silla.

La inglesa siguió su mirada hasta la pila de ropa empapada
y se dispuso a encender las velas.

—Esto es francamente ridículo —masculló en voz baja.

Necesitaba una especie de horquilla de tostar gigante en la
que colocar las prendas. Pero con aquello, probablemente que-
maría la camisa, sus manos o…

La gota de cera caliente que cayó sobre su piel interrumpió
sus pensamientos y enseguida se llevó el dedo quemado a la
boca. Utilizó la otra mano para pasar la llama de una vela a otra

a fin de encenderlas y meneó la cabeza al ver que la habitación se tornaba cada vez más luminosa.

Angus no lograría dormir con tantas velas encendidas, pues había tanta luz como de día.

Se dio la vuelta y se dispuso a señalar esa falta de previsión, pero las palabras no brotaron de su boca.

Angus dormía a pierna suelta.

Margaret lo contempló durante un minuto y estudió la forma en la que el pelo revuelto le caía sobre la frente y las pestañas sobre la mejilla. La sábana había resbalado ligeramente, lo que le permitió vislumbrar su pecho musculoso, que subió y bajó con cada respiración.

Jamás había conocido a un hombre así; nunca había visto a un ser humano que en posición de reposo fuese tan estupendo.

Tardó mucho, mucho rato en volver a ocuparse de las velas.

Margaret terminó de secar la ropa, apagó todas las velas y se quedó dormida. Cuando por la mañana despertó, Angus la vio hecha un ovillo junto a la cama, con su chaqueta convertida en una almohada en la que apoyaba la cabeza.

La cogió con suma delicadeza, la depositó en la cama, la tapó hasta la barbilla y acomodó las mantas alrededor de sus hombros delgados. Tomó asiento en la silla que había junto a la cama y la contempló mientras dormía.

El escocés llegó a la conclusión de que se trataba de la mañana más perfecta que recordaba.

6

Por la mañana, Margaret despertó como siempre: totalmente despejada y casi de inmediato.

Se sentó en la cama, enfocó la mirada y se percató de tres cosas: en primer lugar, estaba en la cama; en segundo, Angus no estaba acostado y, en tercero, ni siquiera se encontraba en la habitación.

Se levantó de un salto, hizo una mueca al ver las espantosas arrugas de sus faldas y caminó hasta la pequeña mesa. Los cuencos que habían contenido *cranachan* seguían allí, lo mismo que las resistentes cucharas de peltre. A su lado había un papel doblado. Estaba arrugado y manchado y parecía recortado de un papel más grande. Margaret supuso que Angus había tenido que recorrer toda la posada para dar con ese trocito de papel.

Lo desdobló y leyó:

He ido a desayunar. Enseguida vuelvo.

No se había tomado la molestia de firmarlo. Tampoco era muy importante que no lo hubiese hecho, se dijo Margaret mientras buscaba algo con lo que peinarse. Al fin y al cabo, sólo Angus podía haber escrito esa nota.

Sonrió al ver la letra suelta y segura. Incluso aunque alguien hubiese tenido ocasión de entrar subrepticiamente la nota en la habitación, ella habría sabido que era de Angus. El trazo de sus letras revelaba su personalidad.

Como no había nada para usar como cepillo, optó por peinarse con los dedos al tiempo que caminaba hacia la ventana. Abrió las cortinas y se asomó. El sol había salido y el cielo azul apenas estaba salpicado de nubes. Era un día perfecto.

Margaret meneó la cabeza, suspiró y abrió la ventana para que entrase aire fresco. Estaba en Escocia sin motivos para estarlo, no tenía dinero, su ropa estaba irredimiblemente manchada y con toda probabilidad su reputación acabaría hecha añicos cuando regresase a su casa.

Se consoló pensando que hacía un día perfecto.

El pueblo había despertado. Entonces vio que una familia cruzaba la calle y entraba en una tienda; luego observó a una pareja que, evidentemente, acaba de fugarse. Por último, se dedicó a contar los matrimonios jóvenes que pasaron de la calle a la posada y regresaron a la calle.

No supo si sonreír o fruncir el ceño. Tanta fuga no podía ser buena, pero también tuvo que reconocer que la víspera se había activado un rinconcito romántico de su alma. Cabía la posibilidad de que algunos recién casados no fueran tan idiotas como los había considerado la noche anterior. Quizás hubiese algo razonable en suponer que algunas parejas habían tenido razones de peso para fugarse a Escocia.

Dejó escapar un suspiro sentimental, se asomó un poco más y se dedicó a inventar la historia de esas parejas. Aquella jovencita tenía un padre autoritario y ese joven ansiaba casarse con su verdadero amor antes de alistarse en el ejército.

Intentaba escoger a la muchacha cuya madrastra era malísima cuando un grito atronador sacudió los cimientos de la posada. Margaret bajó la mirada y vio que Angus salía pitando a la calle.

—¡Aaannnnnneee!

Margaret dejó escapar una exclamación de sorpresa. ¡Se trataba de su hermana!

Una señorita alta y de pelo negro permaneció de pie en la acera de enfrente y, con expresión de gran susto, intentó esconderse tras un carruaje perfectamente cuidado.

—¡Por Jesús, por el whisky y por Roberto I Bruce!

Si no bajaba enseguida, Angus mataría a su hermana o como mínimo la aterrorizaría y le provocaría una locura transitoria.

Así que se arremangó las faldas muy por encima de los tobillos y salió disparada de la habitación.

Angus estaba bastante animado y empezó a silbar cuando se dispuso a conseguir el desayuno escocés perfecto para ofrecérselo a ella. Las gachas y los verdaderos *scones* escoceses eran imprescindibles, pero también quería que probase el exquisito pescado ahumado tan típico de su país.

George le había dicho que si quería salmón silvestre tendría que ir a la pescadería de enfrente, de modo que dijo al posadero que volvería en unos minutos a buscar las gachas y los *scones* y abrió la puerta principal.

No había dado un paso hacia la calle cuando avistó su carruaje. Estaba tranquilamente detenido al otro lado de la calle y dos de sus mejores caballos seguían enganchados al vehículo.

Esa situación sólo tenía una explicación.

—¡Aaannnnnneee!

Su hermana asomó la cabeza por un lado del carruaje. Abrió la boca horrorizada y Angus vio que vocalizaba su nombre.

—Anne Greene, ni se te ocurra dar un paso más —ordenó.

La muchacha se quedó petrificada y él cruzó la calle a la carrera.

—¡Angus Greene! ¡Ni se te ocurra dar un paso más! —exclamó una voz a sus espaldas.

El escocés también se quedó petrificado y se preguntó si era Margaret la que había pronunciado esas palabras.

Anne se asomó un poco más y el terror de su mirada dio paso a la curiosidad.

Angus se dio la vuelta. Margaret arremetía hacia él con la gracia y la delicadeza de un buey. Como siempre, estaba exclusivamente centrada en una cuestión. Por desgracia, en este caso la cuestión era él.

—Angus, no te precipites —aconsejó con su tono pragmático, lo que lo llevó a pensar que sabía de qué hablaba.

—No pensaba precipitarme —replicó con santa paciencia—. Sólo me disponía a estrangularla.

Anne dejó escapar una exclamación de sorpresa.

—No habla en serio —acotó Margaret a toda velocidad—. Estaba muy preocupado por usted.

—Y usted, ¿quién es? —quiso saber Anne.

—¡Por supuesto que hablo en serio! —vociferó Angus y clavó un dedo a su hermana—. Jovencita, por si no lo sabes, te has metido en un buen lío.

—En algún momento tiene que crecer —terció Margaret—. Recuerda lo que anoche me dijiste sobre Edward.

Anne se volvió hacia su hermano e inquirió:

—¿Quién es esta mujer?

—Edward huyó para alistarse en la Marina, no para cumplir un capricho en Londres —contestó Angus.

—Sí, claro, y he de dar por sentado que Londres es peor que la Marina —ironizó Margaret—. Al menos un tirador portugués no herirá en el brazo a tu hermana. Y por si eso fuera poco, la temporada en Londres no es un capricho, sobre todo para una joven de su edad.

Anne se entusiasmó notoriamente.

—Mírala —prosiguió Angus y señaló a su hermana sin quitar el ojo de encima a Margaret—. Como puedes ver es muy hermosa. Todos los calaveras de Londres le harán la corte. Tendré que espantarlos con un palo.

Margaret se volvió hacia la hermana de Angus. Anne era muy bonita y tenía el mismo cabello negro y tupido y los ojos oscuros de su hermano. Por mucho que para él fuese una belleza clásica, lo cierto es que no cumplía ninguno de sus cánones.

A Margaret se le derritió el corazón. Hasta entonces no se había percatado de lo mucho que él quería a su hermana. Le apoyó la mano en el brazo y añadió delicadamente:

—Tal vez ha llegado el momento de dejarla crecer. ¿Acaso no comentaste que tenéis una tía abuela en Londres? Tu hermana no estará sola.

—La tía Gertrude ha escrito y dice que puedo quedarme en su casa —intervino Anne—. También dice que le gustaría tener compañía. Me parece que se siente sola.

Angus asomó el mentón como un toro furibundo.

—No mezcles en esto a la tía Gertrude. Quieres ir a Londres porque quieres ir a Londres, no porque estés preocupada por ella.

—Claro que quiero ir a Londres. Nunca he dicho lo contrario. Me limité a señalar que mi visita no sólo beneficia a una persona, sino a dos.

Angus miró a su hermana con el entrecejo fruncido y Anne hizo lo mismo. A Margaret se le cortó la respiración al comprobar lo mucho que los hermanos se parecían. Por desgracia, también parecían a punto de llegar a las manos, así que se interpuso hábilmente entre los dos, levantó la mirada debido a que Anne medía quince centímetros más que ella y Angus más de treinta, y dijo:

—Anne, lo que acaba de decir es muy amable. Angus, ¿no crees que Anne ha señalado una de las ventajas?

—¿De parte de quién estás? —le espetó Angus.

—De nadie. Sólo intento ser sensata. —Margaret lo cogió del antebrazo lo llevó a un aparte y añadió con tono bajo—: Angus, estás exactamente en la misma situación sobre la cual anoche me aconsejaste.

—Pues no es lo mismo.

—¿Cómo que no?

—Tu hermano es un hombre y mi hermana no es más que una niña.

Margaret sacó chispas por los ojos.

—¿Qué significa lo que acabas de decir? ¿Acaso yo también «no soy más que una niña»?

—Claro que no. Eres…, eres… —Buscó las palabras sin dar con ellas y se mostró bastante agitado—. ¡Tú eres Margaret!

—¿Por qué lo que dices se parece a un insulto?

—Evidentemente, no se trata de un insulto —replicó el escocés—. Acabo de elogiar tu inteligencia. No eres como las demás. Eres…, eres…

—En ese caso, me parece que acabas de insultar a tu hermana.

—Así es, acabas de insultarme —se entrometió Anne.

Angus se volvió rápidamente y la regañó:

—No te metas en conversaciones privadas.

—Por favor, ya está bien, hablas con un tono que se oye hasta en Glasgow.

Margaret se cruzó de brazos y preguntó:

—Angus, ¿consideras que tu hermana es una joven inteligente?

—Lo pensaba hasta que se escapó.

—En ese caso, ten la amabilidad de mostrarle un poco de respeto y confianza. No se ha largado a ciegas. Ya se ha puesto en contacto con vuestra tía y tiene una casa en la que quedarse y una carabina que desea su presencia.

—No puede elegir marido —refunfuñó el escocés.

Margaret entornó los ojos.

—¿Crees que tú lo harías mejor?

—Puedes dar por hecho que no permitiré que se case si no apruebo a su elegido.

—En ese caso, acompáñala —insistió Margaret.

Angus soltó un larguísimo suspiro.

—No puedo. Todavía no puedo. Ya le dije que iríamos el año que viene. Tengo que estar en Greene House durante las restauraciones y también debo supervisar el nuevo sistema de riego…

Anne miró a Margaret con actitud suplicante.

—No quiero esperar al año que viene.

Margaret miró de un Greene a otro e intentó encontrar una solución. Le resultó bastante extraño estar allí, en medio de una disputa familiar. Al fin y al cabo, el día anterior ni siquiera conocía la existencia de los Greene.

Por alguna razón todo le resultó muy lógico, de modo que se volvió hacia Angus, lo miró decidida e inquirió:

—¿Se me permite una sugerencia?

—Adelante —contestó el escocés sin dejar de mirar contrariado a su hermana.

Margaret carraspeó y Angus no se volvió para mirarla. La inglesa decidió seguir adelante.

—¿Por qué no permites que tu hermana viaje a Londres y te reúnes con ella en uno o dos meses? De ese modo, si encuentra a un hombre de su agrado, podrás conocerlo antes de que la relación se formalice y tendrás tiempo de terminar los trabajos en casa. —A pesar de que Angus frunció el entrecejo, Margaret no se amilanó—. Estoy segura de que a Anne no se le ocurrirá casarse sin tu aprobación. —Se volvió hacia la joven con expresión suplicante—: ¿No es así, Anne? —La joven tardaba demasiado en dar la respuesta, por lo que ella le dio un codazo en el estómago y repitió—: Anne, ¿no es así?

—Por supuesto —repuso ésta y se frotó el vientre.

Margaret sonrió de oreja a oreja.

—¿Os dais cuenta? Es la solución perfecta. Angus, Anne, ¿qué decís?

Angus se pasó la mano por la frente y apoyó los dedos en las sienes como si la presión pudiera hacer desaparecer lo que ocurría. El día había amanecido perfecto y se había dedicado a contemplar a Margaret mientras dormía. El desayuno aguardaba, el cielo estaba azul y tenía el convencimiento de que no tardaría en encontrar a su hermana y llevarla de regreso a casa, que era donde tenía que estar.

Y ahora Margaret y Anne se aliaban contra él e intentaban convencerlo de que eran ellas las que sabían cómo se hacían las cosas. Ambas unidas se habían convertido en una fuerza muy poderosa.

Angus temió que, una vez convertido en un simple objeto, tal vez no fuese del todo inamovible.

Relajó la expresión, su voluntad se debilitó y se dio cuenta de que las mujeres percibieron que habían vencido.

—Si así te sientes más cómodo, acompañaré a Anne —propuso Margaret—. No puedo ir hasta Londres, pero la vigilaré hasta Lancashire.

—¡No y no!

Margaret se sobresaltó ante la contundencia de la respuesta.

—¿Cómo dices?

—No irás a Lancashire.

—¿Que no iré?

—¿Que no irá? —intervino Anne, se dirigió a Margaret y preguntó—: Si me lo permite, ¿cómo se llama?

—Soy la señorita Pennypacker, aunque creo que podemos utilizar nuestros nombres de pila, ¿no le parece? Me llamo Margaret.

Anne movió afirmativamente la cabeza.

—Le estaré eternamente agradecida por su compañía durante el trayecto hasta…

—No irá —repitió Angus con gran firmeza.

Ambas féminas le clavaron la mirada.

Angus se sintió mal.

—¿Y qué esperas que haga en lugar de irme? —inquirió Margaret sin demasiada dureza.

Angus no supo de dónde brotaron las palabras ni de cómo se formó ese pensamiento, pero miró a Margaret y de repente recordó cada momento pasado en su compañía. Sintió sus besos y oyó su risa. La vio sonreír y se emocionó. Era demasiado mandona, testaruda y baja para un hombre de su talla, pero su corazón pasó por alto esas peculiaridades, recordó la mirada de esos ojos verdes extraordinariamente inteligentes y propuso:

—Espero que te cases conmigo.

Margaret suponía que sabía lo que significaba quedarse sin habla. No se trataba de un estado en el que se encontrase a menudo, pero creía que lo conocía.

Estaba muy equivocada.

Se le aceleró el corazón, la cabeza le dio vueltas y el aire le impidió respirar. Se le secó la boca, los ojos se le llenaron de lágrimas y le zumbaron los oídos. De haber tenido cerca una silla, hubiera intentado sentarse, pero probablemente no habría atinado a posarse en el asiento.

Anne se inclinó sobre ella.

—Señorita Pennypacker... Margaret... ¿se encuentra bien? —Angus guardó silencio y Anne se volvió hacia su hermano—. Me parece que está a punto de desmayarse.

—No se desmayará —respondió severamente el escocés—. Nunca se desmaya.

Margaret se palmeó el pecho, como si así pudiera deshacer el nudo de estupor que se le formó en la garganta.

—¿Cuánto hace que la conoces? —le preguntó Anne con gran recelo.

—Desde anoche.

—¡En ese caso, es imposible que sepas si se desmaya o no!

—Lisa y llanamente, lo sé.

Los labios de Anne formaron una línea rígida.

—¿Cómo puedes saber...? ¡Alto ahí! ¿Pretendes casarte con ella a pesar de que sólo hace un día que la conoces?

—Tu pregunta no viene a cuento porque, al parecer, no me va a decir que sí.

—¡Sí!

Fue todo lo que Margaret pudo decir debido al nudo que le cerraba la garganta y, por si eso fuera poco, la cara de desilusión del escocés se le había vuelto insoportable.

La esperanza iluminó la mirada de Angus..., que también incluyó un encantador toque de incredulidad.

—¿De verdad?

La inglesa asintió enérgicamente.

—Sí, me casaré contigo. Eres demasiado mandón, testarudo y alto para una mujer de mi talla, pero, de todos modos, me casaré contigo.

—¡Qué romántico! —musitó Anne—. Como mínimo tendría que haberle exigido que se lo pidiese de rodillas.

Angus no hizo caso de su hermana y sonrió a Margaret al tiempo que le acariciaba la mejilla con gran delicadeza.

—¿Te das cuenta de que es lo más disparatado e impulsivo que has hecho en toda tu vida?

Margaret asintió y apostilló:

—Y también lo más perfecto.

—¿Acabas de decir «en toda su vida»? —repitió Anne sumida en grandes dudas—. «¿En toda su vida?» ¿Cómo lo sabes? ¡A fin de cuentas, sólo la conoces desde ayer!

—Aquí estás de más —opinó Angus y fulminó a su hermana con la mirada.

Anne sonrió.

—¿De veras? ¿Eso significa que puedo ir a Londres?

Seis horas más tarde, Anne iba de camino a Londres. Angus le había soltado una severa perorata, Margaret la había llenado de consejos fraternales y ambos se habían comprometido a visitarla el mes siguiente.

Evidentemente, Anne se había quedado en Gretna Greene para asistir a la boda. Margaret y Angus contrajeron matrimonio menos de una hora después de que el escocés se lo propusiera. En principio, Margaret puso pegas e insistió en que debía casarse en su tierra y en presencia de su familia, pero Angus había enarcado sus cejas oscuras y exclamado: «¡Por Jesús, por el whisky y por Roberto I Bruce! Mujer, estás en Gretna Green y tienes que casarte».

Margaret sólo accedió después de que Angus se inclinase hacia ella y le susurrara al oído: «Esta noche me acostaré contigo…, contemos o no con las bendiciones del ministro».

La inglesa llegó rápidamente a la conclusión de que las bodas exprés tenían sus ventajas.

Los felices recién casados regresaron a su habitación de The Canny Man.

—Creo que tendré que comprar esta posada —declaró Angus cuando atravesó el umbral con ella en brazos—. Así me cercioraré de que nadie más vuelva a alojarse en esta habitación.

—¿Le tienes tanto apego? —bromeó Margaret.

—Por la mañana sabrás a qué se debe. —Margaret se ruborizó. Angus rio y preguntó—: ¿Todavía te sube el color a las mejillas? Y eso que ya eres una mujer mayor y casada.

—¡Sólo me he casado hace dos horas! ¡Creo que todavía tengo derecho a ruborizarme!

La depositó sobre la cama y la miró como si fuese el bocado más delicioso del escaparate de la pastelería.

—Sí, desde luego que lo tienes.

—A mi familia le costará creer lo que he hecho.

Angus se inclinó sobre la cama y se tendió sobre ella.

—Ya te preocuparás más tarde de tu familia.

—Ni yo misma me lo creo.

El escocés acercó los labios a la oreja de Margaret y susurró con tono ardiente:

—Te lo creerás. Me encargaré de que te lo creas.

Angus le apoyó las manos en las nalgas y la estrechó contra su virilidad.

—¡Vaya! —exclamó Margaret sorprendida.

—¿Ahora te lo crees?

Aunque no supo de dónde sacó tanta osadía, la inglesa sonrió con actitud seductora y musitó:

—No del todo.

—¿Hablas en serio? —Angus esbozó una lenta sonrisa—.

¿No te parece prueba suficiente? —Margaret negó con la cabeza—. Hummm... Debe de ser por toda esta ropa.

—¿Te parece?

Angus asintió y se dispuso a desabrochar los botones de su chaqueta, la misma que Margaret aún llevaba puesta.

—En esta habitación hay un montón, demasiadas capas de tela.

Angus le quitó la chaqueta y la falda y, sin dar tiempo a que Margaret se avergonzase, se desnudó, por lo que quedaron piel contra piel.

Fue una sensación extrañísima. El escocés la acarició de la cabeza a los pies. Se situó sobre ella y también a su lado y, con jadeante asombro, Margaret comprendió que no tardaría en poseerla.

Los labios de Angus rozaron la delicada piel del lóbulo de la oreja de su esposa, mordisquearon e hicieron cosquillas al tiempo que susurraba pícaras insinuaciones que la llevaron a ruborizarse. Angus no le dio tiempo de reaccionar porque se apartó, descendió e, inmediatamente, le rodeó el ombligo con la lengua. Margaret supo con certeza absoluta que esa misma noche ese hombre pondría en práctica esas pícaras insinuaciones.

Los dedos del escocés se deslizaron hasta su femineidad y Margaret jadeó cuando se los introdujo. Tendría que haberse sentido invadida, pero fue más bien una consumación que, pese a todo, resultó insuficiente.

—¿Te gusta? —murmuró Angus y la miró.

Margaret asintió mientras respiraba con jadeos poco profundos y apresurados.

—Me alegro —añadió el escocés con expresión muy masculina y enormemente satisfecho de sí mismo—. Esto te gustará todavía más.

Entonces combinó las caricias con tiernos besos y Margaret estuvo a punto de caerse de la cama.

—¡No puedes hacer eso! —exclamó.

Aunque Angus no apartó la cabeza, la inglesa notó su sonrisa en la delicada piel del interior de sus muslos.

—Claro que puedo.

—No, de verdad que no…

—Sí que puedo.

El escocés levantó la cabeza y la derritió con una sonrisa pausada y perezosa.

Acto seguido le hizo el amor con la lengua y la atormentó con los dedos; en todo momento, en lo más íntimo de Margaret se acumuló una presión lenta y estruendosa. Su necesidad creció hasta resultar casi dolorosa, al tiempo que era perversamente deliciosa.

De repente algo estalló en su seno. Un rincón secreto y profundo, cuya existencia desconocía, se llenó de luz y de placer y su universo se redujo a esa cama y a ese hombre.

Fue la perfección absoluta.

Angus deslizó su cuerpo sobre el de ella y la abrazó a medida que Margaret regresaba lentamente a la Tierra. Aún estaba inflamado, con el cuerpo tenso por la necesidad y, al mismo tiempo, curiosamente satisfecho. Se dio cuenta de que Margaret era la mujer de su vida. No había nada que no pudiese mejorar con una sonrisa suya y proporcionarle su primer placer como mujer lo había contentado hasta lo indecible.

—¿Eres feliz? —susurró.

La inglesa asintió adormecida, saciada y muy, muy amada.

Angus se acercó y le hizo mimos en el cuello.

—Pues aún hay más.

—Estoy segura de que ese algo más acabará conmigo.

—Creo que nos apañaremos. —Angus rio al acomodarse

y utilizó sus potentes brazos para sostener el cuerpo a pocos centímetros del de Margaret.

Ella abrió los ojos y le sonrió. Levantó una mano, le acarició la mejilla y murmuró:

—Eres tan fuerte… Eres tan bueno…

Entonces él giró la cabeza hasta que sus labios rozaron la palma de la mano de Margaret.

—Por si no lo sabes te quiero.

A Margaret le dio un vuelco el corazón…, o tal vez se le aceleró.

—¿Me quieres?

—Es extrañísimo, pero cierto —reconoció con una sonrisa un poco desconcertada y otro tanto orgullosa.

La inglesa lo contempló durante varios segundos y memorizó su rostro. Quería recordarlo todo, desde el brillo de sus ojos oscuros hasta la forma en la que el pelo negro y tupido le caía sobre la frente. Eso por no hablar del modo en el que la luz iluminaba su rostro, de la marcada pendiente de sus hombros y de …

Se enterneció, se dijo que tenía toda la vida para memorizar esos detalles y susurró:

—Yo también te quiero.

Angus se inclinó, la besó y la hizo suya.

Varias horas después estaban sentados en la cama y compartían con entusiasmo la comida que el posadero había dejado a la puerta de la habitación.

Repentinamente Angus dijo:

—Me parece que esta noche hemos hecho un bebé.

A Margaret se le cayó el pollo de las manos.

—¿Por qué diablos piensas eso?

El escocés se encogió de hombros.

—Es indudable que me he esforzado bastante.

—Claro…, y piensas que con una vez…

—Con tres, tres veces. —Angus sonrió.

Margaret se ruborizó y masculló:

—Querrás decir cuatro.

—¡Tienes razón! Me había olvidado de…

Ella le dio una palmada en el hombro.

—Por favor, ya es suficiente.

—Nunca será suficiente. —Angus se inclinó y la besó en la nariz—. He estado pensando…

—¡Que Dios me ampare!

—Puesto que somos los Greene, que estamos en Gretna Green y que creo que jamás deberíamos olvidar cómo nos conocimos…

Margaret soltó un quejido.

—Angus, no sigas por ese camino.

—¡Gretel! —exclamó muy ufano—. Podríamos llamarla Gretel, Gretel Greene.

—¡Por Jesús, por el whisky y por Roberto I Bruce! Espero que me digas que estás de broma.

—¿Y Gertrude? ¿Gertrude Greene? No tiene la misma gracia sutil, pero mi tía abuela se sentirá muy honrada. —Margaret se dejó caer sobre la cama pues supo que toda resistencia era inútil—. ¿Grover? ¿Y Gregory? Seguro que Gregory te gusta. Galahad…, Giselle…

La novia de Glenlyon

Karen Ranney

1

Castillo de Glenlyon
Escocia, 1772

Lachlan aseguró:

—No me casaré con la bruja.

Nadie hizo caso de sus palabras. Todo el clan estaba fascinado con Coinneach MacAuley. El viejo se consideraba profeta o vidente y todos los hombres, mujeres y niños que se encontraban en el salón estaban pendientes de él.

—Veo el futuro lejano —declaró el anciano. Estaba de pie en medio del salón y estiró los brazos, como si apoyase las manos en una pared invisible. Su generosa barba blanca acababa en punta en mitad de su pecho. Las cejas canas e hirsutas se extendían por encima de sus ojos de un azul intenso, demasiado jóvenes para ese rostro envejecido. En ese instante estaban fijos en el alto techo del salón, como si allí viese escrito el futuro—. Noto la perdición de los Sinclair. Veo al jefe, al último de su estirpe. No será padre. —Elevó la voz, que retumbó como el eco en la enorme estancia. Tal vez los asistentes susurraron entre sí, pero a nadie se le ocurrió interrumpir al profeta—. Sus hijos, los valientes, no nacerán jamás. Los honores que habrían supuesto para el clan Sinclair…, sólo serán polvo arrastrado por el viento. No volverá a mandar un futuro jefe. En el futuro de los Sinclair sólo hay infecundidad y desastre. —El anciano se volvió y señaló a

Lachlan con un dedo largo y arrugado—: Porque tú has ignorado la leyenda.

Lachlan observó al viejo. Era mejor esperar a que el vidente concluyese sus afirmaciones que interrumpirlo. Si lo hacía sólo conseguiría una perorata más larga.

El profeta bajó el dedo e inclinó la cabeza.

—Ningún Sinclair volverá a mandar en Glenlyon —prosiguió Coinneach—. El castillo será como una cripta y estará carente de vida.

Lachlan enarcó una ceja y, a fuerza de voluntad, volvió totalmente inexpresivo su rostro.

—Dese por vencido, viejo —atronó y su voz se transmitió con la misma fuerza que la del vidente—. No me casaré con la bruja.

Coinneach volvió a elevar la voz y adoptó un tono destinado a poner de punta los pelos de la nuca de todos los Sinclair que lo escuchaban. El problema consistía en que todos estaban absortos en sus palabras. Tendrían que haber estado bebiendo; era una noche de brindis y de borrachera lenta pero segura. Su primo James se había casado y celebraban el feliz matrimonio, pero Coinneach estaba aprovechando la fiesta para alborotar el avispero y lo cierto es que lo había conseguido.

—Sólo cuando se lamente de su destino y de la pérdida de todos los hijos no nacidos, Sinclair podrá descansar en su tumba. Sus últimas posesiones serán heredadas por un Campbell. —Al oír esas palabras, los presentes soltaron un siseo de incredulidad, ya que los Campbell y los Sinclair habían sido enemigos desde que tenían memoria—. Veo a la novia ante mí —se apresuró a añadir Coinneach—. La novia conoce el secreto de la vida. Tendrá garras en lugar de pies y la voz de un espíritu gimiente, pero salvará al clan Sinclair.

Lachlan se sentó con la espalda más recta.

—Viejo, ¿es ése el fallo de la novia? ¿Acaso cojea y grita? ¿Por ese motivo su padre está tan dispuesto a regatear?

Coinneach lo observó con expresión de contrariedad.

—Lachlan, el padre quiere acabar con las incursiones. Te comprometiste con su hija.

Aunque los Sinclair habían causado jaleo en la frontera durante generaciones, desde 1745 había sido un gran placer pellizcar la nariz a los ingleses. Durante el último año las incursiones habían dado un giro desesperado: ya no robaban el ganado por diversión, sino para engrosar los rebaños cada vez más reducidos de los Sinclair.

Lachlan volvió a recostarse en el respaldo de la silla primorosamente tallada que había pertenecido a su padre y al padre de su padre. Desde pequeño había oído las anécdotas de las hazañas de los Sinclair y en ese mismo salón le habían inculcado la historia del clan. Era terrateniente, posición que cada vez tenía menos significado en los clanes. Tanto para su padre como para los Sinclair que lo habían precedido había sido un deber sagrado. Para él también tenía cierta importancia; se había hecho responsable de la supervivencia del clan y esa carga lo acompañaba a todas partes.

Su tierra era duramente hermosa, una sucesión de colinas apenas onduladas y valles profundamente silenciosos que daban paso a cumbres altas y desoladas. Se trataba de un refugio que siempre había sustentado a sus habitantes, incluso en épocas políticamente difíciles. Después de la revuelta de 1745, daba la sensación de que la bota inglesa no había dejado de pisar el cuello de Escocia. No permitían que ni un solo escocés olvidase que su país se había rebelado y perdido. Construyeron caminos por los que marcharon los soldados ingleses de casaca roja; erigieron fuertes y cargaron los cañones; impusieron aranceles y aprobaron leyes para prohibir, desterrar o expurgar todo lo que supusiese una cuestión de orgullo para sus compatriotas.

Daba la sensación de que, en los últimos años el destino de los Sinclair era tan funesto como el de Escocia. El ganado no se había reproducido y las tierras sólo daban cebada. No era de extrañar que tantos de los suyos se marchasen.

Cuando paseaba la mirada por el enorme salón de su hogar, Lachlan Sinclair no veía lo que era posible conseguir, sino lo que era necesario hacer.

La leyenda cobró cada vez más importancia en sus pensamientos. Casi cada día suponía un recuerdo adicional de sus responsabilidades. Al igual que el vidente chalado, Lachlan empezaba a creer que tal vez ese matrimonio fuera la única manera de prosperar de los Sinclair.

Desde la cuna le habían contado la leyenda de la novia de Glenlyon. La comadrona Mab había tenido un sueño acerca de su futuro que, según se decía, estaba estrechamente relacionado con el del clan. Habían llegado a la conclusión de que la comadrona había lanzado una profecía y de que Coinneach se limitaba a aprovechar el relato. Con el paso de los años, la leyenda había adquirido más importancia. Lachlan estaba seguro de que cada miembro de su clan reconocería que creía en ella. Confiaban en que la presencia de una forastera señalaría el final de las penurias que los habían acosado. No sería su astucia, sus conocimientos ni su osadía los que liberarían al clan de su desesperación. Ella, la figura difusa que se atrevía a situarse en la periferia de su visión, como si incluso en ese momento se burlara de él, sería la respuesta a los problemas. Lachlan prefería invadir sus tierras y robar su ganado a casarse con la bruja.

El padre de la bruja se lo había propuesto hacía una semana. Los rumores le habían proporcionado detalles que el padre había omitido. Se llamaba Harriet. Hasta el nombre era horrible. Las palabras de Coinneach sirvieron para reforzar sus temores. Como novia, una arpía severa, pero con una dote lo suficientemente cuantiosa como para alimentar a los suyos.

Lachlan cogió su copa y la vació. Ya no quedaba whisky, pues habían espitado los últimos barriles de la bodega del castillo para la celebración. Un escocés sin whisky es como un río sin agua, ya que uno realza al otro. Las cosas nunca son tan malas como para que un trago no las mejore. Temió que la falta de whisky sería para los suyos otra señal de que el fin de los Sinclair se aproximaba.

Angus había estado a cargo de los destilados, pero había muerto inesperadamente hacía un mes. Había sido una tragedia en más de un sentido. Lachlan no sólo había perdido a un miembro del clan, sino todos los conocimientos que Angus poseía y, en consecuencia, lo único que habría podido contrabandear y convertir en jugosos beneficios.

Siempre había gente dispuesta, ingleses incluidos, a pagar lo que fuese por el buen whisky escocés. Lo cierto es que los impuestos especiales se llevaban hasta el más pequeño de los beneficios de esta clase de empresas. En consecuencia, era bastante corriente evitar el pago de dichos gravámenes. Algunos lo llamaban contrabando. Lachlan prefería definirlo como «comercio inteligente». El comprador se sentía satisfecho por adquirir un producto superior y el vendedor obtenía un beneficio razonable. Los únicos que no estaban a favor de quedarse con esa tasa punitiva eran los cobradores de impuestos.

A falta de whisky, Lachlan no tenía qué contrabandear, comerciar o trocar. En Glenlyon sólo abundaban dos cosas: la cebada y la esperanza.

Se puso de pie, brindó por su primo y levantó la copa vacía. Las risas acompañaron su felicitación a la feliz pareja. Su sonrisa fue forzada. Se dio la vuelta y abandonó el salón.

Se dijo que necesitaba un milagro o una leyenda. Se detuvo, frenado por una sensación física tan aguda que se pareció mucho a un puñal clavado en su pecho. Desde luego, eso era. O tal vez el destino. Tendría que casarse con la inglesa para salvar a su clan.

Pero no estaba dispuesto a contraer matrimonio antes de echar un vistazo a la bruja.

Casa del caballero Hanson
Inglaterra

Esa noche habría luna llena. Su padre la habría definido como «la luna de los bandidos fronterizos». «Muchacha, es una luna para soñar. Cierra los ojos y la notarás debajo de tus párpados. Janet, es mágica.» Necesitaba un toque mágico, lo que fuese para disipar la desagradable sensación de estar encerrada en su propia piel, de gritar sin emitir sonido alguno.

—Janet, ¿quieres que te traiga un chal? Estás temblando.

Se volvió y vio a Jeremy Hanson a su lado…, como casi siempre. Estaba tan cerca que se alegró de llevar la pañoleta de muselina encima del corpiño. Con ayuda de dos dedos la subió discretamente y negó con la cabeza.

—¿Estás enferma?

—No, se me ha ocurrido una idea imposible —replicó y se obligó a sonreír.

—Pues no pienses en cosas tan perturbadoras.

La sonrisa de Jeremy fue auténtica y la miró con profunda devoción. Era un joven realmente agradable, alto, delgado, con los ojos de color avellana y el pelo castaño claro. Todo en Jeremy era afable, ni excesivamente llamativo ni fuera de lugar. Lo cierto es que era demasiado atento con ella, hecho que, si lo supiera, disgustaría mucho a la familia Hanson. Al fin y al cabo, Janet no era más que una pariente pobre, la acompañante de la hija de la casa.

—Jeremy, ven a ver lo que he hecho. Me parece que he conseguido captar el jardín en primavera. ¿Qué te parece? —terció Harriet y los separó.

Janet no tuvo la menor duda de que esa mujer intentaba dividirlos. Tal vez juzgaba demasiado severamente a Harriet. Había estado siete años a su servicio, tiempo suficiente como para conocerla, pero la comprensión todavía se le escapaba como agua entre los dedos. En algunos momentos pensaba que Harriet era sinceramente amable y en otros sospechaba que esperaba a que ella se sintiese más triste para lanzarle una lluvia de críticas y censuras.

Últimamente el humor de Harriet había empeorado. Le había costado entender a qué se debía hasta que, por casualidad, oyó una conversación. La casa solariega era cavernosa, tanto que hasta los susurros solían desplazarse desde rincones inesperados. Por casualidad se enteró de que el caballero Hanson había hecho las paces con el escocés que, en los últimos años, se había acostumbrado a cruzar la frontera para asediarlo. El caballero había ofrecido su hija y su dote como estímulo para que el escocés dejara de robarle ganado.

Harriet se casaría con el terrateniente de los Sinclair. ¡Eso sí que era una sorpresa!

Janet no pudo dejar de preguntarse si el padre de Harriet se había ausentado hasta que se celebrasen los esponsales, el mes siguiente, con el propósito de librarse del humor de perros de su hija. La irritación que Harriet sentía por su inminente boda parecía destinada a perdurar hasta el día en el que se celebrasen las nupcias.

Janet se giró hacia la ventana y le habría gustado poseer la capacidad de deslizarse a través del cristal y escapar en plena noche como una sombra. Se escondería entre los árboles, se asomaría desde detrás de un tronco y correría por la arboleda como una criatura del bosque. Se iría. Se dirigiría a un sitio en el que no le dirían que su acento era vulgar, el tono de su piel, peculiar, y sus dedos, torpes. Iría a un sitio en el que tal vez sonaría la música y puede que hasta la risa. Sería la felicidad envuelta en la noche y atada con un lazo de aceptación.

A veces se sentía muy sola. Se había enterado de que, por primera vez en siete años, su sufrimiento se terminaría. El día en el que le comunicaron la boda de Harriet, también supo que la acompañaría a Escocia en cuanto se casase. Volvería a su tierra, nuevamente pisaría suelo escocés. Contaba desesperadamente los días que faltaban.

—Janet, apártate de la ventana, te necesito. —La voz de Harriet la devolvió a sus obligaciones.

Janet cruzó la estancia y ocupó la silla que había junto a Harriet. Pensó que esa mujer sería muy atractiva si no fuera porque siempre tenía el ceño fruncido. La cabellera de Harriet era de un tono castaño intenso, se le rizaba a pesar del clima y poseía los ojos azules más delicados que quepa imaginar. Era baja y menuda, lo que provocaba una impresión de debilidad o fragilidad, de algo delicado que había que proteger. Por otro lado, Harriet tenía una voluntad de hierro. Nunca era explícita ni la manifestaba con ataques de gritos o de quejas. Lisa y llanamente, existía, como el cielo o la tierra.

—Llevas toda la tarde suspirando. ¿Qué pasa, nos hemos olvidado de celebrar una fiesta escocesa? ¿Se nos ha pasado una celebración religiosa?

Janet meneó la cabeza. Era mejor no responder a las pullas de Harriet, lección que había aprendido a lo largo de los últimos siete años. Sólo tenía quince cuando se trasladó a Inglaterra. Sus padres habían muerto y los aldeanos estaban diezmados por la gripe. Habían comenzado a marcharse antes de la epidemia y, una vez superada, parecía que sólo los fantasmas habitaban Tarlogie.

Le habían dado a elegir entre hacer de acompañante de Harriet o morir de hambre en las calles. Había días en los que estaba convencida de que se había equivocado de elección.

De todas maneras, podría haber sido peor. Las obligaciones no eran agotadoras. A pesar de que el gimoteo nasal de su voz a veces lo volvía casi imposible, había aprendido a pasar por alto la mayor parte de las quejas de Harriet. De vez en cuando tenía una hora que dedicaba a las flores o a leer un libro que había sacado subrepticiamente de la biblioteca del caballero Hanson. Al fin y al cabo, Harriet no era responsable de que no tuviese perspectivas ni futuro.

—Te las das de interesante con mi hermano —protestó Harriet.

Su voz se había convertido en un susurro disonante para evitar que Jeremy, que leía sentado en el otro extremo de la estancia, la oyese. Cada tanto su hermano levantaba la cabeza y sonreía con dulzura en dirección a Janet.

—Me parece que sólo he sido amable. Me hizo una pregunta y respondí.

¿Las actitudes se transmitían de padres a hijos? ¿Por esa razón Harriet fruncía tanto el ceño y parecía tan desdichada? En ese caso, ¿por qué Jeremy era tan distinto a su padre?

Janet pensó que su reflexión no era justa. Los padres de Harriet eran muy agradables. El caballero Hanson era muy temperamental, carraspeaba mucho y evidentemente estaba más cómodo en presencia de los animales que de las personas. Louisa Hanson, la madre de Harriet, vivía postrada en la cama y al margen de casi toda la actividad que se desarrollaba en la casa. Era una dama tierna, tenía la costumbre de oler su pañuelo de encaje y siempre se había mostrado cordial, aunque con actitud distraída. A Janet no la sorprendía que durante largos períodos el resto de los habitantes se olvidasen de la presencia de la dueña de la casa, del mismo modo que, sin duda, la señora Hanson olvidaba la de Janet.

—Janet, he visto cómo le sonríes —añadió Harriet—, como si quisieras cautivarlo.

—Solamente he sido amable.

—Janet, pon a prueba tus artimañas con los criados o con los lacayos. De lo contrario, no me quedará más opción que hablar con mi padre de tu comportamiento salvaje.

«¿Salvaje?» Una tenue sonrisa asomó a los labios de Janet, que bajó la cabeza por si iba en aumento y revelaba la gracia que le había causado esa expresión. «¡Ay, Harriet, si supieras lo que significa salvaje, si lo vieras en lo más profundo de mi corazón! Eso sí que es salvaje.»

Por fin lo había sacado, lo había expresado. Manifestó la verdad sin adornos y sin pretextos. No quería estar donde estaba, en ese sitio y sirviendo eternamente mientras se le escapaba la vida. Deseaba volver a su hogar en Tarlogie. Ansiaba oír las risotadas de su padre y el tono afectuoso de la voz de su madre. La madre de su madre era inglesa y fue a través de su abuela que reivindicó su parentesco con los Hanson, gracias al cual ahora vivía bajo techo. Por otro lado, le resultaba sumamente difícil fingir que le gustaba ser inglesa.

Desde siempre le habían enseñado a valorar su herencia y a encontrarse a sí misma en todo aquello que la vinculaba con un pueblo orgulloso. Era hija única y su padre solía decir que la curiosidad podía con ella. Tal vez por eso le había permitido acompañarlo, razón por la cual había aprendido su oficio como cualquier aprendiz. Enseguida se había acostumbrado a decir lo que pensaba, a reír como una descosida y a ver lo mejor de la vida.

Ansiaba volver a ser así, bailar en los brezales y ver la salida del sol en las Tierras Altas; deseaba oír el gaélico y percibir el aroma acre del humo de turba. Eso era lo que significaba ser salvaje.

Durante los últimos siete años se había convertido en otra persona. La Janet que había vivido con sus padres en la aldea de las afueras de Tain se había esfumado. Apenas recordaba el gaélico y las canciones que de pequeña había tarareado. Por añadidura, ya no había motivos para reír y tampoco para sonreír. Hasta su forma de hablar había cambiado: parecía inglesa más que escocesa.

Claro que, interiormente, su corazón latía con salvaje desenfreno.

—Janet, ¿por qué haces pucheros? Es muy impropio de los criados. Pásame la cesta —dijo Harriet.

Janet se agachó para coger la cesta de bordado. La levantó en silencio y no dijo nada mientras Harriet tardaba lo suyo en escoger el hilo que usaría.

—Janet, sujeta bien la cesta. Te tiemblan las manos. —Janet apoyó la pesada cesta en sus rodillas—. Detesto el azul que has escogido. Me gustaría saber en qué estarías pensando. —Harriet revolvió los hilos. Una de las obligaciones de Janet consistía en ponerlos cada noche en su sitio y enroscarlos en los carretes dispuestos para ese fin—. ¿Pretendes librarte de los recados demostrando que los haces mal?

—Harriet, es exactamente lo que me pidió, el azul para las espuelas de caballero.

Harriet la miró y frunció un poco más el ceño.

—¿Estás diciendo que me he equivocado? Janet, me cuesta creer que seas tan neca.

—Harriet, si el tono que he elegido no le gusta, tal vez será mejor que la próxima vez baje usted al pueblo —respondió serenamente.

Horrorizada ante lo que acababa de decir, Janet clavó la mirada en el suelo. Luna llena, la luna estaba llena. ¿Acaso había olvidado su posición? Sí, claro que la había olvidado. Se sintió en la gloria. Por una vez había conseguido decir la verdad. La sinceridad brotaba de los dedos de sus pies y sólo la voluntad y la prudencia la mantenían a raya. A pesar de los vínculos familiares, esas palabras podían significar su despido. ¿Dónde iría a parar? Acabaría en la calle y con menos futuro del que ahora tenía.

—Harriet, le pido disculpas —murmuró.

—Janet, supongo que estás enferma porque, de lo contrario, no hablarías con tanto descaro. ¿No estoy en lo cierto? Llama a la señora Thomas y dile que te traiga polvos de Dover.

—No me pasa nada, Harriet —se apresuró a explicar—. Tal vez estoy un poco cansada.

Aunque se hubiera sentido enferma, lo habría negado con tal de librarse de recibir una dosis de polvos de Dover, ya que le revolvían el estómago y le provocaban sueños de lo más disparatados. La última vez que los había tomado, había despertado bañada en su propio sudor y jurado que nunca más sucumbiría a esa medicina.

—¿Y por qué ibas a estar cansada? Hoy no has hecho nada que lo justifique.

La sonrisa de Harriet pareció contener cierta provocación, lo que la llevó a abstenerse de decir que había ido y vuelto del pueblo no una, sino dos veces, porque ella se había olvidado de que quería comprar algo.

—Tal vez tenga razón. Es posible que esté enfermando.

—Es muy desconsiderado de tu parte estar enferma en mi presencia. Vete.

Janet depositó la cesta de bordado en el suelo, junto a Harriet, y se despidió con una inclinación de cabeza. Escapó antes de que Jeremy pudiera darle amablemente las buenas noches.

No se fue a la cama. La noche era joven, la luna comenzaba a asomar y la fascinación de la brisa de la primavera temprana resultó irresistible. Valoraba mucho ese momento y esa libertad era demasiado excepcional como para desperdiciarla.

Sería salvaje y desenfrenada, aunque sólo fuese por un rato.

Un riachuelo poco profundo discurría por las tierras de los Hanson, al este de la casa. Por la mañana, gracias a los rayos del sol, daba la impresión de que resplandecía. Janet recordó Tarlogie y el arroyo que fluía más allá de su casita. Debido a la luz matinal, había brillado como el riacho antes de volver a desaparecer bajo tierra.

A esas horas nocturnas, el riachuelo se veía negro y apenas iluminado por la luna. Janet se dio la vuelta, miró hacia el norte y pensó que le habría gustado ser como un pájaro, sobrevolar el terreno y hacer un nido entre los árboles que bordeaban un lago. Prácticamente tuvo la sensación de que Escocia la llamaba, como si supiese que le faltaba uno de sus hijos. Ese anhelo circulaba por sus venas, tan profundo e intenso que a veces le provocaba ganas de llorar. «Puedes llevarte a un escocés de la tierra, pero nunca quitarle la tierra al escocés», rezaba el refrán que había oído de pequeña y cuyo verdadero significado no comprendió hasta que tuvo que alejarse del terruño que la había visto nacer.

Se sentó en la cubierta musgosa de la orilla del riacho. Estaba rodeada de árboles, lo que ensombreció un poco más la oscuridad apenas quebrada por la luna. La noche la acogió como si estuviese de acuerdo con su escapada a lo salvaje. Era la primera vez que lo hacía, sólo unos instantes en siete años. Luego volvería a ser la sobria Janet.

Agitó los dedos de los pies, se quitó los zapatos y las medias, se levantó la impecable vestimenta de criada por encima de las rodillas y se metió en el agua. Pese a ser primavera estaba bastante fría. Tal vez acarreaba el frescor desde las altas montañas de Escocia. «Janet, eres demasiado fantasiosa y probablemente se trata de un serio riachuelo inglés, siempre correcto y reservado, que nunca se desborda ni se sale de cauce. No serpentea en medio de la turba ni tiene sabor ahumado. Seguramente salta de forma comedida sobre piedras y guijarros.»

—Río, ¿tanto te cuesta cuidar tus modales? ¿Te resulta tan difícil como a mí? Ojalá no tuviera que ser siempre tan amable —comentó con tono bajo.

De repente una voz preguntó desde la oscuridad:

—¿Es usted un duende bondadoso que habla con el río?

Janet levantó la cabeza. Únicamente vio una sombra en el paisaje, una sombra larga y oscura junto a un árbol. Se le aceleró el pulso. Apretó los puños sin soltar las faldas y las mantuvo por encima del agua ondulante. De no haber estado en esa posición, habría huido al oír su voz.

O no. Tal vez había salido a su encuentro, a reunirse con su voz grave e intensa como las noches de estío: parecía la voz de Escocia.

—¿Ha dicho un duende? —A Janet se le escapó la sonrisa y al sonreír saltó el tapón de sus sentimientos, que durante tanto tiempo habían permanecido encerrados y contenidos—. Si fuese un duende bondadoso —añadió en tono bajo—, estaría en la casa cumpliendo tareas para la señora, tareas como fregar los platos de la cena o demostrar mis habilidades con la labor.

—Veamos, la vela sigue encendida, por lo que tal vez espera a que todos se retiren a sus habitaciones para realizar sus quehaceres.

El desconocido avanzó unos pasos y ella continuó donde estaba. Habían pillado a la sobria Janet en un desplante, habían descubierto a la retozona en el preciso momento en el que se lanzaba a hacer una travesura. No le pareció justo que la descubriesen cuando se disponía a ser desenfrenada. Movió los dedos de los pies. Las piedras fueron buenas y no cortaron su piel y el agua ya no le pareció tan fría.

—Ojalá pudiera ofrecerle un trozo de queso o un vaso de leche —comentó el desconocido.

Janet siguió su sombra y se preguntó quién era. Incluso se planteó si era real o si lo había inventado su soledad. Tal vez fuera un sueño o un fantasma que se le había aparecido para compartir sus peores momentos.

—Sospecho que no le faltan aptitudes para tentar a los duendes bondadosos —añadió la joven—. Si les paga en exceso herirá su orgullo.

—Tampoco podemos ignorar su colaboración, pues podrían desvanecerse y no volver jamás —acotó afablemente el desconocido.

Ese hombre era escocés, era una noche de luna llena y estaba en Inglaterra: tres cuestiones a partir de las cuales podía extraer una conclusión.

—¿Es usted un invasor fronterizo?

La carcajada del desconocido la dejó de piedra, no por el sonido gutural, sino por la sorpresa y el deleite que contenía. El hombre parecía hechizado, lo cual era absurdo y extrañamente presuntuoso: como si la sobria Janet pudiera cautivar a un invasor fronterizo.

—¿Acaso cree que he venido a raptarla?

—¿A eso ha venido? —inquirió la joven y sacudió un pie antes de apoyarlo en la orilla ligeramente inclinada. Salió del riacho y dejó caer las faldas.

—Aunque es verdad que una muchacha supone una bendición, el ganado tiene más valor. La sensualidad es deliciosa, pero jamás ha sustituido al estómago lleno.

Janet rio a mandíbula batiente. La sinceridad era un atributo que últimamente estaba ausente de su vida. Percibirla fue refrescante, pese a que la frase del desconocido dejó bastante que desear.

—Señor, en ese caso, lamento no ser una vaca.

—Verá, esta vez no he venido por ganado.

Un ligero estremecimiento de inquietud recorrió a Janet de la cabeza a los pies.

—¿A qué ha venido?

—Tal vez a aprender y a buscar respuestas para mis preguntas. —Se impuso el silencio mientras Janet aguardaba. Cuando tuvo claro que el desconocido no saciaría su curiosidad, la mujer ladeó la cabeza y adoptó una expresión de contrariedad en medio de las sombras—. Muchacha, la luna ilumina sus cabellos, que parecen plateados. ¿Qué color tienen a la luz del sol?

Janet parpadeó, sorprendida por la pregunta y por la confusión que su tono de voz pareció transmitir.

—Son castaños.

—¿Del color de la tierra después de la lluvia primaveral?

—Me temo que, simplemente castaños, ni más ni menos.

Janet volvió a sonreír entre las sombras.

—¿Y sus ojos?

—Son azules, pero no tienen el tono del cielo.

—Muchacha, su alma no conoce la poesía.

—Y yo pienso que es usted un invasor fronterizo hecho y derecho.

—¡Harriet!

La voz de Jeremy puso fin a las bromas como si fuera una espada afilada. Alarmada, Janet giró la cabeza hacia la casa. Si Jeremy buscaba a su hermana, sin duda quería decir que Harriet la buscaba a ella. Sólo la cólera o la irritación serían motivos suficientes como para que Harriet saliese sola de noche.

Janet se agachó, cogió sus zapatos, se guardó las medias en el bolsillo y cruzó el riachuelo de un salto.

Deseosa de despedirse, se detuvo y se volvió, pero el hombre ya se había perdido entre las sombras. Cabía la posibilidad de que lo hubiese imaginado. Más tarde, una vez acostada, se preguntó si lo había soñado.

2

Cayó un ligero chubasco que acabó casi tan rápido como comenzó y se formó niebla. Lachlan y su caballo aguantaron la lluvia y la esperaron. Él se preguntó si una decorosa señorita inglesa acudiría a su encuentro bajo la lluvia. Más le valía estar calentita y cómoda junto al fuego. ¿Acaso percibiría su presencia? Entonces se quitó de la cara las gotas de lluvia y miró las ventanas de la casa solariega, al tiempo que se preguntó qué habitación ocuparía la muchacha.

«Lachlan, no seas estúpido. Lo único que te falta es secuestrar de su lecho a la mujer con la que te has de casar.» De todas maneras, se trataba de una idea tentadora. La víspera apenas la había entrevisto. Un rayo de luna se había colado bajo una rama y grabado en su mente el retrato de la joven. A pesar de que las sombras oscurecieron su rostro, le pareció que tenía rasgos finos, pelo castaño, tal como había dicho, y ojos azules…, que dudaba mucho de que fueran corrientes. Con su risa provocadora, la muchacha había despertado su curiosidad. No gritaba como había asegurado Coinneach y su acelerado regreso a la casa había demostrado que no cojeaba.

Harriet… Llegó a la conclusión de que el nombre no le gustaba. Por alguna razón, no iba con ella.

Se preguntó por qué había pensado todo el día en la muchacha. Porque había hecho bromas acerca de los duendes bondadosos y permanecido descalza en medio del riacho. Porque su risa era libre, generosa y parecía estar vinculada con lo más íntimo de su persona, como si una cuerda los uniera.

«Muchacha, ven a mí.»

¿Oiría ella sus pensamientos o era tan tonto como para permanecer bajo la lluvia, a la espera de ver a una mujer con la que muy pronto estaría casado?

Janet volvió a toser y recibió otra mirada feroz por parte de Harriet. Una vez más, la señorita de la casa apretó tanto los labios que desaparecieron de su cara.

—Janet, ¿qué bicho te ha picado? ¿Cómo se te ocurre quitarte los zapatos y retozar en el jardín como una vulgar buscona? ¿Es eso lo que puedo esperar de los escoceses? —Dejó el bordado sobre su regazo y traspasó a Janet con la mirada—. Te mereces sentirte mal. Debería despedirte inmediatamente, pero mamá tenía debilidad por tu madre y se preocuparía muchísimo. —A otra tos le acompañó otro ceño fruncido—. Janet, retírate a tus aposentos. No soporto los ruidos que emites.

Janet se puso de pie con las manos escondidas entre los pliegues de la falda. Cerró los puños porque los dedos le temblaban.

—Gracias, Harriet —respondió con voz casi inaudible.

Cualquiera que la oyese habría pensado que estaba a punto de resfriarse, pero el aire de la noche había sido cálido y a lo largo de su vida había sufrido más penurias que meter los pies en un riachuelo de aguas frías.

«Janet, eres mala persona, pues finges que estás enferma para librarte de Harriet.» En realidad lo hacía para correr mejor por el césped y retornar al río. Tal vez el invasor fronterizo, el hombre al que su soledad y sus anhelos habían conjurado, estaría allí.

La lluvia que había empañado el aire había cesado, pero la humedad del césped empapó sus zapatos. Los restregó contra una rama que colgaba a poca altura y las gotitas salpicaron sus mejillas. Sonrió. ¿Cuántas veces había capeado la lluvia en las Tierras Altas, con la cabeza echada hacia atrás y la cara en alto? «Infinidad de veces, Janet, pero hace demasiado tiempo.»

El aire conservaba el perfume de la lluvia y el olor a plantas en crecimiento. Hizo un alto, cerró los ojos y se preguntó si sería capaz de distinguir entre los diversos aromas.

«Te retrasas porque no quieres saberlo, Janet —se regañó—. No te apetece llegar al riacho y ver que no está. ¿Por qué otra razón permaneces a la vista de la casa y te expones a ser descubierta? ¿Lo haces con el propósito de convocarlo con tus deseos?»

—¿Tiene otro nombre? —La voz llegó desde detrás de un árbol cercano.

Janet miró en esa dirección y vio una sombra que se separaba del tronco y avanzaba. A su lado iba el caballo. Todo era oscuridad sobre oscuridad. Se dijo que tal vez había conjurado a ese hombre, pero ¿también al caballo?

—¿Otro nombre?

—Un nombre que no sea el de pila.

—Elizabeth —respondió y le dijo su segundo nombre.

—Pues es un bonito nombre inglés.

—Lo llevo por mi abuela, que era una bonita dama inglesa.

—Nosotros lo diremos en gaélico y la llamaremos Ealasaid.

—¿Nosotros?

Janet pensó que no tendría que haber convocado a un hombre tan arrogante.

—No me dirá que prefiere algo más inglés, ¿eh? —Su tono de voz sonó decididamente dolido.

—No tengo problemas con mi nombre de pila.

—Es demasiado severo para una muchacha hermosa como usted.

—¿Cómo sabe mi nombre?

—Quizá porque tengo algo de duende.

El hombre ató las riendas de su montura a un árbol y se acercó lentamente. Janet apretó los puños bajo el chal. No era miedo lo que sentía en ese momento. Habría sido más prudente tener miedo. Estaba entusiasmada. Sin duda se había vuelto audaz y se mostraría más que salvaje y desenfrenada. Tuvo la certeza de que tendría una aventura con un invasor escocés de la frontera.

—Muchacha, mi nombre no es tan desagradable como el suyo. Soy Lachlan. ¿Acaso no le gusta como suena? Fluye de la lengua como el arroyo que anoche cruzó. ¿Su osadía no ha tenido consecuencias negativas?

—Creo que me considera enclenque —afirmó Janet y su alegría fue en aumento gracias al ligero tono bromista del hombre.

—No. Simplemente creo que es una muchacha a la que hay que mimar..., o tal vez proteger de sus actitudes más antojadizas.

Janet se preguntó si era producto de su imaginación o si el tono de voz del desconocido era risueño. Parecía una visión fabricada por la niebla y las sombras. Hasta la luna se había escondido detrás de las nubes, como si pretendiera cubrirlo de secretismo.

El escocés estaba demasiado cerca y su voz se enroscó alrededor de Janet como una cinta de seda de tono oscuro. Oírlo fue como tocar el cielo con las manos y le encantó el tono cadencioso de sus bromas. Janet se percató de que jugaba con ella. Era osado, casi tanto como la muchacha, pero conocía el camino del desenfreno y lo salvaje mientras que ella era novata.

—Entonces, ¿esta noche no ha venido a robar ganado?

—Ealasaid me acusa sin pruebas. ¿Qué he robado? ¿No puedo ser, lisa y llanamente, un escocés que por puro entretenimiento cruza la frontera? Inglaterra ha dejado muy claro que le pertenecemos. Por lo tanto, sólo hay un lado.

—¿Sigue buscando respuestas?

—No —repuso y su voz sonó más cerca—. Creo que he averiguado lo que necesitaba saber.

Los dedos de Lachlan rozaron la mejilla de Janet, que se sobresaltó. En lugar de apartar la mano, el hombre prosiguió con su exploración e investigó la textura de su cutis y la forma de su rostro. La joven tendría que haberse apartado o, como mínimo, pedirle que evitase tamañas intimidades. No hizo nada, permaneció de pie enmudecida y enredada en el hechizo que la noche y la niebla tejieron en torno a ellos. No, hubo algo más, el anhelo de instantes como ése, en el que la respiración de Janet era con cortos jadeos y se le disparaba el corazón. Los dedos de Lachlan eran ásperos y su toque, delicado.

El hombre le apoyó el pulgar en la barbilla, lo deslizó bajo la mandíbula y le levantó la cara. La mujer cerró los ojos, echó la cabeza hacia atrás y con aterrado asombro aguardó el roce de los labios del escocés, el sabor mágico y prohibido de lo vedado.

El desconocido habló y su aliento agitó los mechones de pelo que caían sobre las sienes de Janet.

—Muchacha, ¿por qué ha venido?

La joven abrió los ojos. Ese hombre estaba tan cerca que notó su respiración en la mejilla. «Apártalo o déjate rodear por sus brazos.» Así de cerca estaban.

—Porque no pude dejar de hacerlo.

La verdad la asustó. Durante el día no había hecho más que pensar en él y preguntarse si se había imaginado el primer encuentro.

—Muchacha, yo tampoco. Me parece que es un buen augurio. —Su tono de voz volvió a contener algo risueño, como si ella le causase gracia. No tendría que haber provocado la sonrisa de Janet. Habría sido mejor que le temiese—. Ealasaid, deme la mano.

Janet estiró el brazo hasta que con los dedos rozó el pecho de Lachlan. La mano que cubrió la suya era grande y la palma estaba cubierta de callos. El hombre rio, sonido que resultó extraño en la oscuridad, y se la llevó consigo.

3

Lachlan había pensado todo el día en la mujer cuyo nombre no le iba. No era tímida. Una señorita tímida habría preguntado dónde la llevaba. Por otro lado, una señorita tímida no estaría a oscuras con él ni se metería en el riachuelo con las faldas a la altura de las rodillas.

Su voz era melódica, casi como si su forma de hablar contuviera el sonido de Escocia. Lo siguió ligera de pies y cada tanto dio un salto para no quedar rezagada.

—¿Está seguro de que no ha venido a robar? —inquirió Janet con voz entrecortada.

—Muchacha, ¿teme que la suba en mi caballo y crucemos la frontera? ¿Teme que la oculte en mi castillo y exija su rescate?

—¿Tiene un castillo?

Janet estaba fascinada.

Lachlan se preguntó si la muchacha no sabía quién era él, pensamiento que en ese momento no tuvo ningún mérito. De todas maneras, un hilillo de duda se coló por su mente. En ningún momento había pensado que ella no lo reconocería. Lachlan era un buen nombre escocés…, no tan corriente.

—Soy Sinclair —declaró Lachlan y se preguntó cómo recibiría la joven la noticia de que el hombre que le tenía cogida la mano y la hacía correr por el bosque era su futuro marido.

—Ah.

Lachlan esperaba que, al conocer su identidad, la muchacha se explayase un poco más.

Avanzaron más despacio y serpentearon por la espesa arboleda. Entonces esperó a que la joven tomara la palabra y se preguntó qué le plantearía.

—¿Puede hablarme del castillo?

—¿De Glenlyon?

—Sí. Puesto que se convertirá en mi hogar, me gustaría saber cómo es realmente.

—Es un castillo —replicó—. Tiene muchos años, en invierno hace frío y en verano está relativamente fresco. Supongo que no querrá saber el color de las cortinas ni esa clase de detalles.

La risa de la muchacha lo sorprendió tanto como el hecho de que parecía vinculada a su sonrisa, como si la joven tuviese el poder de provocarla.

—¿No puede esperar a verlo?

—Tiene razón, debería esperar. Al fin y al cabo, sólo falta un mes.

La mano de la mujer seguía confiadamente cogida de la suya y, cuando pronunció esas palabras, Lachlan notó que desaparecía el repentino resquemor que había sentido y de cuya existencia no tenía la más remota idea. «Se convertirá en mi hogar.» Por consiguiente, la muchacha sabía quién era y no lo había acompañado exclusivamente para tener una aventura antes del matrimonio. Le habría gustado besarla, recompensarla y premiarla por su titubeante sinceridad, por su don de temblorosa expectación. Había habido temor en sus palabras, un temor apenas perceptible, pero en los últimos años él había experimentado en sus propias carnes lo que suponía esa emoción. A veces tenía miedo del futuro y de no ser capaz de salvar a su clan. Apartó la mente de ideas tan sombrías.

Lachlan acercó la mano de la muchacha a su rostro y le besó el interior de la muñeca. No deseaba inquietarla; por muy destinados que estuvieran a compartir el futuro, la verdad es que acababan de conocerse. Su beso pareció silenciarla y los latidos de su corazón en la sangre que fluía bajo la piel de su muñeca fue el único vínculo de comunicación entre ambos. Tal vez no fuera una mujer tímida, pero sí cohibida y dudosa. Estaba presente en la forma en la que se le aceleró la respiración, en el pasito que retrocedió para aumentar las distancias y en la práctica retirada de la mano.

Sinclair no dijo nada. Siguió andando por el camino que había descubierto hacía años, la primera vez que había visitado ese lugar. La cascada era el nacimiento del riacho en el que la muchacha se había bañado la víspera.

El sonido del agua que caía ahogó las palabras de Janet. Se soltó de la mano de Lachlan y se detuvo en la orilla musgosa que daba a la charca creada por los rápidos. La luna escogió ese momento para asomar desde detrás de las nubes y Lachlan se dio el lujo de contemplarla envuelta en luz plateada.

Lo dejó sin aliento.

La muchacha se giró, con una sonrisa tan radiante como la luna, y la noche no fue digno rival de su belleza. ¿Todas las mujeres tenían ese aspecto cuando las veías por primera vez o había tenido la suerte inmensa de contemplarla a la luz de la luna? ¿Acaso el destino, que en los últimos años había atribuido a los Sinclair una suerte tan lamentable, se apenó y se compadeció de su situación? ¿Le concedió a esa mujer a fin de deshacer tantos entuertos?

Esa mujer guardaba una niña en su corazón, brincaba por los arroyos y corría como un cervatillo; su risa lo llevaba a sonreír y su rostro le permitió estar agradecido a la comadrona Mab y a la leyenda…, puede que incluso a Coinneach.

La muchacha tenía los labios llenos, el inferior más grueso que el superior; los ojos grandes y los pómulos altos. Su barbilla no era cuadrada ni puntiaguda, ya que se ahusaba. Su nariz tampoco era ganchuda ni recta y acababa en un ligero respingo. El cabello se le rizaba desordenadamente sobre los hombros y a Lachlan le habría gustado saber si se debía a la niebla o si cada día se torturaba con las tenacillas. Tendría la respuesta a esa pregunta después de los esponsales.

Finalmente Sinclair se agachó y ella le rodeó la oreja con las manos para que la oyera por encima del estrépito de la cascada.

—Jamás imaginé que existiera un lugar así —reconoció Janet.

Lachlan también le habló al oído. Titubeó cuando le rozó el cabello con las manos y notó su espesor; le habría gustado entrelazar los dedos en esos mechones.

—Muchacha, entonces ha llevado una vida recluida. ¿Nunca ha salido a explorar?

La joven meneó la cabeza. A él no le hizo falta la luz del sol para reparar en el brillo de sus ojos. No tuvo que incitarla a que le cogiese la mano. Siguieron el borde de la charca y llegaron a la cascada. Lachlan se dio la vuelta, la miró como si quisiese calcular el alcance de su audacia, la cogió tranquilamente en brazos y salvó la brecha existente entre la cascada y la piedra.

La depositó lentamente en el suelo y, muy a su pesar, se apartó. Lo que deseaba era acercarse mucho más. Se dijo que tenían todo el tiempo del mundo para conocerse. Esos instantes tallados por el tiempo y las circunstancias les resultarían sagrados. Deseaba saber cosas en las que otro prometido no se fijaría: por ejemplo, por qué la muchacha tenía un aspecto tan poco inglés y a qué se debía que nunca se hubiese alejado del jardín. ¿Acaso eran sus padres tan estrictos? ¿La habían tratado severamente? Lo embargó el ansia de tener una actitud protectora hacia ella.

La cueva era poco más que una roca adecuada que se extendía detrás de la catarata y lo bastante profunda como para que permaneciesen de pie de espaldas a la piedra y contemplaran la cortina plateada que tenían delante. A Lachlan le habría gustado que fuera de día para ver la expresión del rostro de la joven. Tal como estaban las cosas era poco más que una sombra, un suspiro de materia.

—No debería estar aquí —reconoció Janet y pareció hablar con la cascada.

Habló con tono muy bajo, pero, por extraño que parezca, en la cueva había mucho menos ruido que frente a la cascada. ¿Permaneció tan quieta porque lo sintió de la misma forma que Lachlan a ella? El escocés ansiaba el contacto de sus pieles, por lo que le apoyó la mano en el hombro. Notó un estremecimiento, una sensación extraña que no fue una reacción al frío ni aversión a su roce. Fue como si cada parte del cuerpo de la muchacha se inmovilizara en ese instante, reparase en lo cerca que lo tenía, en lo próximo que cada uno estaba del otro y en el modo en que sus respiraciones parecían acompasadas.

—Ealasaid, ¿existe mejor lugar que éste?

—En mi cama, mientras duermo.

—¿Y soñando?

—Sí —replicó y su voz sonó triste.

—Muchacha, ¿con qué sueña?

Lachlan no había movido la mano e imaginó que notaba la textura de su piel bajo el chal y el vestido.

—Sueño con el pasado —repuso. Su tono fue suave como un susurro, pero, de haberlo sido realmente, no la habría oído a causa de la caída de agua—. Sueño con Escocia.

—¿Tanto la asusta?

—No me asusta para nada.

—Diga lo que diga, causamos una fuerte impresión. Me

parece que es usted muy valiente porque está aquí, en la oscuridad, con un escocés.

—Razón por la cual no debería estar aquí.

—¿Pone en duda su valentía o mi honor?

—Tal vez mi propia perversidad, porque no deseo estar en otro sitio que no sea éste, pese a que sé que no es correcto ni estoy obrando bien.

Lachlan sonrió ampliamente.

—No le haré daño.

Janet no respondió, se limitó a escrutar la caverna como si pudiese ver sus grietas y recovecos.

—¿Es aquí donde se oculta de las patrullas?

—He dejado atrás la vida descarriada.

—O tal vez me ha alentado a que me sume.

—¿Es con eso con lo que sueña, con la vida de los invasores fronterizos?

—Parece más emocionante que la vida que hasta ahora he llevado —reconoció Janet—. No tengo mucho aprecio por el bordado ni por el dibujo.

—Muchacha, ¿anhela una aventura?

La mujer lo miró.

—Creo que usted es la mayor de mis correrías.

No debería estar donde estaba. Una cosa era que la pillaran descalza y corriendo hacia la casa y otra muy distinta que se ausentase después de convencer a Harriet de que se sentía mal. No tuvo la menor duda de que ésta enviaría una criada a comprobar su estado o acudiría personalmente a condenarla y compadecerla a la vez.

La lluvia pareció caer para limpiar el cielo y se despejó, por lo que el firmamento estaba salpicado de estrellas y era negra noche. La luna parecía un farol que iluminó su insensatez y, al cabo de unos segundos, el rostro del hombre.

Se trataba de Lachlan Sinclair y era uno de los Sinclair. El nombre mismo le provocó un escalofrío. Por lo tanto, volvería a verlo en cuanto Harriet se casara. Vivirían en el mismo sitio y tratarían a las mismas personas. Tal vez volverían a encontrarse, como ahora, y ampliarían los límites de las restricciones que los frenaban.

Una mujer soltera no cogía gustosamente la mano de un desconocido. Tampoco corría por el bosque con los labios apretados para acallar sus exclamaciones de entusiasmo. No se detenía en el borde de una charca negra y plateada por la luz de la luna ni contemplaba boquiabierta el rostro de un hombre al que no le habían presentado.

Se había dado cuenta de que era alto y la forma de su cuerpo en sombras le había proporcionado indicios de la amplitud de sus hombros. Lo que no imaginaba es que su rostro sería tan intenso ni que la luz de la luna bailaría sobre sus facciones y crearía figuras y oquedades. Se trataba de un rostro de extremos, suavizado por una boca que se deshacía en sonrisas. Janet lo había mirado como si hubiera perdido los cabales. Y tal vez los había perdido, porque en el instante en que la luna lo hizo brillar le habría gustado tocarlo. Sus dedos ansiaron deslizarse sobre la piel de sus pómulos para comprobar si eran tan afilados como mostraba la luna. ¿Su nariz era tan firme, sus labios tan llenos y su pelo tan tupido?

La víspera se había considerado salvaje y ahora sabía que era sensual.

Janet pasó como un suspiro a su lado. Sin pronunciar otra palabra, buscó la salida de la cueva y regresó a la orilla de la charca.

—Ealasaid…

La muchacha volvió a vista atrás y lo vio con el brazo extendido y la palma de la mano hacia arriba. Negó con la cabeza. Lachlan suponía una tentación peligrosa y en los últimos años Janet había aprendido a ser cautelosa y a sobrevivir. Esperaría a que volviesen a encontrarse en Escocia. Sería más correcto y menos tentador que verse a la luz de la luna. Por mucho que se dijo que debía marcharse, no era lo que deseaba. Así tuvo un indicio más de que era realmente salvaje.

—La espero aquí mañana.

La joven se preguntó si se imaginó esas palabras. «Janet, ¿se trata de una expresión de deseos o de un sueño? ¿O tal vez es un eco de lo salvaje?»

4

Janet durmió profundamente y despertó tarde. Había subido a su habitación por la escalera de servicio y experimentado una vertiginosa sensación de alivio porque no la descubrieron. No le resultó fácil conciliar el sueño porque recordó cada segundo de la hora que había pasado con Lachlan. Repitió mentalmente sus palabras, como si quisiese fijarlas.

La jornada transcurrió con dolorosa lentitud e hizo un cálido día de primavera que la sedujo y la incitó a estar al aire libre. No tuvo que hacer recados, bajar al pueblo ni hacer listas de artículos que comprar en diversas tiendas. Se instaló en el salón grande y soleado y le leyó a Harriet mientras la señorita de la casa cosía. Más o menos después de cada frase tuvo que parar y se vio obligada a leer otro fragmento para que su tono de voz no tuviese acento. Le habría gustado preguntar a Harriet qué pensaba hacer en cuanto se trasladase a Escocia. ¿Pensaba obligar a cada escocés a repetir las palabras hasta que su forma de hablar sonase más parecida al inglés?

—Janet, pareces en excelente forma —declaró Harriet y la traspasó con la mirada—. ¿Todavía te encuentras mal?

—No, Harriet. ¿Sigo leyendo?

—¿No te gusta que te corrija?

La expresión de Janet fue impávida. Se dijo que la sinceridad no era bienvenida en ese momento. En demasiadas ocasiones anteriores había comprobado que a veces era mejor hacerse la tonta.

—Reconoce que lo hago por tu bien. De lo contrario, parecerías bárbara. Sin embargo, en ocasiones me miras como si te desagradasen mis esfuerzos por mejorarte. No debes hacer eso. Los criados siempre tienen que mantener la cabeza baja cuando se los regaña.

—Sí, Harriet.

—Janet, ¿te caigo mal?

La joven miró a Harriet. Aunque no tendría que haber sido así, la pregunta la sorprendió. Harriet no evitaba las confrontaciones porque le encantaban. En algunos momentos Janet llegó a pensar que de hecho le gustaba pelear como a un joven bravucón que había conocido en Tarlogie. Robbie tenía esa misma mirada y ese brillo pendenciero.

Los labios de Harriet mostraban una ligera sonrisa y había clavado la mirada en ella, como si disfrutara con el malestar que le había provocado.

¿Acaso pretendía que la colmara de lisonjas? No lo haría. A decir verdad, no supo cómo responder. Jamás había considerado a Harriet una amiga. La relación se basaba exclusivamente en la servidumbre, posición que ella había dejado clara la primera vez que se vieron, hacía siete años.

«Serás mi doncella cuando ella libre medio día y mi lacayo si no hay nadie más disponible. Me harás recados y, si te lo pido, me traerás el té. Si tu voz y tus aptitudes son aceptables, me leerás. En caso contrario, te sentarás y no hablarás. ¿Me has entendido?»

Janet había asentido por toda respuesta.

—No tiene demasiada importancia —añadió Harriet—. Al fin y al cabo, eres mi acompañante y no hace falta nada más.

Janet apoyó el libro en su regazo e inquirió:

—Harriet, ¿quiere que seamos amigas?

—¿Por qué iba a quererlo? Pese a nuestro dudoso parentesco, no podemos decir que seamos socialmente iguales. —La sonrisa de Harriet fue cruel—. Janet, voy a casarme. ¿Lo sabías? —La señorita de la casa pareció estudiar a su acompañante—. Desde luego que lo sabes. Los criados siempre están al tanto de lo que sucede. Había decidido llevarte a Escocia conmigo, pero ahora creo que me apañaré con otra mujer. De hecho, estoy segura de que será más correcta que tú.

Janet agarró el libro con tanta fuerza que pensó que sus dedos se clavarían en el cuero repujado. Se mordió la lengua para no pronunciar palabras suplicantes. Si imploraba, se reiría de ella. O tal vez el precio de retornar a Escocia consistía en tragarse el orgullo. Se preguntó si estaba dispuesta a sacrificarlo. El brillo de la mirada de Harriet pareció responder a esa pregunta.

—Por favor, Harriet —musitó—. Tengo muchas ganas de ir. ¿Se lo replanteará?

Las palabras no fueron capaces de entibiar la gélida sonrisa, que pareció convertirse en una mueca de desprecio.

—Janet, no te muestres tan acongojada. Mamá te encontrará trabajo en casa de alguna de las damas que conoce. Tal vez con una señora mayor, que durante el día se dedique a dormitar y a la que tu acento extraño y tu humor variable no la afecten.

Ése era el castigo por no adularla. La señorita de la casa la penalizó por guardar silencio.

—Harriet, por favor —añadió Janet y cedió otro fragmento de su orgullo, lo entregó con un tono de voz que apenas tembló.

Su futuro, que parecía estar en pleno cambio, se volvió tan oscuro como la ceniza. La chimenea apagada y vacía parecía más luminosa que ella. Lachlan… Ya no volvería a ver a Lachlan, no pasaría ratos con él ni llegaría a conocerlo. Su hogar seguiría siendo un misterio para ella, como ahora: un castillo que sólo existía en su imaginación. Tampoco volvería a ver Escocia, con los atardeceres tan intensos que provocaban el llanto del corazón, los cielos del color de la pizarra y un paisaje lúgubre y solemne al que los toques de color dotaban de belleza: una mancha de brezo, un urogallo marrón y sus polluelos amarillos.

Llegó a la conclusión de que no podría soportarlo.

¿Tenía Harriet la más remota idea de lo desesperada que estaba por retornar a Escocia? En ese caso, se trataba de un castigo maravilloso y aplicado con una ligera sonrisa. Tuvo la sensación de que algo se rasgaba en su interior: el velo que ocultaba sus lágrimas.

—Janet, no me supliques más. —La voz de Harriet pareció llegar desde muy lejos, desde Escocia.

Janet reanudó la lectura y se obligó a pronunciar las palabras a pesar del nudo que se formó en su garganta. El poco orgullo que le quedaba la rescató.

No lloraría delante de Harriet. Tampoco volvería a rogarle que la llevase a Escocia. «¡*O sgiala bronach!*» El gaélico le pareció el idioma más adecuado para ese momento: «¡Oh, malas noticias, malas noticias!».

¿Dónde se había metido Coinneach? Si el viejo era capaz de adivinar el futuro, ¿por qué no había vaticinado ese desastre?

—James, ¿qué ha pasado?

Lachlan se detuvo en la entrada de la caverna. Una sustancia espesa y lechosa se había pegado a las paredes rocosas, caía en hilillos y formaba charcos en el suelo de piedra. Olía intensamente a cebada quemada y también a algo muy dulce.

James también estaba pegoteado, así como la mitad de los

hombres que tenía delante. Lachlan concluyó que no sólo era el aspecto lo que los llevaba a tener la cabeza girada y mirar el suelo o el techo. Parecían niños a los que pillan practicando un juego prohibido.

—¿Qué ha pasado? —repitió y en esta ocasión el eco devolvió sus palabras. No estaba satisfecho.

—Lachlan, pensamos que podríamos reforzar la mezcla. Vaciamos el alambique y la mezcla era insignificante. Casi ni mereció la pena catarla.

Veinte cabezas asintieron.

—Y por eso pensaste que podrías avivar el fuego, ¿no es así?

—Bueno, por eso y por lo otro —reconoció James.

—¿Y qué es lo otro?

—Lachlan, quitamos un poco más de agua.

—Señor, tendría que haberlo visto. Parecía que la caldera eructaba.

Ese comentario brotó de la parte trasera de la cueva. El pequeño Alex asomó desde detrás de las piernas de su padre. Sólo tenía seis años, pero ya había aprendido a expresarse como los conspiradores. Lachlan disimuló una sonrisa.

—Supongo que no ha habido resultados más potentes, salvo esta complicación —añadió Lachlan. James negó con la cabeza—. ¿No hay heridos?

Por suerte tampoco había lesionados.

Lachlan volvió a examinar el interior de la cueva. El espacio estaba tallado en una colina a poca distancia de Glenlyon y durante generaciones había servido de escondite. En los últimos años, habían instalado allí el alambique, para cerciorarse de que no sería detectado por los cobradores de impuestos ingleses. La serie de tubos y respiraderos acababan en la casita de un arrendatario que se alzaba al otro lado de la colina, que era por donde salían los humos del alambique. Aunque la casita estaba limpia como una patena, quitaban el polvo a menudo y contaba con muebles, cocina, platos y cacharros, lo cierto es que jamás la habían habitado. Sin embargo, cualquiera que viese el humo que salía por la chimenea pensaría que habían hecho fuego de turba. El hecho de que oliese fuerte y siempre a cebada estaba en consonancia con la dieta de los Sinclair, que ingerían cebada de la mañana a la noche en forma de tortitas, sopa, relleno, pan y guiso.

Esa empresa arriesgada podría salvarlos. Aunque la dieta de la novia de Lachlan supondría una bendición, el clan no viviría eternamente de esos bienes. Lo único que los salvaría serían los ingresos de la destilería.

El plan parecía bastante bueno. El problema se planteó con el alambique de gran tamaño. Lo habían pagado con el último dinero del que disponían, pero había llegado después de la muerte de Angus. Nadie había conseguido preparar un destilado gustoso. Los miembros del clan se empeñaron en cuerpo y alma, sobre todo desde que supieron que ya no había más whisky, pero su experiencia se limitaba a pequeños alambiques escondidos en alcobas y bajo pilas de turba. No sabían destilar en un recipiente tan grande e imponente. Angus había mantenido la boca cerrada y guardado los secretos; se había mostrado tan reservado que ni los intentos individuales ni los colectivos lograron algo lejanamente parecido al whisky bebible. Esa tarde, en una prueba para fortalecer la mezcla, habían conseguido abollar el costoso alambique y doblar los tubos de entrada y de salida.

Lachlan permaneció en el centro de la cueva y se preguntó si los actos de sus antepasados Sinclair habían sido tan atroces como para que todavía lo castigaran por ello. Por descontado que no era justo matar de hambre a inocentes como el pequeño Alex ni provocar la expresión angustiada de las mujeres.

El único punto de luz en la penumbra de su horizonte era Ealasaid. Toda la noche había pensado en ella y seguía allí mientras él deambulaba por la caverna y mentalmente separaba los trozos de tubos que podrían aprovechar.

—Lachlan…

El señor de Glenlyon bajó la mirada y de nuevo se topó con Alex, que se había metido virilmente las manos en la cinturilla de los pantalones y adoptado una postura parecida a la de su padre. Tenía los mismos ojos pardos oscuros de la mayoría de los Sinclair y el pelo tan oscuro como el suyo. La forma decidida de apretar la mandíbula era lo que lo definía como auténtico componente del clan; mejor dicho, la mandíbula y la dulce sonrisa. La madre había contado a Lachlan que esa sonrisa había supuesto la perdición de muchas muchachas Sinclair que se caracterizaban por su timidez. De todas maneras, su madre había reído al decirlo y mirado con cariño a su padre. Lachlan pensó en lo mucho que los echaba de menos. Quizá parte de su sentido de la responsabilidad correspondía a la idea de que sus padres lo vigilaban y a que evaluaban sus méritos como señor. En ese caso, seguramente estaban decepcionados.

—Señor, ¿qué haremos?

A Lachlan lo desconcertó la mirada concentrada del crío de seis años, pero la pregunta que planteó era la que se reflejaba en la mirada de todos los presentes.

—Alex, limpiaremos este estropicio y volveremos a intentarlo. Eso es todo. Si fracasamos otra vez, volveremos a intentarlo.

No sentía ese optimismo, pero debía expresarlo por el bien de cuantos tenía ante él. Era lo único que podía ofrecerles: ese optimismo, su entrega y el sacrificio del matrimonio. Lo cierto es que ya no le pareció una pérdida tan profunda, que era lo que había sentido antes de conocer a Ealasaid.

5

Ansiaba la llegada de la noche, que no se presentaba con la suficiente premura. El sol permaneció colgado en el horizonte como un niño desafiante que no se quiere ir a la cama. Lo apremió con sus pensamientos y con palabras que sólo sonaron en su corazón. El tiempo no transcurrió más rápido.

Por fin se hizo de noche. Los pájaros anunciaron el fin del día con sus trinos. La lluvia no estropeó el cielo y la luna ya no estaba llena. Las sombras salpicaron el jardín a medida que avanzaba la hora. Durante el día había aprendido la lección y no rogó al reloj que se diese prisa, se limitó a soportarlo como pudo, bloqueó mentalmente las críticas de Harriet y esbozó una sonrisa distraída al asentir en presencia de Jeremy.

Esa tarde, Harriet se había quejado a su madre postrada en cama. Janet no pudo dejar de preguntarse si estaba previsto que oyese ese diálogo. Evidentemente, ella la tildó de torpe, esquiva y grosera. La llamó bárbara apenas civilizada y al final abandonó la alcoba porque no quiso seguir escuchando.

Durante años había trabajado codo con codo con su padre y visto el modo en el que las manos de su progenitor hacían magia con la generosidad de la tierra. Se trataba de un hombre que había enseñado voluntaria y espontáneamente y compartido sus conocimientos con todo aquel que se había mostrado interesado. Su padre le había transmitido las virtudes de la paciencia y que cabía la posibilidad de acelerar una situación y convertirla en un desastre. También le había enseñado a medir la presión, a reconocer el dibujo que el vapor trazaba cuando flotaba hacia el techo y a cómo gorgoteaba en las tubos. Sólo entonces era posible combinar dos cubas, una de mezcla efervescente con otra de reserva, lo que da como resultado la fermentación ideal.

En ese momento, Janet se sintió así: estaba exteriormente tranquila e interiormente furiosa. Su expresión no lo reveló y mantuvo la mirada baja por temor a que sus ojos revelaran su furia.

Era esquiva y estaba orgullosa de serlo. En los últimos años había templado su carácter. El sufrimiento, la rabia, las preocupaciones y los anhelos no tenían cabida en la lucha por la supervivencia. Los había enfriado bajo una corteza de hielo por miedo a que la quemasen.

¿Torpe? Carecía de palabras para rebatir esa acusación. Es verdad que en más de una ocasión había tropezado con las alfombrillas repartidas por toda la casa y constantemente intentaba coger algo que se había caído de una mesa, de la repisa de la chimenea o de un estante. Había que reconocer que las habitaciones estaban atiborradas de trastos pequeños, estatuas, cacharros y pañitos delicados que acumulaban polvo y se enredaban en las mangas

¿Acaso era grosera? Hasta el día anterior se había refrenado y reprimido cuanto sentía por Harriet. Hasta el día anterior, no había dicho nada cuando le tocaba recorrer los cinco kilómetros que la separaban del pueblo porque, hasta cierto punto, representaba una escapada. Tampoco se había quejado cuando Harriet le entregaba las botas manchadas de barro y le exigía que las limpiase o la reprendía por el peinado que le había hecho. Había oído críticas de día y de noche y, si no había nada que reprochar, pues bastaba con condenarla. Era escocesa, condición y herencia que, según Harriet, tenía la misma importancia que un perro callejero.

Lo que Harriet describía como barbarie no era más que ignorancia. Por muy cierto que fuera que no conocía todo el ceremonial inglés en la mesa, había aprendido deprisa. No era tosca. Su abuelo materno había sido párroco y a su madre no le habían inculcado las costumbres de la aristocracia rural. Aunque se las hubiesen transmitido, ella dudaba de que en su morada de tres habitaciones hubiera habido bandejas y teteras de plata.

Esa casita humilde siempre le había parecido más acogedora que la mansión atestada de alardes de riqueza.

Harriet dijo algo y Janet asintió, pues sabía que debía mover la cabeza. A decir verdad, no prestó atención a las palabras porque no le importaban. En ese momento sólo fue capaz de controlar su temperamento y retenerlo en su interior para que no saliese a la luz.

Cuando por fin cayó la noche, escapó a su habitación de la planta alta y se dispuso a esperar. Por fin tuvo la certeza de que todos dormían, así que bajó las escaleras de puntillas, cruzó el salón trasero, recorrió el pasillo y llegó al sendero que se extendía detrás de las cuadras. Sólo entonces echó a correr..., corrió hacia la cascada, hacia Lachlan y hacia la más osada de las rebeliones.

Estaba chiflado, no podía decir otra cosa. Era la única explicación de que aguardase en el exterior de una casa a una mujer que tal vez nunca se presentaría. Al fin y al cabo, ella no había dicho que acudiría.

¿Acaso se proponía hacer lo mismo cada noche durante todo el mes?

Podía subir la escalinata e insistir en que quería verla, pero eso equivaldría a revelar que la necesitaba. El caballero era un hombre astuto y Lachlan tuvo la certeza de que le alegraría saber que el escocés que le había amargado la vida ahora suspiraba por su hija. Lo creía muy capaz de vengarse e incluso de postergar la boda aunque sólo fuera para equilibrar un poco la balanza.

Entonces deseó que la joven fuese a él antes de que avanzase la noche. Cada hora que pasaba era una hora perdida.

Minutos después la mujer salió de la casa y se deslizó por el césped con la gracia de un espíritu del aire. La sonrisa de Lachlan se tornó inmensa al darse cuenta de que ella se dirigía hacia la cascada. Su muchacha encontraría una sorpresa en la caída de agua.

6

La noche anterior, la luna llena había facilitado la caminata. Ahora comenzaba a menguar y Janet tardó el doble en llegar a la cascada. De hecho, estaba casi en la charca cuando se percató que se extendía ante ella. La alertó la luz, el débil atisbo del fuego que crepitaba tras la cortina de agua.

Rodeó el borde de la piscina, avanzó con gran cuidado por dos pasaderas y se situó detrás de la caída de agua. Entró en la cueva y sonrió al ver lo que había ante sus ojos: sobre el suelo de piedra habían extendido una manta y en una esquina ardía una vela, protegida con un tubo de cristal de la delgada llovizna de la catarata.

Semejaba el saloncito de una princesa. Sólo faltaban una flor y el príncipe.

Sobre su hombro apareció una rosa sostenida por una mano grande y bronceada. Se trataba de una rosa rosada y perfecta, sin duda cogida del jardín de Harriet. La sonrisa fue en aumento cuando se volvió. Un príncipe moreno daba encanto al lugar.

La luna lo había convertido en una estatua de grises y negros. A decir verdad, estaba constituido por colores térreos. Su pelo tenía el tono del roble, marrón intenso y suntuoso. Sus ojos eran como el matiz del whisky escocés y resplandecían de profundidad e intensidad. El rostro era firme. Claro que no, la luna no había mentido. ¿Acaso Janet había notado antes lo peculiarmente embrujadora que era su boca o la cuadratura de su mentón?

—Ealasaid… —murmuró Lachlan y el sonido pareció adherirse a la piel de Janet.

—Lachlan… —No fue más que un sencillo saludo, pero pareció una súplica.

El escocés estiró la mano. La cogió con firmeza, ternura y delicadeza. La condujo hasta la manta y, enmudecida por la pena, la mujer tomó asiento. No conocía a ese hombre, sólo había estado unas horas con él durante dos noches, pero durante la vigilia no había pensado más que en Lachlan y sus sueños estaban poblados de sucesos que jamás habían ocurrido y que ya no tendrían ocasión de producirse.

¡Qué tonta era! ¿Qué tenía de disparatado soñar con algo que le alegraba el corazón y le aceleraba el pulso? Hasta las criadas tenían sueños y deseos.

Dobló las rodillas, se las abrazó y miró hacia la lámina de agua. El aire era húmedo, pero no resultaba desagradable. Lachlan no habló, de modo que Janet volvió la cabeza y descubrió que la observaba. El escocés había apoyado la espalda en la piedra, cruzado los brazos sobre el pecho y puesto un pie sobre el otro. Llevaba las botas cubiertas de polvo, lo mismo que los pantalones. Vestía camisa oscura, como corresponde a alguien que se dedica a actividades ilícitas. Tenía el pelo largo y su rostro parecía bronceado incluso a la luz de la vela.

Era un invasor fronterizo y ella estaba a solas con él en un sitio recluido y no se sentía en peligro.

Vaya, qué tonta era, ¿no? Mientras Lachlan la contemplaba con expresión seria y sin apartar la mirada, Janet se sintió impelida a sonreír. Su corazón latía demasiado rápido y le temblaron las manos, que había escondido entre los pliegues de la falda. Debería avergonzarse de sus malos pensamientos. El primero consistía en que no deseaba estar en otra parte, sino allí. El segundo, en que debería preguntarse los motivos que llevaban a Lachlan a someterla a ese examen certero y a desear tener un vestido más nuevo, una prenda con rebordes de encaje o cintas de adorno.

Se apartó el pelo de la cara. Siempre se escapaba de las horquillas.

—Muchacha, ¿qué hace durante el día? ¿Con qué ocupa las horas?

La joven inclinó la cabeza y lo miró. Todos decían que eran las mujeres y no los hombres quienes mostraban toda su belleza a la luz de las velas. Las sombras parpadeantes parecieron dar solidez a los hombros anchos de Lachlan y matices a los ángulos marcados de su rostro. Parecía un hombre acostumbrado a la noche, alguien que conoce su configuración y los misterios de la oscuridad.

—Bajo al pueblo a hacer recados, bordo… —respondió—. Reconozco que tengo poca paciencia para la labor de aguja muy complicada. Siempre que puedo leo y resulto útil. ¿Y usted, Lachlan? ¿A qué se dedica?

—Aguardo impaciente la llegada de la noche —replicó con tono acariciante. Janet desvió la mirada y se ruborizó—. Muchacha, me ha mentido —añadió Lachlan y la sonrisa suavizó su afirmación—. Sus ojos tienen el color de un lago y su cabello es casi rojo.

—¿Para eso ha traído la vela? ¿Para verme mejor?

—Ha sido un duende bondadoso —bromeó—. Me miró seriamente cuando dije que prefería la oscuridad.

—¿La prefiere?

—No, pero hasta que venga a mi tierra tendrá que bastar con esto.

La cuchillada de la pena fue tan veloz que no estaba preparada. Ansiaba decirle que no iría, que entre ellos no habría nada más que esos momentos. Janet no volvería a ver Escocia ni conocería la tierra de los Sinclair. Calló porque no quería echar a perder esos instantes con él. Ya tendría tiempo de añorar lo que no podría ser. No desperdiciaría esos momentos.

Entonces estudió las dimensiones de la caverna, que la luz de la vela permitió ver mejor. Era más profunda de lo que había calculado, un rincón cómodo para quien intentase escapar de las patrullas fronterizas. Cuando lo comentó, Lachlan se limitó a sonreír.

—Muchacha, ¿no conocía la existencia de este lugar? ¿Nunca había estado aquí?

—En mis exploraciones nunca he llegado tan lejos —reconoció ella.

El señor de Glenlyon enarcó una ceja y su sonrisa pareció acompañarla.

—Ealasaid, se la podría considerar apocada, pero su presencia aquí desmiente esa afirmación.

—¿Se refiere al encuentro de una doncella y un invasor fronterizo?

—He renunciado a mi pasado —respondió Lachlan, su sonrisa se amplió y la luz de la vela pareció iluminar sus ojos—. Hace casi un mes que soy un hombre honrado.

No podía ser otra cosa si su señor estaba próximo a casarse con Harriet. No sería honrado robar a la futura esposa del señor.

—¿Existe la posibilidad de convencerlo de que vuelva a ser deshonesto?

Las carcajadas de Lachlan la sorprendieron.

—Ealasaid, es el hombre el que debe decir esas palabras a la doncella. ¿De qué clase de incorrección le apetecería convencerme?

—¿Qué se siente al ser invasor fronterizo?

La mirada de Lachlan se volvió casi tierna.

—Muchacha, en ocasiones resulta aterrador. Si buscara excitación, no lo haría robando una vaca.

—¿No es excitante?

—Yo no he dicho eso. Tiene sus momentos, sobre todo cuando las patrullas están cerca.

Una ligera sonrisa torció los labios de Lachlan, como si supiera dónde quería llegar la joven y cuál era la pregunta osada que se moría de ganas de plantearle.

Por fin logró expresarla:

—¿Me llevará de correría con usted?

—¿Y qué saquearemos?

—¿No podría volver a su tierra con una vaca gorda como premio? Si está harto de la ternera, también sé dónde están el gallinero y las pocilgas.

Lachlan se desternilló de risa y el sonido de sus carcajadas retumbó en la caverna y en el paisaje envuelto en la noche.

—Muchacha, ¿en qué posición me colocaría con un puñado de gallinas cacareantes atadas a la silla de montar o con un cerdo sobre las rodillas?

La sonrisa de Janet fue pesarosa. Francamente, le resultó imposible imaginarse algo así. Lachlan parecía encarnar al hombre que llevaba el puñal entre los dientes, estaba a la vanguardia de un grupo de ataque o lanzaba una maldición a pleno pulmón para advertir a cuantos pudieran poner en duda sus intenciones asesinas. Ése era otro de los motivos por los que no debía sentirse tan cómoda al estar con él en la cueva.

—Ealasaid, me parece que lo que quiere no es tanto una aventura como un encontronazo con el peligro.

—Enseguida dirá que por ese motivo estoy aquí.

Sus miradas se encontraron.

—¿No es así? Muchacha, busque en su mente y encontrará la verdad.

—Lo que dice hace que parezca demasiado inocente.

El invasor se encogió de hombros.

—Nada me lleva a pensar lo contrario. A decir verdad, no me gustaría verla desprestigiada.

—Lachlan, una mujer inocente no estaría aquí con usted.

—¿Quiere que le dé mi palabra de invasor fronterizo y le garantice que conmigo está a salvo?

Janet ladeó la cabeza y lo observó.

—Acaba de plantear una contradicción, ¿no?

—Tal vez. ¿Prefiere que me comprometa por el honor de mi clan?

—¿Debo creerle? ¿Una mujer inocente aceptaría su palabra con tanta facilidad?

—Sí, aunque haría lo mismo una mujer versada en la aventura y el peligro.

—Yo nunca lo seré.

—Vamos —propuso Lachlan y la dejó boquiabierta. Se puso en pie y le ofreció la mano—. Si desea ser una mujer con una experiencia excitante, intentaremos que la tenga.

Janet se levantó y le cogió la mano.

—¿De verdad?

El señor de Glenlyon la miró. Janet pensó que estaba a punto de decir algo. Lachlan se comió las palabras, sonrió y repitió:

—De verdad, muchacha.

7

La vio sonriente y feliz, como si le hubiera regalado la luna y las estrellas. ¿Sabía lo poco que en realidad le ofrecía? Un castillo dejado de la mano de Dios, tierras agotadas y una destilería que no destilaba, todo lo cual quedaba neutralizado por su inteligencia, por la fuerza de sus brazos y por una fe casi obsesiva en un futuro optimista. ¿Sería suficiente?

Tal vez por ese motivo la guió hasta su caballo y la ayudó a montar: para darle algo que quería. Quizá por la mañana había aspirado demasiados humos tóxicos en la caverna y no sabía lo que hacía.

Sea como fuere, se adentraron en Inglaterra antes de que pudiese recitar el lema de los Sinclair: *Bi gleidhteach air do dheagh run,* es decir, «cuídate de tus buenas intenciones».

Encontró el rebaño en unos pastos no muy alejados. No supo si pertenecían o no al padre de la muchacha. A esas alturas daba lo mismo. Una vaca inglesa estaba a punto de ser sacrificada.

Se detuvieron en las lindes del campo y observaron las formas oscuras de los animales. Parecía algo surgido de un sueño sobrecogedor. De vez en cuando, una vaca emitía un sonido, una mezcla de mugido y gruñido. Otra se hacía eco. La tercera recorría lentamente unos pocos metros y perturbaba el reposo del grupo congregado bajo un árbol. En todo momento Ealasaid permaneció en silencio tras él.

—¿Piensa cargar contra ellas? —murmuró la mujer.

—Silencio, estoy pensando.

—¿Acaso espera algo?

—No hago acopio de valor, si eso es lo que imagina.

—No es lo que imagino, simplemente me preguntaba qué haría a continuación.

—Se estaba preguntando si me he vuelto loco —dijo Lachlan y miró a su alrededor—. Habitualmente me acompañan varios hombres.

—¿Cree que deberíamos apearnos y despertarlas? Es imposible largarse con un animal totalmente dormido.

—Muchacha, no tiene el respeto necesario hacia estas actividades —puntualizó y se obligó a adoptar un tono severo.

—Lachlan, en ese caso suponga que soy otro invasor fronterizo. ¿Qué ocurriría ahora?

—Ante todo, habría luna llena y veríamos mejor. Un puñado de hombres se desplegarían como vigías y otros seleccionarían a las vacas.

—No hay luz de luna. ¿No podemos elegir una vaca y listo?

—Ealasaid, me disgustaría mucho que mi montura se rompiera una pata cabalgando en terreno desconocido —precisó.

—Ah.

—A no ser que esté dispuesta a examinarlo. La esperaré aquí mientras cruza los pastos de un lado a otro.

—¿Y que pise el estiércol?

—Muchacha, ¿dónde está su audacia?

—En mis zapatos, no, Lachlan —En realidad, el hombre tenía más ganas de reír que de robar una vaca—. ¿Qué hacemos?

Lachlan se bajó del caballo y extendió los brazos hacia ella.

—A pie iremos más seguros —comentó mientras la mujer descendía en sus brazos. El señor de Glenlyon volvió a sentir la tentación de estrecharla, pero, muy a su pesar, se apartó—. Caminaremos con mucho cuidado. —Al cabo de unos minutos, cuando se aproximaron a la manada de vacas apiñadas bajo el árbol, volvió a tomar la palabra y preguntó en tono bajo—: ¿Cuál?

—¿Soy yo quien tiene que escogerla?

—Muchacha, es su correría. ¿Cuál de los ejemplares le parece que tiene ganas de viajar?

—¿Una vaca inglesa con nostalgia de Escocia?

—Fantástico, sabía que le cogería el tranquillo.

—La vaca corpulenta que está junto a la cerca.

—Muchacha, da la sensación de que va a ser madre. El trayecto podría resultarle muy duro.

—¡Vaya! —Al cabo de unos segundos, Janet preguntó—: ¿Cómo lo sabe?

A Lachlan le resultó imposible reprimir una carcajada.

—¡Muchacha, mírele el vientre y las ubres!

—¿Aquella le parece aceptable? —insistió e, incómoda, señaló otro ejemplar.

Lachlan se giró y le sonrió a pesar de que probablemente estaba demasiado oscuro como para que la mujer lo notase. La muchacha se había quedado cortada, pero entre granjeros se hablaba de esas cuestiones. Evidentemente, no era tema de conversación entre el caballero Hanson y su hija.

—Esa vaca parece inquieta. Además, se aburre, ¿no está de acuerdo? ¿Nos acercamos y la invitamos a ir de viaje?

—¿Nos vamos a acercar a una vaca?

—Así es. Muchacha, ¿lleva un pañuelo?

Janet sacó el pañuelo del bolsillo y se lo pasó. Era lo único que se veía en medio de tanta oscuridad, pues parecía una bandera blanca. Lachlan lo utilizó para cubrir el badajo del cencerro que colgaba del cuello de la vaca.

Una vez concluida la operación, cogió firmemente la cuerda del cencerro, condujo a la vaca complaciente hasta el borde de los pastos y abrió la cerca con la otra mano mientras Ealasaid lo seguía.

—Lachlan, esto no parece una aventura peligrosa.

—Verá, muchacha, a las vacas no les molesta que las roben. De quien hay que cuidarse es de las personas.

Entonces se felicitó por el éxito de la correría en el preciso momento en que sonó un grito a un costado del campo. A juzgar por el ruido, había más de un hombre.

Situó a la muchacha detrás del tronco de un árbol, miró la sombra de su caballo y a la vaca que no tardarían en robar, situada del otro lado, y maldijo. A menos que fueran ciegos, los hombres los verían en cuestión de segundos.

—¿Quiénes son? —murmuró Ealasaid.

—Sin duda, guardias.

—Ni se me ocurrió mirar por si había alguno —replicó la mujer con tono horrorizado.

—Porque es nueva en estos menesteres. Muchacha, hemos cometido una tontería, pero el responsable soy yo. A veces emplean perros y armas.

—¿Ha dicho armas?

—Ealasaid, se asusta como un ratón. ¿Acaso tiene miedo?

—Espero que no me peguen un tiro por coger una vaca.

—Muchacha, en ese caso se aburriría si fuera cuatrera.

—Lachlan, ¿verdad que a usted tampoco le gusta?

El hombre meditó unos segundos y se planteó no responder, pero cuando tomó la palabra dijo la verdad:

—No me gusta apoderarme de lo que no me pertenece. Llevo la cuenta de todo lo que he tomado prestado a lo largo de los años y sé a quién se lo debo. Mis antepasados se revolverían en sus tumbas si supieran que como ladrón soy pésimo.

—En realidad no quería robar esta vaca, ¿eh?

—Ya he dicho que resulta más sencillo cuando mis hombres me acompañan. —La joven le quitó de la mano la cuerda del cencerro—. Muchacha, ¿qué hace?

—Si la soltamos no habremos hecho nada malo.

—De todos modos, muchacha, dudo que un inglés retroceda de miedo cuando se trata de pegar un tiro a un escocés.

Lachlan se dijo que la joven poseía la extrañísima capacidad de despertar su buen humor.

Janet salió de detrás del árbol, guió la vaca hasta la abertura de la cerca, retiró el pañuelo que cubría el badajo y palmeó los cuartos traseros del animal. La vaca no necesitó muchos estímulos para regresar con sus compañeras y el cencerro sonó estrepitosamente.

Ealasaid cerró la cerca y corrió hacia el árbol. Lachlan ya había montado y la sentó a sus espaldas.

—¿No ha llegado el momento de poner rumbo a la seguridad? —preguntó Janet con voz entrecortada.

La cabalgada de regreso estuvo salpicada de risas.

Se acercaron a un costado de la casa, donde las sombras eran más profundas. Lachlan se apeó y estiró los brazos para volver a cogerla. Cuando los pies de la joven se posaron en el suelo, el hombre se acercó y le rodeó la cara con las manos.

—Muchacha, creo que aún le debo una aventura.

Se impuso el silencio mientras ella lo miraba y elaboraba cómo plantearía la pregunta.

—¿Me mostrará Glenlyon? —inquirió y le tocó el brazo con mano temblorosa.

Se trataba de una petición temeraria, pero su furia anterior y su actual pena habían acabado con su paciencia. No sólo eso, sino el anhelo que no tendría que haber experimentado y que no pudo dejar de sentir: deseaba ver el hogar de Lachlan, la tierra que consideraba suya. Ansiaba ver el lugar con el que había soñado dos noches y con el que incluso antes había fantaseado. También deseaba, con sincera perversidad, que la besase.

—¿Que le muestre Glenlyon?

Lachlan retrocedió lentamente y apartó las manos. La joven echó de menos su presencia, su calor y los sentimientos que el contacto con él le despertaban.

—Aunque la luna ya no está llena, hay luz suficiente como para verlo, ¿no? —Lachlan asintió—. Además, su caballo es lo bastante fuerte como para soportar el peso de otro jinete.

El señor de Glenlyon sonrió.

—Como usted sabe perfectamente. ¿Le apetece estudiar el color de las cortinas?

—No —replicó una sonriente Janet—. Sólo quiero verlo. ¿Cae muy lejos?

—Sólo está a una hora al galope.

Lachlan volvió a acariciarle la cara, le apartó el pelo y se lo acomodó detrás de las orejas. Fue un gesto de intimidad y de ternura. La muchacha tendría que haberse escandalizado, si no ofendido. Giró la cabeza para apoyar la mejilla en la palma de la mano de Lachlan y permaneció inmóvil en el momento en el que éste inspiró.

—Muchacha, le debo una aventura excitante a cambio del aburrimiento de robar vacas. ¿Quiere ver mi hogar?

En ese instante de verdad, la mujer lo miró indefensa y declaró:

—Con todo mi corazón. —Durante unas horas estaría en Escocia, en su tierra, y sería la que no había sido durante siete años—. Si nos vamos cuando la noche todavía es joven, estaremos de regreso antes del amanecer.

—Ealasaid, de noche no se ve nada.

—En ese caso, tendrá que describirme el paisaje. También puedo cerrar los ojos e imaginármelo.

—Podríamos hacerlo ahora mismo, ¿no? Si cierra los ojos le hablaré de Glenlyon.

—Lachlan, por favor, le ruego que me lleve. Si quiere, cuélgueme de la silla de montar y fingiré que soy el botín de una correría.

Lachlan le tocó la punta de la nariz con un dedo.

—Muchacha, con esa súplica podría ablandar las piedras. Quiero advertirle una cosa: en mi tierra hay más penuria que belleza.

—Lachlan, lo sé perfectamente y necesito verlo. ¿Me llevará?

—Sí, muchacha, la llevaré mañana.

Un sentimiento que no supo identificar pareció encajarse en el pecho de Lachlan. No pudo dejar de sonreír radiante durante la cabalgada de regreso. Desde que lo conocía, por primera vez bendijo al vidente Coinneach MacAuley.

Durante el trayecto soltó alguna que otra risilla de felicidad, pues no era de otra cosa. Tuvo la sensación de que los sufrimientos vividos en los últimos años tenían razón de ser y servían para comprender mejor la buena fortuna de su futuro.

La muchacha quería ver su hogar. Ansiaba contemplar Glenlyon. No era la típica señorita inglesa. Hasta su voz sonaba distinta, poseía cierta riqueza. Tal vez no era más que la expresión de sus deseos. Volvió a sentirse como un chiquillo, embargado por los recuerdos de la mujer que había dejado atrás.

«Ay, muchacha, si lo supieras… Lo que anhelo darte es más que la contemplación de mi hogar.» Lachlan sonrió nuevamente y se agachó para ofrecer menos resistencia al viento.

8

Harriet no pudo aguar su buen humor. Jeremy tampoco lo consiguió, a pesar de que pareció mostrarse más atento que de costumbre. El día también estuvo de su parte porque, en lugar de pasar con dolorosa lentitud, discurrió de la mañana a la noche con gratificante velocidad. Un único pensamiento pareció acentuar el paso del tiempo: «Iré a Glenlyon, iré a Glenlyon».

Janet soportó estoicamente la cena y no se preocupó por la perorata de Harriet ni por las prolongadas miradas de Jeremy, pues sólo estaba pendiente de la noche. Le habría gustado tener un vestido escotado que ponerse, una prenda que se hiciera eco de los deseos de su corazón. Algo azul, a juego con el matiz del cielo, e incluso amarillo, para actuar como anuncio del comienzo del día. Sólo disponía de los trajes marrones y negros de trabajo y de un chal de color blanco roto que había sido de Harriet. Tendría que bastar para la gran aventura.

De todas maneras, podía soñar, ¿no? También podía abrigar la esperanza de que, por una vez en su vida, su melena se portara bien. Le pareció imposible, pero ni siquiera así dejó de ser feliz.

El tiempo transcurrió con pasos lentos y pesados mientras aguardaba que la casa hiciera silencio. Permaneció junto a la puerta de su habitación, con la mano apoyada en la madera, y oyó el tintineo de la campanilla de la señora Hanson, que llamó a su doncella. Le llegó la voz de Harriet como respuesta a un comentario de Jeremy y el murmullo de un criado que respondió a una pregunta. La noche pareció rodearlos y el mundo entero se quedó callado.

Todo se silenció salvo los latidos de su corazón.

Esperó otra hora, abandonó la casa y sus zapatos de piel volaron por el césped envuelto en la noche. No se percató de que había pasado junto a Lachlan hasta que éste estiró la mano, la cogió y la rodeó con sus brazos con tanto ímpetu que chocaron con el tronco de un árbol.

—Muchacha, ¿está impaciente?

La risilla del Lachlan le derritió el corazón y acabó con las ideas cautelosas acerca de que sus actos eran disolutos y peligrosos. Miró la cara en sombras del hombre, buscó con los dedos el borde de su sonrisa y supo que allí tenía mejor acogida que en todos los sitios en los que había estado los últimos siete años.

—Así es, Lachlan, lo estoy —respondió con tono burlón.

—Mi muchacha fronteriza, en ese caso, la noche espera.

Lachlan la condujo hasta su caballo y la ayudó a montar.

El castillo de Glenlyon era una sombra negra y descomunal que protegía una sucesión de valles y un pequeño lago. Varias antorchas estratégicamente dispuestas marcaban sus límites y parecían acrecentar su volumen. Lachlan pronunció el santo y seña y franquearon una verja estrecha para adentrarse en el patio. Los sonidos de los violines y las flautas alegraron el ambiente, tanto como las risas de los allí reunidos.

Él estiró los brazos y ayudó a Janet a desmontar. Una ligera sonrisa demudó los labios de la muchacha; paseó la mirada a su alrededor y le habría gustado hacer varias preguntas. El patio estaba lleno de gente y las generosas sonrisas de los miembros del clan disimularon la pobreza de su hogar. En Glenlyon quedaban pocas cosas bellas, pero contaban con el castillo propiamente dicho, una fortaleza antigua e imponente que destacaba en el horizonte.

—Les han anunciado que vendría y tocan música para celebrar su llegada —explicó Lachlan.

De sólo pensarlo a Janet le cambió la expresión. Sonrió de felicidad y se ruborizó. Lachlan se dijo que su Ealasaid era sorprendente, ahora audaz y al cabo de un segundo casi cohibida.

El señor de Glenlyon dobló el codo, apoyó la mano de la muchacha en su brazo y la condujo al gran salón. Aunque era cierto que el castillo había vivido tiempos mejores, nada impedía a un Sinclair celebrar una fiesta si la ocasión lo merecía. Cuando entraron, los violinistas dejaron de tocar y bastó una señal para que el flautista emitiera una nota vibrante que se perdió a lo lejos.

El hombre se volvió hacia ella y el simple hecho de verla lo enmudeció. La luz de la vela no le había hecho justicia. Tenía la melena roja de verdad y los ojos azules como los cielos escoceses. Su piel era pálida, pero animada por el rubor que pareció ir en aumento mientras la contemplaba. No era menuda, ya que podría apoyarle la barbilla en el hombro. Sus labios eran llenos y parecían reclamar un beso a gritos. ¿Escandalizaría o deleitaría al clan si la besaba en ese preciso instante y en el gran salón?

Sin evaluar la corrección de lo que estaba a punto de hacer, Lachlan bajó la cabeza y la besó. Percibió el murmullo colectivo de los miembros de su clan, el susurro de aprobación, la risa masculina..., y nada más porque se dejó engullir por la espiral del beso. Sólo había querido probarla y acabó prendado.

Se separó de la muchacha y se preguntó si el techo se movía o lo soñaba. Ealasaid también se dejó arrastrar por el influjo de ese beso. Le apoyó los dedos en los labios y abrió desmesuradamente los ojos, pero no estaba escandalizada. Tal vez se había sorprendido, pero no se había horrorizado. Lachlan sonrió y se dijo que eran un par peculiar: uno sabía demasiado y en ese momento se sentía profundamente ingenuo, mientras que la otra era muy inocente pero poseía el aplomo de una hechicera nata. Llegó a la conclusión de que no era justo, pero resultaba decididamente interesante.

En lugar de presentarla, lo que habría desencadenado interrupciones que en ese momento no estaba dispuesto a tolerar, la condujo hasta el centro del salón e hizo señas a los violinistas para que tocasen un *reel*. Janet negó enérgicamente con la cabeza y no le cogió la mano.

—Ealasaid, ¿qué te pasa?

—Lachlan, ha pasado una eternidad desde la última vez que bailé y, si he de ser sincera, no lo hago demasiado bien.

La voz de la joven fue un ronco susurro que le llegó a las entrañas. Su voz siempre le había resultado cautivadora y tuvo la sensación de que el beso había triplicado el efecto que le causaba. En ese caso, dudó mucho de que el viaje de regreso fuese tan tranquilo como el de ida. Como mínimo, tendría que detener su montura tres o cuatro veces y volver a besarla.

—Muchacha, tengo mis dudas. Pareces ligera de pies. ¿Por qué no lo intentamos?

—¿Debemos bailar? —Janet miró al gentío que los observaba con impaciencia y dirigió a Lachlan una mirada de indefensión.

—Me temo que sí —replicó.

Cinco minutos después, al hombre le habría gustado reír, pero se contuvo porque no quería herir los sentimientos de la joven. Ealasaid no había mentido ni exagerado para hacerse de rogar. La cogió de la mano y le mostró dónde debía girar, ya que el *reel* se bailaba con entusiasmo y sin tener en cuenta los pasos. Incluso así, Janet lo pisó dos veces y tropezó, como mínimo, en una ocasión. A cada segundo que pasaba, su rubor iba en aumento y su malestar se tornaba más insoportable.

Por fin terminó el baile. Entonces la abrazó y, sin pensar en los que los rodeaban, volvió a besarla. No la besó para que se sintiera mejor o dejase de pensar en su forma desastrosa de bailar, sino porque no soportaba que pasasen más segundos sin saborearla nuevamente. ¡Qué curioso! Había pensado que un mes era poco tiempo y ahora se le había vuelto eterno.

—Ealasaid, ¿tampoco sabes cantar? —preguntó sonriente.

Lachlan recordó las palabras de la profecía: «Tendrá garras en lugar de pies y la voz de un espíritu gimiente, pero salvará al clan Sinclair».

Janet negó con la cabeza.

Lachlan apoyó la frente en la de la muchacha, sonrió y acotó:

—De todas maneras, hay otras cualidades que son deseables en una mujer.

La joven se puso roja como un tomate y él sonrió un poco más. Por extraño que parezca, él tuvo ganas de reír o cogerla en brazos y dar vueltas con ella.

Saludó con una inclinación de cabeza a Coinneach MacAuley, que se veía muy ufano. «Ya podía estarlo —pensó Lachlan—. De momento, todas sus profecías se habían cumplido, aunque había aspectos que Coinneach no había mencionado. Nunca había afirmado que la novia de Glenlyon sería una mujer maravillosa cuya risa le haría sonreír, que tendría la voz suave como las gotas de lluvia y que su figura y sus andares lo harían soñar.»

La enredó para bailar otro *reel* y le dio igual dejar sus pies a merced de los de la muchacha y que la joven se inquietase cada vez que se equivocaba. Había cosas importantes y otras que no lo eran.

Siempre tendría la posibilidad de enseñar a bailar a Eala-said, pero nadie podía incitar a una mujer a resultar encanta-dora o a seducirlo a través de kilómetros de oscuridad. Calculó que las últimas noches había dormido menos de tres horas, pero se sintió más vivo que en cualquier otra época de su vida. ¿A qué se debía? Supuso que al mismo motivo por el cual el techo pareció inclinarse.

9

Lachlan trazó con ella un círculo tan cerrado que el salón pareció girar, pero a Janet no le importó. El mundo habría dado vueltas aunque hubiese estado inmóvil. Su corazón latía con tanta intensidad que casi no oía sus pensamientos y se le revolvió el estómago con glorioso asombro.

Él la había besado, lo cual la había dejado patidifusa. Claro que hacerlo a la vista de todo el clan había resultado trascendental. Mejor dicho, era lo que pensaba. Existían muchos rituales y costumbres de su tierra que no había llegado a aprender y tuvo la sensación de que le habían robado los últimos siete años. Por mucho que restase importancia a esa cuestión, el beso seguía siendo trascendental. Era el primero que recibía y se lo había dado un hombre como Lachlan Sinclair. Y después le había dicho lo que le había dicho. ¿Estaba despierta o acababa de tener uno de esos sueños provocados por los polvos de Dover? «Por favor, que no sea un sueño, por favor...»

Afortunadamente, la danza llegó a su fin. Lachlan la condujo a un rincón y se puso deliberadamente de espaldas al centro del salón, lo que significaba el rechazo o la advertencia a los presentes de que guardasen las distancias. Janet no entendió nada hasta que la puso lentamente contra la pared y siguió sonriendo. Era posible que ese hombre no quisiera dedicarse a robar, pero por lo demás era un bellaco. Lo detectó en la chispa de sus ojos pardos y en la forma en la que se elevaban las comisuras de sus labios. Hacía varios segundos que pensaba que Lachlan no debería mostrarse tan seguro de sí mismo.

Entonces, cuando él levantó la cabeza, Janet suspiró y mantuvo los ojos cerrados. Tuvo la certeza de que algo tan perversamente bueno debería estar prohibido. Lachlan besaba muy bien. Pese a su inocencia, reconoció ese talento. Un beso de Lachlan Sinclair era casi tan fuerte como el whisky que su padre preparaba en Tarlogie.

El hombre que se interpuso entre ellos olía a humo de turba. Llevaba largo el pelo canoso y con una mano sujetaba un báculo prácticamente de su misma altura. Una túnica cubría sus pantalones y su camisa deshilachada y su calzado estaba compuesto por aleteantes trozos de cuero sujetos por lazos.

Los ojos azules y brillantes del desconocido se clavaron en ella y movió la boca debajo de la barba. Janet experimentó la extraña sensación de que se reía de una broma secreta de la que ella era el blanco, por lo que frunció el ceño, lo que pareció causarle todavía más gracia. En ese momento se volvió hacia Lachlan y le preguntó:

—Muchacho, ¿te has ablandado?

Esa pregunta exigía una respuesta sincera.

—Así es —respondió un sonriente Lachlan.

—En ese caso, ¿te prometerás?

Lachlan observó al anciano en silencio. Nadie se movió, como si los presentes estuvieran pendientes de algo. Supo muy bien lo que el clan esperaba: la aceptación del matrimonio, pero no sólo la unión inglesa. Dicha unión tendría lugar a su debido tiempo. El clan deseaba una boda escocesa, aquí y ahora, rodeada de música y de risas.

El señor de Glenlyon miró a Ealasaid. Estaba dispuesto a hacer muchos sacrificios por su clan, pero se sintió muy afortunado con la certeza de que lo que estaba a punto de hacer no lo era, pues la muchacha se había convertido en su amor verdadero.

Sonrió de oreja a oreja.

—Viejo, es un intrigante, pero reconozco que usted a ganado.

—Muchacho, la victoria no me pertenece —puntualizó Coinneach—. Es obra del destino.

Lachlan se hizo a un lado, cogió la mano de Janet y la sostuvo solemnemente entre las suyas. La miró a los ojos y sonrió.

—Muchacha, te prometo que, si me aceptas, seré tuyo.

Janet lo contempló y luego miró al anciano que parecía tan feliz como un padre orgulloso. Asintió y todo el clan se puso a aplaudir y a reír.

Un segundo antes estaba cogida de la mano de Lachlan y al siguiente la pasaban de una persona a otra para besarle cariñosamente las mejillas. Alguien la pellizcó y en otro momento se vio abrazada por una anciana casi desdentada. Era como una hojita en un río y sólo pudo dejarse llevar. Sobre su cabeza parecieron flotar palabras de las que sólo oyó fragmentos. *A bheil thu toilichte,* algo sobre la felicidad. *Mi sgith,* ¿cansada? Hacía años que no hablaba en gaélico. Había perdido práctica y sólo recordaba algunas frases, aunque supuso que todavía era capaz de entenderlo.

Abandonaron el gran salón tan rápido como habían entrado. En lugar de montar a lomos del agotado caballo de Lachlan, cruzaron el patio y cogieron un sendero apenas iluminado por la antorcha colocada en la pared, encima de sus cabezas.

Janet se detuvo en el sendero y esperó a que él se diese la vuelta.

—Lachlan, ¿adónde vamos?

—Muchacha, a un lugar en el que podamos estar a solas.

—¿Volverás a besarme?

—Es en lo que he pensado. ¿Tienes algún reparo? —Janet se giró y frunció el ceño en la oscuridad—. Muchacha, ¿qué te pasa?

Lachlan acudió a su lado y con el dedo trazó un caminito desde el hombro hasta el codo descubierto. Janet se puso el chal para tapar su piel. El escocés estaba tan cerca que notó cómo respiraba, la forma en la que su camisa oscura rozó su espalda y su aliento sobre su cuello.

—Por si no lo sabes, cuando me besas ya no puedo pensar —explicó la joven en voz baja y en tono de confesión.

Si la ligera risilla de Lachlan sirvió de indicio, ese comentario le agradó.

—Sería una lástima si pudieras pensar. Significaría que no lo hago bien.

—Creo que lo haces muy bien, Lachlan —añadió y parecía malhumorada.

La risa de Lachlan no tendría que haber sido tan encantadora. El hombre le dio la vuelta sin apartarse ni un centímetro. Janet contempló su rostro oscurecido por las sombras e iluminado por una luna menguante, cuya luz era casi inexistente.

—Lachlan, ¿me has pedido que me case contigo?

—No exactamente, muchacha.

—Ah.

—Pareces decepcionada. ¿Lo estás?

El hombre se agachó y la besó justo delante de una oreja. A Janet se le puso la piel de gallina y se recostó en él.

—Lachlan, sólo hace diez horas que te conozco —murmuró.

—¿Las has contado? —La muchacha movió afirmativamente la cabeza—. Ea asaid, ¿estás diciendo que es demasiado pronto para declaraciones y besos? —Janet volvió a asentir—. Muchacha, ¿siempre eres tan correctamente inglesa?

La pregunta fue el prólogo de otro beso, más intenso que los que habían compartido en el gran salón. Janet sintió que estaba a punto de desmayarse de emoción y vio estrellas con los ojos cerrados. Tuvo la sensación de que se derretía. Parpadeó, se desplomó sobre Lachlan y volvió a parpadear.

Un sonido muy extraño penetró la nube en la que estaba envuelta. Quejumbroso y conmovedor, sonaba como la voz de la Tierra. La muchacha ladeó la cabeza y escuchó. Era como un áspero gruñido de belleza sobrenatural puro y extrañamente dulce.

—Ealasaid, son las gaitas.

Jamás había oído el sonido de las gaitas, ya que las habían prohibido desde antes de que naciera, pero a veces pensaba que era capaz de imaginarlas, tan puras y verdaderas que el dolor de su música le llegaba hasta los huesos.

—¿No están prohibidas?

Más que ver, la joven sintió el encogimiento de hombros de Lachlan.

—Eso es lo que dice una vieja ley inglesa. ¿Quién se entera de lo que hacemos aquí?

—¿Qué tocan?

—El lamento de los Sinclair. ¿Te gustaría conocer la letra? —La muchacha asintió—. «Ahora, cuando cae la noche, mi corazón te llama y los orgullosos Sinclair te damos la bienvenida en esta cañada. El hogar es la sonrisa que sale a tu encuentro; el hogar es la tierra que te contiene; el hogar es Glenlyon y el espíritu de sus hombres.» —Lachlan le presionó la espalda con las manos y la acercó un poco más—. Muchacha, es una canción pegadiza, pero hay quienes dicen que se interpreta en exceso. De todas maneras, se trata de nuestras gaitas y tenemos derecho a utilizarlas.

Janet fue víctima de un sentimiento de pérdida tan agudo que estuvo a punto de vencerla. Se irguió ciegamente y lo cogió de la nuca. Apoyó la frente en su pecho y la otra mano en su hombro. No volvería a estar allí y las circunstancias la llevarían muy lejos de Glenlyon y de la frontera, incluso a Londres.

Sin embargo, esa noche era suya y tendría que bastarle.

10

Lachlan introdujo los dedos en sus cabellos y apoyó las palmas de las manos en las mejillas de la muchacha. Bajó la cabeza hasta que sus labios quedaron a un centímetro de distancia. La carne que sus manos tocaron era cálida y aguardó pacientemente. La mujer tragó aire y emitió un suave sonido que, más que de rendición, fue de complicidad.

¿Durante cuánto tiempo la había deseado? ¿Desde la primera vez que la había visto o incluso antes? ¿Desde el inicio de su vida? Tuvo la sensación de que siempre la había deseado.

—Ealasaid —murmuró junto a sus labios.

El beso fue la bienvenida a algo más que la pasión: a la pertenencia y al amor.

Finalmente, Lachlan se apartó y apoyó la frente en la de la joven. La respiración de Janet se había acelerado, le había cogido los brazos con firmeza y sus mejillas ardían tras las delicadas caricias de sus dedos. La expectación formaba parte del encuentro amoroso y deseaba que ella sintiese hasta el último ápice de placer y de dolor.

Lo mismo que él. Sintió que su sangre ardía, que su respiración era entrecortada y que su virilidad en pleno apogeo tensaba sus pantalones.

Entonces se apartó, se arrodilló ante ella y dirigió las manos hacia sus zapatos.

—¿Lachlan? —preguntó con tono inquisitivo, pero no retrocedió.

El escocés la cogió del tobillo, hizo un ligero movimiento y la muchacha levantó el pie. Se apresuró a quitarle el zapato.

—Ealasaid, tienes unos pies hermosos.

—Gracias —replicó.

Su Ealasaid era muy cortés. ¿Más tarde también le daría las gracias con su voz de inglesa pudorosa? Sonrió y se dijo que vaya si se las daría si hacía las cosas bien.

Realizó otro movimiento y le quitó el zapato que faltaba. Se metió bajo las faldas y sus manos subieron por una pierna hasta el borde de las medias. La miró. La muchacha tenía la vista fija en él y no dio un paso atrás. Un ligero temblor estremeció su piel, como si reaccionara lentamente a sus caricias.

—He deseado acariciarte desde la primera noche que te vi, Ealasaid.

Las manos de Lachlan se detuvieron en la rodilla de Janet. El tejido áspero de sus medias le impidió tocarle la piel. Se preguntó por qué no llevaba medias de seda y lazos finos y a qué se debía que su ropa fuera de menos calidad que la de una señorita inglesa rica. Esa observación le causó gracia, pues en ese momento lo único que le importaba con relación a la ropa era quitársela lo antes posible. Ya pediría más adelante la respuesta a varias preguntas.

Acto seguido se dedicó a enrollar lentamente la falda de la muchacha. Era un hombre empeñado en seducirla. La joven parecía a tono con él, con los brazos a los lados del cuerpo y la mirada fija en sus manos. Lachlan levantó el brazo y con gran delicadeza la cogió de la mano para que sujetase el borde de la falda. La complicidad era mucho más impetuosa que la dominación. Quería que participara de ese acto.

En cuanto las piernas de ella quedaron al descubierto, deslizó los dedos hasta el borde de una media, introdujo el pulgar y por primera vez entró en contacto con su piel suave y cálida.

De su boca brotó una especie de murmullo, un sonido masculino que fue de apreciación y que para la muchacha habría sido de advertencia si hubiera sabido de qué se trataba. Deslizó la media hasta el tobillo y se tomó todo el tiempo necesario.

En cuanto la pierna quedó desnuda, Lachlan se inclinó y le besó la rodilla. La mujer movió la mano…, y él no supo si fue a modo de protesta o a causa de lo que sentía. Su única expresión consistió en un ligero jadeo y un tenue gemido.

—Ealasaid —musitó y la besó suavemente.

Cogió la otra media y también la bajó. En lugar de besarla, se echó hacia atrás y la contempló. La joven se había llevado una mano a la boca y con los nudillos apretaba sus labios llenos. La otra seguía en su cintura y sostenía la falda.

—Estás igual que la primera vez que te vi la noche que vadeabas el arroyo y fingías ser un duende —añadió Lachlan con tono más ronco de lo que esperaba.

La muchacha no hizo comentario alguno, pero lo cierto es que él tampoco lo esperaba.

El hombre se inclinó, besó la rodilla que acababa de desnudar y con los dedos recorrió la parte posterior de su pierna, desde el tobillo hasta la rodilla. Ella se estremeció.

—Tienes la piel caliente, como si la fiebre te consumiera.

En ese aspecto estaban perfectamente acoplados. Lachlan sentía que ardía y sólo lo disimulaba apelando a su férrea voluntad. De no ser así, ya la habría penetrado, se habría dejado rodear por sus piernas y habría satisfecho ese condenado deseo que lo consumía. Claro que ella era inocente, le pertenecía y cuando rompiese el día ya le habría proporcionado placer y la tendría suspirando en sus brazos.

Los Sinclair eran famosos precisamente por esos votos.

Sus manos ascendieron lentamente de las rodillas a los muslos, quedaron bajo la tela y la apartaron. Recorrió con los dedos la tersura de la piel de la muchacha, siguió sus curvas y repitió el ademán para demostrar lo mucho que apreciaba sus carnes delicadamente redondeadas. Entonces dejó escapar otro suave jadeo, que pareció convertirse en la medida tanto de su pureza como en la de su propia audacia.

Introdujo las manos bajo la tela y llegó a las caderas. Sus pulgares se encontraron y acariciaron los rizos del triángulo donde los muslos de la joven se unían. No la invadió, simplemente la incitó.

La miró y vio que tenía los ojos cerrados.

—Ealasaid, aquí también estás calentita —murmuró con gran delicadeza.

A Janet le temblaron las rodillas y se apretó los labios con los nudillos para contener cualquier sonido.

Lachlan se levantó, la acercó a él y la muchacha cayó en sus brazos como una pluma. Besarla fue como caer en el vacío, en el cual las únicas constantes eran las manos de la joven, que lo aferraron, y el correteo de la sangre por sus venas. Al escocés le tamborileaba todo el cuerpo, que emitía mensajes para que se diera prisa y actuase. Tuvo la sensación de que su mente había perdido la cordura y se había puesto de parte de su carne. Ambas lo azuzaron febrilmente para que la poseyese.

«Paciencia, Lachlan.»

La tumbó sobre la hierba de Glenlyon, se agachó a su lado y le desató los lazos del vestido.

—Ealasaid, estoy dispuesto a hacerte mía en este momento —declaró y su voz perdió el tono provocador y burlón—. Dime que no tienes miedo.

«Por favor, dímelo.»

La muchacha sacudió la cabeza de un lado a otro. Agarraba con firmeza los pliegues de su falda y Lachlan la apartó delicadamente de sus manos. Tuvo dificultades con la ropa de la muchacha y pareció olvidar su experiencia; su prisa y sus ansias resultaron evidentes en el temblor de sus dedos y en su respiración acelerada.

A pesar de estar en silencio e inmóvil, en los últimos minutos la muchacha lo había convertido en un animal voraz. Cuando encontró sus pechos y los cubrió con las manos, soltó un profundo suspiro de alivio. No tardaría en quedar satisfecho.

Le subió el vestido hasta que quedó atascado en el torso de la muchacha. A medias desesperado y con otro tanto de humor, maldijo generosamente. Ealasaid lo rescató cuando se sentó y se quitó el vestido por la cabeza.

Al cabo de unos segundos, la joven hizo lo mismo con su ropa interior. Por fin quedó gloriosamente desnuda.

Un minuto después, Lachlan también lo estaba.

Una mujer correcta le habría cogido las manos, se habría apartado y se habría negado cuando anunció sus intenciones, pero Janet había dejado de ver los claros letreros que mostraban el camino a una vida circunspecta. Lisa y llanamente, la censura no importaba. El orgullo quedó sepultado por la futura soledad. Las consecuencias no tuvieron tanta influencia como la curiosidad. Se sentía desesperadamente sola y era una expatriada a la que ofrecían una noche en libertad con los suyos. Oír el gaélico y las gaitas y ser durante un tiempo una muchacha escocesa parecía una bendición del cielo. Deseaba todo lo que le correspondía desear, todo aquello que le habían dicho que abandonase, emociones demasiado volátiles para la compañía educada y pasiones excesivas para alguien de su condición. Soñaba con convertirse durante unas horas en la mujer que podría haber sido si las circunstancias no le hubiesen cambiado la vida.

Y, por encima de todo lo demás, deseaba a Lachlan.

Le habría gustado presentarse ante él perfumada con agua de rosas, con el pelo cepillado hasta que brillara y vestido de seda. Por otro lado, no habría modificado la hora, el momento ni el lugar de esa unión. Tenía que ser allí, en Glenlyon, con el sonido de las gaitas como delicado y nostálgico telón de fondo. Siempre lo recordaría.

Las manos de Lachlan cubrieron sus pechos; con un dedo trazó toda la curva y midió el diámetro del pezón. Arqueó la espalda sorprendida cuando el escocés lo rozó con los labios y su cuerpo pareció encenderse todavía más.

Un gemido agudo brotó de los labios de la muchacha cuando el hombre le chupó el pezón. Levantó las manos para sujetarle la cabeza y hundió los dedos en la espesura de sus cabellos. Con gestos repentinamente exigentes, acercó la boca a la suya y su gemido no tardó en convertirse en un murmullo gutural.

Nadie abrazó su perdición con tanta intensidad como Janet.

Los dientes de Lachlan rozaron la parte inferior de su pecho y le acarició el vientre con los dedos. La muchacha dejó escapar un sonido, una combinación de quejido e imploración, y le aferró los brazos con manos temblorosas.

Janet tuvo la sensación de que su cuerpo lloraba. Le dolían puntos que casi nunca había sentido y necesitaba algo con lo que sólo había soñado los últimos días: a Lachlan.

El escocés la acarició íntimamente y la incitó a gemir en sus brazos. Cuando por fin suspiró, le susurró al oído unas palabras secas pero hermosas en gaélico. Fue el sonido adecuado para ese lugar y ese momento, bajo el firmamento y con la Tierra y las estrellas como únicos testigos.

Lachlan estaba totalmente enardecido. La muchacha separó las piernas y lo invitó sin pronunciar palabra. El escocés aceptó en el acto, se tumbó sobre ella y la penetró con una embestida repentina y punzante.

La tenue queja de dolor de la muchacha lo frenó. Apoyó las manos a sendos lados de los brazos de la joven, bajó la cabeza y respiró con grandes y estremecidos jadeos.

—Ealasaid, hay un tiempo y un lugar en los que dar gracias por tu pureza, pero no son éstos.

No fue el momento más adecuado para hacer un comentario humorístico.

Janet se arqueó bajo su cuerpo, lo sujetó de las caderas y lo contuvo. La maldición ronca y febril de Lachlan acompañó las molestias de su embestida total. Aunque le dolió, no fue insoportable, ni siquiera cuando lo tuvo plenamente en su interior, duro como el hierro y casi tan pesado.

—Mi inocencia y mi pureza ya no son un estorbo —murmuró e intentó disimular la sonrisa.

Lachlan empezó a besarla, pero enseguida se apartó y la contempló. Su expresión resultó ilegible a causa de la oscuridad. ¿Estaba enfadado?

—Es posible que hayamos desaprovechado unos días —comentó el escocés con tono risueño.

—Y también algunos momentos preciosos —añadió la joven y le recorrió los brazos con los dedos.

Lachlan se sintió pleno dentro de ella. Le cogió la cabeza y la sujetó para besarla. El deseo intenso volvió a embargarlos. Le cogió las manos, entrelazaron los dedos y clavaron los codos en la hierba.

—Mi Ealasaid, ven conmigo, ya no puedo esperar más.

Lachlan se movió dentro del cuerpo de la muchacha y emprendió una pausada y medida invasión al son de una cadencia antigua como el tiempo.

A pesar de que estaba envuelta en sombras, Janet no apartó la mirada de su cara ni un solo instante. Se dio cuenta de que Lachlan también la observaba.

Cada vez que embistió, la muchacha pareció resplandecer con una chispa de respuesta. Las sensaciones taparon el malestar, lo rodearon y le quitaron importancia. Un incendio incontrolado recorrió su columna vertebral, en su seno se encendió una mecha y las llamas la recorrieron de la cabeza a los pies. Fueron de color naranja, rojo, azul y violeta intenso, de todos los tonos y matices que podía imaginar.

Inerme ante lo que le ocurría, Jaret cerró los ojos. Lachlan se acercó, la besó y le susurró algo al oído: *Tha gaol agam ort.* Conocía muy bien esas palabras porque a menudo se las había oído a sus padres: «Te quiero». La piel del escocés estaba empapada en sudor y la sujetó de las caderas cuando la penetró todavía más.

La muchacha gimió y Lachlan le tapó los labios con un beso, incitándola a tocar todos los colores del mágico arco iris, a convertirse en parte de él del mismo modo que él era parte suya.

El invasor fronterizo la llevó a un lugar en el que nunca había estado, a un sitio en el que no había silencio ni soledad, sino lacrimosa alegría y el encuentro de la carne, la mente y el corazón.

Cuando terminó y después de que la noche, muy a su pesar, diera paso a los primeros e indecisos rayos del sol, ella lo estrechó en sus brazos y volvió a amarlo sin sentirse en absoluto cohibida ni arrepentirse de sus actos.

Al fin y al cabo, ese hombre era su amado.

11

Lachlan desmontó antes de llegar a la casa y la cogió en brazos.

—Muchacha, estás agotada —comentó con delicadeza y sonrió al ver su rostro soñoliento.

La joven había dormitado durante el trayecto de regreso. Lachlan habría preferido quedársela en Glenlyon, pero no había querido provocar disensiones en su nueva familia. Al ser ingleses, sus padres no aceptarían que la boda escocesa era tan legal como la que se celebraba en Inglaterra. Quizás hablaría con el padre de la muchacha e intentaría adelantar los esponsales. La idea de separarse de ella no le gustaba nada. También se percató de que no le apetecía esperar mucho más para casarse a la inglesa.

Imaginó la reacción de Coinneach ante semejante reconocimiento.

Ealasaid le rodeó el cuello con los brazos y se acurrucó. Murmuró algo y el roce de los labios de la muchacha en su piel resultó demasiado tentador. Se dijo que le aguardaba una larga cabalgada y que ella debía estar en la cama antes de que el sol ascendiera por el cielo.

—Muchacha, reconozco que te he agotado, pero ahora tienes que despertar.

Esbozó rápidamente una sonrisa cuando la joven masculló algo, aunque no intentó abrir los ojos.

La depositó en el suelo y la sostuvo. Durante unos segundos Janet se apoyó en él, pero enseguida suspiró, se irguió y apenas se balanceó.

—Lachlan, debería sentirme como una pecadora o, en todo caso, como una mala persona. Pero no siento nada de todo eso. ¿No es una locura?

El escocés sonrió.

—No hemos hecho nada malo —aseguró y la acarició de los hombros a las muñecas. Ella ladeó la cabeza y cerró los ojos. El momento de la despedida resultaba cada vez más difícil—. No hemos hecho nada por lo cual la Iglesia de Escocia nos castigaría. —Se agachó y la besó en la frente—. Me parece que ya no puedo llamarte muchacha, ¿verdad? De todos modos, me he acostumbrado a decirte Ealasaid. ¿No te gusta más que tu primer nombre de pila? Lo encuentro horrible y no tiene nada que ver contigo.

—Janet no es un nombre horrible —aseguró y, todavía medio dormida, se apoyó en él.

—¿Has dicho Janet? —Lachlan se apartó y la miró a la cara. Janet abrió los ojos a regañadientes—. ¿Te han puesto un montón de nombres? Me refería a Harriet, no me gusta nada. Te aseguro que no tienes cara de Harriet.

Janet abrió totalmente los ojos y negó con la cabeza.

—No me llamo Harriet.

Lachlan se mesó los cabellos y tuvo la extraña sensación de que no la había oído bien. Tal vez continuaba dormido en la hierba de Glenlyon, saciado, satisfecho y muy esperanzado en relación con el futuro.

—No me llamo Harriet —repitió y, aunque su voz sonó baja, él la oyó perfectamente.

El escocés negó con la cabeza.

—Claro que sí. Eres la hija del caballero Hanson y mi novia inglesa.

Janet tuvo la sensación de que las palabras pronunciadas por Lachlan contenían diminutas balas que se clavaron en su corazón. Había dicho «mi novia inglesa» y eso significaba, sin lugar a dudas, que sólo podía ser una persona. No se trataba simplemente de un cuatrero escocés ni de un hombre de Glenlyon, sino del jefe del clan.

Divisó su rostro a la luz de la alborada. Su mirada era suplicante.

—No soy Harriet —murmuró la joven. Retrocedió un paso, movimiento que le llevó una eternidad—. Me llamo Janet. —Dio un paso atrás y luego otro. Preguntó con voz temblorosa—: ¿Eres el señor de los Sinclair?

El escocés movió bruscamente la cabeza y asintió.

—Muchacha, ¿no lo sabías? Las personas que viste anoche pertenecen a mi clan. Te recibieron cálidamente como mi futura esposa.

Janet no dejó de mover la cabeza, pero sus negativas no anularon ese momento ni borraron los últimos días. Se había enamorado de él, de su sonrisa, su risa y su pesaroso reconocimiento de que no le gustaba robar ganado ni invadir. Ese hombre la había amado y ella lo había contenido cuando se estremecía, al tiempo que Lachlan la besaba cuando gemía. En ese momento la miró como si fuera un espectro.

—No soy Harriet —repitió la muchacha.

—En ese caso, ¿quién eres? —Pese a su crudeza, las palabras no fueron más que un susurro.

¿Acaso Lachlan también pensó que era una situación extraña y peculiar, como si nada estuviera bien, como si se tratara de un sueño provocado por demasiadas frutas garrapiñadas o espíritus?

—Soy la acompañante de Harriet —repuso lentamente—. Le leo cuando se aburre, acomodo los hilos de bordar y le hago masajes en la frente. Eso es todo. No ofrezco paz en la frontera ni una dote para ti.

El silencio se extendió entre ellos como un valle en el que no crece nada. No hubo explicaciones, disculpas ni remordimientos. Lo que Janet pensó no pudo traducirse en palabras y lo que Lachlan sintió quedó atrapado en su silencio.

Comenzó a clarear. La extraña calma que se impuso entre ellos quedó rota por los gorjeos de un pájaro en un árbol cercano. Fue como el despertar de la naturaleza.

—En ese caso, será mejor que entres antes de que te vean.

Janet se limitó a asentir.

Eran muchas las palabras que podían pronunciar, pero ninguna servía. La muchacha bajó la mirada, se dio la vuelta y se alejó.

Lachlan se dijo que debía dejar de mirarla y darse la vuelta con tanta facilidad como ella. Pasó por alto ambas advertencias y no dejó de contemplarla. Había perdido la esperanza que con tanto gozo había sentido cuando la conoció y que en su presencia no había hecho más que crecer. También se esfumó su fe en el futuro.

¿Cuántas horas habían compartido? La muchacha las había contado con sumo cuidado: diez horas y una noche mágica. No había necesitado nada más.

12

Janet, ¿quién es él?

La voz procedía del salón amarillo. La mujer se detuvo y volvió la cabeza. Jeremy estaba frente a ella.

Janet miró la silla que estaba junto a la ventana. De modo que Jeremy la había visto. «Es el futuro marido de tu hermana y mi amante.» Jamás pronunciaría esas palabras. Debería haberse sentido más avergonzada, pero estaba interiormente vacía, como si le faltase una parte de su ser, el órgano más vital. ¿El corazón o tal vez el lugar en el que esas cuestiones eran importantes? Daba igual que en ese momento Jeremy la tildase de casquivana.

—No ha dejado de observarme, ¿eh?

Jeremy adoptó una expresión que reveló con toda claridad que no esperaba esa pregunta. Janet se percató de que planteársela era muy injusto. De todos modos, tenía mucho sentido. ¿Era posible que gracias a Jeremy se hubiese librado de que la descubrieran? Ese hombre siempre había sido amable, tal vez demasiado atento e incluso cómplice de su debilidad. ¿Cómo se las había apañado para evitar que Harriet estuviese pendiente de ella? ¿Había soportado las quejas de su hermana? ¿Había jugado con ella a las cartas en las horas en las que Harriet habría intentado controlarla?

—Si subes sin hacer ruido, nadie se enterará.

Janet lo miró fijamente. Aunque Jeremy era dos años mayor, siempre lo había considerado más joven. Se trataba de un hombre que acababa de superar la juventud, pero en las horas transcurridas desde la última vez que lo había visto percibió que algo había madurado en él. Claro que también podía deberse a que ella había cambiado espectacularmente.

—Jeremy, ¿por qué no me delata? Dígale a Harriet lo que sabe.

—Janet, ¿te sentirías mejor si te castigaran?

Su tono fue tan amable que Janet tuvo que luchar con las lágrimas que llenaron sus ojos.

—Supongo que no —repuso—. Gracias, Jeremy.

Jeremy la siguió hasta la escalera, se detuvo al pie y la contempló mientras subía los peldaños. Fue un esfuerzo tan terrible como escalar la más alta de las montañas. Cuando Janet se detuvo y volvió la vista atrás, Jeremy le devolvió la mirada. Su expresión era sombría.

—Janet, haré lo que sea por ti.

—Gracias, Jeremy.

—Si puedo ayudarte en algo, ¿me lo dirás?

—Sí, Jeremy, se lo diré.

Era evidente que se refería a un escándalo. Si alguien averiguaba su proceder de esa noche o si se había quedado embarazada, caería en desgracia y la pondrían de patitas en la calle.

Janet abrió la puerta de su cuarto sin hacer ruido, entró, la cerró, se sentó en el borde de la cama y se rodeó la cintura con los brazos. Se balanceó sobre el lecho y el movimiento le resultó peculiarmente tranquilizador.

Lachlan se convertiría en el marido de Harriet.

Janet supo que moriría por ello.

—Viejo, le aconsejo que se mantenga apartado de mí. —Lachlan miró enfadado a Coinneach, se dio la vuelta y entregó a James el tubo reparado, que éste enroscó en su sitio. Desde su regreso a Glenlyon, Lachlan había trabajado sin parar, pero la actividad de sus manos no había contribuido a tranquilizar su mente—. Si de verdad es profeta, dígame si este trasto funcionará alguna vez.

El silencio fue la respuesta a su cólera. Más le valía, porque no estaba de humor para discutir. De lo que tenía ganas era de acogotar al vidente. ¡Maldita sea la leyenda y maldito sea el estado lamentable de su clan!

Lachlan se volvió de cara a Coinneach. Si el temblor de su barba servía de indicio, el viejo sonreía. Hacía mucho que Lachlan pensaba que el viejo no se cortaba las barbas para parecerse más todavía a un hechicero. Sólo le faltaba el sombrero de pico para resultar creíble. Bueno, el sombrero de pico y la verdadera capacidad de ver el futuro.

—Ya lo sabe, es igual. Usted y su condenada leyenda. Encontraremos la manera de vivir sin ella.

El viejo no dejó de sonreír.

—Nunca creíste en ella, pero tu clan, sí.

¿Fue reprobadora la mirada de Coinneach? Lachlan le volvió nuevamente la espalda y se agachó para coger otro trozo de tubo.

—Los convenceré de que no es necesaria. No notarán su ausencia.

—Ay, pero tú sí que la notarás.

—Viejo, no se haga el enigmático conmigo.

—¿Por qué estás aquí y tu esposa sigue en Inglaterra? Lachlan, plantéate esa pregunta. Es tu insensatez la que te vuelve desdichado y seguirá haciéndolo. No tiene nada que ver conmigo.

Lachlan entornó los ojos e intentó calcular la edad de Coinneach. Llegó a la conclusión de que era demasiado viejo para pelearse con él o para encarcelarlo en la mazmorra del castillo.

Sin embargo, las palabras del viejo eran ciertas. La había visto partir y no había reaccionado. Había permanecido clavado en el suelo y sumido en un infierno personal que era obra suya. De pronto se sintió extrañamente colérico…, con ella por no ser quien se suponía que era y con él mismo por poner en peligro a su clan. Pensó que probablemente le había fallado a Janet. Esa idea lo mantuvo despierto durante la mañana interminable y dio pie a que examinase su hogar con cruda y aterradora franqueza.

Era necesario apuntalar la pared este. El ladrillo oscuro brillaba donde el mortero se había despegado. Los mejores enseres de Glenlyon fueron sacrificados por una causa mayor, la revuelta de 1745, y el resto sobrevivía a duras penas. El ganado estaba en los huesos y hasta las gallinas parecían flacas. La única esperanza de prosperidad radicaba en el matrimonio del señor y hasta en eso había fracasado.

Había fallado al enamorarse de la mujer equivocada.

La profecía carecía de importancia. Había elegido y lo había hecho por razones de peso. La muchacha lo había fascinado, encantado y hecho reír. Deseaba saber qué pensaba y con qué soñaba. Deseaba acariciarla, acostarse con ella en una cama y amarla durante horas.

¿Qué fuerza tenía la leyenda si la comparaba con lo que sentía?

Tiró el tubo y salió de la caverna. ¡Al diablo con la leyenda! ¡Iría a buscar a Janet!

La explosión que se produjo lo obligó a retrasar sus planes.

Janet ni se molestó en responder a la llamada a la puerta; se hizo un ovillo en medio de la cama y mantuvo los ojos cerrados.

—Janet…

—Sí, Harriet.

Le habría gustado que en la puerta de su habitación hubiese cerrojo. Harriet era la persona que menos ganas tenía de ver en esos momentos, sobre todo porque enseguida captaba la tristeza y se daría cuenta de que había estado llorando. No hizo sonido alguno y dejó que las lágrimas rodaran por sus mejillas. No tuvo que hacer esfuerzos para sentir que tenía el corazón roto.

Algunas mañanas se ponía delante de la ventana, contemplaba la tierra iluminada por el sol, giraba hacia el norte, es decir, hacia Escocia, y la embargaba la nostalgia. Ya no podría volver a mirar hacia su tierra, sería incapaz de soportar la pérdida de Lachlan. Era evidente que se trataba del señor de Glenlyon. Tendría que haberse dado cuenta. Su forma de hablar, el brillo de sus ojos y su osadía daban testimonio de sus orígenes. Poseía humor y sabiduría, cuerpo de guerrero y cara de ángel.

De niña había soñado con ser muchas cosas. Ante todo, había querido ser princesa, luego madre y posteriormente trabajar con su padre en la destilería. A medida que creció, quiso enamorarse y una o dos veces imaginó que lo estaba. A los doce años creyó estar enamorada de Cameron Drummond y, un año después, de su hermano Gordon. Ninguna de las miradas anhelantes que los hermanos cruzaron con ella la prepararon para ese instante ni para Lachlan Sinclair.

Lachlan Sinclair se convertiría en el marido de Harriet.

Cerró los ojos con todas sus fuerzas.

—¿Vuelves a estar enferma? —preguntó Harriet cuando se detuvo al lado de la cama.

Janet no abrió los ojos.

—Eso parece, Harriet.

«Te suplico que te vayas y me dejes en paz.» Rezó esa plegaria en lo más profundo de su mente, pero no surtió el menor efecto en Harriet, que se acercó un poco más.

—Janet, ¿has dormido vestida? ¡Qué desaliñada eres!

—Sí, Harriet.

Pensó que, si se mostraba de acuerdo con ella, conseguiría que se marchara antes, pero no tuvo esa suerte.

—Janet, ¿ocultas un pecado todavía más grave? —Harriet bajó la mano y tironeó de la falda de su acompañante—. Janet, no eres más que una casquivana. —Pronunció esas palabras en un tono tan amable, que al principio Janet no reparó en su significado—. ¿Siempre lo has sido? ¿Siempre has sido puta?

La frialdad del desdén de Harriet le cortó la piel y le llegó a los huesos. Lo peor era que no podía defenderse de esas palabras, no podía decir nada que suavizase el desprecio de Harriet. Al fin y al cabo, no tenía nada que decir. Era culpable de todo lo que ella había dicho. Peor aún, había pecado con el hombre que no tardaría en convertirse en el marido de la señorita de la casa. Se había buscado su propia ruina. Era cierto que aquella noche había sido gloriosa, pero la voz de su difunta madre resonó cargada de cautela y decoro. Después de todo, ¿había tenido que ver con su condición de escocesa, con su curiosidad irrefrenable o, lisa y llanamente, había sido pura temeridad?

—Harriet, déjala en paz.

La intervención de Jeremy supuso un extraño consuelo. Su voz sonó sorprendentemente firme e incluso airada. Janet abrió los ojos y se incorporó en la cama. Miró a Jeremy, que se encontraba junto al umbral de la puerta cual un centinela que la protegía de la condena de su hermana.

—No hay problemas, Jeremy.

Janet bajó las piernas y se apartó el pelo de las mejillas.

No tenía tiempo para lamentaciones. Debía encargarse de organizar su futuro. Desde que Harriet le había dado la noticia, se alegró por primera vez de no ir a Escocia. Sería insoportable ver a Lachlan un día sí y otro también y saber que pertenecía a otra mujer.

Sin embargo, de alguna manera debía superar esa situación.

Harriet miró de uno a otro como un podenco que olfatea una rata herida.

—Hermano, ¿qué pasa aquí?

—Harriet, Janet estaba conmigo. No tienes por qué saber nada más.

Es posible que, en otra ocasión, la expresión de Harriet resultara divertida, pero en ese momento no lo fue. A Janet le habría gustado estar lejos de allí, de la evocación de Lachlan y de la presencia de su futura esposa.

Janet se levantó, pasó junto a Harriet y se acercó a Jeremy. Se puso de puntillas y lo besó en las mejillas.

—No sabe cuánto agradezco su amabilidad, pero ya no tiene importancia —murmuró.

—Para mí sí que la tiene —puntualizó Jeremy y no le quitó la mirada de encima—. Necesitas alguien que te proteja.

—Jeremy, lo que necesita es que la destierren de esta casa porque es una fulana.

—No —declaró Jeremy y se interpuso entre su hermana y Janet. Miró a Harriet con expresión gélida—. Hermana, no lo entiendes. —Se volvió hacia Janet y sonrió—. He pedido a Janet que se convierta en mi esposa y ha accedido.

13

Lachlan preguntó:

—¿Qué significa que no está aquí? ¿Dónde se ha metido?

El hombre que abrió la puerta era joven y vestía un uniforme que evidentemente lo hacía sentir importante. Quizá por esa razón miró a Lachlan por encima del hombro, aunque tal vez tuvo que ver con el hecho de que el señor de Glenlyon volvía a oler a cebada. También lucía varias manchas de algo quemado. La explosión había sido mucho ruido y pocas nueces, pero los efluvios resultaron tan pringosos como en la ocasión anterior. En lugar de perder tiempo y bañarse en el lago, había cogido un caballo de refresco y salido en busca de Janet.

De todos los kilómetros cabalgados, de todas las ocasiones en las que había cruzado a Inglaterra, de todas las incursiones fronterizas y de las noches que había acudido al lado de Janet, ése fue el trayecto que más temió. No tuvo nada que ver con que estuviera cansado, agotado, sino que se sentía como un idiota incoherente. En cuanto le dijo quién era, tendría que haber cogido a Janet en brazos y echado a correr con ella hacia la frontera. Pero no lo había hecho y esa estupidez le costaría unas cuantas explicaciones. Ya había decidido qué palabras emplearía y se había dado cuenta de que le tocaba tragarse el orgullo. Había imaginado que Janet no se lo pondría fácil o que quizá no comprendería que había quedado perplejo por su identidad y por la conciencia repentina de que tal vez no estaría en condiciones de proteger a su clan. Imaginó todas las formas posibles para convencerla de que lo perdonase, pero en ningún momento pensó que no estaría.

El criado retrocedió y se dispuso a cerrarle la puerta en las narices, pero de repente Lachlan cogió al joven del cuello y lo levantó a pocos centímetros del suelo. No fue el repentino color pálido de su cara lo que satisfizo a Lachlan, sino la expresión de terror absoluto de su mirada, que hacía menos de un minuto había expresado desdén.

Lachlan sonrió de oreja a oreja y dejó al descubierto sus dientes blancos y brillantes.

—Muchacho, parece que ahora le ha vuelto la memoria, ¿no? ¿Sería tan amable de decirme dónde ha ido?

El muchacho farfulló algo y a sus espaldas una voz declaró rápidamente:

—Se ha marchado, no necesita saber nada más.

Lachlan giró la cabeza. Vio a una mujer vestida de azul, con el pelo trenzado y recogido en lo alto como si fuera una corona. No había un solo mechón fuera de su sitio. Tenía las manos cruzadas sobre la cintura y lo contempló impávida mientras Lachlan depositaba al lacayo en el suelo. La mujer despidió al criado con un ademán.

A lo largo de su vida, Lachlan había visto mujeres bonitas. Se dijo que ésta era atractiva, pero lo primero que pensó fue que se contenía demasiado. Sus ojos de color azul claro no transmitían la menor emoción. Su sonrisa no era más que una delgada cuchillada de sus labios carnosos. Se preguntó si le molestaba ser guapa, si consideraba una maldición aquello que otras mujeres habrían visto como una bendición.

—Se ha marchado —repitió—. ¿No le parece explicación suficiente?

Su tono de voz era agudo y nasal y a Lachlan le resultó chirriante.

—¿Dónde está?

La mujer volvió a sonreír. El señor de Glenlyon supo a ciencia cierta quién era y se consideró inmensamente afortunado de haberse librado de tener que casarse con ella. Se trataba de Harriet y el nombre le iba como anillo al dedo.

—¿Adónde ha ido? Sospecho que usted lo sabe.

—Se ha fugado con mi hermano, que no tardará en quedar desheredado. Si los encuentra, ya puede hablar con él. Comuníquele también que he hablado con mi padre sobre su proceder. Me figuro que ella cambiará de opinión cuando se entere de que se casará con un pobre.

La risa de Lachlan pareció sorprender a la mujer, aunque no tanto como sus palabras de despedida:

—Ya es demasiado tarde. Está casada conmigo.

Incluso mientras abandonaba la casa en la que había pasado los últimos siete años de su vida, Janet supo que cometía un error.

Lo que había hecho la noche anterior no le había parecido mal, pensara lo que pensase el mundo. Precisamente por eso no se veía arruinada. Tampoco podía negar sus sentimientos hacia Lachlan casándose con otro, por mucho que le asegurase el futuro.

Ciertamente, sus perspectivas no eran nada halagüeñas. Jamás podría volver a trabajar a las órdenes de Harriet y sus habilidades eran escasas. Su formación había sido intermitente y lo mejor lo había aprendido junto a su padre. Supuso que podría conseguir trabajo como tendera o como camarera. Se preguntó dónde viviría y cómo se las apañaría hasta ganar las primeras monedas. No, su futuro no sólo era poco halagüeño, sino sombrío.

—Ya sabe que no puedo hacerlo. —Janet miró a Jeremy sentado frente a ella en el carruaje. El joven dejó de contemplar el paisaje y clavó la mirada en sus ojos—. Le arruinaría la vida porque suspiraría por otro.

—Pensé que comenzarías a poner reparos cuando estuviéramos en el centro de Escocia. —La sonrisa de Jeremy fue pesarosa—. Incluso me planteé celebrar el matrimonio antes de que recobraras el juicio. —Jeremy se inclinó y cogió una de sus manos enguantadas. Janet estaba muy aturdida—. Janet, soy un buen hombre y seré un buen marido para ti. —La mujer asintió—. No es suficiente, ¿verdad?

La muchacha negó con la cabeza.

—No, Jeremy, no lo es.

—Está bien, sólo he tenido un golpe de suerte. Te sentías tan desdichada que habrías dicho que sí a todo.

Janet volvió a asentir y se le llenaron los ojos de lágrimas.

—Jeremy, deje de ser amable. Si sigue así, nos ahogaremos en mi llanto.

Jeremy le soltó la mano y apoyó la espalda en la tapicería del carruaje.

—Janet, ¿qué harás? ¿Cómo vivirás?

—No lo sé —reconoció y suspiró—. ¿Tiene alguna amiga que necesite una acompañante?

—Tu futuro quedaría resuelto si te casaras conmigo. ¿Estás absolutamente segura de que no quieres?

—Lo estoy, Jeremy, pero de todas maneras agradezco enormemente su proposición.

—Por si no lo sabes, es la primera de mi vida. Tal vez me convierta en experto, en un hombre mundano que va de dama en dama y a todas pide la mano.

—Sin duda una mujer maravillosa aceptará —declaró Janet y sonrió sin ganas.

—Una mujer maravillosa ya lo ha hecho. —Jeremy sonrió con afecto—. Por desgracia, su corazón ya está ocupado. ¿Quién es ese hombre, el idiota que no tiene ni la más remota idea de lo que se pierde?

—¿Acaso es importante?

—¿Crees que debería retarlo a duelo?

—¡Ni se le ocurra!

El horror de Janet fue sincero.

—Agradezco su respuesta —añadió Jeremy—. En ese caso, me consideraré el protector del honor de una dama…, aunque no sea su marido.

—Jeremy, le estoy muy agradecida. Es usted complaciente.

—Janet, a las señoras que he conocido no les gustan los complacientes. Los prefieren arrojados o excitantes, pero no complacientes.

En ese momento sonó un disparo. El carruaje dio una sacudida cuando los caballos se encabritaron y avanzaron unos metros más antes de frenar en seco. Janet salió disparada y se sujetó del asiento situado frente al suyo.

Oyeron gritos y la portezuela del carruaje se abrió. Cansado, sucio y con un humor de perros, Lachlan la saludó con cara de pocos amigos.

—Janet, lamento molestarte, pero en este carruaje hay algo que me pertenece.

La muchacha nunca le había notado tanto acento y el tono grave de su voz no sólo contenía el sabor de Escocia, sino un atisbo de peligro.

—Lachlan, ¿otra vaca?

Si no lo hubiese observado con tanta atención, a Janet se le habría escapado el movimiento de los labios que demostraba que la pregunta le había causado gracia. El gesto se esfumó tan rápido como había aparecido.

—No, Janet —replicó y en esta ocasión su voz sonó más suave y marcada por algo que con anterioridad ella no había percibido: ¿ternura? Lachlan miró a Jeremy y lo evaluó unos segundos—. Muchacho, es mi esposa. Lo siento, pero ya está comprometida.

—Lachlan, dijiste que no me habías pedido que me casara contigo.

—Ay, mujer, claro que no te lo pedí. Para entonces ya estaba casado contigo.

El señor de Glenlyon introdujo los brazos en el carruaje y la sacó en un abrir y cerrar de ojos. Janet lanzó una última mirada hacia el carruaje. Jeremy se asomó por la portezuela.

—Janet, ¿es él? —La muchacha movió afirmativamente la cabeza—. No parece nada complaciente —acotó Jeremy antes de cerrar la portezuela.

—¿Ese muchacho acaba de insultarme? —quiso saber Lachlan y frunció el ceño.

Janet no hizo caso de esa pregunta.

—¿Qué quiere decir que ya estábamos casados?

Había pasado las últimas horas llorando su pérdida y el haberse podido librar de esa desdicha con una breve explicación de Lachlan la llevó a preguntarse qué hacía primero: le pegaba o lo besaba. Cuando Lachlan montó y la sentó delante de él, Janet llegó a la conclusión de que carecía de sentido discutir con un hombre tan decidido. Por lo tanto, optó por besarlo. Al cabo de un buen rato, Lachlan la miró, sonrió y comentó:

—Muchacha, tienes que aprender algunas cosas sobre mi tierra. Tenemos varias formas de casarnos. Te hice una promesa y estuvimos juntos, una de las tradiciones matrimoniales más antiguas. Con el tiempo aprenderás a ser escocesa.

—Lachlan, soy escocesa, pero hace muchos años que vivo

en Inglaterra. No te tomaste la molestia de preguntarlo, pero quiero que sepas que mi apellido es MacPherson.

Lachlan detuvo el caballo, la miró a los ojos y sonrió de oreja a oreja.

—Janet, ¿de verdad? ¡Qué alivio! Es como si no tuviera que disculparme. Y no lo haré porque te he pillado fugándote con otro.

Inclinó la cabeza y volvió a besarla.

Pocos minutos después, Janet tomó la palabra:

—No hablabas en serio.

—¿Cómo?

—He dicho que no hablabas en serio. Jamás te habrías casado conmigo si no me hubieras confundido con Harriet.

Lachlan hizo girar el caballo y persiguió al carruaje. No tuvo que hacer otro disparo para detener al conductor; al pobre hombre le bastó con mirar hacia atrás y levantó los brazos en señal de rendición.

El señor de Glenlyon se apeó y llamó a la portezuela.

Jeremy la abrió y vio a Janet, todavía a lomos del caballo, y a un indignado escocés ante él.

—Inglés, quiero pedirle un favor. —Jeremy puso cara de sorpresa—. Sólo pretendo que haga de testigo. —Lachlan se volvió hacia Janet y le cogió firmemente la mano—. Janet, te tomo por esposa. ¿Me tomas por marido?

La mujer parpadeó atónita.

A Lachlan comenzaba a asomarle la barba y estaba irritado y cansado. Su camisa y sus pantalones lucían varias manchas indefinibles y olía a cebada malteada. De todas maneras, sus ojos chispeaban y su sonrisa era audaz.

—Lachlan, ¿estás seguro?

—Con todo mi corazón, Janet. Te recibiré en mi corazón y en mi hogar como si fueses la novia de la leyenda.

—¿De qué leyenda?

Lachlan arrugó el entrecejo.

—Se trata de una tontería que ahora no viene a cuento. ¿No piensas contestarme?

—Sí, Lachlan, te tomo por esposo.

El señor de Glenlyon se volvió hacia Jeremy y le preguntó:

—¿Lo ha oído?

—Por supuesto.

—Janet, en ese caso hemos vuelto a casarnos. ¿Te parece suficiente?

Simplemente rio cuando su esposa le dio un golpe en el brazo.

14

Lachlan tenía planes, planes fabulosos que de alguna manera se harían realidad. No pudo dejar de pensar que todo se resolvía si trabajabas duro y seguías creyendo en lo que hacías.

El clan no tenía por qué enterarse de que Janet no era exactamente la novia de Glenlyon. Haberse salvado de tener en su vida a Harriet podía interpretarse como una bendición profundamente sentida. Se preguntó si su esposa cojeaba y lo añadió a la lista de preguntas que le haría cuando despertase.

La contempló. Había vuelto a caer sobre él, con la mejilla apoyada en su hombro. Era la primera vez que la veía bajo la luz del sol. Su pelo era del castaño rojizo típico de las muchachas escocesas. Le habría gustado que estuviese despierta para verle los ojos, pero no la molestó. Era posible que, a partir de ese momento, de vez en cuando tuvieran una noche de descanso, puesto que ya no era necesario pasar la noche entera en vela. Claro que también tenía sus ventajas saber que podía pasar dos o tres noches sin dormir. Sonrió.

En esta ocasión había vuelto de una incursión fronteriza con un verdadero premio.

Cuando atisbó Glenlyon a lo lejos se sintió lleno de orgullo y experimentó la emoción omnipresente del retorno al hogar. Sus sentimientos se mezclaron con el peso de sus responsabilidades. Sabía que encontraría el modo de mantener el clan intacto y su mundo en pie. Los que quisieran emigrar podrían hacerlo y daría sustento a quienes prefiriesen permanecer en el hogar ancestral.

—¡El monstruo está a punto de estallar otra vez! —gritó alguien.

Lachlan se limitó a suspirar al enterarse de un nuevo fracaso. Como recibimiento, el momento no estaba bien calculado.

Janet despertó con la misma rapidez que él cuando tenía ocasión de descansar. Se frotó los ojos con los dedos de una mano y con la otra le aferró la camisa.

Varios hombres salieron corriendo de la cueva y se pusieron a cubierto.

—Lachlan, ¿qué sucede?

Se apearon del caballo y Lachlan la empujó hasta donde se encontraban los hombres.

—Janet, tenemos un problemilla. Quédate aquí y estarás más segura.

Lachlan entró en la caverna preparado para ser testigo de otro desastre chorreante. Se equivocó. El fuego de debajo del caldero de cobre ardía vivamente. Sin embargo, el siseo y el burbujeo que salía de todos los tubos no auguraba nada bueno para el presente inmediato.

—Lachlan, el mosto fermentado no cae en el contenedor.

El señor de Glenlyon se dio la vuelta y comprobó que Janet estaba a su lado. Sin darle tiempo a preguntarle de qué hablaba, la muchacha pasó a su lado y, sin pensárselo dos veces, se acercó a un montón de tubos y serpentines. Giró una llave hacia la izquierda y otra hacia la derecha y un líquido de color pardo se deslizó regularmente hasta el enorme caldero de cobre.

Janet se volvió y miró al primer hombre que, con sumo cuidado, introdujo la cabeza en la cueva.

—¿La levadura está en el caldero? —El hombre asintió y se acercó. Janet lanzó una mirada a Lachlan—. A veces el mosto fermentado es tan espeso que no cae. Cuando ocurre hay que aguarlo. En caso contrario, se produce un atasco y la fermentación se inicia en los tubos en lugar de comenzar en el caldero.

—Y entonces estalla.

La mujer asintió.

—Janet, ¿cómo sabes todo eso?

Golpeó delicadamente el lateral de un caldero de cobre más pequeño con la actitud de una madre orgullosa que acaricia la mejilla de su lozano bebé.

—Veo que desperdicias los restos sólidos. Son excelentes para alimentar el ganado.

Lachlan la miraba anonadado. Tuvo la sensación de que su esposa utilizaba un idioma extraño del que sólo entendía una de cada tres palabras.

—Lachlan, ¿dónde está la zona de germinado? —El escocés se volvió hacia James que, a su vez, miró a otro hombre. La condujo hasta el otro extremo de la cueva, en el que habían extendido la cebada—. Este espacio es demasiado húmedo.

Antes de que Lachlan pudiera parpadear, más de seis hombres se encargaron de trasladar el cereal a un sector más soleado.

—¿Cómo sabes estas cosas? —insistió.

Su esposa sonrió.

—Lo aprendí de mi padre. Empecé a ayudarlo cuando comencé a caminar. —Paseó la mirada a su alrededor con expresión de profundo agrado—. Lachlan, ¿no te llama la atención? Prácticamente no recuerdo el gaélico y mi forma de hablar es demasiado inglesa, pero jamás olvidaría el alambique y un buen whisky de malta. Es el legado de Ronald MacPherson.

—¿Ronald MacPherson de Tarlogie? —James dio un paso al frente y la sonrisa iluminó su rostro con la misma intensidad con que lo habría hecho el sol matinal. Janet movió afirmativamente la cabeza y James se dirigió a Lachlan—. Cuentan que los cobradores de impuestos estaban tan deseosos de atraparlo que pusieron precio a su cabeza. Me han dicho que vaciaba el alambique sesenta veces en veinticuatro horas.

—Noventa —lo corrigió una sonriente Janet—. En lo que a la producción se refiere, era insuperable. También hay que decir que no sentía un gran aprecio por el impuesto sobre la malta. Siempre sostuvo que la demanda de los clientes potenciales permitía que valiera la pena exponerse a una multa. Por otro lado, los cobradores de impuestos plantearon algún que otro problema. —James no dejó de menear la cabeza con cara de extasiada alegría—. No se ha instalado el tubo de respiración —explicó, se agachó y cogió otro trozo de tubo que, tras la segunda explosión continuaba en el suelo. Señaló el sitio donde debía estar, en lo alto del caldero.

Lachlan la miraba azorado. Una mujer llamada Janet, que sabía lo que hacía y que de vez en cuando daba unos golpecitos en el caldero de cobre como para evaluar su contenido, había sustituido a su Ealasaid. Había movido un tubo flojo y lo había enderezado; se había inclinado sobre un barril y declarado que contenía demasiada sal como para envejecer el whisky recién destilado. Quería ver el recipiente de la levadura y probarla; también pareció estudiar el vapor que ascendió hasta el techo de la cueva.

Lachlan estaba boquiabierto, pero ni se molestó en juntar los labios. Se giró y se topó con el vidente, cuya barba se agitaba por la risa. Tuvo la certeza de que el viejo profeta se reía de él.

—Lachlan, es la novia de Glenlyon. Conoce el secreto del *uisge beatha*, del agua de vida. Sabes perfectamente que cojea y que si llega a cantar espantará a los perros del castillo.

—Pero nos salvará.

—Así es, nos salvará y te salvará.

Lachlan miró al viejo con los ojos casi cerrados.

—Coinneach, ¿está seguro de que otro clan no se beneficiaría de su sabiduría? ¿No podría asediar a otra persona? Podría haberme facilitado las cosas diciéndomelo.

—Para cumplir realmente con la leyenda, ante todo tenías que enamorarte de ella. —La barba del viejo volvió a estremecerse. Coinneach se dio la vuelta, estiró los brazos y los elevó por encima de su cabeza. Con voz resonante pregonó su última profecía—: Veo el futuro… —declaró cuando tuvo la certeza de que había llamado la atención de los que se encontraban en la cueva.

Lachlan cerró los ojos y se dispuso a esperar. Sólo una caricia en el brazo lo llevó a abrirlos y vio que Janet le sonreía. La abrazó, la estrechó intensamente y se preparó para lo que el viejo vidente estaba a punto de decir. No tenía importancia, porque ya sabía lo que le deparaba el futuro. Se extendía ante él como un largo camino, en el que tal vez habría una dinastía y felicidad; penurias compensadas con alegrías, amistad y amor, puede que hasta éxito e incluso su propio nombre: whisky de Glenlyon. Casi pudo verlo.

Se inclinó y besó delicadamente la frente de Janet. La mano de su esposa trepó hasta su nuca y le bajó la cabeza para darle un beso de verdad, beso que lo llevó a pensar en lugares donde celebrar un encuentro amoroso a plena luz del día. A fin de cuentas, estaba recién casado.

Fue así como el señor de los Sinclair y la novia de Glenlyon se perdieron las palabras del adivino. No tuvo la menor importancia porque la leyenda ya se había cumplido.

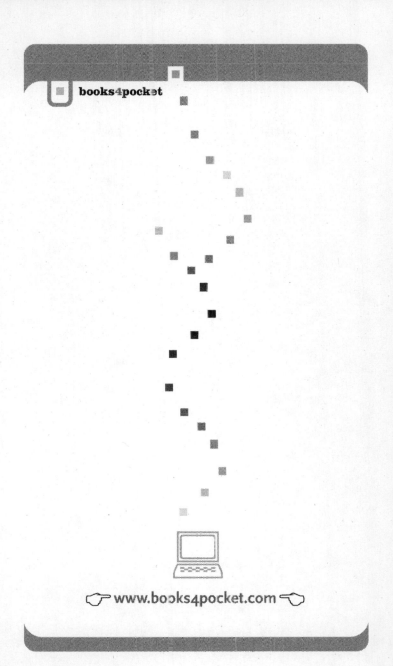